Régine Deforges (1935-2014) est née dans le Poitou. Très tôt, les livres constituent son univers d'élection : elle devient tour à tour libraire, relieur, éditeur, écrivain, scénariste et réalisateur. Elle ouvre plusieurs librairies, tant à Paris qu'en province, et crée, en 1968, sa propre maison d'édition, L'Or du temps, et devient de ce fait la première femme éditeur française. Le premier livre qu'elle publie, *Irène,* attribué à Louis Aragon, est saisi quarante-huit heures après sa mise en vente. Dès cet instant, Régine Deforges se bat et ne cessera plus de se battre pour défendre la liberté d'expression sous toutes ses formes. En 1981, elle connaît son plus grand succès de librairie avec la parution de *La Bicyclette bleue* qui obtient le prix des Maisons de la presse. Régine Deforges a écrit près de quatre-vingts livres de genres extrêmement variés : des romans, des nouvelles, des essais, des entretiens, des chroniques, ainsi que quelques scénarios, chansons ou dessins.

RÉGINE DEFORGES

Et quand viendra la fin du voyage...

ROMAN

FAYARD

L'auteur tient à préciser que les faits et gestes prêtés à chacun des protagonistes de ce roman, pour être en partie inspirés de la réalité historique, n'en sont pas moins le fruit de son imagination.

© Librairie Arthème Fayard, 2007.
ISBN : 978-2-253-12231-9 – 1re publication LGF

Partons,
ardent prophète de l'aurore,
par les sentiers cachés et abandonnés,
libérer le vert crocodile que tu aimes tant.

Partons,
vainqueurs de ceux qui nous humilient,
l'esprit rempli des étoiles insurgées de Martí,
jurons de triompher et de mourir.

Quand ta voix répondra aux quatre vents
réforme agraire, justice, pain, liberté,
à tes côtés, avec les mêmes mots,
nous serons là.

Et quand viendra la fin du voyage,
la salutaire opération contre le tyran,
à tes côtés, espérant la dernière bataille,
nous serons là.
Et si le fer vient interrompre notre voyage,
nous demanderons un suaire de larmes cubaines
pour couvrir les os des guérilleros
emmenés par le courant de l'histoire américaine.

Ernesto CHE GUEVARA, 1956.

*À Benigno et aux survivants
de la guérilla du Che.*

À Pierre.

« *De tristes échos se réveillent dans les cœurs
qui ont retenu le bruit des révolutions.* »

CHATEAUBRIAND.

*« Souvenez-vous de temps en temps
de ce petit condottiere du XXe siècle. »*

Ernesto GUEVARA.

1.

« C'est l'heure des brasiers,
il ne faut voir que la lumière. »

JOSÉ MARTÍ.

Confortablement installé à bord de la Caravelle présidentielle, François Tavernier observait le général de Gaulle, à qui son médecin venait de poser une perfusion. « Pas bien raisonnable, pour un homme qui vient d'être opéré, de se lancer dans un si long périple à travers l'Amérique latine... » pensait-il.

– Qu'avez-vous à me regarder comme une bête curieuse, Tavernier ?

– Euh... excusez-moi, mon général, j'étais dans les nuages...

– C'est le cas de le dire ! bougonna le président.

François retint un sourire et jeta un coup d'œil à travers le hublot : l'avion survolait le bleu de cobalt de la mer des Caraïbes. Son esprit s'évada. De son côté, Mme de Gaulle, assise à quelques fauteuils de là, n'avait pratiquement pas lâché son tricot depuis le décollage.

Quelque temps auparavant, le Général avait simplement fait dire à François Tavernier : « Lundi,

15

12 h 30. » À midi et quart, ce dernier se présentait aux grilles du palais de l'Élysée : pas question de faire attendre le grand Charles ! Peu après, un huissier l'avait conduit jusqu'au bureau présidentiel. Dans l'escalier, il avait croisé un homme au teint pâle et aux cheveux frisés : Roger Frey, ministre de l'Intérieur. Ils avaient échangé un salut sans chaleur. Comme à chacune de leurs rencontres, Tavernier avait éprouvé une sorte de malaise, tant le ministre affichait un air glacial, presque reptilien. L'huissier avait frappé à cette porte que François connaissait bien. Il l'avait ouverte et refermée sur lui ; quelques secondes plus tard, l'homme était ressorti :

– M. le président de la République vous attend.

Tavernier avait fait quelques pas dans la pièce ; le Général écrivait à son grand bureau, tête penchée. Sans lever les yeux, il avait laissé tomber :

– Asseyez-vous, Tavernier.

Ah, cette voix ! Chaque fois qu'il lui avait été donné de l'entendre, François éprouvait, intacte, l'émotion qui l'avait saisi en ce jour de juin 1940 où, depuis Londres, elle s'était élevée pour proclamer haut et fort que rien n'était perdu pour la France, que la flamme de la Résistance française ne devait pas s'éteindre et qu'elle ne s'éteindrait jamais ! Comment ne pas admirer cet homme qui, dans cette affaire, avait « consenti à jouer jusqu'à son honneur de soldat » ? Il avait beau essayer de le nier, face au général de Gaulle, François se sentait redevenir adolescent. Par avance, il savait qu'il ne saurait rien lui refuser. Non, rien, en dépit de leurs désaccords.

– J'achève et je suis à vous...

François avait profité de ce délai pour examiner le chef de l'État : il lui avait trouvé le teint gris ; rien de plus normal, somme toute, après une opération.

16

– J'en ai terminé. À nous !

Le Général avait posé son stylo et ôté ses lunettes.

– Heureux de vous revoir, Tavernier ! lui avait-il lancé en tendant une main par-dessus la table. Comment se porte votre famille ?

François s'était levé et avait serré la main tendue dont la molle pression le surprenait toujours.

– Très bien, mon génér... Euh, très bien, monsieur le président, je vous remercie.

– Tant mieux, tant mieux. Rasseyez-vous... Est-ce que la tête de ce type vous dit quelque chose ? avait enchaîné de Gaulle en lui tendant une photo qu'il venait d'extraire d'un dossier.

Sur le cliché un peu flou figurait un homme moustachu d'une cinquantaine d'années ; François y avait jeté un coup d'œil perplexe :

– Je devrais, mon général ?

– Vous devriez, Tavernier, vous devriez : imaginez-le avec vingt ans de moins, en uniforme et sans moustaches.

Il l'avait examiné plus attentivement... Ce visage ? Mais... oui ! D'un coup, il s'était senti glacé. Il avait relevé vivement les yeux. De Gaulle souriait, mais son regard démentait toute véritable gaieté.

– Hé oui, Tavernier, c'est lui...

– Barbie... Klaus Barbie !

– Non, Klaus Altman, car c'est le nom qu'il porte, à présent. En fait, cette photo a été prise par nos services à La Paz, en Bolivie... Vous avez eu affaire à lui, je crois ?

– Non, mon général... Je ne l'ai croisé qu'à trois ou quatre reprises, à Lyon en 43 ou en 44... C'est pour en avoir confirmation que vous m'avez fait venir ?

De Gaulle n'avait pas tenu compte de la question :

– Tavernier, comme Tintin je pars pour l'Amérique latine et je vous emmène avec moi.

Après un court silence, de Gaulle avait ajouté sourdement :

– Et je veux la peau de ce salaud !

Et voilà, ça s'était fait comme ça, le plus simplement du monde : François n'avait même pas eu à dire oui ou non...

Alors qu'il quittait l'Élysée par la rue du Faubourg-Saint-Honoré, le début du *Coup d'État permanent*, livre que François Mitterrand venait de faire publier, lui était revenu à l'esprit : « Les temps du malheur sécrètent une race d'hommes singuliers qui ne s'épanouit que dans l'orage et la tourmente. » Quel aurait été le destin du colonel de Gaulle si les troupes de Hitler n'avaient pas envahi la Pologne, obligeant la France et la Grande-Bretagne à lui déclarer la guerre ?

Parvenu à la hauteur de la boutique Hermès, François en avait contemplé un moment la vitrine, avant d'y pénétrer. Un instant plus tard, il en ressortait muni d'une belle boîte orange contenant l'un de ces fameux carrés, assorti celui-ci à la couleur des yeux de Léa...

À l'approche de Montillac, François s'impatientait de retrouver sa femme. Il l'avait quittée heureuse, au début de vendanges qui s'annonçaient abondantes. La première chose qu'il entendit fut son rire : au cœur d'une vaste cuve, jupe relevée, elle foulait hardiment les grappes en compagnie de Charles et d'Adrien. Ses longues jambes s'étaient salies au contact des pépins, des peaux et du jus des raisins, et les vapeurs d'alcool qui montaient des grains écrasés l'enivraient peu à peu. Jamais aussi belle que dans les travaux de son

enfance, François retrouvait alors en elle cette fraîcheur et cette insolence qui l'avaient séduit autrefois.

– Que te voulait le Général ?
– Que je l'accompagne en Amérique latine...
– Et tu as accepté, je parie !

Il ne répondit pas. Une rage folle envahit alors la
jeune femme :

– Tu m'avais promis ! s'écria-t-elle, dévalant les
barreaux de l'échelle appuyée contre la cuve. Tu
m'avais promis de ne plus te mêler de politique !
Mais, dès que le Général te siffle, c'est plus fort que
toi, il faut que tu accoures comme un gentil toutou !...
Oh, mais si, c'est de lui dont tu es amoureux, tu n'as
qu'à le dire : j'ai l'esprit large !... En fait, tu nous l'as
toujours préféré, tu l'as toujours fait passer avant ta
famille, avant moi !... En conséquence de quoi nous
avons tous failli y passer la dernière fois !

– Mais, cette fois, ce n'est pas du tout la même
chose...

– Ça n'est jamais la même chose ! Alors, dis-moi,
qu'est-ce que tu as à gagner à le rejoindre, cette fois-
ci ? Tu n'es ni ministre, ni préfet, ni ambassadeur, que
je sache !... Tiens, au fait, pourquoi n'as-tu pas accepté
l'ambassade de Londres quand il te l'a proposée ?

– Je n'aime pas les Anglais.

– La belle affaire ! L'Angleterre, c'est tout de
même pas à l'autre bout du monde, non ! Mais là, pas
assez de dangers ! Or, monsieur aime le danger, monsieur aime la guerre, monsieur aime jouer les espions,
les éminences grises, que sais-je encore... Et cesse de
rire, tu es exaspérant !... Tu crois peut-être que j'irai
une nouvelle fois te chercher jusqu'au fin fond du
Pérou ou de la Bolivie, comme je l'ai fait en Indo-

chine [1] ? Mais moi, j'en ai assez de trembler pour toi, d'avoir peur de te voir disparaître à jamais, ou que l'on m'annonce ta mort !... Oh, François ! J'ai tellement peur de te perdre !

Elle éclata en sanglots sous les yeux effarés de Camille et de Claire, accourues aux éclats de voix de leurs parents. Ému par la violence de son chagrin, François attira sa femme à lui, la souleva dans ses bras et la porta jusqu'à leur chambre. Avec précaution, il la déposa sur le lit. Dans la salle de bains, il se munit d'une serviette humide et se mit à essuyer ses jambes, tentant en même temps d'apaiser ses plaintes. Mais les mots tendres n'y faisaient rien et elle pleurait de plus belle.

— Pourquoi tu fais de la peine à maman ? demanda une petite voix.

François se retourna : dans l'embrasure de la porte se tenait Claire, la cadette de leurs enfants. De ses yeux bridés, la petite fille considérait son père avec un air lourd de reproches. François s'approcha d'elle, l'étreignit et lui donna un baiser. Chaque fois qu'il la tenait entre ses bras, il éprouvait joie et douleur mêlées : joie d'être aimé d'une fillette pour laquelle il était comme un dieu, et douleur quand il se souvenait que [2]...

— Je dois repartir et ta maman ne le veut pas.

— Elle a raison : moi non plus, je ne veux pas !

Devant son air menaçant, il éclata de rire. La fillette se débattit, martelant la poitrine de son père de ses petits poings.

— Ne ris pas : je te déteste ! Toujours tu pars ! Toujours tu fais pleurer maman !

1. Voir *Rue de la Soie* et *La Dernière Colline* ; Le Livre de Poche n°s 14017 et 14624.
2. Voir *La Dernière Colline*.

Échappant à l'étreinte de son père, Claire alla se jeter contre sa mère, sanglotant à son tour. François demeura idiot au spectacle de ces êtres qu'il aimait par-dessus tout et dont, une fois de plus, il provoquait les larmes.

— Qu'est-ce qui se passe ici ? s'écria un adolescent en entrant.

— Adrien ! Tu tombes à pic, se reprit François. Elles ne veulent rien entendre...

— Entendre quoi ?

— Qu'il faut que je rejoigne de Gaulle !

Adrien dévisagea longuement son père et se contenta de dire :

— Ah... je comprends...

Sans ajouter un mot, il souleva Claire dans ses bras et quitta la pièce.

Plus cruel encore que les critiques de sa femme et les larmes de sa fille, le silence d'Adrien en disait long ; il lui signifiait clairement qu'une fois encore il se montrait d'un parfait égoïsme.

— Oh, et puis merde ! cria-t-il en claquant la porte du couloir derrière les enfants.

Il s'allongea à son tour et demeura un moment immobile contre le corps hostile de Léa, ruminant des pensées contradictoires.

Il se redressa : qu'elle était désirable, sa blouse à carreaux éclaboussée de jus de raisin, ses boutons détachés laissant deviner le haut des seins ! Il y posa les lèvres : Léa grommela et s'ébroua afin de manifester sa mauvaise humeur. Du bout des doigts, François caressa alors ses longues cuisses, de bas en haut, puis s'immobilisa sur la toison douce de son sexe. Très lentement il pénétra l'intime moiteur... Léa gémit. Il suspendit sa caresse.

— Continue... murmura-t-elle.

Quand enfin il s'enfonça en elle, François éprouva un long moment de plénitude. Comme toujours, la certitude lui venait que rien, jamais, ne parviendrait à les séparer, qu'elle était à lui comme il était à elle, de toute éternité. Rien, ni les épreuves ni les années ne pourraient venir à bout de leur amour. Alors, aujourd'hui...

Ils s'étaient assoupis quelques instants et n'avaient pas entendu la porte s'entrouvrir. Une jolie petite tête barrée de cheveux noirs se pencha :
– Chut ! Papa et maman sont en amour...

2.

Le président de la République et sa suite avaient quitté l'aérodrome d'Orly le dimanche 22 septembre 1964, vers midi, à bord du Boeing *Château-de-Sully*. Ils devaient arriver neuf heures plus tard à Pointe-à-Pitre, en milieu d'après-midi. Pendant le voyage, le Général se restaura, arpenta la carlingue pour dégourdir ses longues jambes, parcourut les journaux, exécuta quelques réussites, somnola enfin. À sa descente d'avion, le teint frais et l'œil vif, il semblait reposé. Albert Bonhomme, préfet de la Guadeloupe, le général Nemo, commandant du groupe Antilles-Guyane, ainsi que les principales personnalités du département étaient venus l'accueillir. Très droit dans son costume gris sombre, le chef de l'État répondit à leurs salutations avec sa sécheresse coutumière. D'un bref geste de la main, il salua la foule venue l'acclamer, passa en revue un détachement du 33e R.I.M.A., puis monta en voiture afin de se rendre à la préfecture de Basse-Terre. Au passage du cortège officiel, des Guadeloupéens agitaient de petits drapeaux français.

Dès le lendemain il repartait à bord d'une Caravelle à destination du Venezuela.

Sur l'aérodrome de Maiquetía, l'atterrissage se fit en douceur. Le chef de l'État vénézuélien, d'origine corse, y attendait la délégation étrangère, entouré de nombreux ministres de son gouvernement. Presque aussi grand que son hôte français, regard vif derrière des lunettes à grosses montures d'écaille, le docteur Raúl Leoni prononça, dans le salon d'honneur de l'aérogare, quelques mots de bienvenue :

– Je salue cette France immortelle qui, hier, a tant fait pour l'indépendance des nations de ce continent et, maintenant, fait tant pour le progrès des peuples moins fortunés et pour affirmer la paix dans le monde, dans le respect des principes d'égalité et d'indépendance.

– Je suis convaincu, répondit le général de Gaulle, que votre libérateur, Bolívar, estimerait aujourd'hui, comme nous-mêmes, que l'océan Atlantique ne doit pas être un obstacle, surtout pour les Latins que nous sommes.

Après l'exécution des hymnes nationaux, les deux hommes montèrent à bord du véhicule présidentiel, tandis que Mme de Gaulle prenait place dans la voiture de Mme Leoni. Le cortège parcourut ensuite les trente kilomètres séparant l'aéroport de Caracas. Tout le long d'un itinéraire qui avait été décoré de drapeaux français et vénézuéliens entrecroisés ainsi que de portraits géants des deux chefs d'État, l'assistance massée en nombre ne ménageait pas ses applaudissements. Insensibles aux 35° qu'on relevait à l'ombre, tous s'égosillaient dans la foule : « Vive la France ! Vive de Gaulle ! »

Après un court instant de repos à la résidence de l'ambassadeur de France, le Général et son épouse se rendirent au Congrès vénézuélien en voiture découverte – disposition qui ne manqua pas d'inquiéter Tavernier tout comme les gardes présidentiels : les services secrets leur avaient en effet signalé la présence dans le pays d'anciens membres de l'O.A.S. ; l'un d'entre eux n'était autre qu'un tueur bien connu qu'on avait surnommé la Boiteuse. François avait aussitôt averti le président de la République des risques qu'il courait.

– Allons, si votre « Boiteuse » tire aussi mal qu'au Petit-Clamart, je ne risque pas grand-chose... éluda de Gaulle.

Dès son arrivée au palais du Congrès, le président français s'adressa aux députés et sénateurs vénézuéliens. Malgré une toux qui l'obligea à s'interrompre à plusieurs reprises, il s'exprima longuement :

– Nous n'admettrons pas que certains États établissent, au-dehors de chez eux, une direction économique ou politique. Nous sommes d'accord, vous et nous, pour que toute oppression et toute hégémonie soient bannies de notre univers.

Chacun des assistants saisit la mise en garde implicitement adressée aux Américains et sans doute autant à l'Union soviétique.

Puis le président français répondit avec bonhomie aux questions des journalistes. Certains, se tournant vers Mme de Gaulle, sollicitèrent une interview ; elle refusa :

– Moi, je ne parle pas. C'est mon mari qui est le maître à la maison, c'est lui qui parle.

Les festivités terminées, François appela Léa. Une voix ensommeillée lui répondit :

– A... Allô ?

– Allô, c'est moi, chérie... Je te réveille ?

– Tu sais l'heure qu'il est ?

– Non, mais j'avais besoin de t'entendre... Tu vas bien ?

– Oui, répondit-elle d'une voix un peu plus claire. Et toi ?

– Ça va, la routine... Ah, j'aime ton rire, tu sais... Allez, rendors-toi, mon amour. Et embrasse les enfants !

Le lendemain, au sortir d'une ultime réception donnée à l'Hôtel de Ville de Caracas, de Gaulle et sa suite se rendirent directement à l'aéroport : leurs hôtes vénézuéliens les y attendaient afin de prendre congé. La petite assemblée s'immobilisa au pied de l'échelle de coupée pour entendre une dernière fois les hymnes nationaux. À peine la délégation française eut-elle regagné le bord de la Caravelle que vingt et un coups de canon saluèrent son départ.

La deuxième étape du voyage était prévue en Colombie. Dans l'avion, le Général, lunettes sur le nez, dépouillait les journaux. Il interrompit soudain sa lecture et lança à l'adresse de Tavernier :

– Eh bien, on dirait que votre ami Castro fait encore parler de lui !

François le considéra avec étonnement.

– Sous la pression des Américains, la Bolivie a rompu ses relations avec Cuba. Et, selon Washington, Cuba suspendrait ses achats à l'étranger en raison de difficultés financières dues à la chute du prix du sucre. Au moment où les États-Unis renforcent leur blocus de l'île, si l'information est exacte, ça ne me semble pas très judicieux... Qu'en pensez-vous, Tavernier ?

– Pas grand-chose, mon général. Je ne suis guère informé de ce qui se trame à Cuba...

– Votre femme n'a-t-elle pas gardé des liens avec ses anciens amis ?

– Le commandant Guevara lui écrit parfois...

– Ah, « le Che », ainsi qu'on l'appelle... J'ai de l'estime pour lui : c'est un pur. Mais, comme tous les purs, il doit se montrer intransigeant. La Révolution française en a forgé plus d'un, mais ces gens-là sont dangereux. Y compris pour eux-mêmes.

– Le docteur Leoni vous a-t-il parlé de ses propres relations avec le gouvernement cubain ?

– Oui. Selon lui, les castristes n'auraient pas renoncé à leurs actions de guérilla et continueraient à faire parvenir des armes à ses opposants ; en moindres quantités, cependant. Pour le gouvernement de Caracas, quoi qu'il en soit, c'est encore trop. Aux abois, les communistes de ce pays auraient proposé une trêve dont les conditions seraient, toujours selon le gouvernement en place, inacceptables. Leoni m'a précisé qu'il avait rompu toutes relations avec Castro, ajoutant qu'il regrettait que la France intensifiât son commerce avec l'île...

– Mais la France a raison : le blocus américain est insupportable et ne fait souffrir que la population !

Le Général reprit sa lecture.

– Tiens, l'état de siège a été proclamé en Bolivie : ma parole, nous allons arriver en pleine pagaille !

À 17 heures, heure locale, la Caravelle se posa sur l'aéroport d'El Dorado, au cœur de la cordillère orientale des Andes. Au travers des nuages noirs, on avait pu apercevoir, peu avant, les neiges éternelles du Montserrat. Après la chaleur humide qui régnait au Venezuela, on respirait en Colombie un air aussi pur que vif.

Accompagné des plus hautes personnalités du pays, le président Valencia accueillit le général de Gaulle à sa descente d'avion. Les deux chefs d'État et Mme de Gaulle empruntèrent d'abord un hélicoptère pour gagner la capitale. À Bogotá même, une antique et rutilante Cadillac décorée aux couleurs des deux pays les attendait. Sur le passage du cortège, les Bogotans agitaient des drapeaux. Certains brandissaient aussi des banderoles sur lesquelles on pouvait lire : « Vive l'homme de la liberté, de l'égalité et de la fraternité ! » En plus petit nombre, on apercevait néanmoins d'autres slogans comme « À bas les Américains ! » ou « Il faut reconnaître la Chine communiste et Cuba ! »

Le Général et Mme de Gaulle se reposèrent un moment dans les appartements qui leur avaient été aménagés au Club militaire de Bogotá, avant le grand dîner de cent trente couverts que le président Valencia devait offrir au palais San Carlos. François, arrivé un peu plus tard par la route, remarqua que de Gaulle faisait aisément honneur au repas et répondait avec amabilité aux nombreux toasts qui lui étaient portés.

Tard dans la soirée, rentré dans son logement d'honneur, il apprit par Télex que Georges Bidault, retiré au Brésil, avait annoncé au journal *O Globo* qu'il renonçait à toute activité politique.

– En voilà une bonne nouvelle ! commenta-t-il, laconique.

Une autre note, celle-ci du colonel Gutiérrez, responsable de la sécurité du Général, faisait état de la présence à Bogotá de l'ex-colonel Château-Jobert où celui-ci s'était réfugié sous le nom de Gillot. Le mémorandum précisait encore que la police colombienne, prudente, avait préalablement procédé à l'arrestation d'un certain nombre d'« exilés O.A.S. », comme on les appelait ici ; ils resteraient incarcérés le temps que durerait la visite du président français.

– Quand en aurons-nous fini avec cette racaille ? soupira l'hôte de l'Élysée.

C'est las, les traits tirés, que de Gaulle parut à Quito, à la porte de la Caravelle qui l'avait amené de Bogotá. Il n'était pas le seul : la plupart des membres de sa suite affichaient une mine marquée par l'épreuve qu'infligeait l'altitude. En particulier Couve de Murville, le ministre des Affaires étrangères, qui n'était plus que l'ombre de lui-même. Seule Mme de Gaulle semblait aussi fraîche que si elle se fût trouvée à tailler ses rosiers en son jardin de la Boisserie !

Depuis le balcon du Palais national, place de l'Indépendance, le président de la République française, revêtu de son uniforme, prononça son premier discours en espagnol. L'enthousiasme fut délirant.

Au Pérou, le général de Gaulle devait s'adresser aux armées. L'allocution fut donnée à l'École militaire de Lima, laquelle avait été créée en 1942 par le général Laurent, qui dirigeait alors une mission militaire française. Après que le général Ferrancio, ministre de la Guerre, l'eut salué « comme le premier chef et le premier soldat de la France immortelle ! », les élèves réservèrent au Général un accueil plein de chaleur et de respect. Pas un muscle de son visage ne tressaillit lorsque les cadets en uniforme noir défilèrent devant lui au pas de l'oie sur l'air de la 2e D.B.

Le président de la République félicita le président péruvien, Belaúnde Terry, pour le matériel de guerre ultramoderne dont le pays s'était doté ; Terry se rengorgea. Sur le chemin les menant à l'Hôtel de Ville, de Gaulle renouvela son compliment pour le déploiement des forces de l'ordre, tant policières que militaires ; il en admira les engins, visiblement neufs. *Half-tracks* et mitrailleuses antiaériennes en batterie avaient été postés à chaque carrefour. En aparté, des officiels se confièrent à François Tavernier :

– Hé oui, c'est que nous craignons bel et bien un assaut contre le général : jamais on n'a vu autant de soldats depuis notre dernière Révolution, en 1962 !

Reçu par la Chambre et le Sénat péruviens, de Gaulle réaffirma :

– Nous croyons le moment venu d'offrir largement notre appui à l'Amérique latine pour des raisons qui s'appellent l'amitié que nous lui portons, la connaissance que nous avons de son immense potentiel, enfin le désir qui est le nôtre de la voir apparaître au premier plan de la scène du monde comme un élément essentiel de l'équilibre et de la paix.

Le lendemain, la Caravelle présidentielle atterrissait en Bolivie à Cochabamba, choisie au détriment de La Paz, dont l'altitude très élevée avait fait craindre pour la santé de l'illustre visiteur. Après la brume et la grisaille qui avaient sévi à Lima, la ville cernée de montagnes apparut baignée d'une lumière dorée. Le rhume que le Général traînait depuis Paris semblait s'être atténué et c'est d'un pas ferme qu'il descendit les marches de la passerelle au pied de laquelle l'attendaient le président bolivien, Victor Paz Estenssoro, et les membres de son gouvernement. Une foule difficilement contenue par un service d'ordre considérable acclama l'hôte de la Bolivie. Le front large et dégarni, un homme qui jusque-là s'était tenu en retrait, s'avança : ambassadeur de France en Bolivie, Dominique Ponchardier salua dignement le président français. Le Général lui tendit la main avec cordialité :

– Heureux de vous revoir, Ponchardier !

– Moi aussi, mon général.

– J'ai amené avec moi l'un de vos anciens camarades : François Tavernier.

Les deux hommes se serrèrent la main avec un évident plaisir.

— Venez, François, je vous prends dans ma voiture, s'enthousiasma l'ambassadeur.

— Amusez-vous bien ! fit, badin, le Général.

— Il a l'air bien luné, remarqua Ponchardier.

— Ça dépend des jours...

Le général de Gaulle et le président Estenssoro prirent place dans une voiture découverte qui démarra lentement au milieu d'une foule presque uniquement composée d'Indiens accourus des villages voisins. Les spectateurs jetaient des confettis, agitaient des fanions ou brandissaient d'antiques fusils tandis que les miliciens, du haut de leurs camions, mitraillette armée au côté, surveillaient cette masse en ébullition, mélange d'émeute et de joyeuse kermesse. Ici et là, des *Marseillaise* jouées à la flûte indienne montaient de la foule.

— Je n'aime pas ça... grinça François.

— Le Général ne craint pas grand-chose : tous les opposants croupiront en prison jusqu'à son départ... Au fait, je vois avec plaisir que vous êtes toujours dans les petits papiers du Grand...

Sans répondre, François alluma une cigarette ; l'ambassadeur lui lança un regard ironique :

— Encore une fois, vous n'avez pas su lui dire « non ».

— Vous le connaissez...

— Presque aussi bien que vous et, comme vous, je me fais toujours avoir !... Comment se porte la belle Léa ?

— Très bien. Elle est à Montillac ; ce sont les vendanges.

— Ah, si ce sont les vendanges !

Les deux hommes éclatèrent de rire.

31

– Parlez-moi de vous, Dominique : écrivez-vous toujours les aventures du Gorille ?

– Seulement lorsque mon travail m'en laisse le loisir... C'est que, vous ne l'ignorez pas, nous n'avons échappé que de justesse à un coup d'État, ici. Une révolution plus le Grand Charles, ça fait beaucoup pour un ambassadeur...

Puis, considérant la lenteur de leur progression, Ponchardier commença à s'impatienter :

– Oh, mais on n'avance pas !... Paul, prenez les chemins de traverse.

Le chauffeur s'exécuta et quitta le cortège officiel tandis que l'officier de police qui précédait la voiture, sur les ailes de laquelle flottaient deux fanions tricolores, tentait d'ouvrir un chemin parmi la foule. Peu après, ils purent rouler à plus vive allure dans les rues adjacentes désertées. À un carrefour, cependant, ils furent arrêtés par un feu rouge ; un homme et une femme traversèrent.

– Nom de Dieu ! s'écria François, agrippant le tableau de bord.

– Qu'y a-t-il ? s'inquiéta son compagnon.

– Cet homme... là !

– Oui, eh bien ?

– C'est Barbie !

– Klaus Barbie ?... Vous en êtes sûr ?

– J'en jurerais... Il a vieilli, mais c'est bien lui.

François ouvrit précipitamment la portière.

– Que faites-vous ?

– Vais lui régler son compte !

Ponchardier se pencha et referma brusquement.

– Mais vous êtes fou !

Tavernier, le feu au visage, se laissa retomber sur son siège. Le signal passa au vert, le chauffeur redémarra et ils roulèrent quelques instants en silence.

– Où avez-vous connu Barbie ?

– Je ne le connais pas, je n'ai fait que le croiser de loin en loin... Jean Moulin me l'avait désigné, un jour que nous déjeunions ensemble à Lyon, chez la Mère Léa, je crois. Barbie riait à gorge déployée en compagnie d'autres officiers allemands. Max... enfin, Jean Moulin, en le voyant devint très pâle. Machinalement, il chipotait dans son assiette ; une serveuse le remarqua : « Cela ne vous plaît pas, monsieur ? » s'inquiéta-t-elle. Moulin comprit le risque qu'il courait d'être repéré et se ressaisit, engloutissant tout le plat qu'on lui avait servi. Je parlais de tout et de rien, il me répondait par signes de tête. Son supplice se prolongea, car il était difficile, dans ce genre d'établissement, d'échapper au fromage et au dessert, pas plus qu'au café-cognac : il y allait de la réputation de ce restaurant que fréquentaient tant l'occupant que ses collaborateurs ! Enfin, je pus demander l'addition et payer. Comme nous nous levions de table, mon regard croisa celui de Barbie : je crus y lire comme une interrogation et ce fut avec soulagement que nous quittâmes la salle... Aujourd'hui, il réside à La Paz sous le nom de Klaus Altman et a obtenu la nationalité bolivienne

– Puisqu'il en est ainsi, je vais essayer de me renseigner... Le gouvernement bolivien entretient de bons rapports avec les anciens nazis qui se sont réfugiés ici. Cependant, j'ai quelques relations dans la police et les services secrets... Vous devriez toutefois en toucher un mot au Général.

François hésita : devait-il parler de la mission que lui avait confiée le chef de l'État ?

– Je ne sais pas si j'ai le droit de vous en faire part... Enfin, voilà : je suis ici à sa demande, précisément dans le but de faire extrader Barbie.

– Jamais les Boliviens n'accepteront !

– En ce cas, nous l'enlèverons.

– C'est de la folie !

– Sans doute... Mais le Général tient à ce que l'assassin de Jean Moulin passe en jugement. Et peu lui importe la manière dont il sera conduit devant le tribunal !

– Hum, je vois... Je vous remercie de votre confiance. Vous pouvez compter sur mon aide.

– Merci.

– Et puis ça nous rajeunira...

Ils atteignirent enfin la résidence de los Portales où les deux présidents devaient procéder à l'échange protocolaire de décorations : le grand cordon de la Légion d'honneur fut remis au chef de l'État bolivien, tandis que le Grand Condor des Andes échut au général de Gaulle. Un banquet suivit la cérémonie. Après le repas, le président de la République et son hôte se rendirent en limousine découverte sur la place de l'Hôtel-de-Ville, où s'écrasait une population bigarrée. Dans l'assistance, on avait revêtu costumes traditionnels et coiffures délirantes. Indifférent à la poussière, aux odeurs de sueur, d'épices et de cuir mêlées, le Général descendit de voiture et s'enfonça dans la foule, touchant les mains tendues sous les vivats et les cris de joie de la multitude. Ponchardier, Tavernier et Comiti, chef de ses gardes du corps, tentaient de lui frayer un passage tout en le protégeant lorsque, dans un même élan, la foule souleva le général et ses gardes au-dessus des têtes.

– C'est trop, c'est trop... protestait de Gaulle, plus amusé qu'inquiet de l'insolite de la situation.

C'est dans cet étrange équipage qu'ils parvinrent, néanmoins sans encombre, jusqu'à l'Hôtel de Ville. En douceur, le petit groupe fut déposé sur ses marches, puis, ayant repris son aplomb, le chef de l'État français gagna le balcon et s'adressa aux Boliviens en espagnol. La foule exulta.

La population enthousiaste céda ensuite le passage aux danseurs de *la Diablada* venus d'Oruro, citadelle des mineurs de l'étain. Des « hommes-diables » aux masques aussi cornus que bariolés exécutèrent leurs sauts, aux sons des clarines et des *tambores*. Parés d'or, de rouge et de bleu, des démons représentant les sept péchés capitaux tenaient un côté, tandis que des ours et des scorpions nantis d'ailes bleu ciel, personnalisant la lutte du Bien et du Mal, leur faisaient face, tous formant une mascarade haute en couleur. Un ordre lancé par les tambours immobilisa les danseurs un court instant ; un autre les invita à s'écarter les uns des autres. Dans le vide ainsi créé s'élancèrent alors une centaine d'hommes couverts de parures rutilantes et dont les bonds parfaitement synchronisés composaient des figures géométriques. Chacun claquait le sol en retombant comme un seul homme, au rythme obsédant des *tambores*.

– Comment trouvez-vous cela ? demanda le Général à Tavernier.

– Fascinant...

– Vraiment ? railla de Gaulle.

À la fin du spectacle, après les applaudissements d'usage et un dernier salut à la foule, le Général et ses hôtes se retirèrent dans les salons où devaient être prononcées les allocutions convenues. Pendant qu'on en terminait, un officiel souffla à l'oreille du représentant des États-Unis :

– À terme, ce général français peut se révéler plus dangereux pour vous, en Amérique du Sud, que Fidel Castro...

Dès le lendemain, le président de la République et sa suite prirent la route d'Arica, dans l'extrême nord du Chili, dans le but d'y embarquer à bord du *Colbert* ; le bâtiment devait les conduire jusqu'à Valparaíso, deux mille cinq cents kilomètres plus au sud. À bord, le Général se montra satisfait de son court séjour en Bolivie :

— C'est un pays fort ancien qui me fait l'effet d'entamer une vie nouvelle, commenta-t-il à l'intention de Tavernier. Je me souviens que la France libre y a trouvé un précieux soutien... N'ai-je pas raison ?

— C'est en effet un très ancien pays qui n'a malheureusement plus aucun accès à la mer. Et les montagnes y sont si hautes que les diverses régions peinent à communiquer entre elles ; l'avion n'a que peu modifié la donne géographique. Néanmoins, la Bolivie a de fort mauvaises fréquentations...

— Que voulez-vous dire ?

— Elle abrite des ennemis de notre pays, et parmi les pires !

— Vous parlez de ces rebuts de l'O.A.S. ?

— Ceux-là ne sont guère dangereux... Non, je parle des ex-nazis.

— Cela, nous le savons, Tavernier.

— Hier, j'ai croisé Klaus Barbie dans les rues de Cochabamba !

Le visage de Charles de Gaulle se crispa :

— En êtes-vous sûr ?

— Oui, mon général. À ma demande, Ponchardier s'est renseigné auprès des services secrets boliviens, lesquels ne se sont guère fait prier pour lui remettre une note : Barbie se fait maintenant appeler Klaus Altman ; mais ça, vous ne l'ignorez pas. Grâce à l'aide des États-Unis, il a obtenu la nationalité bolivienne en octobre 1957 et possède même un passeport diplomatique qui lui permet de voyager à l'étranger. Par ailleurs, il gérerait la compagnie maritime nationale de Bolivie, la Transmarítima Boliviana Limitada.

– Une compagnie maritime ? C'est un comble pour un pays qui ne possède aucun débouché sur la mer !

Songeur, de Gaulle se tut quelques instants.

– Comment en est-il arrivé là ? Et ce, malgré nos demandes d'extradition... marmonna-t-il comme se parlant à lui-même.

– D'après les renseignements de Ponchardier, il a bénéficié de multiples appuis et concours. Pendant les quatre années qui suivirent la guerre, il a travaillé en Allemagne pour les services secrets américains, puis, avec la bénédiction du Vatican et la complicité de la Croix-Rouge qui lui délivra un permis de circuler assorti d'un visa d'immigration en Bolivie, il a été conduit à Salzbourg en compagnie de sa famille. De là, ils ont emprunté la « Filière des rats » : embarqués à bord du *Corrente*, ils ont débarqué à Buenos Aires le 10 avril 1951, puis gagné la Bolivie, où Barbie est entré en contact avec ses compatriotes déjà installés dans le pays. Un peu plus tard, il semble cependant que ses nouveaux amis se soient éloignés de lui à la suite d'un scandale qu'il aurait déclenché dans un club allemand de La Paz : devant l'ambassadeur de R.F.A., Barbie aurait hurlé : *« Heil Hitler ! »* De plus, il clamerait à qui veut l'entendre : « Oui, je suis un nazi convaincu et mille fois je referais ce que j'ai fait ! Je suis un soldat, un S.S. Et un S.S. est une sorte de surhomme ! »

Le général de Gaulle se prit la tête entre les mains, puis la releva avant de murmurer :

– Que la nature humaine est laide... C'est bien, Tavernier. Muni de tous ces renseignements, le gouvernement français va de nouveau réclamer son extradition. En cas de refus, nous l'enlèverons. Dès mon retour, nous nous occuperons de cela. Il faut que Jean Moulin soit vengé. C'est bien votre avis, n'est-ce pas ?

— Une balle dans la peau suffirait.

— Non. Je veux un procès, un procès exemplaire !

3.

À Montillac, les vendanges s'achevaient. Camille et Claire avaient repris le chemin de l'école de Verdelais, Adrien étudiait à Bordeaux et Charles suivait les cours de la faculté de droit de Paris.

Les journées semblaient longues à Léa. Assise au bureau de son père, elle s'employait à vérifier les comptes du domaine. Très vite pourtant, son esprit s'envolait vers François. Selon les jours, elle pensait à lui avec une tendre rancœur ou une réelle colère. Mais, quel que fût son état d'esprit, il lui manquait. Les nuits surtout lui étaient interminables. Et toutes peuplées de fantômes : sans cesse lui revenaient le corps martyrisé de Malika ou le visage bonhomme de Joseph Benguigui... Le dévouement aveugle de Philomène, la jeune Vietnamienne qui, pour sauver Claire, l'enfant dont elle avait la charge, s'était jetée sur la bombe déposée sur leur palier de la rue de l'Université, revenait la tenailler. Joseph, Philomène : l'un et l'autre victimes de l'O.A.S. ! La voix de Jeanne Martel-Rodríguez lui redisait tout bas son amour de la terre d'Algérie et la suppliait de quitter un pays qui n'était pas le sien... Guidés par al-Alem, leur fuite vers la Kabylie se redéroulait dans son esprit troublé... puis, c'était au souvenir de Camille, mère de Charles, de s'imposer, celui de sa fin tragique aussi[1]... Quand ces ombres se faisaient par trop oppressantes, Léa se levait, allait déposer un baiser sur le front des enfants et, s'enveloppant dans une couverture, descendait sur la terrasse qui dominait le vignoble. Là, elle s'autorisait quelques larmes. Parfois, lorsque la nuit était douce, elle finissait par se rendormir à même le banc de fer. Elle se réveillait frissonnante, le corps endolori. Elle contemplait un moment la brume matinale qui s'attardait entre les vignes, puis, au loin, la masse sombre des Landes dont « *l'immense armée noire fermait l'horizon* ». Des cheminées des villages alentour montait une mince fumée. Cette terre qui était sienne comme elle avait été celle de son père et de leurs lointains ancêtres vibrait alors en elle. Une douce nostalgie l'envahissait et elle croyait réentendre sa mère quand elle affirmait, un peu mystérieuse : « À la campagne, le chagrin vous prend... » Que voulait-elle dire, au juste ? Par bonheur, lorsque la brume se dissiperait, que le soleil éclaterait de nouveau sur ce paysage chéri, Léa savait qu'il chasserait aussi sa mélancolie et rendrait toute leur gaieté aux vignes et aux prés. Ce « *paysage était, à ses yeux, le plus beau du monde, palpitant, fraternel, le seul à connaître ce qu'*elle *savait, le seul à se souvenir des visages détruits dont* elle *ne parlait à personne, et dont le vent, au crépuscule, après un jour torride, était le souffle vivant, chaud, d'une créature de Dieu (comme si sa mère l'embrassait)*[2] ». Dieu, elle y pensait souvent, appuyée aux pierres de la terrasse. Comme Il se montrait absent ! Comme étaient seules ses créatures, dans la vie comme face à la mort ! Des prières de son enfance lui remontaient aux lèvres, mais le souvenir

---

1. Voir *Le diable en rit encore*, n° 6517.
2. François Mauriac, *Journal*.

de tant de ces êtres chers, disparus à jamais, les repoussait : elles se révélaient si vides de sens ! Amour, pardon, éternité n'étaient pas de ce monde... Les cloches de Verdelais, de Langon et de Saint-Macaire annonçaient le début de l'office. Léa chassait alors ses tristes pensées et, dans le petit matin, remontait à pas lents vers la maison où tout dormait encore. À la cuisine, après avoir allumé un feu de sarments dans la cheminée, elle se faisait chauffer un peu de lait. Dégustant le brûlant liquide, le regard perdu dans les flammes, elle se revoyait enfant, à cette même place, un bol de lait aromatisé au miel lui réchauffant les mains tandis que sa mère, tout en lui essuyant les cheveux, la grondait d'être restée si longtemps à courir sous la pluie. Son cœur se gonflait de chagrin. « Comme on se défait mal de son enfance... » pensait-elle, puis, prenant garde à ne pas faire de bruit, elle remontait jusqu'à sa chambre, se glissait entre les draps et s'endormait d'un coup. Souvent, c'étaient les enfants qui la réveillaient :

– Paresseuse ! Paresseuse ! piaillait Claire, la moquant joyeusement.

Ils avaient quitté la Kabylie en novembre 1962[1], y laissant derrière eux les harkis qui s'étaient réfugiés sur la propriété dans l'espoir d'y être protégés des soldats de l'Armée de libération lancés à la poursuite des « traîtres ». Dans le véhicule militaire mis à leur disposition par les autorités algériennes, Léa s'était retournée à plusieurs reprises : son cœur se serrait à l'idée d'abandonner ces hommes qui avaient cru en la France, désormais livrés à un triste sort ; sort dont, elle le savait, se réjouissait al-Alem... Certains couraient

---

1. Voir *Les Généraux du crépuscule*, n° 30279.

après le véhicule, s'accrochaient, désespérés, aux portières. D'autres demeuraient immobiles, bras ballants, déjà résignés à la balle qui les achèverait, au couteau qui les égorgerait. Pourquoi fallait-il, encore une fois, que cela se reproduise ici, en Algérie, comme hier en Indochine ? Léa revit alors ces villageois vietnamiens que l'armée française, en retraite devant l'inexorable avancée des troupes du Viêt-minh, avait aussi abandonnés. Elle avait détourné la tête et regardé fixement la route d'où s'élevait une ocre poussière.

Al-Alem avait tenu à les accompagner jusqu'à Alger et ne s'était résolu à les quitter qu'au pied de l'avion. Longtemps, Léa avait serré contre elle ce jeune garçon qui avait maintes fois risqué sa vie pour sauver la sienne et celle de ses enfants. Depuis, elle était restée sans nouvelles de lui...

À Paris, Léa avait rejoint François. Quoique la joie de leurs retrouvailles fût grande, s'était néanmoins insinuée entre eux deux une sorte de malaise : tout en se sachant injuste, elle éprouvait envers lui comme de la rancœur. Cette ville qu'elle avait tant aimée lui semblait à présent étrangère, voire hostile : à chaque coin de rue du quartier de Saint-Germain-des-Prés, le visage de Laure, fauchée par la rafale de mitraillette qui lui était en fait destinée[1], lui criblait l'âme de remords. Quant à François, il ne reconnaissait plus dans cette femme tendue, amaigrie, celle qu'il aimait. Il leur avait fallu plusieurs jours pour se réhabituer l'un à l'autre. Dans cette courte épreuve, les enfants leur avaient été d'une aide précieuse et le réaménagement de l'appartement de la rue de l'Université leur avait fourni, lui aussi, d'heureuses diversions.

Une fois leurs affaires remises en ordre, la sérénité

---

1. Voir *Noir Tango*, n° 9697.

revint progressivement. Peu de temps après, ils avaient néanmoins décidé de se réinstaller en Gironde. Là, les choses avaient vite retrouvé leur cours ordinaire.

Un matin, au réveil, Léa avait pris une décision ; elle en fit aussitôt part à François :

– Chéri, j'ai besoin de quelqu'un pour s'occuper des enfants, ici comme à Paris.

– Mais, ne sont-ils pas trop grands pour avoir une nounou ?

– Il ne s'agit pas d'une « nounou », mais de quelqu'un qui saurait me seconder et me remplacer en cas d'absence.

Il la saisit par la taille et la fit tournoyer. Elle protesta :

– Arrête ! Arrête ! Tu es fou : tu vas me faire tomber !

– Mais tu es irremplaçable, mon amour ! Et, puis, n'es-tu pas toujours auprès d'eux ?

– Pose-moi, je t'en prie.

Comme à regret, il obéit.

– J'ai besoin d'un peu plus de temps pour moi... Oh, ne prends pas cet air étonné, s'il te plaît ! Toi, tu vas, tu viens, sans te soucier de l'intendance... Comment marche la maison, à Montillac ou à Paris, ça, jamais tu ne t'en préoccupes...

– Tu es injuste : je ne demande pas mieux que de t'aider...

C'est vrai, elle se montrait injuste : n'est-ce pas lui qui avait relevé Montillac de ses ruines à la fin de la guerre ? qui avait permis l'agrandissement du vignoble, l'amélioration de la qualité du vin ? Et tout cela sans compter la rigoureuse gestion qu'il avait introduite au domaine. Tout en reconnaissant sa mauvaise foi, elle s'écria :

— Ah, ça ferait du joli, tiens : toi qui n'es même pas capable de faire la différence entre l'ail et l'oignon !

— Ce n'est pas essentiel au bon fonctionnement d'une maison...

— C'est toi qui le dis ! L'ail et l'oignon, ce n'est qu'un exemple, je pourrais t'en trouver de plus probants...

— D'accord, d'accord... Revenons à cette perle rare que tu recherches...

— J'ai un peu honte de vouloir me décharger de l'éducation des enfants sur quelqu'un d'autre, mais je dois me faire une raison : je n'ai ni la vocation ni la patience de ma mère. Chaque jour qui passe me démontre que je ne suis pas l'éducatrice idéale.

— Que vas-tu chercher là ? Demande donc aux enfants ce qu'ils en pensent...

— Ils affirmeront le contraire, bien évidemment. Mais, comment dire ?... J'étouffe, je me sens à l'étroit dans ce rôle... Oh, pardonne-moi, mais c'est ce que je ressens, balbutia-t-elle.

« C'est plus grave que je ne le pensais », s'avisa François alors qu'elle éclatait en sanglots. Il la prit dans ses bras :

— Calme-toi, ma chérie : nous allons trouver quelqu'un.

Peu à peu, les pleurs de la jeune femme se calmèrent.

— Excuse-moi, mon amour, ce doit être la fatigue... Ce n'est rien, pardonne-moi...

— Tais-toi donc, je n'ai rien à te pardonner ! C'est moi qui suis un idiot de ne pas m'en être rendu compte : tu n'es pas heureuse...

— Mais si, je suis heureuse ! s'emporta-t-elle. Je vis dans la maison que j'aime avec ceux que j'aime. Que demander de plus ?

– Alors, de quoi te plains-tu ?

– Je ne me plains pas : je m'ennuie ! J'ai besoin d'ailleurs, vois-tu... Ah, mais ça, je savais que tu ne comprendrais pas !

– Tu commences à m'énerver, se cabra-t-il tout à coup. *Madame* a « *besoin d'ailleurs* », certes. Mais, quand *elle* est *ailleurs*, *elle* ne rêve que de ses vignes, de son toit natal et d'une vie douillette !

– Hé, tu me fais mal, espèce de brute !... Je sais, c'est incohérent, je n'y peux rien ! Est-ce ma faute si j'ai à la fois besoin d'une chose et de son contraire ?

– Ma pauvre fille, décidément, tu te comportes comme une enfant gâtée !

Les yeux encore tout embués, Léa lui décocha un regard lourd de reproches :

– J'avais cru... j'avais pensé que toi, au moins, tu comprendrais... Eh bien, tant pis pour moi : je me suis trompée !

Le soir même, François partait pour la capitale. Leur brouille dura près d'une semaine. Dix jours plus tard, il regagnait Montillac :

– Je crois que j'ai trouvé la personne dont tu as besoin ! déclara-t-il d'emblée.

– Ce n'est plus la peine : j'ai bien réfléchi, c'était une idée absurde.

– Moi aussi j'y ai réfléchi, et ce n'est pas si absurde que ça ; surtout de la part d'une femme comme toi...

– Que veux-tu dire par là ?

– De toutes les femmes que j'ai connues, tu es celle qui éprouve le plus vif besoin de liberté. Pour être heureuse, pour simplement vivre en harmonie avec toi-même comme avec les autres, tu dois avant tout te sentir *libre*. Aussi libre d'aller et venir qu'un oiseau dans le ciel ! Je ne comprends pas comment j'ai pu oublier cela : n'est-ce pas ce trait si particulier de ton caractère qui, avant même ta jolie frimousse, m'avait séduit ?

Pour toute réponse, Léa se jeta dans ses bras.

– Assieds-toi... Tu ne veux pas savoir de qui il s'agit ?

– Si, si, bien sûr : qui est-ce ?

– C'est la femme d'un de mes camarades de captivité, mort durant notre détention au Viêt-nam [1]. Avant de s'éteindre, il m'avait fait promettre, si je m'en sortais, de prendre soin de sa femme et de son fils.

– Tu ne m'as jamais parlé de cette histoire...

– Je sais... C'est que, lorsque j'ai pu me tirer de cet enfer, j'ai essayé d'en effacer tout souvenir de ma mémoire. Et j'y suis trop bien parvenu, puisque, du même coup, j'ai oublié ma promesse...

– Cela ne te ressemble pas.

– Merci de me dire ça, ma chérie... J'ai cependant bel et bien négligé ce serment fait à un mourant ! Il y a quelques mois, fouillant dans une vieille cantine remisée au fin fond du grenier, je suis retombé sur des papiers de ce temps-là ; le nom et l'adresse de cette femme m'ont comme sauté au visage. Inutile de te dire que la honte m'a submergé... Je lui ai écrit immédiatement, mais ma lettre m'est revenue, revêtue de la mention « *N'habite pas à l'adresse indiquée* ». J'ai fait appel à une association d'anciens combattants et, grâce à eux, j'ai alors pu retrouver sa trace. L'ayant fait prévenir, je me suis rendu chez elle. La femme qui m'ouvrit me parut sans âge ; seul son beau regard avait conservé un éclat de jeunesse. Après l'avoir priée d'accepter mes excuses pour ce trop long silence, je lui ai délivré le message d'amour dont son mari

---

1. Voir *La Dernière Colline*.

m'avait chargé. Elle m'écouta, silencieuse, sans essayer de sécher les larmes qui coulaient le long de ses joues. « Monsieur, je vous remercie d'avoir pris la peine, même avec retard, de venir m'apporter les ultimes paroles de mon époux. À présent, je vais pouvoir vivre en paix », répondit-elle sobrement, encore sous le coup de l'émotion. S'étant apaisée, elle me raconta ce qu'avait été sa vie : peu de temps après qu'elle eut appris la disparition de son mari, leur fils unique était mort d'une leucémie. Elle avait alors repris ses études de médecine, mais sa santé chancelante l'avait obligée à les abandonner. Avec une amie, elle avait ensuite ouvert une librairie boulevard du Montparnasse, puis, cette personne ayant décidé de partir vivre à l'étranger, elle cherchait à liquider son commerce. Je l'ai revue deux ou trois fois avant de lui parler de toi, des enfants et de notre désir à tous deux de trouver une personne de confiance qui puisse prendre leur éducation à sa charge. Elle a d'abord demandé à réfléchir, puis, il y a deux jours, elle m'a écrit pour me donner son accord de principe. Avant d'accepter tout à fait, elle souhaitait néanmoins faire ta connaissance et celle des enfants. Si tu le veux bien, elle sera ici dans une dizaine de jours. Elle ajoutait dans sa lettre que sa librairie étant vendue, rien ne la retenait plus à Paris. Es-tu satisfaite ?

Pour toute réponse, Léa se leva et l'embrassa tendrement.

– Merci, mon chéri. Tu crois que je vais lui plaire ?

– À qui ne plairais-tu pas ?

Marie-Françoise Rousseau s'annonça à la date prévue et François se rendit à Bordeaux pour la conduire de la gare Saint-Jean à Montillac. À leur descente de voiture, Léa se tenait sur le seuil de la maison. Dès qu'elle découvrit le beau visage triste et las de Marie-Françoise, Léa éprouva un irrépressible élan vers elle : elle l'embrassa.

— Soyez la bienvenue chez nous : nous ferons tout pour que vous vous y sentiez parfaitement bien.

Il en allait de même du côté de la nouvelle venue, subjuguée par la beauté de son hôtesse et sa chaleureuse vitalité. La spontanéité de l'accueil la touchait. Son contentement fut à son comble lorsque Camille et Claire vinrent l'embrasser comme on fait d'un membre de la famille :

— C'est vrai, madame, que tu vas t'occuper de nous ? demanda Claire en l'entraînant vers l'intérieur.

— Et vous m'aiderez aussi à faire mes devoirs ? s'inquiéta Camille.

— Allez, viens voir ma chambre !

— Les enfants, les enfants, laissez Marie-Françoise arriver, s'il vous plaît ! Montrons-lui d'abord la sienne, vous voulez bien ?

Tenant la nouvelle venue par la main, les deux fillettes la guidèrent vers l'escalier qui menait à l'étage.

— J'espère que la chambre vous plaira, dit Camille : Maman l'a entièrement décorée pour vous...

— Et on l'a drôlement aidée ! s'enorgueillit Claire.

Vaste et d'une ravissante décoration, la pièce ouvrait sur le jardin. Sentant bon la cire, les vieux meubles luisaient. Quant à la salle de bains, elle rutilait littéralement. Un gros bouquet de roses du jardin trônait sur la commode.

— C'est magnifique ! s'extasia Marie-Françoise.

— Rafraîchissez-vous et prenez un peu de repos : le dîner ne sera servi que dans une heure. Claire viendra vous chercher, annonça Léa.

— Je suis... je suis très émue par votre accueil, madame...

– S'il vous plaît, Marie-Françoise, pas de « madame » entre nous : appelez-moi Léa.

Le dîner fut très gai. À part soi, François remarqua que cela faisait bien longtemps qu'il n'avait pas entendu Léa rire d'aussi bon cœur ; il se félicita d'y être pour quelque chose. Une fois qu'ils furent tous deux retirés dans leur chambre, elle le remercia à sa façon, s'abandonnant à ses caresses avec une fougue qu'elle ne lui avait plus manifestée depuis des mois.

Quelques semaines plus tard, Léa quittait, sereine, Montillac pour Paris : Marie-Françoise Rousseau avait non seulement conquis le cœur de tous les habitants de la propriété, grands ou petits, famille, ouvriers agricoles ou domestiques, mais s'était aussi révélée une maîtresse de maison hors pair.

4.

L'été approchait. D'un commun accord et à la plus grande joie des enfants, François et Léa avaient décidé de s'installer définitivement à Montillac afin d'y faire fructifier le vignoble. L'appartement de la rue de l'Université ne leur servirait plus que de pied-à-terre lorsqu'ils auraient à séjourner à Paris en attendant que celui qu'ils venaient d'acheter, rue Gay-Lussac, soit aménagé.

Ils achetèrent quelques vignes supplémentaires et le domaine devint rapidement l'un des plus importants de la région. François semblait se plaire dans son rôle de viticulteur, et cette vie simple, rythmée par les saisons, lui convenait. D'ailleurs, il ne se rendait plus à Paris qu'en de rares circonstances. De son côté, Léa y montait plus fréquemment afin de rendre visite à Charles ; tous deux profitaient alors de l'occasion pour passer quelques-unes de leurs soirées au théâtre ou au concert. Comme le temps des aventures paraissait lointain !

Or, ce fut au cours de l'une de ses absences qu'une voix venue des antipodes avait fait resurgir les temps oubliés. Dans le bureau de Montillac, le téléphone avait sonné :

– Allô !... Bonjour... Je voudrais parler à Léa.
– Elle est à Paris. Qui la demande ?
– Ernesto Guevara.

– Le Che !... C'est Tavernier à l'appareil.

– Comment vas-tu ?

– Très bien, merci.

– Peux-tu dire à Léa que je serai à Paris pour deux jours à partir du 14 avril prochain. J'aimerais la voir.

– Je le lui dirai.

– Merci. *Adiós !*

– *Adiós !*

François avait raccroché brutalement. Il ne manquait pas de culot, celui-là : oser la relancer jusque chez eux ! Cette pensée lui avait arraché un ricanement : « On dirait bien que je me comporte comme un mari jaloux... » se gaussa-t-il.

Au retour de Léa, deux jours plus tard, il lui fit part de l'appel :

– Le Che vient à Paris et il veut te voir.

– Oh, quelle joie ! Quand vient-il ?

– Modère ton impatience : le 14 avril. Il ne reste que deux jours...

– Deux jours seulement !

– On peut en faire, des choses, en deux jours ! répliqua-t-il, acerbe.

Léa le regarda, surprise.

– Cela n'a pas l'air de te faire plaisir, que je le revoie ?

– En effet ! Crois-tu que ce soit agréable de te voir te précipiter au moindre appel de tes anciens amants ?

– Mais... tu es jaloux, ma parole !

– On le serait à moins ! Ce ne serait pas la première fois que ton bel Argentin te ferait la cour... Pourquoi ris-tu ?

– Si tu voyais ta tête...

– Qu'est-ce qu'elle a, ma tête ? Oh, et, puis cesse de ricaner !

Elle ne pouvait pas contenir son fou rire : les larmes lui en venaient aux yeux.

– Pourquoi tu ris et tu pleures, maman ? s'inquiéta Claire.

La petite, qui venait d'entrer, saisit la main de sa mère.

– C'est ton père...

– Il te fait pleurer ?

– Non, il me fait rire !

– Ah bon, je préfère ça.

Rassurée, la fillette quitta la pièce en sautillant.

Quand Léa se fut un tant soit peu calmée, elle se pendit au cou de François et l'embrassa tendrement.

– Je ne te savais pas aussi jaloux, mon chéri... Allons, gros bêta, tu ne sais pas encore que c'est toi que j'aime, et toi seul ?

– Cela n'a pas toujours été le cas...

– Qu'est-ce que tu veux dire ? s'alarma-t-elle en s'écartant.

– Le beau Camilo... Tu n'étais pas amoureuse de lui, peut-être ?

Un accès de tristesse s'empara de Léa.

– Il est mort... lâcha-t-elle d'une petite voix.

– Eh bien, Ernesto, lui, il est bien vivant !

Instinctivement, Léa croisa les doigts.

– Si cela peut te rassurer, je n'irai pas à Paris.

François eut honte de son attitude.

– Il n'en est pas question. Pardonne-moi, je suis un vieux con.

Pour se calmer, il sortit dans la cour, puis marcha d'un pas rapide vers le calvaire de Verdelais. Arrivé là, il s'assit sur les marches disjointes, tira un cigare de la poche de sa veste et l'alluma. Il fuma lentement face au vaste panorama de vignes, de prés et de villages qui s'étendait au loin... Léa avait raison : il émanait de ce paysage une paix que rien ne semblait pouvoir troubler. Il savait néanmoins combien l'impression était trompeuse, combien ce pays tellement chéri par Léa avait pu abriter de larmes, de souffrances, de trahisons et de crimes... Il lui suffisait de fermer les yeux pour réentendre des plaintes, des cris, des coups de feu... Il n'ignorait pas que, comme lui, Léa les réentendait chaque fois que ses pas la portaient au pied de ces croix... La guerre était finie depuis longtemps. Mais dans les esprits, son horrible souvenir survivait, tenace. La scène qu'il venait d'avoir avec Léa lui revint en mémoire : « Quel vieux con, je fais ! » se dit-il à nouveau. « Cependant... » lui objectait non sans malignité une voix intérieure. Au souvenir de Léa, surprise à Buenos Aires dans les bras de ce Guevara de malheur, une bouffée de colère mêlée de chagrin lui serra la gorge. Et pourtant, ce n'était alors qu'un adolescent [1]... Or voici que, homme accompli, il refaisait surface en France, tout auréolé de sa gloire de révolutionnaire triomphant. À Cuba, n'est-ce pas à grand-peine que François avait pu résister au désir de lui casser la gueule [2] ? C'eût été parfaitement injuste, d'ailleurs, puisque le Che n'y était plus l'amant de Léa ; le favori du moment était alors ce Camilo Cienfuegos si... opportunément disparu ! Par la suite, il avait souvent repensé à cette disparition, persuadé qu'il ne s'agissait pas réellement d'un accident. À cause de ses extravagances et de son franc-parler, le si beau, le si populaire Camilo avait dû finir par gêner. Ah ! cette façon qu'il avait de tout tourner en dérision. Des hommes comme Fidel, son frère Raúl ou même le Che ne pouvaient l'accepter. Guevara n'avait-il pas écrit

---

1. Voir *Noir Tango*.
2. Voir *Cuba libre !*, n° 15001.

quelque part que seuls étaient ses amis ceux qui pensaient comme lui ? Ou quelque chose d'approchant... Pour avoir côtoyé de fervents communistes pendant la guerre, Tavernier savait que ces gens-là ne plaisantaient guère avec la doctrine ou la discipline du Parti. La désinvolture d'un Camilo faisait désordre dans une révolution qui se reconnaissait désormais comme communiste. De là à l'éliminer... Si tel avait été le cas, le galant Argentin de Léa avait-il été informé de ce qui se tramait, et aurait-il pu être même l'instigateur de cette disparition ?

En ce mois d'avril 1964, les bourgeons aux arbres éclataient de toutes parts et, aux terrasses des cafés, les consommateurs se pressaient, trop heureux de pouvoir profiter ne serait-ce que quelques instants des premiers rayons. Débarrassées de leurs lourds manteaux d'hiver, les femmes se montraient de nouveau désirables. Sous leurs corsages échancrés, les passantes offraient aux regards des seins que semblait gonfler la douceur ambiante. Souvent, des yeux gourmands se posaient sur elles. La plupart du temps, nulle ne paraissait s'en offusquer... Au quartier Latin, Léa et Ernesto marchaient lentement au bras l'un de l'autre, savourant eux aussi le retour du printemps, sans se soucier des deux gardes du corps de l'ambassade cubaine qui les escortaient.

– Cette ville est magique et les femmes y sont si belles ! chuchota-t-il à l'oreille de sa compagne.

– Les hommes ne sont pas mal non plus... le taquina-t-elle.

– *Che*, je t'interdis de regarder un autre homme que moi !

– Serais-tu devenu macho ?

– Excuse-moi, je suis ridicule : il doit bien y avoir un peu de bigoterie socialiste là-dessous... Moins que quiconque, je n'ai le droit de juger les rapports entre hommes et femmes. Que je sache, personne n'a encore établi que, dans les relations humaines, un homme se devait de vivre avec la même femme toute sa vie durant... pas plus qu'une femme avec le même homme. Je vais te faire une confidence : je viens d'avoir un fils hors mariage, il y a un mois...

– Tu n'as pas honte ?

– Non. Je suis seulement un peu embêté, à cause d'Aleida...

– Elle n'est pas au courant ?

– Pas encore.

– Elle est jolie ?

– Qui ?

– Eh bien, la mère de ton enfant.

– Lilia Rosa est ravissante.

– Comment l'as-tu connue ?

– À la Cabaña, alors qu'on commémorait la prise de la forteresse... J'ai appelé mon fils Omar, en souvenir d'Omar Khayyam.

– Qui est-ce ?

– Un poète persan du XIe siècle...

Tout à leurs pensées, ils firent encore quelques pas en silence.

– J'ai faim, dit enfin Léa.

– Excuse-moi, je n'ai pas vu le temps passer... Tiens, je connais une pizzeria en haut du boulevard Saint-Michel : Chez Carli ; on y sera tranquille.

Léa s'arrêta et le considéra avec étonnement.

– Comment connais-tu cet endroit ? C'est là que vont les étudiants ! Carli est réputé pour la qualité de ses pizzas et la modicité de ses prix...

– *Che*, c'est parce que je suis un vrai Parisien, pardi ! s'amusa-t-il.

Devant sa surprise, il crut nécessaire d'ajouter :

– J'y suis déjà allé avec un ami...

Ils remontaient le boulevard en riant, indifférents aux regards, quand un gamin se planta devant Guevara :

– Pourquoi tu t'es fait la tête du Che ? Tu ne lui ressembles pas du tout !

Ernesto et Léa partirent d'une telle hilarité que le gamin en resta interloqué. Entre deux quintes, le Che parvint à lui dire :

– Tu as raison, petit : la prochaine fois, je me déguiserai en Fidel ! Qu'en penses-tu ? répondit-il en français.

L'autre n'en pensait rien et tourna les talons sous les quolibets de ses camarades.

Chez Carli, ils furent accueillis en familiers par le patron italien :

– La même table que la dernière fois, monsieur Che ?

« Monsieur Che », pouffant de rire, acquiesça. Ils en riaient encore lorsque le serveur apporta les pizzas.

– J'aime quand tu ris, on dirait que tu as dix ans...

– Je vais te faire voir si j'ai dix ans ! s'exclama-t-il en l'enlaçant.

– Arrête !

– Pourquoi arrêterais-je ? N'est-on pas à Paris ? N'est-ce pas le printemps, la saison des amours ?

Riant à son tour, Léa se blottit contre lui. Un bruit de voix les ramena à la réalité :

– Mais, puisque je vous dis que c'est un ami... Laissez-moi monter !

– Monsieur !...

Léa se redressa.

– C'est Charles !

Le jeune étudiant en droit surgissait en effet du haut

de l'escalier, l'Italien accroché à ses basques, suivi par les gardes du corps. Guevara se leva, bras tendus :

– Charles !

– Ernesto !

Les gardes du corps redescendirent, tandis que l'Italien se confondait en excuses :

– Excusez-moi, monsieur Che, je ne savais pas... Il y a tant de gêneurs...

– Vous avez raison, on ne se méfie jamais assez. Apportez plutôt un verre à notre ami et rajoutez un couvert... Que je suis heureux de te revoir !

– Et moi donc ! Pourquoi ne m'as-tu rien dit ? reprocha-t-il à Léa. Tu voulais le garder pour toi toute seule ?

– C'est un peu ça, mon chéri... Mais comment tu as su ?

– Au quartier Latin, on ne parle que de la présence du Che à Paris. Alors, quand on m'a dit qu'il était Chez Carli, j'ai bondi !

– Tu as bien fait. *Salute !*

– *Salute !*

Les deux hommes levèrent leur verre et burent, les yeux dans les yeux. Dans les regards qu'ils échangeaient, une vive émotion se lisait : ils ne cherchèrent nullement à se la dissimuler. Le déjeuner, bien arrosé, se révéla fort joyeux. En sortant, ils musardèrent dans quelques-unes des librairies qui entourent la Sorbonne. Toujours escortés par les deux gorilles cubains, ils marchèrent ensuite jusqu'à la rue des Écoles, puis franchirent le seuil de Présence africaine. Un vendeur ayant reconnu le Che, un attroupement d'étudiants se forma.

– Parole, tu es plus célèbre qu'une star américaine ! se moqua Charles.

Ernesto profita ensuite de leur présence dans la librairie pour offrir à Léa une édition bilingue des *Quatrains* d'Omar Khayyam. À son jeune ami, il fit don des *Damnés de la terre*, de Frantz Fanon. Charles n'osa pas dire qu'il l'avait déjà lu et l'en remercia vivement.

– C'est un livre essentiel, où il est dit notamment : « *Camarades, il faut faire peau neuve, développer une pensée neuve, tenter de mettre sur pied un homme neuf.* » Quel dommage qu'il soit mort : j'aurais tant aimé le rencontrer...

Quittant le magasin, Guevara souhaita visiter le Panthéon ; ils remontèrent alors la rue de la Montagne-Sainte-Geneviève. En pénétrant dans le mausolée, le Che ôta son béret, puis y déambula lentement. Léa et Charles le suivaient à distance, également impressionnés par l'austère majesté des lieux. Ils respectèrent le recueillement de leur ami, demeurant en retrait tandis qu'il se tenait un moment devant la tombe de Jean-Jacques Rousseau, puis devant celle de Victor Hugo. Dans la crypte, la fraîcheur tranchait sur la douceur extérieure. Le temps passant, le froid les saisit. Quand enfin ils ressortirent, le soleil commençait de baisser, mais ses derniers rayons suffirent à les réchauffer. Ils descendirent la rue Soufflot, entrèrent au jardin du Luxembourg où, sous le kiosque à musique, répétait l'orchestre de la Garde républicaine. Ils tirèrent trois chaises, s'assirent et restèrent quelques instants à écouter des airs martiaux. Les gardes du corps s'installèrent à proximité. Un moment plus tard, ils s'attardaient auprès du grand bassin où des enfants faisaient voguer leurs voiliers miniatures.

– Comme tout est calme et harmonieux ici... constata Ernesto en s'asseyant près d'un parterre fleuri.

Ses compagnons l'imitèrent. Une petite vieille approchait :

– C'est cinquante centimes par personne ! claironna-t-elle.

– Qu'est-ce qu'elle veut ? s'inquiéta Ernesto.

– Que tu paies ta place : c'est la chaisière.

– Il faut payer pour s'asseoir dans un jardin public, *che* ? s'étrangla-t-il en se relevant prestement. Pourquoi riez-vous ? N'ai-je pas raison ?

– Si, certainement... Quoi qu'il en soit ici, les chaises et les fauteuils sont payants. Mais pas les bancs.

– Alors, allons nous asseoir sur un banc !

Bougonnant, la vieille les suivit des yeux :

– Des radins... tous des radins !

Après s'être installé sur un banc de pierre, Guevara tira des cigares d'une poche de sa tunique kaki, en tendit un à Charles et alluma le sien ; pendant quelques instants, ils fumèrent en silence, yeux mi-clos, dos appuyé contre le socle d'une statue, jambes étendues.

– Tu n'en as pas un plus petit ? demanda Léa.

– Oh, pardon ! j'avais oublié que tu fumais aussi... Non, je n'en ai pas de plus petit.

– Fais-moi goûter le tien, alors...

Ernesto le lui tendit. Léa en tira quelques bouffées, puis le lui rendit :

– Hum... il est bon, mais un peu fort.

– Qu'est-ce que tu crois, c'est pas un cigare de femmelette ! Je t'en trouverai d'autres à l'ambassade de Cuba : j'y ai rendez-vous. Mais auparavant, je voudrais aller au Louvre.

Ils attrapèrent un taxi sur la place Edmond-Rostand et se firent conduire au musée. Au pas de charge, ils parcoururent les salles grecques et égyptiennes, puis s'attardèrent longuement devant *La Joconde*. Mais le visiteur étranger tenait encore à voir les Greco et les Rubens : ils ne quittèrent les lieux que peu avant la fermeture. La voiture de l'ambassade les attendait rue de Rivoli.

À l'ambassade, Ernesto les guida à travers les couloirs jusqu'à une vaste cuisine, héritage du règne de Batista. À leur entrée, les quatre ou cinq personnes présentes se levèrent ; se trouvaient parmi elles l'ambassadeur cubain en poste en France et l'éditeur parisien du Che, François Maspero. Celui-ci lança à Léa un regard dépourvu d'aménité. Comme Guevara le présentait à la jeune femme, il la salua sans la regarder.

Sur la table de la cuisine, des bouteilles de vin ou de rhum ouvertes ainsi que des plateaux de canapés attendaient les convives. L'ambassadeur servit un *mojito* à Léa ; elle s'assit à l'écart. À l'autre bout de la pièce, Guevara s'entretenait avec Maspero :

– Si tu en es d'accord, je vais traduire *Les Damnés de la terre* et en rédiger la préface : publier Fanon à Cuba me semble important. Qu'en penses-tu ?

– Ce serait une très bonne chose. Je suis d'accord.

– Merci. Bon, on en reparle demain. Il faut que je reparte. Excuse-moi.

Il se dirigea vers Léa.

– Je dois aller voir les ballets cubains au Théâtre des Nations : tu m'accompagnes ? Charles, tu peux venir aussi, si tu veux...

– Je te remercie, mais j'ai rendez-vous avec des copains.

– À bientôt, *compañero* !

Les deux hommes échangèrent une chaleureuse accolade. Guevara salua Maspero, l'ambassadeur, ainsi que deux autres fonctionnaires de l'ambassade. Une voiture mise à leur disposition les conduisit place du Châtelet.

À l'issue de la représentation, Ernesto tint à féliciter la première ballerine, Alicia Alonso, dont il était un fervent admirateur.

La nuit était douce ; Guevara renvoya la voiture et les gardes du corps. Léa et lui marchèrent lentement le long des quais de Seine. Des bateaux-mouches illuminés glissaient lentement au milieu du fleuve.

– Si nous allions faire un tour ? proposa Ernesto.

Au Pont-Neuf, ils descendirent les marches menant à l'embarcadère et sautèrent à bord d'une vedette prête à appareiller. Serrés l'un contre l'autre, ils regardaient défiler la ville, ses façades, ses berges sombres. À la hauteur de la tour Eiffel, le bateau fit demi-tour.

– À ma prochaine visite, nous y monterons, n'est-ce pas ?

Une fois débarqués au Pont-Neuf, ils poussèrent jusqu'au bout de l'île, square du Vert-Galant, et s'y assirent sous le saule. En silence ils contemplaient l'eau noire où se reflétaient les lumières des quais, tandis qu'un couple d'amoureux s'embrassait dans la pénombre. Avec douceur, Ernesto prit le visage de Léa entre ses mains :

– *Che*, qu'il ferait bon vivre à Paris auprès de toi !

– Ma vie est ici, Ernesto, la tienne à Cuba...

– Pas pour longtemps.

– Que veux-tu dire ?

– Là-bas, je ne suis plus à ma place...

– Et pourquoi, s'il te plaît ? N'as-tu pas aidé ce pays à renverser la dictature ?

– Sans doute, mais je ne suis pas cubain...

– Mais si, tu l'es ! Fidel t'a bien conféré la nationalité cubaine, que je sache.

– C'est vrai, mais je vais la lui rendre.

Le cœur de Léa s'accéléra. Pourquoi lui disait-il une

chose pareille ? Elle savait sincères ses convictions révolutionnaires et profond son attachement à Fidel et à Cuba. Que s'était-il donc passé de si grave pour qu'il envisageât de quitter l'île et tout ce pour quoi il y avait maintes fois risqué sa vie ? Elle frissonna.

– Tu as froid ? s'inquiéta-t-il.

– Non, j'ai peur.

– Peur ?... Mais de quoi ?

– De ne plus jamais te revoir !

– Ne pense pas à demain, goûte la douceur de l'instant...

Ils se turent. Une tristesse sournoise les gagnait peu à peu.

– Je vais te reconduire, dit-il en se levant tout à coup.

Léa se leva à son tour, puis, d'un geste brusque, elle se jeta contre lui. Longtemps, ils restèrent enlacés. Ernesto caressait son visage, embrassait ses cheveux, lui murmurait en espagnol des mots d'amour.

– Viens, fit-il en dénouant les bras qui le retenaient : j'ai envie de toi !

Ces mots la ramenèrent sur terre. Au souvenir de François la regardant partir rejoindre celui qui avait été son amant, Léa trouva la force de le repousser.

– Non... pardonne-moi... ce n'est pas possible.

Ernesto la regarda sans paraître comprendre.

– Pourquoi non ? Je suis sûr que tu en as autant envie que moi...

– C'est vrai, mais il ne faut pas. Nous ne sommes pas libres : cela ferait trop de peine à ceux qui nous aiment.

– Comment le sauraient-ils ?

– Nous, nous le saurions.

– Tu n'as pas toujours eu de ces scrupules...

– C'est vrai et parfois, j'en ai honte.

Il se détacha d'elle et s'éloigna de quelques pas, ne s'arrêtant qu'au bord du fleuve qui s'écoulait, noir, indifférent, à ses pieds. Immobile, Léa regardait à distance cet homme qu'elle aurait pu aimer. Qu'elle aimait peut-être...

Ernesto se retourna :

— Tu as raison : je te raccompagne.

Les marches furent pénibles à remonter ; chaque pas leur était lourd et le somptueux paysage urbain s'était comme assombri.

Ils cheminèrent sans un mot jusqu'à la rue de l'Université. Là, ils se quittèrent sans autre forme de cérémonie. À peine eut-elle franchi la porte cochère que Léa éclata en sanglots : toute sa jeunesse partait avec Ernesto. Plus jamais elle ne connaîtrait avec lui l'émerveillement du désir partagé, le frisson de l'amour clandestin ; elle serait désormais une épouse, sage et fidèle. À cette pensée, un rire sans joie la secoua.

Remontée chez elle, elle gagna la salle de bains et jeta un coup d'œil machinal au miroir mural. Qui était cette femme, les joues striées de rimmel, qui la dévisageait ? Se détournant brusquement, elle ouvrit le robinet de la baignoire, effaça grossièrement les traces noirâtres, se déshabilla. Elle se glissa enfin dans l'eau tiède.

— François... murmura-t-elle.

— Je suis là ! répondit une voix toute proche.

Au travers de ses larmes et les vapeurs du bain chaud, elle eut un regard si rayonnant de joie que François en fut inondé de bonheur.

— Que fais-tu ici ?

— Tu me manquais, avoua-t-il en la soulevant hors de l'eau.

Ruisselante, elle se laissa faire, inerte. François l'enveloppa dans un long peignoir et l'emporta jusqu'à leur chambre.

5.

— Alors, raconte : comment était-il ?... Est-ce qu'il prépare une nouvelle révolution ?... Était-il heureux de te voir ?... Et que va faire Castro à présent ?... Allez, dis-nous, de quoi avez-vous parlé ?

Surexcités, les camarades de Charles le bombardaient de questions : emportés par l'enthousiasme et la curiosité, ils voulaient tout savoir du Che, de ses intentions, de Cuba.

— Ne parlez pas tous en même temps ! s'exclama le jeune homme, goguenard.

— Que vient-il faire à Paris ? Est-ce qu'il y a eu des contacts secrets ?

— A-t-il l'intention de relancer la guérilla dans d'autres pays ?

— Cherche-t-il de nouveaux compagnons ? Si oui, j'en suis !

— Je n'en sais rien, nous n'avons pas parlé de ça...

— Ben alors, de quoi avez-vous parlé ?

— De littérature, des femmes...

— Des femmes ! Un révolutionnaire ! Tu rigoles ?

— On peut aimer la révolution et les femmes, ça n'est pas incompatible ! rétorqua Charles.

— Peut-être, mais c'est suspect... asséna Martial, un communiste orthodoxe. Au Parti, on ne tolérerait pas ça !

– Que fais-tu d'Aragon, alors ?

– Aragon... Ah, Aragon... C'est pas pareil : lui, c'est un poète.

– Alors, dis-toi que le Che est aussi une sorte de poète !

En matière politique et révolutionnaire, on en resta là pour la soirée : trois jolies filles qui avaient fait leur entrée venaient se joindre à eux...

Le lendemain, Charles et Léa déjeunèrent ensemble chez Lipp ; Roger Cazes, le patron, les accueillit :

– Monsieur Serge, conduisez Mme Tavernier à la deux !

– Bonjour, madame Tavernier, salua celui-ci. C'est toujours un plaisir de vous voir.

– Merci, Serge... Comment vont les enfants ?

– Très bien, madame, merci. Il y a longtemps qu'on n'a pas aperçu la ravissante petite Claire : un vrai rayon de soleil, cette gamine !

– Ce joli « rayon de soleil » est bien trop turbulent !

– Comme tous les enfants : j'en sais quelque chose... Que prendrez-vous aujourd'hui ?

– Le plat du jour m'ira très bien... Et une demie de bordeaux.

– Et pour Monsieur ?

– Une choucroute, s'il vous plaît, avec un carafon de riesling.

Au cours du repas, Charles confia à Léa son intention de s'inscrire au Parti communiste.

– Tu aimerais te lancer en politique ? s'enquit-elle, à peine étonnée.

– Pourquoi pas ? De nos jours, il faut s'engager et je ne vois, comme engagement valable, que le communisme. D'ailleurs, Adrien pense comme moi...

– Adrien ?... Mais c'est un enfant !

– Il va avoir dix-sept ans, tu sais...

– Dieu, comme le temps passe... Mais jamais il ne m'a parlé de ça ; pas plus qu'à son père, je crois...

– Il n'ose pas : il redoute votre réaction. Par-dessus tout, il craint de te faire de la peine : c'est un garçon très mûr pour son âge.

– Communiste ? Mon fils communiste !... Qu'aurait dit papa ?

La remarque tira un sourire à Charles :

– Tu parles comme une bourgeoise des beaux quartiers ! Moi, je crois que ton père aurait compris.

– Ah non, ne me traite pas de « bourgeoise » : toi qui m'as si souvent reproché de ne pas vous avoir donné une éducation traditionnelle, tu es mal placé pour le faire ! Beaucoup de tes camarades de fac pensent-ils comme toi ?

– Quelques-uns, oui... Les autres sont plutôt réacs. Tiens, à ce sujet, j'ai fait la connaissance d'un normalien, un agrégé de philo qui, l'année dernière, a parcouru toute l'Amérique latine à pied, à dos de mule, en camion ou en train. Il a même connu la prison, imagine-toi. En 1961, il a passé six mois à Cuba. En plus, il hait la vie publique et les politiciens : c'est un pur ! Pour lui, l'heure n'est plus au « neutralisme positif ». C'est bien le Che qui disait : « Si le mot "communisme" a un sens, les riches doivent partager, et le camp socialiste financer la révolution du tiers-monde » ? Selon mon philosophe, le « nettoyage » prendra dix à vingt ans. Après quoi, aux alentours de l'an 2000, on veillera à orienter différemment l'éducation des nouvelles générations. Le socialisme triomphant concédera bien à l'ancien régime économique quelques réserves, de futurs « musées d'ethnologie capitaliste », en quelque sorte : Suisse, Pays-Bas, Monaco ou Paraguay... Et dans ces *bantoustans du lucre* – c'est lui qui parle –, *on enverra en voyage d'étude les pionniers méritants afin qu'ils se fassent une idée de la préhistoire. Quant aux États-Unis d'Amérique, réduit coriace, les Noirs s'y soulèveront bientôt en masse derrière les Black Muslims, feront la jonction avec les Latinos, remontant du Río Grande pour prendre Wall Street en tenailles. Les perspectives n'ont jamais été meilleures ».*

– C'est un utopiste, ton pote... Et dangereux avec ça !

– Pas seulement, c'est aussi un esprit cartésien. Mais, sans ces utopies généreuses, le monde ne changera pas et les peuples resteront asservis aux forces de l'argent !

« Comme il est jeune ! » songeait-elle. Fallait-il tenter de détruire son rêve en un monde meilleur ? Elle-même, n'y avait-elle pas cru au lendemain de la guerre ? Le visage de Laurent d'Argilat, père de Charles, dont elle était alors éprise, lui revint d'un coup : alors qu'il partait pour le front combattre l'envahisseur allemand, un regard identique à celui qu'arborait aujourd'hui son fils illuminait ses traits : pur et déterminé.

– Tu ne m'écoutes pas... À quoi penses-tu ?

– À ton père.

Charles se figea : de celui-ci, le jeune homme ne gardait que l'image floue d'un guerrier juché sur un char.

Mesurant l'émotion qu'elle lui causait, Léa posa une main sur la sienne :

– Pardonne-moi, je ne voulais pas te faire de peine... J'ai pensé à lui à cause de notre conversation... Je sais combien il te manque.

Elle se tut un court instant, puis ajouta :

– Il me manque aussi, tu sais. C'était un type bien, un homme d'honneur. Je crois qu'il t'aurait compris et sans doute approuvé.

– Tu ne m'as pas souvent parlé de lui. Pourquoi ?

Léa resta un moment silencieuse.

– Parce que cela remuait en moi trop de douloureux souvenirs. Et, puis, tu n'étais encore qu'un enfant...

– Je ne le suis plus.

– C'est vrai. L'occasion ne s'en est pas présentée, c'est tout. D'ailleurs, tu ne posais guère de questions...

– J'avais sans doute peur de souffrir... comme lorsque tu m'as raconté la mort de maman !

– Je m'en souviens... En t'en parlant, j'ai tout revécu avec une intensité telle que...

– Je sais, pardonne-moi. Ce jour-là, j'ai été sans pitié : te faire répéter sans cesse comment ma mère était tombée sous les balles en me serrant contre elle, en me protégeant de son corps, était d'une cruauté sans nom[1].

– Je n'ai rien à te pardonner : il *fallait* que tu saches, et nulle autre que moi ne pouvait te dire ce qui s'était vraiment passé.

Charles remarqua que deux lourdes larmes coulaient sur les joues de Léa. Dans un geste tendre, il lui prit le visage et essuya doucement ses joues humides avec le coin d'une serviette, puis il lui tendit son verre de vin :

– Bois, ça te remontera.

Elle lui jeta un regard reconnaissant et avala une gorgée. C'est vrai, ça faisait du bien. Elle vida son verre et, peu à peu, se détendit :

– Ton père, c'était... comment dire ? Un homme d'honneur, d'un vrai courage... Dieu, que je l'ai aimé !

Surpris de son ton passionné, Charles la dévisagea avec plus d'attention encore. Elle rougit.

---

1. Voir *Le diable en rit encore*.

– Tu n'étais pas amoureuse de lui, quand même ? s'exclama-t-il.

Devait-elle dire la vérité ? D'une voix faussement badine, elle se résolut à répondre :

– Eh bien, je l'ai cru un moment... Mais il m'a préféré ta mère.

– Pourtant, d'après les photos que j'ai vues de vous deux, tu étais très belle...

– Camille était d'une beauté plus secrète, d'un caractère plus posé que le mien. En fait, plus semblable à celui de ton père.

– Tu n'en as pas été jalouse ?

– Un peu... fit-elle dans un petit rire.

– Il devait avoir une grande confiance en toi pour t'avoir confié sa femme et l'enfant qu'elle portait...

– Sans doute, mais c'était de la folie ! Sans l'aide de François, jamais je n'aurais pu atteindre Montillac.

– Maman l'aimait beaucoup, n'est-ce pas ?

– Oh oui. Elle avait compris bien avant moi quel genre d'homme c'était : les faits lui ont donné raison.

– Papa et lui s'entendaient bien ?

– Ils n'en ont pas eu l'occasion : ils se sont à peine connus... Bon, assez larmoyé, parle-moi plutôt de ton ami normalien : je ne sais même pas son nom !

Un instant, Charles éprouva l'envie de la rabrouer, de l'obliger à lui parler encore et encore de ce père qui lui avait tant manqué et lui manquait toujours.

– Eh bien, c'est lui qui m'a fait lire *Le Siècle des Lumières*, d'Alejo Carpentier.

Soulagée, Léa s'écria un peu trop fort :

– Tu m'en diras tant ! Alors, comment s'appelle-t-il, ton mentor ?

– Régis... euh, Régis Debray.

– Il faudra que tu me le présentes.

– Rien ne saurait lui faire plus plaisir : je lui ai parlé de toi et tu l'intrigues beaucoup.

– Je me demande bien pourquoi.

– Ne fais pas la modeste... Je lui ai parlé de la Résistance, de l'Indochine, de Cuba, de ton soutien aux patriotes algériens...

– Était-ce bien nécessaire ?

– Pour moi, oui.

Attendrie, Léa considérait ce garçon qu'elle avait élevé, qui lui devait la vie autant qu'à sa mère et qu'elle avait aimé comme son propre fils : c'était un homme, désormais.

– Dommage que tu n'aies pas eu le temps de parler de tes projets à Ernesto, observa-t-elle.

– Ce n'est pas grave, j'en aurai bien l'occasion...

– Que veux-tu dire ?

– Oh, rien de précis... Mais, s'il a un jour besoin de quelqu'un pour combattre, faire naître l'« Homme neuf » dont il parle, je serai à ses côtés !

À l'idée des luttes et, peut-être, des combats armés dans lesquels jeunesse et idéologie allaient pousser le jeune homme, le cœur de Léa se serra :

– Tu ne me caches rien, au moins ?

Charles hésita : devait-il lui parler de cette jeune Bolivienne rencontrée à la fac ?

– Je n'ai rien à te cacher. N'avons-nous pas déjà partagé beaucoup de secrets ?

– Nous y étions obligés... Mais cette fois, tu n'en as pas assez, de la guerre ? Rappelle-toi, elle t'a déjà pris ton père et ta mère... Sans parler de la jolie Cubaine que tu aimais[1] !

– Tais-toi ! C'est justement pour qu'il n'y ait plus de guerre que nous devons nous battre.

---

1. Voir *Cuba libre !*

– Comment peux-tu être aussi naïf ? ! s'écria-t-elle, indignée. Crois-tu, mon pauvre garçon, qu'il suffit de décréter « Mort à la guerre ! » pour que les conflits disparaissent à jamais de la surface de la Terre ? La guerre, chaque peuple la porte dans son sang, chaque peuple s'y engage armé d'excellentes raisons, sans penser un instant aux souffrances qu'elle causera et aux morts qu'elle laissera derrière elle. Et parmi les millions d'orphelins qu'elle aura engendrés, on ne rêvera, et avec le même aveuglement, que de revanche et de représailles.

– Qui parle de vengeance ?

– Elle est induite par la guerre.

– Mais non, pas par toutes les guerres !

– Hélas, si !

Elle sembla si lasse, tout à coup, que Charles s'en voulut d'avoir parlé. Ne s'était-elle pas si souvent inquiétée pour lui ? N'avait-elle pas assez souffert ?

– Ne parlons plus de tout cela, veux-tu ? C'était une idée comme ça, des paroles en l'air... Parle-moi plutôt de Montillac.

Sans être dupe, Léa lui fut reconnaissante d'avoir proposé cette diversion. Cependant, sa lassitude l'emporta :

– Une autre fois, mon chéri, une autre fois... Je ferais mieux de rentrer, tu sais : j'ai tellement de choses à faire avant de retourner à Montillac... Garçon ! L'addition, s'il vous plaît.

Ce fut au tour de Charles de ne pas se laisser prendre à la dérobade de Léa, mais sa fragilité l'émut.

– Comme tu voudras... Je te raccompagne ?

– Non, merci, je dois faire quelques boutiques sur le chemin : je n'ai plus rien à me mettre !

Décidément, elle jouait mal la femme futile...

Rentrée chez elle, elle s'allongea sur son lit et s'endormit, abattue par les nouvelles du jour. Elle n'entendit pas François pénétrer dans la chambre et s'étendre auprès d'elle. Attendri, il la regardait depuis un petit moment lorsqu'il s'aperçut que, dans son sommeil, elle fronçait les sourcils. Qu'y avait-il donc de si préoccupant derrière ce joli front ? Songeait-elle encore à cet emmerdeur d'Ernesto ? S'avisant enfin des quelques traces laissées sur ses joues par le rimmel mouillé, il posa tour à tour les lèvres sur ses yeux, sur ses lèvres, puis dans son cou... Léa émit un léger soupir. Abandonnée de la sorte, elle excitait son désir. François se releva, ôta ses vêtements, puis, lentement, entreprit de la dévêtir. Elle se laissait faire telle une poupée de chiffons. Quand elle fut nue, il resta un moment, immobile, à la contempler : comment s'y prenait-elle, après toutes ces années, pour conserver un corps si lisse, si désirable ? Doucement il écarta ses cuisses, se pencha sur son sexe, lécha à petits coups. Elle frissonna, gémit faiblement. Il accentua sa caresse. Son membre tendu lui fit mal.

– Viens... murmura-t-elle enfin.

Quand leurs corps se séparèrent, la nuit était tombée.

– Habille-toi, ma chérie : enfile une de tes plus belles robes, je t'emmène dîner dans un restaurant chic.

– Quelle bonne idée ! Je prends une douche et je m'habille.

– Pour la douche, je ne suis pas d'accord : reste comme ça !

– Mais...

– Ne me refuse pas...

François avait réservé chez Maxim's. Un maître d'hôtel les accueillit et les conduisit jusqu'à leur table :

– Madame Tavernier, c'est un plaisir de vous avoir parmi nous.

– Vraiment ? Merci, merci bien...

– J'espère que cette table vous convient, monsieur Tavernier ? Le champagne que vous aimez a été bien frappé. J'ai agi selon vos consignes...

– Très bien, je vous en remercie.

Une fois installée, Léa jeta un coup d'œil circulaire tout autour d'elle : les abat-jour roses, l'orchestre, les couples de danseurs, le ballet des serveurs, jusqu'à ce maître d'hôtel, toujours le même... Non, en effet, rien n'avait changé ici. Et cependant...

François remarqua que les yeux de sa femme s'assombrissaient, signe, chez elle, de vive émotion, tout comme l'étaient ses narines palpitantes, ses lèvres entrouvertes, son corps raidi. Il se saisit de la main posée sur la table et la serra tendrement :

– C'est fini, ma chérie, je suis là : rien ne peut plus nous arriver, tu le sais. Je n'aurais peut-être pas dû choisir cet endroit... c'était une mauvaise idée...

– Non, non... D'ailleurs, ce n'est pas la première fois que nous y revenons, depuis[1]... Mais c'est la première fois que les souvenirs de ce temps-là se rappellent à moi si violemment.

– Alors, partons, allons ailleurs ! décida-t-il en se levant.

Léa le retint tandis que le maître d'hôtel se précipitait :

– Quelque chose ne va pas, monsieur Tavernier ?

– Non, Marcel, non, merci, tout va bien... Après

---

1. Voir *La Bicyclette bleue* ; Le Livre de Poche n° 5885.

tout, ma femme a raison : il faut bien s'accoutumer aux fantômes et vivre avec, ajouta-t-il en se rasseyant.

L'homme pâlit comme si un revenant s'était soudain dressé devant lui :

– Hum... je comprends, monsieur, je comprends. Il y a des jours où ils sont plus présents que d'autres...

La sueur lui perlait au front.

– Excusez-moi, madame. Excusez-moi, monsieur Tavernier, je... je ne me sens pas très bien : je vous envoie un de mes collègues.

– Ma parole, il a le diable aux trousses ! s'étonna Léa. Tu lui as fait peur, avec tes histoires de spectres...

Un jeune maître d'hôtel vint prendre leur commande avec force sourires ; à son âge, les esprits français ou allemands qui hantaient les lieux ne devaient guère l'importuner...

En dépit de cet incident, la soirée fut animée et tendre à la fois. Et c'est étroitement enlacés qu'ils dansèrent enfin, dans la douce joie d'éprouver contre soi le corps de l'autre.

– Sais-tu, mon amour, que tu es plus belle encore que la première fois que nous avons dansé ici ? la complimenta-t-il au moment de la raccompagner à leur table.

Elle eut un rire de gorge. :

– Plus belle, peut-être... Mais plus âgée aussi !

– Tu ne seras jamais vieille, mon amour : pour moi, même centenaire, tu seras toujours la plus jolie fille que j'aie connue !

– Là, tu exagères... D'abord, je n'ai nulle envie de devenir centenaire ; ensuite, je sais bien que je cours bien moins vite aujourd'hui qu'à vingt ans ! Rappelle-toi, dans la Sierra Maestra déjà, j'avais du mal à les suivre, Camilo et les autres[1]...

---

1. Voir *Cuba libre !*

– Personne ne t'avait obligée à aller crapahuter au train des *Barbudos*...

– Tu es injuste, François. Oublies-tu que c'est pour Charles que je me trouvais là-bas ?

Chacun se réfugia dans ses pensées et garda le silence un moment. Chipotant dans l'assiette de mignardises, Léa se reprochait d'avoir prononcé le nom de Camilo. Elle le savait bien, pourtant, que cette infidélité, François ne parvenait pas à l'oublier. Comment le faire sortir de la morosité dont elle était la cause ? Elle attaqua :

– Toi, tu n'as pas changé : malgré quelques cheveux blancs, tu demeures sûr de toi, inquiétant et rassurant à la fois. Jaloux aussi, alors que c'est toi, et toi seul, que j'aime... Oh, n'ajoute rien... Je sais ce que tu pourrais dire et cela ne changerait rien à ce qui a été, de mon côté comme du tien. En tout cas, jamais je n'ai regretté de t'avoir rencontré.

François passa le bras autour de ses épaules :

– Moi non plus, je n'ai jamais regretté notre rencontre.

Léa se blottit contre lui :

– Et pourtant, que de fois tu m'as agacée... Surtout au début, en 40.

– « *Agacée* », et pourquoi donc ? s'étonna-t-il, ironique.

– Parce que tout te semblait simple : trouver une voiture, de l'essence, rouler sous les bombes, croire que je me débrouillerais avec Camille enceinte...

À mesure qu'elle parlait, ses yeux s'emplissaient à nouveau de fureur ; lui, la contemplait avec adoration.

– Mais ne me regarde pas avec ces yeux de merlan frit ! N'ai-je pas raison ?

– Et moi, n'ai-je pas eu raison de te faire confiance ?

Elle en resta bouche bée ; il éclata de rire :

– C'est toi, maintenant, qui as l'air d'un poisson sorti de l'eau !

Un bref instant, Léa hésita entre rire et invective ; l'hilarité l'emporta.

Aux tables voisines, on considérait diversement le comportement de ce couple passant de la dispute à la gaieté avec une facilité si déconcertante.

6.

Lorsque retentit *Le Chant des partisans*, Léa ne put retenir ses larmes. Huit soldats portant les cendres de Jean Moulin gravissaient lentement les degrés du Panthéon. Le général de Gaulle leur emboîta le pas, impeccablement droit dans sa longue capote kaki ; quelques ministres entouraient la famille du héros assassiné.

Très émus eux aussi, Adrien et Camille serraient chacun une main de leur mère : ils avaient aperçu leur père parmi la suite des officiels et cela n'avait pas manqué de les impressionner.

Charles se trouvait également parmi la foule des spectateurs. Il avait passé la nuit en compagnie des résistants et déportés qui, la veille, avaient assisté, au Père-Lachaise, à la lueur de torches brandies par d'ex-combattants de l'ombre, à l'ouverture de la tombe de l'ancien chef du Conseil national de la Résistance. Un catafalque, dressé devant le Panthéon, attendait. Après son transport, le cercueil y avait été déposé. Toute la nuit, en dépit du froid mordant de décembre, de nombreux compagnons s'étaient recueillis.

Un long frémissement avait parcouru l'assistance lorsque André Malraux avait lancé : « *Entre ici, Jean Moulin, avec ton terrible cortège. Avec ceux qui sont morts dans leurs caves sans avoir parlé, comme toi, et*

même, ce qui est peut-être plus atroce, en ayant parlé ;
avec tous les rayés et les tondus des camps d'extermi-
nation... » À ce moment-là, en ce 19 décembre 1964,
tous les cœurs battaient à l'unisson. Leurs battements
s'accélérèrent encore lorsque éclata *Le Chant des par-*
tisans qui *« semblait monter des pavés, sourdre à tra-*
vers les pierres [1] *».*

À regret, la foule se retirait peu à peu. Léa et ses
enfants descendirent la rue Soufflot, comme portés par
la multitude.

— J'ai faim, maman... se plaignit Camille.

— Moi aussi ! renchérit son frère.

Ils entrèrent dans la première brasserie venue, d'où
ils ressortirent immédiatement : on y affichait plus de
deux heures d'attente. Ils poussèrent jusqu'à la place
de l'Odéon.

— Eh bien, on va essayer à La Méditerranée, proposa Léa.

Ils entrèrent mais, là aussi, beaucoup de monde
attendait une table. Le directeur, reconnaissant Léa,
s'avança :

— Madame Tavernier, quelle joie de vous revoir !
Votre table est prête, lança-t-il avec un clin d'œil
complice.

Léa le suivit, se félicitant d'être récemment venue y
déguster des fruits de mer en compagnie de François.

Après les avoir débarrassés de leurs manteaux, on
les installa sur la terrasse fermée. Léa, reconnaissant
Mauriac et son fils Claude à la table voisine, les salua
d'un sourire. Les deux hommes lui rendirent son salut.

— Tu les connais ? demanda Camille.

— Oui, c'est notre voisin de Montillac... Tu sais, le
grand écrivain, François Mauriac.

---

1. François Mauriac, *Bloc-Notes.*

– Moi, j'ai lu *Thérèse Desqueyroux*, et puis *Génitrix* aussi, s'enorgueillit Adrien.

– Et moi *Le Mystère Frontenac* et *Le Nœud de vipères* ! rétorqua Camille.

– Bravo, les enfants : à votre âge, je n'avais rien lu de lui. Enfin, je me suis rattrapée depuis et je lis chaque semaine son *Bloc-Notes* : c'est remarquable.

– Voici la carte, madame.

– Merci. Que voulez-vous, les enfants ?

– Des huîtres, des huîtres ! firent-ils en chœur.

– Très bien. Et ensuite ?

– Une sole.

– Moi aussi.

– Trois soles mais, avant, trois douzaines d'huîtres d'Arcachon.

– Madame a raison, elles sont parfaites. Un peu de vin, peut-être ?

– Oui, que nous recommandez-vous ? Un bordeaux blanc ?

– Non... Je pense qu'un chablis...

– Un chablis ?... Oui, très bien. Et de l'eau gazeuse, s'il vous plaît.

– Bien, madame.

Le repas fut animé, chacun commentant ardemment la cérémonie du Panthéon.

– Papa, il connaissait Jean Moulin ? questionna Camille.

– Mais oui, ma chérie.

– Et toi ?

– Non, je n'ai pas eu ce privilège...

On cogna à la vitre et le bruit attira leur attention.

– Charles ! s'écria Camille.

Léa lui fit signe de les rejoindre.

– Tu as déjeuné ? s'inquiéta-t-elle.

– Non...

– Alors assieds-toi... Tu as l'air frigorifié !

– Je le suis : j'ai passé la nuit devant le Panthéon.

Il retira sa canadienne. Le maître d'hôtel se précipita et prit le vêtement. Il le tendit à la dame du vestiaire, elle aussi accourue.

– Monsieur déjeunera ?

– Oui, répondit Léa. Que veux-tu ?

– Je prendrai une bonne bouillabaisse, bien chaude, pour me réchauffer.

– Elle est excellente, monsieur.

– Merci... Tiens, François Mauriac... S'il était aussi au Panthéon, je me demande ce qu'il va en dire dans son *Bloc-Notes*...

Quand Charles eut avalé son plat, Léa demanda :

– Vous avez choisi un dessert, les enfants ?

– Un paris-brest ! répondirent-ils tous les trois en chœur.

– Et pour Madame ? s'enquit le maître d'hôtel.

– Un paris-brest également... Avec le café !

– Bien, madame.

Quand ils sortirent du restaurant, l'après-midi était fort avancé, mais ils ne sentaient plus le froid. Ils décidèrent de rentrer à pied rue de l'Université. Il y arrivèrent en même temps que François.

Tandis que Camille, à la demande de sa mère, préparait du thé, François allumait un feu dans la cheminée du salon. Très vite de hautes flammes éclairèrent la pièce. Avec un soupir de satisfaction, il se laissa tomber dans un fauteuil. D'un bond, Claire le rejoignit, grimpa sur ses genoux et se pelotonna contre lui.

– Mon petit papa ! Je t'ai aperçu tout à l'heure, à la télévision, au Panthéon. J'étais fière, tu sais, quand je t'ai vu avec le général de Gaulle ! Pourquoi tu m'as pas emmenée ?

– Je ne pensais pas que ce genre de cérémonie intéresserait une petite fille comme toi...

– Qu'est-ce que tu sais de ce qui m'intéresse ? jeta-t-elle en se dégageant des bras paternels. T'es jamais là !

François reçut la critique comme un coup. Ses traits se crispèrent et Claire le remarqua :

– Je sais que t'aimes pas que je te dise ça... Mais c'est la vérité ! D'ailleurs, Philomène, elle disait qu'il ne faut jamais mentir...

– Te disait-elle aussi que toute vérité n'est pas bonne à dire ?

– Non... Pour elle, tout ce qui est vrai peut être dit.

Touché, François enlaça sa fille. Quel serait le destin de cette enfant si éprise de vérité, si différente de ses frères et sœur ? Il devinait qu'à l'approche de l'adolescence ce qu'il y avait de vietnamien en elle allait reprendre le dessus. Alors elle demanderait des comptes. Il n'ignorait pas non plus que, depuis la tragique disparition de Philomène, la petite étudiait seule le vietnamien ; il en était heureux et inquiet à la fois [1]. Un jour, il s'était adressé à elle dans cette langue. L'enfant avait d'abord eu l'air surprise, puis avait éclaté en sanglots. François avait eu toutes les peines du monde à l'apaiser. Il s'était alors souvenu d'une berceuse, entendue à Hanoi quand il était enfant : il la lui avait fredonnée. Tremblant de tout son corps, la petite s'était peu à peu calmée et s'était finalement endormie. Depuis, quand ils voulaient ne pas être compris du reste de la famille, il leur arrivait d'échanger quelques mots en vietnamien. François comptait sur cette complicité pour l'aider, le moment venu, à faire face aux questions de Claire.

---

1. Voir *Les Généraux du crépuscule*.

— Le thé est prêt ! claironna Camille, portant, triomphale, un plateau lourdement chargé.

Elle déposa son fardeau sur la table basse.

— Merci, ma chérie, dit Léa. Tu veux bien faire le service ?

— Faut vraiment que je fasse tout, dans cette maison ! bougonna la jeune fille.

« Quel bonheur, songea François, d'être entouré de toutes ces femmes si tendres et si jolies... Je suis comme un coq en pâte ! » À l'air de mâle satisfait qu'il affichait, Léa éclata de rire :

— On dirait un pacha en son harem !

— Qu'est-ce que c'est, un *harem* ? interrogea Claire.

— C'est un endroit où des femmes sont enfermées pour le seul plaisir d'un homme, répondit Camille.

— Voilà qui me plairait bien ! blagua Charles en entrant.

— Je crois que c'est le rêve de beaucoup d'hommes... badina François à son tour. Pas trop dure, cette nuit ?

— Non : de gentilles femmes-soldats nous ont distribué du vin chaud ; ça nous a soutenus... Qu'as-tu pensé du discours de Malraux : « *Entre ici, Jean Moulin...* » ?

— Beau et un tantinet grandiloquent... Du pur Malraux, quoi.

— Ça a plu au Général ?

— Je n'en sais rien... Tiens, allume donc le téléviseur : c'est l'heure des informations.

Charles s'exécuta. Après quelques zébrures et crachotements, l'image en noir et blanc s'afficha avec netteté : André Malraux, mèche au vent, le visage agité de tics, gesticulait sur la place du Panthéon...

Deux années se partagèrent ainsi entre Paris et Montillac.

Sous la nouvelle impulsion de François, jamais le domaine n'avait connu pareille prospérité et le montillac devint l'un des tout premiers crus de la région. Quant aux charges ménagères, Marie-Françoise Rousseau les supervisait avec maestria. Les heureux propriétaires et leurs enfants présentaient l'image d'une famille heureuse et comblée. La maison retentissait souvent de rires et de cris de joie. Quand Léa fermait les yeux, elle entendait résonner de même le rire de ses sœurs, celui de Mathias ou des frères Lefèvre, la voix de son père, celles de sa mère ou de Ruth. Tout avait repris comme avant-guerre : la vie avait été la plus forte. « C'est à François que je dois ce miracle, s'avouait-elle. Quelle patience il lui a fallu ! Que d'amour aussi... »

– J'aimerais avoir un nouvel enfant de toi, lui confia-t-elle un matin.

À peine éveillé, François la dévisagea, surpris, ému, puis dubitatif. Devant le silence qu'il lui opposait, elle insista :

– Qu'en penses-tu ?

Pour toute réponse, il la prit dans ses bras et baisa ses cheveux.

– Réponds, à la fin : qu'en penses-tu ?

– Que c'est une merveilleuse mauvaise idée !

– Pourquoi, « mauvaise » ?

– Je suis trop vieux.

Léa baissa la tête, lasse soudain.

– C'est moi que tu trouves trop vieille ?

Il la souleva et la fit tournoyer joyeusement.

– Mais non, bien sûr. Mais c'est que je te veux pour moi seul !

– Papa ! maman ! qu'est-ce que vous faites ? s'écria Claire en passant la tête par l'embrasure.

– On s'amuse, ma chérie, répondit son père en reposant Léa.

– J'aime bien quand vous vous amusez...

– Aimerais-tu avoir un petit frère ou une petite sœur ? se renseigna François.

– Les deux, Papa : j'aimerais avoir les deux ! Quand seront-ils là ?

– C'est malin ! s'insurgea Léa. Cela fait des mois qu'elle me bassine avec ça.

– Et pourquoi ne m'en as-tu rien dit ?

– Je pensais que ça lui passerait... Et toi, maintenant, qui relances le sujet !

– Mais c'est toi qui en as parlé la première !

– C'est vrai... mais ce n'est pas une raison.

– Ce que tu peux être de mauvaise foi !

– Papa, maman, ne vous disputez pas. Moi, je vais annoncer la bonne nouvelle à Camille !

– Annoncer quoi ?

– Que nous allons avoir des bébés ! Ce qu'elle va être contente...

Avant qu'ils aient pu faire un geste pour la retenir, la petite s'était sauvée et courait à travers la maison :

– On va avoir un bébé !... On va avoir un bébé ! clamait-elle partout.

– Oui, vraiment, c'est malin... répéta Léa.

– À qui la faute ? Eh bien, maintenant, il ne nous reste plus qu'à le faire, ce bébé. En piste, ma belle !

François la poussa sur le lit et, sans préambule, lui fit l'amour.

– Je plaisantais... Je plaisantais... gémissait-elle.

– Ah, tu plaisantais ? Je vais te faire voir, moi, si je plaisante !

86

Quelques mois plus tard, ce ne fut pas le bébé qui s'annonça, mais une très officielle nomination : François Tavernier était élevé à la dignité d'ambassadeur itinérant pour l'Amérique latine ; il était attendu en Bolivie dans la quinzaine suivante.

Quelques mois plus tard, ce ne fut pas le beau qui s'annonça, mais une très officielle nomination : Français Javanier était élevé à la dignité d'ambassadeur intérim pour l'Amérique latine. Il était situdir en Bolivie dans la quinzaine suivante.

7.

À l'aéroport d'Orly, Camille et Claire allaient d'une boutique à l'autre, au grand agacement de Léa.

– Adrien ! Surveille tes sœurs, s'il te plaît.

Quant à elle, elle s'attarda devant un étalage d'objets pour fumeurs : briquets, cave à cigares de bois précieux, étuis à cigarettes en argent et pipes de diverses formes s'y déployaient en grand nombre. Sur un présentoir proche, une longue main d'homme se saisit de l'une de celles-ci, la manipula en tous sens, puis la porta enfin à sa bouche :

– Hum... celle-ci me va. Combien ? demanda le quidam à une vendeuse après avoir soupesé la pipe et soufflé dans son tuyau.

Cette voix ?... Léa se retourna pour découvrir un homme de taille moyenne, vêtu d'un costume sombre, le crâne rasé sous son feutre. Derrière ses larges lunettes à monture d'écaille, il évaluait la pipe en connaisseur.

– Vingt-deux dollars, répondit la vendeuse.

– Vingt-deux dollars ? Mais c'est beaucoup trop cher ! s'indigna l'individu en reposant l'objet de sa convoitise.

Un rire sonore ponctua l'échange :

– Ce que tu peux être radin, tout de même ! dit un autre homme en espagnol. Allez, je te l'offre.

– Tu es fou ? C'est hors de prix ! Il n'en est pas question.

– Allons, ça te fera un souvenir, le persuada son compagnon en tendant l'argent à la vendeuse.

– C'est trop... Merci, merci bien...

Dans le mouvement qu'il fit pour se retourner et quitter le comptoir, l'homme au feutre mou et Léa se trouvèrent nez à nez. L'espace d'une seconde, ils demeurèrent face à face. Un sourire entrouvrit les lèvres de l'homme et leurs mains s'effleurèrent. La jeune femme frémit.

– Ernes...

À travers les gros verres de ses lunettes, sous ses sourcils froncés, les yeux de l'individu lui intimèrent silence. Subjuguée, Léa, le cœur serré, regarda la silhouette sombre s'éloigner vers la porte où s'affichait un vol pour Madrid...

Comme une automate, elle se dirigea vers celle où l'on annonçait l'embarquement pour La Paz. Non, impossible, elle avait dû rêver... Ça ne pouvait pas être lui, ce bonhomme chauve... Et pourtant ?... Ce regard... il ne pouvait tout de même pas la tromper ! Au prix d'un gros effort sur elle-même, elle se tourna vers les enfants :

– Allons, il faut nous quitter, mes chéris.

Claire s'accrocha à elle :

– Non, maman, ne pars pas !

– Mais vous me rejoindrez bientôt...

– Bientôt, c'est dans trop longtemps !

– Marie-Françoise, je vous en prie, occupez-vous de cette petite.

– Ne vous inquiétez pas, Léa. Allez, Claire, embrasse ta maman ; tu la reverras bien vite, tu sais.

Pleurant à chaudes larmes, la gamine embrassa sa mère ; Léa l'étreignit.

– Aïe ! Tu me fais mal...

– Oh, pardonne-moi, mon petit cœur. Et promets-moi d'être sage, de bien obéir à Marie-Françoise...

– Je te promets, maman.

À leur tour, Camille et Adrien dirent au revoir à leur mère. Le cœur lourd, la petite troupe la vit franchir les contrôles donnant sur le hall d'embarquement.

Léa somnolait ; la voix nasillarde de l'hôtesse signifiant aux passagers de boucler leur ceinture en vue de l'atterrissage la tira de son assoupissement. Elle jeta un coup d'œil à travers le hublot : l'un des plus hauts sommets de la cordillère andine, le fameux mont Illimani ; on n'allait pas tarder à atterrir à La Paz... Dans un mouvement inquiétant et somptueux, les ailes de l'avion semblèrent effleurer les cimes. Certains passagers portèrent les mains à leurs oreilles, soudain bourdonnantes.

– Bienvenue à La Paz, capitale de l'Illimani ! proclama la voix du commandant de bord.

« La Paz »... Léa maudissait déjà ce nom, maudissait François, maudissait surtout le général de Gaulle ! C'était sa faute si elle se retrouvait dans ce trou perdu des Andes ! Chaque fois, il réussissait à entortiller François. Comment s'y prenait-il ? De toute façon, il en faisait ce qu'il voulait ; cet idiot n'ayant jamais été capable de lui dire « non ».

Léa savait bien qu'elle ne se montrait pas tout à fait honnête. Mais, après tout, elle était si bien à Montillac... ou à Cuba... Ah, Cuba !... À l'évocation de l'île, un brin de nostalgie la gagna. L'image de Camilo lui revint, nimbée d'une musique endiablée, d'arômes de rhum, de joie de vivre... Elle avait beau savoir Camilo mort et la révolution changée, elle aurait donné n'importe quoi pour atterrir à La Havane ! Mais non, c'était La Paz...

Une cité grise, œuvre de titans, surgit à peine d'un immense cratère que, déjà, les roues de l'avion touchaient la piste.

Tout ce que Léa put apercevoir par le hublot la désespéra : on ne voyait que du gris, pas d'autres couleurs, tout semblait sale... Elle dégrafa sa ceinture et quitta son siège, les tempes serrées.

La jeune femme avait beau crâner, en fait, elle n'en menait pas large ; elle avait toujours détesté la montagne. Or, cette fois, elle était servie : 3 600 mètres d'altitude ! Fallait-il être dément pour aller bâtir une ville à pareille hauteur !

La descente d'avion se fit sans encombre. Léa se dirigea gaillardement vers le poste de douane, où les formalités lui parurent interminables.

Tout à coup, il y eut comme un blanc : elle se sentit vaciller, sa main agrippa l'épaule d'un voyageur.

– Ça va, madame ? s'inquiéta celui-ci. Vous êtes toute pâle !

– Oui... oui, merci... balbutia Léa, tremblante.

Attendant l'arrivée de ses bagages devant le tapis roulant réservé à son vol, Léa glissa soudain au sol. Par bonheur, le voyageur la retint.

Livide, elle éprouvait toutes les peines du monde à respirer et une horrible nausée la submergeait.

Deux employés de l'aérogare l'empoignèrent alors sous les aisselles et la pilotèrent jusqu'au cabinet médical situé dans la zone d'arrivée.

– *Muchas gracias*. Ça va aller...

– Vous parlez notre langue, madame ?

Léa se mordit les lèvres : troublée, elle avait failli s'exprimer comme on le fait à Cuba, croyant de nouveau avoir atterri à La Havane... François lui avait pourtant bien recommandé d'éviter le sujet : même si elle bénéficiait d'un passeport diplomatique, ses amitiés là-bas auraient été fort mal vues en Bolivie, et mieux valait les passer sous silence. Ses yeux se fermèrent malgré elle.

– Allongez-la, préconisa un homme en blouse blanche. Ce n'est pas grave, c'est le *soroche*, ajouta-t-il avec un bon sourire.

– Le quoi ? Le *soroche* ?... Qu'est-ce que c'est que ça ? s'inquiéta Léa d'une faible voix.

Elle n'eut pas le temps d'entendre la réponse : elle avait déjà perdu connaissance.

– Le mal de l'altitude. Ça va passer... Je vais lui faire respirer un peu d'oxygène.

Bientôt Léa rouvrit les yeux :

– Que... que m'est-il arrivé ? s'alarma-t-elle en se redressant.

– C'est le *soroche*, répéta le voyageur qui l'avait accompagnée.

– Mais enfin, de quoi s'agit-il ?

– Le mal des montagnes, si vous préférez, précisa son compagnon, qui lui ne semblait pas en souffrir.

Un infirmier apporta à chacun une boisson chaude.

– Buvez, recommanda le médecin. C'est du *maté*[1] de coca, le meilleur remède existant contre le *soroche*.

Chacun s'exécuta avec diverses grimaces.

– Alors, ça va mieux ?

Léa admit qu'en effet, si ce n'était pas bien bon, c'était au moins efficace contre les maux d'estomac. Elle distingua alors le visage de l'infirmier : ce devait être un Indien Quechua. « On se croirait dans *Tintin et le Temple du Soleil* », pensa-t-elle. Tintin ? On aura tout vu ! « Manquerait plus qu'un lama me crache au

_____
1. Tisane.

visage, se dit-elle, furibonde. Ce serait complet ! »
Elle sentait monter en elle une humeur de capitaine
Haddock... Lentement elle se redressa, soutenue par le
voyageur.

Après avoir remercié le médecin, ils quittèrent le
cabinet et retrouvèrent le porteur qui s'était occupé des
bagages – lequel patientait en mâchonnant des feuilles
de coca.

Léa jeta un coup d'œil alentour et finit par apercevoir François, tout sourire, qui s'apprêtait à franchir
les barrières. La tendresse qui émanait de ce sourire
l'emplit de bonheur et lui redonna des forces. Puisqu'il
était là, tout irait bien désormais. S'apercevant qu'elle
était attendue, le voyageur s'inclina pour la saluer.

– Merci, monsieur, merci de votre aide. Sans vous,
je ne sais pas ce que j'aurais fait... François, je te présente monsieur... Au fait, monsieur... ?

– De la Sierna. Oh, ne me remerciez pas, madame,
j'ai une grande habitude de ces voyages. Si j'ai pu
vous être utile, vous m'en voyez ravi. Madame... ?

– Tavernier, Léa Tavernier. Et voici mon mari,
François.

– Enchanté, monsieur.

– Moi de même, monsieur de la Sierna.

À l'ambassade de France, Léa fut accueillie par
l'ambassadeur, Dominique Ponchardier, et par son
épouse. Celle-ci tint à la conduire elle-même à ses
appartements. Les deux femmes sympathisèrent d'emblée et, bientôt, les hommes, demeurés dans le salon
de la résidence, purent percevoir leurs rires.

– Elles sont vite devenues amies... nota le diplomate.

– Je m'en félicite car il en faudra beaucoup pour
que Léa accepte son installation à La Paz...

94

– Ah, ça va la changer de La Havane, tant pour ce qui est de l'ambiance que pour ce qui est du climat... Au fait, est-elle au courant de la mission que vous a confiée de Gaulle ?

– Non. D'ailleurs, il ne vaut mieux pas : elle serait bien capable de s'en mêler sans mesurer les risques encourus.

– N'était-elle pas avec vous, en Argentine ?

– Oh que si ! Et elle y a risqué sa vie à maintes reprises aux côtés de Vengeurs palestiniens lancés à la poursuite d'anciens nazis [1].

– Nos nazis à nous, en Bolivie, s'avèrent très organisés et très prudents.

– Ceux d'Argentine ne l'étaient pas moins, savez-vous. L'un d'eux, Jaime Ortiz, a poursuivi Léa en Indochine et même jusqu'en Algérie.

– Diable ! Et qu'est-il devenu ?

– Il a été tué à Alger.

– Bon débarras ! Et actuellement, êtes-vous toujours en relation avec les réseaux de Vengeurs juifs d'Amérique latine ?

– Avec certains, oui... Vous savez, beaucoup ont trouvé la mort en Argentine. Toutefois, un membre d'un commando est actuellement à Santa Cruz : je dois prendre contact avec lui. De votre côté, avez-vous pu réunir de nouveaux renseignements sur Barbie ?

– Oui, je vous les communiquerai dès demain.

Un domestique entra, porteur d'un plateau, de bouteilles et de verres.

– Merci. Posez ça là, je ferai le service... Que voulez-vous boire, Tavernier ? Un whisky, peut-être ?

– Volontiers... Merci.

Pendant un court instant, on n'entendit que le cli-

---

1. Voir *Noir Tango*.

quetis des glaçons et le glouglou de l'alcool s'écoulant dans les verres. Ponchardier en tendit un à son hôte :

— Alors, bienvenue en Bolivie ! s'exclama-t-il avec ironie en levant le sien.

— Merci ! Et au plaisir de nous être retrouvés !

Ils burent, rendus à la complicité de deux vieux amis.

— Croyez-vous que ma couverture suffira à leurrer nos adversaires ? s'inquiéta François.

— Ma foi, ambassadeur itinérant du président de la République française auprès des gouvernements d'Amérique latine, avec pour mission de favoriser les rapprochements d'ordre économique et culturel, voilà qui peut faire illusion quelque temps... Surtout qu'on vous a vu en sa compagnie lors de la récente visite présidentielle, laquelle est encore présente dans tous les esprits. Certes, il aurait mieux valu que vous soyez carrément nommé ambassadeur de France dans ce pays, mais le Général ne l'a pas souhaité ; il doit considérer que cela vous laissera une plus grande marge de manœuvre ; ce en quoi il a raison. Tout de même, je m'étonne qu'il soit prêt à tenter jusqu'à une action illégale pour récupérer Barbie...

— Comme vous, j'en ai été surpris. Sans doute une vieille habitude contractée à Londres...

— Mais là, il n'était pas encore chef de l'État ! On se croirait revenu en 1958 : à ce moment-là, il ne s'embarrassait guère de légalité...

Ponchardier vida son verre.

— Organiser l'enlèvement de l'assassin de Jean Moulin : pensez-vous que, de la part du Général, il s'agisse de venger sa mémoire ?

— Cela m'étonnerait beaucoup de lui. Je pencherais plutôt pour un certain goût de la vérité.

– Drôle de façon de procéder... Il m'aurait paru plus raisonnable de le liquider sans autre formalité !

– C'est ce que j'ai suggéré... Sans être entendu.

– Si on réussit à l'enlever et à le ramener en France, qu'en fera-t-on ?

– On lui fera un procès.

– Un procès ? Pas pour avoir torturé Jean Moulin, en tout cas : il y a prescription.

– De Gaulle le sait. Si jugement il y a, ce ne peut être que pour crimes contre l'humanité.

– Alors là, évidemment... Quoique... ce ne sera pas sans risques.

– Quels risques ?

– Risques que Barbie fasse des révélations – vraies ou fausses, d'ailleurs – mettant en cause certains des chefs de la Résistance, certains de leurs comportements...

– C'est ce que j'ai fait observer au chef de l'État : mes objections ont été balayées d'un revers de main.

Tounet – c'était le prénom de Mme Ponchardier – et Léa firent leur entrée, l'air fort réjouies.

– Sers-nous donc un verre, mon chéri, pria Tounet. Je suis sûre que Léa meurt de soif...

– De soif, non. Mais cela me fera tout de même du bien.

– Êtes-vous remise de votre malaise ? s'inquiéta l'ambassadeur.

– À peu près, je crois...

– D'ici à deux jours, il n'y paraîtra plus, les rassura Tounet.

– Merci, dit Léa en prenant le verre de whisky que lui tendait l'ambassadeur.

– Soyez la bienvenue en Bolivie ! lui dit ce dernier en levant une nouvelle fois son verre.

Léa eut une moue qui ne lui échappa pas.

– Vous verrez, Léa, oh, vous permettez que je vous appelle par votre prénom, n'est-ce pas ?, ce pays ne manque pas de charme. À cet égard, vous ne pouviez pas trouver meilleur guide que Tounet : les marchés d'artisanat n'ont aucun secret pour elle, pas plus que le *Mercado de Hechicería*[1], où l'on trouve tout ce qu'il faut pour lancer maléfices et sortilèges en tout genre ; sans compter les musées et les *peñas*[2] à la mode...

Un domestique d'un parfait type indien entra pour annoncer que Madame était servie.

– Parfait ! On reparlera de tout cela à table. Nos amis doivent avoir hâte de se reposer : ne traînons pas, résolut Tounet en se levant.

Arrosé d'excellents vins, le dîner fut fort gai. Léa était un peu grise lorsqu'elle se retrouva seule avec François. Elle se jeta tout habillée sur le lit :

– Sont charmants... murmura-t-elle avant de s'endormir comme une masse.

François rabattit simplement le couvre-lit sur elle et la considéra longuement d'un œil attendri.

Le lendemain, Léa visita la maison que les Ponchardier avaient fait louer pour eux dans la Calle Jaén, non loin du palais présidentiel aussi appelé *Palacio Quemado*, le « palais brûlé », pour avoir été incendié à deux reprises, plus de cent ans auparavant, par une populace en fureur. Il s'agissait d'une ravissante demeure de style colonial, entourée d'un charmant jardin. La maison comme son mobilier enchantèrent Léa. Toute à sa surprise et à sa satisfaction, elle commen-

---

1. Marché de la Sorcellerie.
2. Cabarets.

çait à se dire qu'elle ne serait peut-être pas si mal que cela à La Paz...

– Je me suis aussi permis de retenir une cuisinière, un maître d'hôtel, une femme de chambre, un valet, un chauffeur et un jardinier... ajouta l'épouse de l'ambassadeur.

– Mais, nous n'avons pas besoin d'autant de personnel ! s'exclama Léa en riant.

– Vous verrez, c'est le minimum : question de standing et, surtout, d'efficacité.

– Si vous le dites...

Léa devait d'ailleurs se rendre très vite compte que la cuisinière aurait en effet besoin d'une, voire de deux aides ; tout autant que le maître d'hôtel, la femme de chambre ou le valet...

Quinze jours après leur installation, les Tavernier donnèrent une réception à laquelle ils avaient souhaité convier le gratin franco-bolivien de la capitale. Le général Barrientos, président en exercice, et son épouse étaient du nombre. Au cours d'un bref remerciement, il se déclara enchanté de la présence à La Paz de l'ambassadeur « *especial* » du général de Gaulle, dont il était un fervent admirateur. En confidence, Barrientos s'ouvrit à François Tavernier :

– Savez-vous qu'afin ne pas compromettre la visite de votre président, j'avais décidé il y a bientôt deux ans de remettre à plus tard mon récent coup d'État ? Pour rien au monde je n'aurais voulu flétrir l'honneur qui, à cette occasion, était fait à la Bolivie...

– Quelle courtoisie de votre part ! s'extasia Tavernier en retenant une puissante envie de rire. Mais permettez-moi de vous présenter mon épouse, Mme Tavernier...

Galant homme, le président bolivien baisa la main qui se présentait :

– C'est un plaisir que d'accueillir en Bolivie une aussi jolie femme ! Félicitations, monsieur l'ambassadeur...

Dès le lendemain, la presse bolivienne diffusa des échos flatteurs sur la soirée de la veille.

Après un long entretien avec Dominique Ponchardier, Tavernier quitta La Paz pour Santa Cruz de la Sierra.

8.

L'avion atterrit sans encombre à l'aéroport de Santa Cruz. Un taxi conduisit aussitôt François à l'Hotel Cortés, Avenida Cristobal Mendoza, où l'ambassade de France lui avait fait réserver une chambre. Après s'être rafraîchi, il descendit à la réception et demanda au concierge l'adresse d'un restaurant agréable.

– La Casa del Camba, *señor*, c'est le meilleur établissement de la ville ; le plus pittoresque aussi. Voulez-vous que je vous réserve une table ?

– Est-ce bien nécessaire ?

– *Si, señor*. Il y a toujours beaucoup de monde.

– Est-ce loin d'ici ?

– Non, c'est dans la même avenue que notre hôtel, mais au numéro 539. À dix minutes à pied environ. Cependant, je peux vous appeler un taxi...

– Non, merci. Ça ne me fera pas de mal de marcher un peu.

– Alors, bonne soirée, *señor*. Je réserve votre table.

La nuit était tombée et François marchait d'un bon pas. Hormis quelques voitures de passage, l'avenue mal éclairée restait déserte. En fait, il lui fallut tout de même vingt bonnes minutes pour parvenir jusqu'à La Casa del Camba. Dès qu'il en eut franchi le seuil, un maître d'hôtel vint à sa rencontre :

– *¿ El señor Tavernier ?* s'enquit-il.

– *Si.*

– Votre table est prête. C'était la dernière.

– *Gracias.*

– *De nada.*

– Servez-moi tout de suite un whisky, s'il vous plaît.

– *Si, señor.*

Tout en sirotant les premières gorgées, François regardait autour de lui : la salle était comble, mais il se fit d'emblée la remarque que bien peu de convives affichaient le type indien ; à l'inverse, il n'en allait pas de même du personnel.

L'un des serveurs vint lui apporter une carte aussi épaisse qu'un livre. François n'eut pas le courage de se plonger dans une si fastidieuse lecture ; il fit signe au maître d'hôtel :

– Conseillez-moi : quelle est la spécialité de la maison ?

– Des *parilladas* comme ils n'en ont pas de pareilles à Buenos Aires !

– Va pour les *parilladas*, alors.

– Avec du vin français, *señor* ?

– Oh non. Vous auriez du vin chilien ?

– *Si, señor*, mais...

– Alors, un très bon chilien.

– Bien, *señor*.

Le maître d'hôtel n'avait pas menti : les *parilladas* étaient excellentes. En revanche, on ne pouvait en dire autant du cépage chilien... Pour en faire passer le goût, François commanda un cognac.

Le maître d'hôtel déposa le verre d'alcool avec un air satisfait :

– Les clients français qui ont goûté au vin chilien réclament toujours un cognac, après...

– La prochaine fois, je suivrai vos conseils !
s'amusa François.

– Voulez-vous que je vous appelle un taxi, *señor* ?

– Non, merci, je vais faire quelques pas.

– Si je, puis me permettre, *señor*, ce n'est peut-être
pas très prudent...

– Ne vous inquiétez pas : je saurai me défendre.

Sur le seuil de La Casa del Camba, François alluma
un cigare et se mit en route d'un pas allègre. Au bout
d'un moment, il eut l'impression qu'à faible distance
on marchait derrière lui. Il s'arrêta, fit mine de rallu-
mer son cigare : les pas s'étaient tus. Il repartit,
l'oreille aux aguets. Alors qu'il parvenait à l'angle de
l'Avenida Monseñor Rivero, non loin de son hôtel,
deux hommes se ruèrent sur lui. L'un d'eux tenta de
le frapper d'un coup de couteau mais, d'un revers de
main, François envoya valser l'arme. L'autre fondit
sur lui, brandissant une lame effilée. Le coup trans-
perça la manche de sa veste, le blessant au bras. Ayant
récupéré son coutelas, le premier type lui porta un
second coup à l'épaule. Tandis qu'une sirène de police
retentissait, une camionnette jaillit à l'angle de deux
rues adjacentes, puis stoppa net à leur hauteur :

– Grouillez-vous, les gars : la police ! braille une
voix en allemand.

D'un bond, les deux hommes de main s'engouffrèrent à bord du véhicule. Au moment d'en refermer la
porte latérale, l'un d'eux se ravisa :

– Ce n'est qu'un avertissement : la prochaine fois,
on te fait la peau ! aboya-t-il dans la même langue.

La camionnette démarra dans un crissement de
pneus. François se releva tant bien que mal, prenant
appui sur un réverbère. Mais, au moment où les policiers arrivaient jusqu'à lui au pas de course, il s'effondra de nouveau. Quelques minutes plus tard, il

reprenait connaissance dans l'ambulance qui le conduisait à l'hôpital municipal. Aux urgences, un jeune médecin l'examina :

— Vous avez eu de la chance, *señor* : un peu plus bas, la lame perforait le cœur !

Une fois pansé, François demanda à regagner son hôtel. Grand et mince, un homme se présenta en français :

— Je suis le commissaire Alberto Ruiz. Permettez-moi, avant de vous reconduire au Cortés, de vous poser quelques questions. Nous savons que vous êtes arrivé à Santa Cruz en fin d'après-midi et que vous êtes diplomate. Que venez-vous faire à Santa Cruz ?

— Rien de bien particulier, je suis ici dans le cadre de mes activités diplomatiques.

— Vous connaissez quelqu'un dans cette ville ?

— Personne. J'ai rendez-vous demain dans la matinée avec le consul de France.

— Avez-vous remarqué quelque chose de particulier chez vos agresseurs ?

— Ils parlaient allemand.

— Allemand ? Hum... voilà qui est bien embêtant...

— Pour qui ? Pour vous ou pour moi ?

— Pour nous deux, *señor*, je le crains.

— Les ressortissants allemands sont-ils nombreux ici ?

— Pas plus qu'à La Paz ou n'importe où ailleurs en Bolivie... Mais il est rare que nous ayons des problèmes avec eux. Pour ma part, c'est la première fois que je m'occupe de ce genre d'affaire. D'ailleurs, je ne sais trop qu'en penser... Avez-vous déjà eu maille à partir avec des citoyens allemands ?

François réprima un sourire.

— En France, oui, quelquefois, pendant la guerre...

– Peut-être que l'un d'eux, vous ayant reconnu, aura voulu se venger.

– Tout est possible, mais cela m'étonnerait. La guerre est finie depuis longtemps, et mes ennemis personnels sont morts.

– Eh bien, pas tous, on dirait... Mais vous semblez fatigué. Nous allons vous raccompagner.

Quand le concierge vit arriver Tavernier, encadré par deux policiers, les vêtements maculés de sang, son visage se couvrit de sueur. Le commissaire de police s'en aperçut :

– Quelqu'un est-il venu demander *el señor* Tavernier ?

– *Si, señor.*

– Le connaissiez-vous ?

– Non, c'est la première fois que je le voyais.

– Bolivien ?

– Je ne crois pas, *señor.* Il me semble qu'il était allemand...

– Qu'est-ce qui vous fait dire ça ?

– Son accent, *señor.*

– A-t-il laissé son nom ?

– Non... Mais, euh... je crois lui avoir dit qu'*el señor* Tavernier dînait à La Casa del Camba... Je suis désolé, *señor*, si j'avais su...

– C'est dans vos habitudes, de déballer les faits et gestes de vos clients au premier venu ?

– Euh, non... fit piteusement le concierge.

– Monsieur Tavernier, présentez-vous demain au commissariat. Vous y demanderez le commissaire Alberto Ruiz, et l'on prendra votre déposition. Cette nuit, un policier montera la garde devant votre chambre ; on ne sait jamais...

– Pouvez-vous me réveiller à 7 h 30 ? demanda François au concierge.

– Oui, *señor*. Euh... bonne nuit quand même...

Enfin seul dans sa chambre, François gagna la salle de bains. « Quelle sale gueule tu as, mon pauvre ami ! » songea-t-il en se passant de l'eau sur le visage. À peine allongé sur le lit, le téléphone sonna : c'était Léa.

– Bonsoir, mon chéri. J'attendais ton appel... Tu as fait un bon voyage ? Tu n'es pas trop fatigué ?

– Un peu. J'allais me coucher, justement.

– Tout se passe bien ?

– Parfaitement. Mais, pour te dire la vérité, je tombe de sommeil.

– Alors je t'embrasse, mon amour. Dors vite. À demain !

Épuisé, François raccrocha, puis sombra dans un sommeil agité.

Une sonnerie stridente lui vrilla le crâne. François tenta de se redresser mais retomba, en nage, sur sa couche. Ses blessures le faisaient souffrir davantage que la veille, et sans doute la fièvre le consumait-elle. Avec effort, il parvint à se lever et à gagner la porte. À peine l'eut-il ouverte, qu'il s'effondra aux pieds du policier en faction. Aidé par une femme de chambre, le fonctionnaire le reconduisit jusqu'à son lit, décrocha le téléphone et réclama un médecin. Il fit ensuite prévenir le commissaire Ruiz, le priant de se rendre au plus vite à l'hôtel.

Lorsque le commissaire entra, le médecin finissait d'ausculter le blessé.

– Eh bien, docteur ?

– Une forte fièvre s'est déclarée : je vais le mettre sous pénicilline. J'espère que cela suffira à enrayer l'infection...

Ce fut au tour du consul de France à Santa Cruz de se présenter au chevet du malade :

– Que s'est-il donc passé ? exigea-t-il, péremptoire, du commissaire.

– M. Tavernier a été agressé hier soir, répondit courtoisement le Bolivien. Il a été blessé de deux coups de couteau.

– Ses jours sont-ils en danger ?

– Pas si nous arrivons à faire baisser sa fièvre, intervint le médecin.

– A-t-il donné quelques précisions sur les circonstances de son agression ?

– La seule chose qu'il ait eu le temps de noter, c'est que ses agresseurs s'exprimaient en allemand.

– En allemand ?

– Oui, c'est bien cela.

– Voilà qui est fort ennuyeux... Vous avez une idée ?

– Pas la moindre. La communauté allemande est d'ordinaire plutôt paisible, par ici... Savez-vous ce que M. Tavernier venait faire à Santa Cruz ?

– Je n'en ai pas la moindre idée. Nous devions nous voir ce matin, au consulat. Peut-être m'aurait-il fait part de la teneur de sa mission. Si mission il y a...

– M. Tavernier a bien rang d'ambassadeur itinérant ?

– C'est en effet ce qu'on m'a fait savoir de l'ambassade de France à La Paz.

– Cela ne vous semble pas curieux que la France croie devoir envoyer un second représentant dans la région alors qu'elle dispose déjà d'un ambassadeur en titre dans notre pays ?

– Non, il y a des précédents... De plus, à ce que je sais, MM. Tavernier et Ponchardier sont de vieilles connaissances. Ils se seraient connus à Londres, et le général de Gaulle les tiendrait l'un et l'autre en grande estime, dit-on.

– Pensez-vous que son agression soit liée aux anciens nazis réfugiés en Bolivie ?

– Comment le saurais-je ? Je suis comme vous : dans l'expectative la plus complète.

Près d'eux, le blessé gémit ; le consul se pencha sur lui :

– Bonjour, monsieur Tavernier. Je suis Paul Durand, consul de France : nous avions rendez-vous, vous en souvenez-vous ?

François écarquilla les yeux, puis tenta de se soulever sur un coude, mais retomba lourdement sur ses oreillers. Le médecin lui prit le pouls :

– Vous devriez vous retirer, messieurs : M. Tavernier a besoin de repos.

François fit une nouvelle tentative pour se dresser sur son séant. Vaincu par la fièvre, il y renonça.

– Léa... Faites attention à Léa, eut-il la force d'articuler.

– Que veut-il dire ? s'interrogea le commissaire.

– Je pense qu'il parle de sa femme, répondit le consul.

– Vous la connaissez ?

– Non, mais je crois savoir que c'est aussi... une forte personnalité ! Elle aurait pris part à la guerre d'Indochine où l'on aurait tenté de...

– Tenté quoi, Monsieur le consul ?

– Je ne suis sûr de rien, mais...

– Mais quoi, à la fin ?

– De l'assassiner.

– De l'assassiner ?

– Oui, et plus tard, en Algérie, un ancien nazi qui s'était engagé dans la Légion étrangère aurait tenté de l'y supprimer...

– Un légionnaire ? On sait de qui il s'agissait ?

– Oui, un Argentin pronazi, un certain Jaime Ortiz. Rien d'étonnant : c'est en partie grâce à l'action de Mme Tavernier qu'un groupe d'activistes nazis avait été démantelé en Argentine, quelques années plus tôt.

– Faisait-elle partie d'un de ces réseaux de Vengeurs ?

– Pas vraiment.

– Comment cela, « pas vraiment » ? Est-elle juive ?

– Oh non ! Elle est issue d'une vieille famille de souche bordelaise. En revanche, l'une de ses amies juives était bien membre de ce réseau. D'après ce que l'on sait, Mme Tavernier aurait voulu l'aider à venger les sévices qu'elle avait subis en déportation.

– Qu'est devenue cette amie ?

– Elle se serait suicidée à Buenos Aires.

– Vous êtes bien informé.

– J'étais en poste en Argentine à cette époque.

– Croyez-vous que l'agression dont a été victime M. Tavernier soit liée à cette histoire ?

– C'est possible, mais je n'ai aucune certitude à ce sujet... Quoi qu'il en soit, j'ai fait télégraphier à l'ambassade de France pour prévenir de ce qui vient de se produire ici. L'ambassadeur a dû en avertir Mme Tavernier... Bon, comment allez-vous procéder, pour votre enquête ?

– Dans un premier temps, nous allons interroger tous les ressortissants allemands dont nous connaissons les sympathies pronazies. Cependant, je ne pense pas en tirer grand-chose : ces gens sont terriblement solidaires les uns des autres.

Le directeur de l'hôtel se présenta à la porte de la chambre :

– Monsieur le consul, M. l'ambassadeur de France vous demande au téléphone. Vous pouvez prendre la communication dans mon bureau, si vous le souhaitez. Je vous précède ?

Le consul acquiesça et suivit le directeur.

– Allô ? fit-il en prenant le combiné.

– Allô, Durand ? Ici Ponchardier. Comment va-t-il ?

– Pas fort, monsieur l'ambassadeur. Un médecin est auprès de lui, ainsi que le commissaire chargé de l'enquête.

– Bon, quoi qu'il en soit, tenez-moi au courant heure par heure. Au fait, malgré mes objections, Mme Tavernier s'est embarquée pour Santa Cruz. Faites-la accompagner. Et qu'on ne la quitte pas d'une semelle ! Ce pourrait bien être elle, la prochaine victime...

– Mais, monsieur l'ambassadeur, je n'ai personne de compétent pour s'acquitter d'une pareille tâche...

– Débrouillez-vous ! Vous répondrez personnellement de sa vie !

– Mais enfin, je...

Ponchardier avait raccroché. Le consul s'épongea le front, puis regagna la chambre du malade.

– Vous en faites, une tête ! remarqua le commissaire.

– Mme Tavernier est en route et je dois assurer sa sécurité...

– Eh bien, voilà qui me fera du travail en moins !

– Mais, commissaire, je n'ai pas du tout l'habitude de ce genre de situation ! Je vous en prie, chargez-vous de cela également : vous serez cent fois plus efficace que moi.

– J'en suis sûr ! Bon, ne vous inquiétez pas, on va s'en occuper.

9.

En provenance de La Paz el Alto, l'avion atterrit à Santa Cruz en fin d'après-midi. Léa descendit rapidement de l'appareil et se dirigea aussitôt vers la sortie.

– Madame Tavernier ?

Un homme au beau visage buriné, vêtu d'un costume clair et froissé, se tenait devant elle.

– Oui, répondit-elle en s'immobilisant.

– Je suis le commissaire Ruiz, madame, chargé de l'enquête concernant votre mari, déclara-t-il d'emblée dans un français teinté d'un fort accent.

– Comment va-t-il ?

– Il n'a pas repris connaissance, mais ses jours ne sont pas en danger, mentit le commissaire.

– Dieu soit loué !

Il la guida vers une grosse voiture sombre qui stationnait devant les portes ; au volant se tenait un chauffeur indien.

– Vous n'avez pas de bagages ?

– Non. Je me suis embarquée en toute hâte ; je trouverai bien le nécessaire en ville... Dépêchons-nous, je suis pressée de voir mon mari.

– Naturellement.

La voiture démarra, suivie par un second véhicule. Ils roulèrent quelque temps en silence.

– Vous êtes bien imprudente, madame, fit observer le commissaire.

– Pourquoi dites-vous cela ?

– Vous m'avez suivi sans même demander à voir mes papiers : j'aurais pu être l'un des agresseurs de votre mari...

– C'est exact, je n'y ai même pas pensé... Heureusement qu'il n'en est rien !

– Savez-vous ce que M. Tavernier venait faire à Santa Cruz ?

– Non, il ne m'en a rien dit.

– Est-ce que cela pourrait avoir trait à la présence d'anciens nazis en Bolivie ?

– J'en étais sûre ! s'exclama-t-elle. Ah, le salaud, il me le paiera !...

– Euh... de qui parlez-vous, au juste ?

– De mon mari, parbleu ! Je comprends maintenant pourquoi nous sommes ici et pourquoi il ne m'en a pas soufflé mot. Je croyais pourtant en avoir définitivement fini avec ces histoires !

– Vous faites allusion à ce qui s'est passé en Argentine il y a quelques années ? demanda-t-il d'une voix neutre.

Léa le regarda avec stupeur. Que savait-il exactement, ce policier ?

– Je ne vois pas ce que vous voulez dire...

– Mais si, réfléchissez. N'apparteniez-vous pas, votre mari et vous, à un réseau de Vengeurs ?

À quoi bon mentir, puisqu'il était au courant ?

– En quelque sorte, répondit-elle d'une voix lasse.

– Qu'entendez-vous par « en quelque sorte » ?

– Mon mari et moi ne sommes pas juifs et nous n'appartenions pas vraiment à ces réseaux. Cependant, nous nous sentions le devoir moral de leur prêter main-forte.

112

Alberto Ruiz regardait devant lui, absorbé dans ses pensées. Bientôt, la voiture se gara devant l'hôtel. Le directeur, qui les attendait dans le hall, accourut au-devant d'eux et s'exclama avec emphase :

– Ah, madame Tavernier, c'est un honneur pour moi de vous accueillir. J'eusse préféré que ce fût en d'autres circonstances...

– Moi aussi... Faites-moi conduire auprès de mon mari, s'il vous plaît.

– Certainement... Chasseur ! Conduisez madame à la chambre de monsieur l'ambassadeur.

Sur le pas de la porte, Léa marqua un arrêt. François dormait là, immobile, le torse barré d'un large pansement. Près de lui, une infirmière veillait sur son repos. Léa s'approcha :

– François... murmura-t-elle.

– Il ne faut pas le fatiguer, madame, conseilla l'infirmière. Ne vous inquiétez pas, la fièvre est tombée. Bientôt, il reprendra connaissance. Asseyez-vous donc.

Comme une automate, Léa obéit, tira un fauteuil près du lit et prit une main de François qu'elle couvrit de baisers.

« Comment est-ce que tu as pu me faire ça ? » se tourmentait-elle. Dieu merci, il était en vie ! Son cœur se dilatait d'émotion à le voir ainsi, si faible, si vulnérable. Elle se pencha et posa la tête près de la sienne.

– Madame... madame... réveillez-vous !

Léa sursauta, puis rouvrit les yeux.

– Quoi ?... Qu'est-ce qu'il y a ? François ?

– Comme vous le voyez, votre mari va bien. C'est de vous que je m'inquiétais : cela fait des heures que vous dormez.

Contre toute attente, la Française éclata de rire.

– Qu'ai-je dit de si drôle ?

Léa rit de plus belle.

— Enfin, allez-vous m'expliquer ?

— Oh, ce n'est rien : dès que j'ai des ennuis, je dors.

— C'est bien commode, ma foi...

— N'est-ce pas ? Cela irrite François autant que ça l'attendrit... Quand sortira-t-il du coma ?

— Le médecin est repassé pendant que vous dormiez : la fièvre a bien été enrayée.

— C'est ce que l'infirmière m'avait dit... Et votre enquête, avance-t-elle ?

— Pas vraiment... Les Allemands suspects de sympathies nazies que nous avons interrogés ont tous de solides alibis. Nous continuons nos investigations...

— J'ai faim, fit-elle en s'étirant.

« Voilà une bonne nature », songea le commissaire.

— Accepteriez-vous une invitation à dîner ? Nous pourrions aller au restaurant où votre mari s'est rendu hier... C'est un excellent établissement.

— Bonne idée ! Avec un peu de chance, nous y serons agressés à notre tour...

— J'espère bien que non !

— Mais pouvons-nous laisser mon mari seul ?

— Il ne sera pas seul : l'infirmière de nuit ne va plus tarder et l'un de mes agents restera en faction devant sa porte. Par ailleurs, j'en ai disposé d'autres à l'intérieur comme à l'extérieur de l'hôtel.

— En ce cas... Après tout, il doit avant tout se reposer. Quant à nous, il nous faut bien manger...

Léa déposa un baiser sur le front de François.

— Je vous le confie, lança-t-elle à l'infirmière quand ils la croisèrent dans le couloir.

Le dîner fut excellent, tout comme le vin de France : Léa mangea et but comme si sa vie en dépendait. Ruiz la contemplait, fasciné : jamais il n'avait rencontré

114

une femme semblable ; naturelle, enjouée, moqueuse, libre, si libre dans ses propos et ses gestes qu'elle en devenait presque provocante. Quoique distante... Et cette façon qu'elle avait de fumer le cigare ! Aucune femme de sa connaissance ne fumait le cigare, pas même parmi les dames les plus délurées de la bonne société de Santa Cruz... Pour un peu, il eût jalousé Tavernier : comme elle semblait l'aimer !

Léa se leva :

– Je crois que je devrais rentrer, à présent...

Comme il se levait à son tour, le policier remarqua que les clients du restaurant n'avaient d'yeux que pour elle. Il est vrai que son élégance naturelle ne passait pas inaperçue : le tailleur de voyage en soie blanche avait beau être froissé, il ne desservait nullement sa silhouette... Elle se passa négligemment une main dans les cheveux, ce qui eut pour effet de troubler encore un peu plus le commissaire...

Dehors, elle frissonna. Ruiz ôta sa veste et la posa sur ses épaules.

– Oh, merci, fit-elle en resserrant le vêtement autour de son buste. On rentre à pied ? suggéra-t-elle.

Ils marchèrent d'un bon pas jusqu'à l'hôtel, suivis à peu de distance par la voiture de police. Dans le hall, le concierge semblait les attendre.

– *Señora Tavernier*, le directeur a fait préparer la chambre voisine de celle de votre mari. Les deux pièces communiquent...

– Ah, merci de cette attention... puis-je avoir une grande bouteille d'eau et de l'aspirine... ou quelque chose qui y ressemble ?

– Je vous fais monter ça, *señora*.

– Je m'en charge, objecta le commissaire.

Dans sa chambre, François dormait d'un sommeil apaisé. L'infirmière se leva à l'entrée de Léa.

– Il va beaucoup mieux, madame. Votre mari est tiré d'affaire.

Léa nota alors que l'infirmière n'était plus celle qu'elle avait aperçue en fin d'après-midi ; celle-ci était un peu plus âgée. Léa s'approcha du lit et se pencha. De la main, elle caressa le front moite :

– Repose-toi, mon amour... murmura-t-elle en posant ses lèvres sur les siennes. Madame, je suis dans la chambre d'à côté. En cas de besoin, n'hésitez pas à me réveiller.

– Bien, madame.

Ruiz l'accompagna jusqu'à sa chambre, fit le tour de la pièce, en vérifia les fermetures ; avant de sortir, il tira bord à bord les doubles rideaux :

– Quoi qu'il en soit, un policier passera également la nuit devant votre porte.

– Vous craignez quelque chose ?

– On ne sait jamais...

– Vous avez raison, commissaire, on ne sait jamais... Mais, pourquoi me donnez-vous ceci ?

– Prenez, vous pourriez en avoir besoin, répondit-il sobrement en lui tendant son automatique.

– Est-ce bien nécessaire ?

– J'espère que non... Vous savez vous en servir ?

– Oui, aucun problème.

– Parfait. Bonne nuit, madame.

– Bonne nuit, commissaire.

Restée seule, Léa se déshabilla et prit une douche rapide. Elle s'enveloppa dans un peignoir de bain, éteignit les lumières et s'étendit.

Dans son demi-sommeil, elle crut percevoir comme un gémissement. D'un bond, elle se redressa. Tout semblait calme, pourtant. Pourquoi cette angoisse subite ? François ne risquait rien... Sans bruit, elle se

116

leva, saisit machinalement l'arme qu'elle avait déposée sur la table de chevet et alla jusqu'à la porte de communication, y colla l'oreille. Un halètement sourd lui parvint. Sans hésiter, elle ouvrit brusquement la porte : l'infirmière se tenait penchée sur le malade, une seringue à la main ; de l'autre, elle l'immobilisait. Léa bondit : de la crosse du pistolet, elle frappa la femme à la tempe. Celle-ci poussa un cri et laissa tomber la seringue. De son lit, François, appuyé sur ses coudes, assistait impuissant à la scène. L'infirmière se remit vite de son étourdissement : c'était une grande et forte femme qui allait rapidement avoir le dessus sur Léa. Au prix d'un immense effort, le blessé parvint à se lever, mais chancela, puis s'écroula sans forces. Dans la lutte qui s'ensuivit, Léa avait laissé échapper son arme. Maintenue au sol par son adversaire, ses doigts rencontrèrent la seringue, dont elle se saisit : l'aiguille s'enfonça dans le cou de l'infirmière. Peu à peu, celle-ci desserra son étreinte. Les yeux de la femme s'emplirent de terreur et se révulsèrent. Sa tête retombait au moment où le policier de garde, alerté par le tumulte, faisait irruption dans la chambre.

— Enfin, vous voilà ! s'exclama Léa en se redressant. Aidez-moi plutôt à recoucher mon mari.

Les yeux exorbités, l'homme obéit, puis demeura un moment interdit, les bras ballants.

— Eh bien, qu'attendez-vous pour prévenir le commissaire ? Faites aussi chercher le médecin, nom d'un chien !

— Euh... oui, madame, en effet, tout de suite... Elle... elle est morte ?

— Ça m'en a tout l'air...

Le policier sortit à reculons.

Ruiz arriva un quart d'heure plus tard ; il considéra un moment la scène du drame. François avait repris connaissance, mais paraissait très faible.

– Que s'est-il passé ?

– Cette femme a tenté de tuer mon mari.

– Vous ne dormiez pas ?

– Si, mais j'ai fait un cauchemar qui m'a réveillée. J'ai alors cru discerner du bruit ou des gémissements dans la chambre voisine. Munie de votre pistolet, je suis entrée. Cette femme était penchée sur mon mari, la seringue dans une main, le bâillonnant de l'autre : pas très orthodoxe, comme méthode de soin ! Je lui ai alors asséné un bon coup de crosse ; la seringue est tombée. Le coup n'était pas assez fort, hélas. Nous nous sommes battues quelques instants, puis j'ai pu m'emparer de l'instrument : j'ai piqué au jugé. Ce devait être un poison très puissant, car elle a succombé dans l'instant.

– L'analyse nous le dira...

– Aviez-vous pris des renseignements sur cette infirmière ?

– Pas vraiment, je l'avoue... J'ai cru comprendre qu'elle venait de la part du médecin... Tenez, le voici justement ; on va le lui demander. Connaissez-vous cette femme, docteur ?

Le médecin jeta un coup d'œil à la défunte :

– Non, jamais vue.

– Mais enfin, elle s'est présentée comme infirmière de nuit... se justifia le policier de garde.

– C'est possible... Mais, ce n'est pas celle que j'avais envoyée.

– Va falloir retrouver celle-ci au plus vite, dit le commissaire : soit elle est complice, soit il lui est arrivé quelque chose. Donnez ses nom et adresse au lieutenant, docteur : dans les deux hypothèses, il faut rapidement élucider cette histoire.

Le médecin examina Léa, puis François.

– Bon, ça va, pas de bobo... Reposez-vous, recommanda-t-il.

– Puis-je les interroger ?

– Il n'en est pas question, commissaire. Vous les interrogerez plus tard : ils ont besoin de repos.

Sous la garde renforcée d'une demi-douzaine de policiers, le reste de la nuit s'écoula sans incident.

Le lendemain, en fin de matinée, le commissaire Ruiz se présenta à l'hôtel ; il pria Léa de le recevoir ; on l'invita à monter. La jeune femme portait une ample robe-chemisier à rayures grises et blanches ; une large ceinture soulignait sa taille étroite. Malgré les cernes qui lui barraient le visage, elle était ravissante.

– Elle ne me va pas, n'est-ce pas ? s'inquiéta Léa devant le regard médusé du policier. C'est tout ce que j'ai pu trouver de correct dans l'unique boutique de mode de cette ville...

– Au contraire, elle vous va à ravir.

– Ah, vous me rassurez... Avez-vous du nouveau ?

– On a retrouvé la véritable infirmière.

– Tant mieux. L'avez-vous interrogée ?

– Cela nous sera difficile, désormais : elle a été étranglée ; son corps a été découvert ce matin dans un terrain vague.

D'un geste machinal, Léa porta les mains à sa gorge ; sa voix se fit rauque :

– Sait-on qui avait usurpé son identité ?

– Oui, il s'agit d'une infirmière d'origine allemande. On interroge les employés de la clinique où elle travaillait habituellement. Le médecin-chef aussi est allemand...

– Vous pensez que ça va donner quelque chose ?

– Ça m'étonnerait... Votre mari va mieux, m'a-t-on dit ?

– Oui, il a une forte constitution. De surcroît, il a toujours eu beaucoup de chance...

– Vous aussi, me semble-t-il.

– Heureusement. Sans cela, j'y serais passée plus d'une fois !

– Vous n'êtes pas un peu lasse de ce genre de vie ?

– Oh que si ! soupira Léa. Mais il faut croire qu'une vie ordinaire n'est pas faite pour moi... J'ai épousé l'homme qui se complaît le plus dans le danger. À tel point que, dès que tout va bien pour nous quelque temps, il lui faut courir au-devant du premier péril venu en m'entraînant chaque fois derrière lui.

– N'avez-vous jamais été tentée de lui résister ?

– Je voudrais vous y voir ! François a toujours d'excellentes raisons de se jeter dans les aventures les plus folles, d'accepter les missions les plus périlleuses ; en particulier si c'est le général de Gaulle qui l'y convie...

– Vous pensez que c'est le cas, cette fois-ci ?

« Hum, j'ai trop parlé », se reprocha Léa.

– Je n'en sais rien, je disais ça comme ça... soupira-t-elle.

– Évidemment.

Les heures suivantes se passèrent en auditions diverses. À la fin de la journée, Léa fut prise de violents maux de tête. Le commissaire s'en rendit compte :

– Cela suffit pour aujourd'hui. Il est bien établi que vous avez tué cette femme en état de légitime défense...

– En doutiez-vous ?

– Non, mais il me fallait en faire la preuve. La procédure, vous savez...

– La meilleure des preuves, ç'aurait été que François soit mort ! répliqua-t-elle avec humeur.

Il éclata de rire.

– Et vous trouvez ça drôle ? !

– Non, c'est nerveux...

Un policier en uniforme entra, se pencha à l'oreille de son supérieur et lui dit quelque chose à voix basse.

– L'ambulance qui doit vous conduire au consulat de France est prête. Au consulat vous trouverez les quelques bagages qui vous ont été envoyés par l'ambassade de France de La Paz.

– Y serons-nous en sûreté, à votre avis ?

– Je l'espère. Quelques militaires français y sont affectés et je posterai des policiers à l'extérieur. Le président Barrientos a lui-même donné des ordres très précis pour assurer votre sécurité...

– C'est très aimable à lui... Et pour l'enquête, où en êtes-vous ?

– J'attends de pouvoir interroger votre mari sur les motifs de son séjour à Santa Cruz ; je souhaite m'assurer que toute cette affaire est bien le fait de ressortissants allemands.

– Que vous faut-il de plus ? Les avez-vous seulement interrogés ?

– Ils sont nombreux...

– Et alors ? Ces gens sont dangereux, ils bénéficient de protections politiques dans tous les pays où ils ont décidé de résider, tant dans la police et l'armée que dans les administrations.

Ruiz se laissa tomber sur un siège, l'air découragé.

— Je sais ça, hélas !... Je viens de m'en rendre compte en voulant interroger le directeur de la clinique où travaillait cette infirmière allemande.

— Et alors ?

— Sur ordre direct du ministre de l'Intérieur, mon supérieur m'a fait savoir qu'il n'y avait aucune raison de déranger ce monsieur...

— C'est inouï ! Qu'avez-vous fait ?

— À sa grande surprise, je l'ai quand même interrogé. Devant ma détermination, il m'a appris quelques petites choses... Par exemple, que l'infirmière avait autrefois travaillé au camp de Bergen-Belsen...

— Mon Dieu ! s'étrangla Léa.

— Le médecin lui-même y avait exercé quelques mois. Il jure qu'il n'a conservé aucune relation avec les nazis. Après une courte enquête, cela semble vrai.

— Mais alors, que faisait-elle auprès de lui, cette infirmière ?

— Je lui en ai fait la remarque.

— Qu'a-t-il répondu ?

— Qu'elle était seule et sans ressources...

— Comment explique-t-il son geste ?

— Il ne l'explique pas et dit n'y rien comprendre.

— Sait-on comment elle s'est procuré ce poison ?

— C'est un poison local que connaissent bien les Boliviens. Il n'est pas difficile de s'en procurer.

— Quelqu'un lui a forcément donné l'ordre d'assassiner François : elle ne pouvait pas le connaître ni être informée de sa présence à Santa Cruz...

— Forcément. Je pense que les nazis cherchent à empêcher votre mari d'accomplir la mission dont il est chargé. C'est de cela dont j'ai grand besoin de l'entretenir : avec qui avait-il rendez-vous à Santa Cruz ? Ce doit être quelqu'un de diablement important pour qu'on essaie par tous les moyens de l'empêcher d'entrer en contact avec lui. Pourtant, je ne vois personne ici qui corresponde à ce profil...

On frappa à la porte : le directeur annonça que tout était désormais en ordre pour leur départ.

– Vous semblez soulagé de nous voir partir, insinua Léa.

Le pauvre homme devint écarlate :

– Ce n'est pas cela, madame... Mais, vous savez, un hôtel n'est pas un endroit vraiment sûr.

– J'avais cru remarquer... persifla Léa en passant la porte.

Quand elle prit place dans l'ambulance, François y était déjà installé. La voyant, il eut un sourire heureux ; Léa le lui rendit. « Tu ne perds rien pour attendre ! » siffla-t-elle entre ses dents.

François pressentit qu'il aurait bientôt un mauvais quart d'heure à passer : il gémit. Léa s'empressa à son chevet :

– Tu as mal, mon amour ?

Une affreuse grimace lui répondit.

– Roulez plus lentement ! cria Léa en martelant la vitre de séparation.

Au consulat de France, ils furent accueillis par le consul et son épouse. Léa remarqua la froideur de leur accueil ; à leur place, il est vrai, elle en eût fait tout autant.

L'appartement qui leur était réservé était agréablement meublé et donnait sur les jardins de la bâtisse. Des militaires français se relayaient pour en assurer la garde. À l'extérieur, le commissaire Ruiz avait fait disposer de nombreux policiers et l'accès au consulat était strictement contrôlé.

Dans la soirée, François put parler à Dominique Ponchardier et le rassurer sur son état.

– Quand rentrez-vous ? s'informa-t-il.

– Bientôt, j'espère.

10.

La semaine se passa à observer le plus complet repos. François accepta de recevoir longuement le commissaire Ruiz, dont l'enquête piétinait.

— Monsieur Tavernier, il me faut absolument savoir ce que vous veniez faire à Santa Cruz pour qu'on ait cherché à vous assassiner.

— Cela a peut-être à voir avec mon action en Argentine...

— Possible, mais je suis convaincu qu'il y a une autre raison.

— Je ne vois pas laquelle...

— Vous ne m'aidez pas beaucoup.

— J'en suis désolé, croyez-le bien.

— Certains bruits courent, entre La Paz et Santa Cruz, selon lesquels vous auriez reçu mission d'enlever quelque ancien dignitaire nazi et de le conduire en France. Y aurait-il quelque chose de vrai là-dessous ?

— C'est absurde !

— Pas tant que cela... Vous étiez présent lors de la visite du général de Gaulle. Dans les milieux bien informés, on dit qu'il aurait demandé à l'ancien président Paz Estenssoro d'extrader Klaus Barbie...

— Que lui aurait répondu le président ?

— Qu'il ne saurait être question d'extrader un citoyen bolivien.

– C'est vrai, j'oubliais que de nombreux Allemands ont acquis la citoyenneté bolivienne après la guerre. Joli tour de passe-passe !

– Eh oui ! Et cela me révolte d'autant plus que notre gouvernement est allé jusqu'à demander à bénéficier de leur expérience en matière d'interrogatoires musclés ; surtout celle de l'un d'eux, qui fut même chargé de faire une conférence à l'université.

– Il a accepté ?

– Sans se faire prier : il a dispensé son enseignement en présence d'élèves officiers et d'agents de la C.I.A., centrale pour laquelle il avait d'ailleurs déjà travaillé. L'auditoire s'est montré particulièrement attentif...

– Comment le savez-vous ? Vous en faisiez partie ?

– Euh... Eh bien oui ! C'était très intéressant, notez bien. Et parfaitement immoral. J'en suis encore écœuré.

– C'est tout à votre honneur.

– Peut-être... Mais, l'honneur est une notion bien dépassée, de nos jours.

– Cela dépend pour qui.

– Justement, c'est pour cela que je suis disposé à vous aider.

Surpris, François le regarda fixement :

– Que voulez-vous dire ? demanda-t-il.

– Que je suis disposé à vous aider dans votre traque.

– Cela pourrait se révéler dangereux pour vous.

– Je sais. Quoi que vous en pensiez, je me fais néanmoins une certaine idée de l'honneur, et ce qui se passe dans ce pays qui est le mien, me déplaît souverainement.

– J'ai besoin de réfléchir...

– Je comprends, c'est tout à fait naturel... Pendant

126

que vous réfléchissez, je vais poursuivre mon enquête dans les milieux allemands de Santa Cruz. Il est important de savoir si celui auquel nous pensons a réussi à se ménager, ici, d'utiles relais... Au revoir, monsieur Tavernier. Mes respects à Mme Tavernier.

– Un moment encore, je vous prie : quelle est la position de Barrientos, votre nouveau président, vis-à-vis des nazis qu'héberge la Bolivie ?

– Barrientos compte dans son entourage de nombreux Allemands, chefs d'entreprise ou autres, il les tolère, estimant qu'ils sont nécessaires à l'économie du pays.

– Je vois... Cela ne va pas me faciliter la tâche.

– Ni la mienne !

Après le départ du commissaire, François resta songeur. Pouvait-il faire confiance à ce policier ? Quelque chose lui disait que oui, mais son habitude de la clandestinité le prévenait malgré tout. Qu'en penserait Léa ? Il se pencha par la fenêtre et l'aperçut au jardin, étendue sur une chaise longue, un livre à la main. Après avoir refermé la fenêtre, il la rejoignit.

Au bruit de ses pas, Léa interrompit sa lecture :

– Du nouveau ? demanda-t-elle.

– Non. Que penses-tu de Ruiz ?

– C'est un homme séduisant ; il a l'air sympathique, honnête aussi. Pourquoi me demandes-tu ça ?

– Il m'a proposé de m'aider.

– De t'aider à quoi ?

– Je ne veux pas t'en dire davantage. Tout ce que je te demande, c'est si, selon toi, on peut lui faire confiance.

– Pour ce qui me concerne, je te répondrai par l'affirmative... Bon, tu n'as pas oublié que nous allons cet après-midi visiter les ruines incas d'El Fuerte ?

– Non, je n'ai pas oublié. De ton côté, n'oublie pas de prendre des vêtements chauds : le climat est très changeant, dans ces contrées.

François et Léa venaient de prendre place dans la Jeep que le consul de France avait fait mettre à leur disposition – un chauffeur expérimenté leur avait aussi été assigné – quand une voiture vint barrer l'allée du consulat. Le commissaire Ruiz en descendit :

– Est-il vrai que vous partez en excursion ? questionna-t-il, furibond.

– Exact, répondit gentiment Léa. Est-ce interdit ?

– Interdit, non. Dangereux, oui. Puis-je savoir où vous allez ?

– Visiter les ruines d'El Fuerte.

– En ce cas, je vous accompagne.

Sans attendre leur réponse, le commissaire grimpa à bord du tout-terrain et prit place derrière le chauffeur, aux côtés de Léa.

– Mais...

– Chère madame, c'est ça, ou vous restez au consulat !

– Mais enfin, pourquoi ?

– Parce que vos ruines sont situées dans le village de Samaipata. Quand nous y serons, vous comprendrez pourquoi je me joins à vous. Vous permettez ?

Le commissaire fit signe au chauffeur de sa propre voiture :

– Nous nous rendons à Samaipata. Suivez-nous de loin, sans vous faire remarquer. En cas d'ennuis, vous savez ce qu'il vous reste à faire.

– Bien, monsieur le commissaire.

– Assez bavardé, dit François : partons !

Le véhicule quitta la ville en direction de Cochabamba. Pendant une cinquantaine de kilomètres, ils roulèrent en silence, escortés de loin par le véhicule de police. Malgré le mauvais état de la route, Léa dormait, la tête ballottant sur l'épaule de Ruiz. Elle ne s'éveilla qu'au moment d'arriver à Samaipata.

– Cette maison ne va pas du tout dans le décor, remarqua-t-elle... Mais, qu'avez-vous à rire de la sorte ?

Plié en deux, sous les yeux étonnés de ses compagnons de route, le commissaire laissait libre cours à son hilarité :

– Ah ! ah ! ah ! « Elle ne va pas dans le décor ! » Je la ressortirai, celle-là, elle est bien bonne ! Ah ! ah ! ah ! Chauffeur, arrêtez-vous.

Le conducteur s'exécuta et stoppa devant la maison de style bavarois qui faisait office d'hôtel-restaurant.

– Nous allons prendre une collation dont vous me direz des nouvelles ! triompha Ruiz.

À l'intérieur, le dépaysement était total : on se serait cru en Allemagne méridionale, fumet de choucroute compris. Une jeune fille en costume folklorique se présenta et les interrogea d'abord en allemand ; devant leur air surpris, elle reformula sa question dans un espagnol fortement marqué d'accent germanique :

– Vous voudrez manger quelque chose ?

– Oui, donnez-nous les spécialités de la maison et de la bière bien fraîche, répondit François en allemand.

Bouche bée, Léa scrutait les lieux :

– Je rêve... murmura-t-elle.

– Surprenant, non ? Vous êtes au cœur d'une des communautés allemandes de Bolivie.

Derrière le comptoir, un homme de forte corpulence, à la mine joviale, fumait une pipe ornée d'un couvercle ; à leur entrée, il vint vers eux et les salua en allemand :

– Soyez les bienvenus dans mon établissement ! Il

est rare de voir des touristes en cette saison. C'est une bonne idée : vous serez plus tranquilles pour visiter les ruines... Vous êtes autrichiens ? munichois peut-être... ?

– Non : suisses, répondit François dans son allemand impeccable. Merci de votre accueil. Ça fait du bien de trouver un endroit civilisé dans ce pays !

L'homme se rengorgea :

– Oui, au prix de maints efforts, nous avons réussi à recréer une ambiance qui nous rappelle notre cher pays... Ah, ça n'a pas été sans mal !

– J'imagine...

– Non, cher monsieur, il faut être allemand pour comprendre ce qu'il nous a fallu de courage et d'obstination pour préserver notre idéal, notre raison d'être et ce qui fait l'espoir que nous plaçons dans l'avenir.

La serveuse revenait, accompagnée d'une femme replète aux joues rondes et rougeaudes, coiffée d'un chignon jaune clair ; elles déposèrent sur la table une montagne de victuailles, échantillon complet des charcuteries d'outre-Rhin.

– Ah, voilà qui fait plaisir ! s'exclama François en se saisissant d'une saucisse. Mes amis, servez-vous, cela va vous changer de leur cuisine de sauvages !

– Tu ne trouves pas que tu en fais un peu trop ? lui chuchota Léa à l'oreille.

– Avec eux, plus c'est gros, meilleur c'est !

Le restaurateur les couvait de regards mouillés de reconnaissance. Émue elle aussi, l'accorte femme blonde s'empressait :

– Goûtez-moi ça : on le fait venir directement de Bavière. Vous m'en direz des nouvelles !

– Gilda, sers-nous un verre de schnaps, celui des amis ! Ma femme va vous faire déguster un de ces schnaps comme on n'en fait plus depuis la guerre !

130

Tiens, Josef et Otto qui arrivent pour leur partie d'échecs... Amenez-vous, les gars, venez trinquer !

Sortis du même moule que l'aubergiste, les deux hommes s'avancèrent, puis trinquèrent généreusement à la santé des nouveaux venus.

– Vous avez là les deux meilleurs joueurs d'échecs de toute la région !

– Après toi, bien sûr... précisa l'un d'eux.

– Je n'ai pas grand mérite, c'est une de mes passions.

– Peut-être mais, grâce à toi, nous sommes fiers de posséder l'un des clubs d'échecs les plus réputés du pays !

– Je peux en témoigner, certifia Ruiz, qui comprenait l'allemand et n'avait pas proféré une parole depuis un bon moment. Le club local a facilement battu ceux de La Paz, de Santa Cruz et de Sucre. Alors, à la santé des joueurs de Samaipata !

– Au club de Samaipata ! reprit en chœur l'assistance.

Une ambiance bon enfant s'était installée et chacun, l'eau-de-vie de pomme de terre aidant, affichait airs réjouis et mines innocentes. Léa, quant à elle, éprouvait un malaise grandissant. Quoique différente, l'atmosphère des lieux n'était pas sans lui rappeler celle qui régnait dans la vaste demeure des Ortiz, en Argentine. Elle en était convaincue : l'une des pièces ouvrant sur la salle à manger devait abriter, tout comme là-bas, insignes fascistes et drapeaux nazis. Elle résolut d'en avoir le cœur net. Elle s'approcha de la patronne et s'enquit discrètement :

– Où sont les toilettes, s'il vous plaît ?

– Venez, je vais vous montrer.

Léa la suivit, traversant la pièce, empruntant ensuite un couloir.

– Là, la porte du fond.

– Merci bien.

Elle referma soigneusement la porte sur elle. Naturellement, l'endroit était impeccablement tenu. Léa patienta un moment, puis ressortit sans tirer la chasse d'eau. Deux portes se faisaient face sur lesquelles la mention « Privé » était inscrite. Léa poussa celle de droite : elle donnait sur une réserve dont les caisses s'alignaient bien sagement contre les murs. Au fond, une autre porte lui résista quand elle voulut l'ouvrir. Soudain, un bruit de voix se fit entendre ; Léa se dissimula derrière un empilement de caisses. Les deux joueurs d'échecs entrèrent, se dirigèrent vers la porte verrouillée. L'un d'eux l'ouvrit à l'aide d'une clé, puis tourna l'interrupteur. Léa risqua un coup d'œil : elle ne s'était pas trompée ! La porte se referma. Vite, rejoindre François et Ruiz, avant que ceux-ci ne s'inquiètent de son absence ! Dans les toilettes, elle tira la chasse d'eau. Comme elle en sortait, elle se retrouva nez à nez avec l'hôtesse :

– Tout va bien ? s'inquiéta la corpulente Allemande.

– Très bien, merci.

Elle se hâta vers la salle de restaurant.

– Ah, te voilà ! dit François. Si nous voulons voir les ruines avant la nuit, il faut se dépêcher.

– Vous pourriez passer la nuit ici, proposa le patron.

– C'est très aimable à vous, mais ce ne sera pas possible... Merci pour votre accueil, en tout cas. Nous ne manquerons pas de faire l'éloge de votre établissement tout autour de nous !

– Alors, il faudra revenir. Vous serez toujours les bienvenus.

Remonté à bord de la Jeep, François se tourna vers Léa :

— Tu es toute pâle : tu ne te sens pas bien ?

— Démarrez, jeta-t-elle au chauffeur. Vite !

— Vous avez été bien longue, releva Ruiz.

— Dans la réserve, une porte ouvre sur une autre pièce, tout ornée d'emblèmes nazis.

— Vous êtes sûre ?

— Absolument !

— Personne ne vous a vue y pénétrer ?

— Je n'y suis pas entrée ; j'en ai juste aperçu le décor quand les joueurs d'échecs s'y sont engouffrés.

— Tu es bien certaine que personne ne t'a vue ?

— Pas ces deux-là, en tout cas : ils étaient fin soûls !

— Et la patronne ?

— Je ne l'ai croisée qu'en ressortant des toilettes.

— Hum, je n'aime pas ça, maugréa Ruiz. Nous devrions rentrer à Santa Cruz.

— Et les ruines ? ! s'insurgea Léa.

— Le commissaire a raison : mieux vaut rentrer. Allez, ne t'inquiète pas : demain ou un autre jour, les ruines seront toujours là...

Dépitée, Léa se recroquevilla sur son siège ; bercée par les chaos de la route, elle ne tarda pas à s'endormir.

— Elle dort toujours comme ça ? s'émerveilla Ruiz.

— Oui, c'est l'une de ses nombreuses facultés : se réfugier dans le sommeil...

— Elle a bien de la chance !

— C'est aussi mon avis, reconnut-il en grimaçant.

— Vous souffrez ?

— Un peu : les routes boliviennes ne sont pas faites pour les convalescents...

Léa se réveilla au moment où la Jeep stoppait devant le consulat.

— On vient de livrer un somptueux bouquet à votre intention, annonça Mme Durand. Je l'ai fait monter dans votre appartement.

— Merci, fit Léa en se dirigeant vers l'escalier.

Disposé sur une table basse, le magnifique bouquet se composait de fleurs coupées et de feuillages pour la plupart inconnus d'elle.

— Envoi de l'un de tes nombreux admirateurs ? ironisa François.

— J'en doute : ici, personne n'a encore eu le bon goût de soupirer après moi, se moqua-t-elle tout en décachetant l'enveloppe qui accompagnait la brassée de fleurs.

— Oh, mon Dieu ! murmura-t-elle en laissant échapper la carte qu'elle en avait détachée.

— Qu'y a-t-il ? s'alarma François.

— Ramasse cette horreur, si tu veux le savoir...

« *Putain*, lut-il, *rentrez chez vous, toi et ton salaud de mari !*

Sinon, vous y laisserez la peau !

Vous n'étiez pas les bienvenus en Argentine : vous ne l'êtes pas non plus en Bolivie ! »

C'était signé d'une croix gammée.

François ouvrit la porte.

— Où vas-tu ? cria presque Léa.

— Montrer ça au commissaire Ruiz ! Ne bouge pas d'ici.

La porte refermée, Léa se laissa tomber sur le lit, la tête entre les mains. Le cauchemar reprenait, plus angoissant, plus intolérable que jamais. Là-bas, en Argentine, ils connaissaient leurs ennemis traqués par

134

les Vengeurs ; ici, ils étaient seuls et l'adversaire ne portait aucun nom, agissait sans visage. Dans son esprit en déroute se bousculaient des images que les années n'étaient jamais parvenues à gommer : dans sa somptueuse robe de satin rouge, effrayante, Sarah y dansait indéfiniment son sinistre tango, l'infâme croix gammée tracée au rouge à lèvres au sommet de son crâne rasé ; le corps martyrisé de Carmen gisait toujours quelque part dans les replis de son âme ; Camille tombait et retombait sous les balles de la Milice, rampant, rampant sans cesse pour protéger sous elle son enfant ; Nhu-Mai, jeune virtuose privée de ses mains, l'y suppliait toujours de l'achever... Aujourd'hui même, à cette interminable liste s'ajoutaient les yeux terrifiés de l'infirmière allemande... Tous ces morts ! Tous ces morts ! Pourquoi ? Mais pourquoi ?

« Pour sauver ta vie et celle des tiens ! » hurlait une petite voix intérieure.

– Non !... Non !

– Léa, Léa, je suis là... Calme-toi, ma chérie... C'est fini !

– Ce ne sera *jamais* fini ! souffla-t-elle, à bout de forces.

– Que se passe-t-il ? J'ai entendu crier... s'inquiéta le consul en passant une tête.

Avec tact, le commissaire Ruiz, qui accompagnait François, tenta de le refouler vers le couloir :

– Rien, monsieur le consul, juste un moment de fatigue. Appelez le médecin : il va sans doute lui administrer un calmant.

– Vraiment, ce n'est que cela ? Enfin, monsieur le commissaire, ce déploiement de police à l'extérieur du consulat est-il absolument nécessaire ?

– Je le pense, répondit sèchement Ruiz. D'ailleurs,

vous devriez vous-même prendre quelques précautions.

— Mais, je n'ai pas le personnel pour cela... gémit-il. *Avant*, nous étions bien tranquilles ici, jamais nous n'avions eu le moindre problème avec la communauté allemande, au contraire...

— *Avant notre arrivée*, vous voulez dire ? fit Tavernier, sarcastique.

— Oui... euh... enfin, bien sûr que non !

— Vous devriez suivre les conseils du commissaire, car ce n'est pas avec la communauté allemande que vous allez avoir des problèmes, mais avec d'anciens nazis.

— D'anciens nazis ? ! Où voyez-vous des nazis, de nos jours ?

— Ici même : ils sont nombreux à Santa Cruz, et même puissants, confirma Ruiz. Croyez-moi.

— Si ce sont des criminels, pourquoi ne les arrête-t-on pas ?

— Ce n'est pas si facile : ils bénéficient de nombreuses protections.

— Que voulez-vous dire ?

— Rien de plus que ce que je dis... Quoi qu'il en soit, soyez sur vos gardes...

— Excusez-moi, commissaire, mais je dois dire deux mots à notre hôte.

Prenant le consul par le bras, François l'entraîna à l'autre bout de la pièce :

— Avez-vous obtenu les renseignements que je vous ai demandés ?

— Non : le représentant à Santa Cruz de la firme d'import-export allemande a été victime, la semaine dernière, d'un accident de la route.

— Tiens donc...

Le consul ignora l'ironie de son interlocuteur :

136

– ... et son remplaçant ne sera pas là avant deux ou trois mois...

– Ah, docteur, vous voilà ! le coupa François en s'avançant vers le médecin.

– Alors, que se passe-t-il encore ? Qui a-t-on tenté d'égorger aujourd'hui ?

– Eh bien, personne, désolé... Il s'agit de ma femme, elle est un peu souffrante...

– Cela ne m'étonne pas. Je lui avais pourtant recommandé de se mettre au repos et d'éviter les émotions fortes.

– Elle ne vous aura pas écouté...

– Bon, qu'on nous laisse seuls.

Les trois hommes s'éclipsèrent et le médecin ausculta sa patiente. Quand il en eut fini, il affichait un air soucieux.

– Quelque chose ne va pas, docteur ? s'inquiéta Léa.

– Non, madame. Mais je vous ai dit hier que vous aviez besoin de repos, de beaucoup de repos, et d'un rythme de vie plus calme.

– Quant à moi, je vous ai répondu que ce n'était guère possible.

– Possible ou pas, il le faut.

Léa resta coite un moment :

– J'obéirai, docteur, mais je vous en prie, ne dites rien à mon mari !

– Comme vous voudrez, madame. Prenez ces gouttes matin et soir, dix à chaque fois. Cela peut vous aider, en attendant.

– Au revoir, docteur, et merci.

Un peu plus tard, François la rejoignit : elle dormait. Il sortit de sa poche une lettre apportée par un garçonnet et relut le laconique message : « *Serai au club d'échecs en compagnie de l'un des meilleurs joueurs* » ; c'était signé d'un candélabre à sept branches.

Enfin le signe qu'il attendait !

11.

En provenance de Corumba, ville frontalière du Brésil, un avion de ligne intérieure bolivienne atterrit le 3 novembre 1966 sur l'aéroport de La Paz. Un homme chauve vêtu d'un complet sombre, portant chapeau et cravate, le nez chaussé d'épaisses lunettes en descendit. Il répondait au nom d'Adolfo González Mena, citoyen uruguayen chargé par l'Organisation des États américains d'étudier les relations économiques et sociales en Bolivie. L'un de ses amis, Raúl Borges, l'accompagnait. Les deux hommes quittèrent l'aéroport à bord d'une Jeep et prirent la direction de l'Hotel Copacabana situé dans le centre de La Paz. Le lendemain, l'Uruguayen se rendit à l'El Pardo, un restaurant ouvert à une centaine de mètres de son hôtel. Il y retrouva trois hommes qui y avaient été envoyés en éclaireurs : Martínez Tamayo, dit Ricardo, Villegas, dit Pombo, et Coello, dit Tuma. Une jeune femme, Tamara Bunke, dite Tania, se joignit à eux. Argentine d'origine allemande, elle vivait en Bolivie depuis 1964. Elle y était reçue dans la meilleure société, au sein de laquelle elle était connue sous le nom de Laura Gutiérrez. Par ailleurs, on la disait proche du président Barrientos. Le Che lui avait déjà confié de nombreuses missions tant à Cuba qu'en différents pays d'Amérique du Sud. Malgré cela, elle eut le plus grand mal à le reconnaître sous le masque d'Adolfo Mena. Guevara lui donna immédiatement pour consigne de demeurer à La Paz afin d'y poursuive sa collecte d'informations sur les dirigeants boliviens et de maintenir le contact avec Renan Montero, l'agent des services secrets cubains qu'elle connaissait sous le nom d'Yvan.

Le 5 novembre, après 6 h 30 du soir, deux Jeep quittèrent La Paz à quelques heures d'intervalle : elles devaient gagner Nancahuazu *via* Oruro, Cochabamba et Camiri. Guevara avait pris place à bord de la seconde. Deux jours plus tard, vers quatre heures de l'après-midi, les deux véhicules parvenaient au Río Grande. Là, les passagers décidèrent de poursuivre leur route à bord d'un seul véhicule, piloté par le Bolivien Vásquez Viana, dans le but de ne pas trop attirer l'attention des paysans de la région. Apprenant qui il avait à ses côtés, le chauffeur que ses amis avaient surnommé « *el Loro* » (le Perroquet), en fut si surpris qu'il lâcha le volant afin de mieux étreindre le célèbre commandant : du coup, tout le monde manqua de verser dans le ravin !

À minuit, Vásquez Viana stoppa à proximité d'une maisonnette couverte par un toit de zinc et qu'un vieil arbre abritait des intempéries. Sur un flanc de la bâtisse, s'accotait un four à pain.

– C'est ici ! annonça l'un des passagers.

L'endroit leur parut sinistre.

À la lueur d'une lampe, le Che consigna tout de suite quelques mots dans le gros carnet rouge qu'il avait acheté à Francfort : « *Une nouvelle étape commence aujourd'hui !* » Puis, son calepin rangé, il refusa de s'installer pour la nuit à l'intérieur de la bicoque, préférant suspendre son hamac entre deux troncs d'arbre. En conséquence de quoi, il passa une nuit épouvantable, assailli par des myriades d'insectes. Parmi eux, une sorte de grand moustique, bien que ne piquant pas, tournaillait sans trêve autour de lui, émettant d'insupportables bourdonnements.

Le lendemain, el Loro redescendit la Jeep en lieu sûr tandis que ses compagnons, afin de prévenir toute embuscade, installaient leur bivouac à une centaine de mètres de la maisonnette. Seuls trois Boliviens, agriculteurs présumés, demeurèrent à la ferme. Leur voisin le plus proche, Ciro Alganaraz, ancien maire de Camiri, habitait à trois kilomètres de là. Soupçonneux, l'homme se persuada néanmoins que les nouveaux maîtres des lieux désiraient y monter une fabrique de cocaïne. Afin d'endormir sa méfiance, Tuma lui acheta poulets et viande de porc.

Guevara réunit rapidement ses compagnons et leur fit un bref exposé : « La Bolivie est le pays qui, sur le continent, offre les meilleures conditions pour une guerre de guérilla... Mais nous ne pouvons nous offrir le luxe de rêver d'une révolution dans la seule Bolivie : il faut aussi avoir une révolution dans un pays frontalier, si ce n'est dans toute l'Amérique latine... »

Les nouveaux venus employèrent les jours suivants à reconnaître les environs, remontant d'abord le cours de la rivière Nacahuazu jusqu'à sa source, puis, en vue de l'arrivée d'effectifs supplémentaires, l'aménagement du camp les absorba : en particulier, il importait de creuser tunnel et fosses où seraient entreposés armes, médicaments, vivres, radio et livres, et dissimulés tous autres objets compromettants. Il était prévu que la tâche les occuperait longtemps. C'était pourtant sans compter avec le temps qu'ils durent passer à se débarrasser des tiques qui pullulaient dans la zone ou à extraire les œufs que diverses bestioles venaient leur pondre sous la peau. Tout, dans la nature locale, leur était hostile : forêt hérissée d'épineux dont le moindre rameau parvenaient à déchirer la peau sous le vêtement, parois escarpées des montagnes, canyons abyssaux, chaleur des jours et froid des nuits, pluies torrentielles et serpents venimeux semblaient s'être ligués contre la révolution... Tout à ses premières observations, Guevara nota encore : « *Je comprends à présent ce que nous disait notre Líder Máximo :* "Si vous parvenez à vous adapter au milieu, alors vous triompherez." *La région est apparemment peu fréquentée. Avec une discipline appropriée, on peut rester longtemps ici.* » Et plus loin : « *Mes cheveux repoussent, bien que clairsemés, mes cheveux blancs deviennent blonds et commencent à disparaître ; la barbe commence à pousser. Dans deux mois environ, je serai redevenu moi.* »

Puis les recrues commencèrent d'arriver. Il s'agissait d'abord de vétérans cubains ou de communistes boliviens ; parmi eux, on remarquait notamment les frères Coco et Inti Peredo, Orlando Jímenez, dit Camba, ou encore Aniceto Reynaga. Censé être le propriétaire de la ferme, el Loro les y conduisait les uns après les autres.

Le cantonnement fut d'abord aménagé en trois zones difficiles d'accès, puis un poste d'observation fut établi dans les arbres dominant la *Casa de la Calamina* – on avait ainsi baptisé la maisonnette à cause du toit de tôle qui la couvrait.

Le 24 décembre vers minuit, un véritable banquet fut dressé : cochon de lait grillé et alcools figurant au menu, on fit bombance en écoutant la radio. Vers une heure du matin, celle-ci diffusa un tango. À la stupéfaction de tous les Cubains présents, Guevara sauta sur ses pieds, se saisit d'une bûche et se mit à danser en fredonnant l'air : personne n'avait jamais vu le Che se livrer à pareille gesticulation !

– La danse du Condor... murmura Benigno, ancien de la Sierra Maestra.

Le chahut terminé, Guevara sortit de sa poche un morceau de papier et donna lecture d'un poème de sa composition qui, par allusion à deux de ses compagnons contaminés en fréquentant des prostituées, s'achevait sur ces mots : « À bas la gonorrhée, vive la pénicilline ! » Les deux compères concernés baissèrent la tête : tous ignoraient que le commandant avait été informé des conséquences de leurs escapades. L'alcool aidant, tout le monde dormit à poings fermés cette nuit-là.

Le 31 décembre, le secrétaire général du Parti communiste bolivien, Mario Monje, se présenta à l'entrée du camp. Bien qu'il n'eût pas pris la peine de saluer les guérilleros, on le reçut cependant avec une courtoisie empreinte d'une certaine froideur : après tout, que venait-il faire là ? C'est tout au contraire dans la joie que fut accueillie l'arrivée de Tania ; et pas seulement parce qu'elle était porteuse de provisions et du courrier...

Guevara et Monje se retirèrent pour discuter en tête à tête. Assis sur une souche, le Che tirait sur sa pipe tout en écoutant son interlocuteur dont le crâne chauve luisait de sueur. Entre eux, un petit pot de café avait été disposé sur une simple pierre. Benigno interrompit leur discussion, annonçant que le repas était prêt.

– Qu'est-ce qu'il y a à manger ? s'enquit le Che.

– Du cochon rôti, du manioc, du riz *congri*[1] et de

----

1. Riz aux haricots noirs.

la salade. Nous avons aussi du vin et des bières qu'el Loro a rapportés.

– Ma foi, ça va être un vrai festin !

– Commandant, j'attends votre ordre pour faire servir les rations.

– On va encore patienter un peu...

Benigno s'éloigna. Peu après, le Che vint le trouver :

– Bon, eh bien, Beni, si le dîner est prêt, tu peux servir.

Les hommes se mirent en file, suivant l'ordre qu'ils occupaient durant les heures de marche. Le Che, quant à lui, portait le numéro quatorze. Benigno s'avisa alors qu'on n'avait pas prévu d'assiette pour Mario Monje. Aucun des Boliviens n'était cependant disposé à lui céder la sienne. Benigno lui porta donc sa propre écuelle avant de manger sa part à même la marmite.

Après le repas, les Cubains jouèrent de la guitare, reprenant *Dos Gardenias* ou *La Guantanamera* jusqu'à minuit, heure à laquelle tous se souhaitèrent une bonne année.

Mario Monje prit à part les Boliviens, tous membres du Parti communiste. Après avoir désobéi aux consignes du Parti, leur déclara-t-il, ils devaient sans tarder regagner La Paz ou leur localité d'affectation. Là, chacun devrait reprendre ses activités militantes en attendant de recevoir l'autorisation de rejoindre le maquis.

Soutenus en cela par leurs camarades, les frères Peredo objectèrent que c'était un véritable privilège que de combattre sous les ordres du Che. Quant à lui, Monje, il serait bien inspiré de convaincre le Parti de ne pas abandonner la lutte armée !

– Mais il n'est même pas bolivien ! s'écria le chef communiste.

– À Cuba non plus, il n'était pas cubain ! rétorqua Nato Mendez.

– Si la révolution se faisait en Argentine, j'irais jusqu'à lui porter son sac ! jeta Monje. Mais ici, en Bolivie, la voie insurrectionnelle passe par un soulèvement urbain et non par le soulèvement de paysans qui ne sont pas politiquement éduqués. Lorsque le peuple apprendra que la guérilla est dirigée par un étranger, il lui tournera le dos !

Malgré la vivacité des échanges, chacun campa sur ses positions.

Au matin du 1er janvier 1967, Mario Monje enfila son poncho après avoir bu son café, puis s'adressa au Che :

– Je vais à La Paz : je démissionne de mon poste et de mes responsabilités dans le Parti et, le 10 ou le 11 octobre, je reviendrai ici pour me joindre à la lutte comme simple combattant !

– Très bien, nous t'attendrons... répondit simplement le Che.

Peu après son départ, Guevara réunit ses hommes et leur résuma la teneur des conversations qu'il avait eues avec Mario Monje : le « secrétaire démissionnaire » avait exigé la direction politico-militaire de la guérilla.

– J'ai accepté d'en partager la direction politique, poursuivit-il, mais refusé que le commandement militaire soit assuré par un autre que moi ; aussi longtemps que je demeurerai en Bolivie. À cela, Monje m'a opposé que le Parti et lui se retireraient de la lutte. S'il persiste dans cette décision, ajouta le Che. Cela m'obligera à tout reprendre à zéro et à élaborer une nouvelle stratégie.

Pour mieux entendre les propos du Che, Tania avait

pris place à peu de distance, sur un tronc d'arbre. Un ruban dans les cheveux, elle serrait une veste de cuir autour de sa poitrine. Regardant droit devant, elle paraissait songer. Son discours terminé, Guevara alla s'asseoir auprès d'elle, un livre à la main.

— Quand je pense à ces milliers de révolutionnaires latino-américains qui, du jour au lendemain, quitteraient tout pour venir se battre à tes côtés, s'anima tout à coup la jeune femme, ça me révolte de voir ces pauvres types te marchander leur soutien !

Le Che lui posa une main sur l'épaule, puis, la tapotant, lui signifia : « Allons, ce n'est rien, ce n'est pas si grave... »

— Tu vas retourner à La Paz, reprit-il. Puis, de là, tu gagneras l'Argentine. Une fois sur place, tu entreras en contact avec Ciro Bustos, Juan Gelman, Eduardo Jozami et Luis Stamponi. Tu leur diras de venir me rejoindre. N'oublie pas : je compte sur eux ! Va, maintenant : le frère d'el Loro te reconduira.

— Quand dois-je partir ?

— Demain.

— Prends garde à toi, dit-elle encore : tu as beaucoup maigri depuis notre dernière rencontre à La Havane... Et, puis, tu devrais prendre un bain : tu pues comme un bouc !

Il éclata de rire :

— Ça éloigne les insectes ! Rien de tel que la guérilla, en effet, pour retrouver la ligne... Mais, trêve de plaisanteries : je dois préparer les courriers et écrire une lettre à mon père ; tu voudras bien la lui faire parvenir.

Le lendemain, 2 janvier, la petite troupe se rassembla religieusement autour du poste de radio : on retransmettait, depuis La Havane, le discours de Fidel célébrant l'anniversaire de la victoire des rebelles sur la dictature de Batista. Tous s'émurent du chaleureux message que leur adressait, « quel que soit l'endroit où ils se trouvent », le dirigeant cubain.

Depuis des jours, il pleuvait à verse et la rivière s'était transformée en torrent furieux. Les caches furent inondées, l'eau endommageant le matériel qui y était entreposé. Au spectacle des intempéries, les jours paraissaient longs. Afin de tromper l'ennui, le Che offrit de donner des leçons de français à ceux qui le désiraient : il y eut peu de candidats, mais Benigno auquel Guevara avait déjà appris à lire dans la Sierra Maestra, s'y montra fort assidu. Des cours de grammaire, d'histoire, d'espagnol ou même de quechua étaient aussi proposés aux amateurs. Quoi qu'il en soit, il n'y eut personne pour faire remarquer que les habitants du Chaco parlaient le guarani et non pas le quechua...

12.

À la satisfaction du médecin bolivien, Tavernier se rétablissait rapidement. Il avait sympathisé avec le commissaire Ruiz et disputait contre lui d'interminables parties d'échecs. Bientôt, une véritable amitié se noua entre les deux hommes et Ruiz entraîna vite Tavernier jusqu'à son club d'échecs ; de nombreux Allemands le fréquentaient également. L'un d'eux, joueur redoutable, se révéla pour lui un formidable adversaire. Un jour, alors qu'ils jouaient tous deux, on vint chercher l'Allemand ; on demandait à lui parler, semblait-il. Quand il revint, François nota son embarras. Très vite, l'Allemand perdit la partie – ce qui était rare. Peu après, il quittait le club sous un prétexte quelconque. Le lendemain, il s'y présenta de nouveau, en compagnie d'un homme que François voyait pour la première fois en ce lieu. Dès qu'il le vit, il eut l'impression de le connaître. Où avait-il bien pu le rencontrer ? Quelques instants plus tard, Tavernier alla s'asseoir dans le jardin attenant au club et alluma une cigarette. Le nouveau venu vint à lui et s'assit à ses côtés :

– J'ai besoin de vous parler. Mais, ici, ce n'est guère prudent. Ce soir, à l'heure de l'apéritif, pourriez-vous être au Victory Bar ? C'est près de la cathédrale. N'importe qui, à Santa Cruz, saura vous l'indiquer.

– Je viendrai, répondit sobrement François.

Resté seul, il se demanda si on ne lui tendait pas un piège. Il rentra au club et chercha des yeux le commissaire. Il le trouva à l'instant où il annonçait « échec et mat ! » à son adversaire du moment.

Goguenard, il se leva et se dirigea vers Tavernier :

– J'ai remporté la partie en un temps record ! Mais vous avez l'air soucieux ?

François l'entraîna à l'écart.

– Vous vous souvenez de ce Kiesinger avec lequel j'ai joué quelques parties ?

– Oui, je vois de qui il s'agit.

– Connaissez-vous celui qui l'accompagnait ce soir ? Je crois l'avoir déjà vu...

– Il serait arrivé du Chili il y a trois ans et possède aujourd'hui une petite entreprise de taxis ; très bon joueur d'échecs et de bridge, il est reçu dans la bonne société bolivienne de Santa Cruz comme par ses compatriotes allemands ; son nom, du moins celui qui figure sur son passeport, est Walter Berger, originaire de Francfort ; il a fait la guerre sur le front russe ; il ne semble pas avoir été nazi. Je n'en dirai pas de même de Kiesinger, qui a dirigé un camp en Ukraine... Au fait, pourquoi cette question ?

– J'ai rendez-vous ce soir avec ce Berger au Victory Bar : il désire me parler.

– Ça me paraît imprudent...

– C'est pour cela que je vous en parle.

– À toutes fins utiles, je vais envoyer quelques hommes au Victory. À quelle heure avez-vous rendez-vous ?

– À l'heure de l'apéritif.

– Bien. Quoi qu'il arrive, je ne serai pas loin et des agents seront postés à l'extérieur, en terrasse. Vous tenez tant que ça à y aller ?

– Et comment ! Je veux absolument savoir ce qu'il a à me dire... Si c'est bien lui que j'attends. Surtout, si vous la voyez, pas un mot à Léa !

– Évidemment.

Ils se quittèrent sur le perron du club après s'être serré la main.

Au consulat, on informa François que Mme Tavernier était partie faire des courses en compagnie de Mme Durand. Son absence soulagea François. Dans leur chambre, il se changea et vérifia son arme.

Il était encore un peu tôt pour se rendre à son rendez-vous. Aussi, après s'être renseigné auprès du concierge du consulat, il résolut d'y aller à pied. Comme il arrivait au Victory, la pluie se mit à tomber. À l'intérieur, malgré le tournoiement de grands ventilateurs, régnait une chaleur d'étuve. Tout de suite, il aperçut Walter Berger accoudé à un long bar. Deux hommes aux cheveux ras, la soixantaine, de type visiblement germanique, l'entretenaient. François se dirigea vers l'autre extrémité du zinc et commanda un whisky. Peu après, Berger l'y rejoignit :

– Je vous remercie d'être venu.

– Je ne trouve pas que cet endroit soit plus discret que le club... Vous aviez quelque chose à me dire, je crois ?

– Vous souvenez-vous de Maréchal ?

François le dévisagea : plus que jamais ce visage lui disait quelque chose.

– Oui. J'ai autrefois connu un légionnaire de ce nom-là ; c'était en Indochine...

– Mort à Diên Biên Phu. J'y étais, moi aussi.

« C'est donc là que je vous ai connu », murmura François, comme se parlant à lui-même.

Ils se turent, s'examinant longuement.

– David ?

– Oui, c'est bien moi. Mais appelle-moi plutôt Walter, s'il te plaît.

Les deux hommes réprimèrent l'élan qui les poussait l'un vers l'autre, mais leurs yeux, soudain embués, parlaient pour eux. Ils se tinrent silencieux, prisonniers des souvenirs qui se bousculaient dans leur mémoire. François s'en libéra le premier :

– Je suis heureux de te revoir, tu sais. Quand as-tu quitté la Légion ?

– À la fin de la guerre d'Algérie.

– Tu étais là-bas ? Nous aurions pu nous y rencontrer...

– Je sais.

– Tu savais que je m'y trouvais et tu n'as rien fait pour me voir ?

– Non. Un jour, je t'expliquerai pourquoi. Certains, à la Légion, ne te portaient guère dans leur cœur... Ils savaient que tu étais favorable à l'indépendance et le rôle que tu as joué dans la lutte contre l'O.A.S. n'était pas ignoré. Si tu as échappé à plusieurs attentats, je n'y ai pas été tout à fait étranger... notamment après l'exécution d'Ortiz[1].

– Comment sais-tu cela ?

– Tu serais surpris de tout ce que je sais sur toi... Tu as bousillé ce salaud alors que je m'apprêtais à le faire moi-même !

– Tu voulais donc sa peau ? Et pourquoi donc ?

– C'était un hitlérien de la pire espèce, un nazi comme il y en avait beaucoup d'autres planqués dans la Légion ! Nous en avons descendu quelques-uns...

– Nous ?

– Nous sommes un certain nombre de camarades,

_____

1. Voir *Les Généraux du crépuscule*.

juifs pour la plupart, à nous charger d'exécuter discrètement d'anciens nazis... C'est pour cela que je m'étais engagé dans la Légion.

François réfléchissait : au fond, que voulait lui dire Walter ?

– J'ai connu pas mal de juifs, en France ou en Argentine, membres de ces réseaux palestiniens qui se chargeaient de cette besogne...

– Je ne l'ignore pas : j'avais quelques amis parmi eux.

Les fantômes de Daniel, d'Uri, d'Amos, de Sarah hantèrent soudain l'endroit... Les mains de François se crispèrent sur le bois du bar.

– Un autre whisky, réclama-t-il.

– Deux ! précisa Walter.

Ils vidèrent leur verre d'un trait. D'un même geste, les deux hommes le retendirent au barman.

Après avoir bu, ils s'entre-regardèrent en silence.

– En fait, que voulais-tu me dire ?

– Tu as reçu mon message ?

– Le candélabre ?

– Oui. Je sais pourquoi tu es ici et « les autres » le savent aussi. Ils ont failli t'avoir par deux fois : la troisième sera la bonne !

– Je ne vois pas à quoi tu fais allusion...

– Comme tu veux... Alors, je vais parler pour toi : ils savent que tu es là pour Barbie et que tu n'hésiteras pas à l'enlever ou, si cela s'avère impossible, à le faire disparaître. « Comment sait-il tout cela ? » se demandait François. J'ai réuni sur lui, comme sur certains des anciens S.S. résidant en Bolivie ou ailleurs, des documents accablants. Je ne peux pas t'en dire davantage car ils me croient des leurs. Sur le front russe aussi, ils me croyaient attaché à leur cause alors que je n'étais là que pour éliminer cette vermine...

Tavernier eut du mal à cacher sa stupéfaction :

– Tu as combattu à leurs côtés ?

– Eh oui. Sur les consignes de mouvements clan-
destins juifs, je m'étais engagé dans la Waffen S.S. de
Hongrie. Nous étions trois dans ce cas.

– Vous vous connaissiez ?

– Non, mais nous nous sommes reconnus implicitement ; si l'un d'entre nous en venait à courir de graves
dangers, on était ainsi à même de lui venir en aide.

– Et aujourd'hui, que me conseilles-tu ?

– D'abandonner, de nous laisser faire. Pourtant, tel
que je te connais, tu n'en feras rien...

– En effet.

– Je ne sais pas si tu t'en rends bien compte, mais
ton obstination va me causer un surcroît de travail...

– Tu m'en vois navré... Cependant, je préférerais
que tu ne t'en mêles pas.

– Ça, c'est mon problème. Comme toi, je suis en
mission et je dois la mener à bien. De plus, je connais
le terrain beaucoup mieux que toi.

– On peut savoir quelle est ta couverture officielle,
ici ?

– En dehors de ma compagnie de taxis, je suis
représentant en spiritueux. Ça m'a permis de connaître
tous les débits de boissons du coin, hôtels et restau-
rants compris.

– C'est en effet une excellente couverture. Quelle
est ta vie, quand tu n'es pas à la poursuite de criminels
endurcis ?

– Je vis avec une jeune Indienne qui m'a déjà
donné deux filles. Elles demeurent dans le village de
leur mère ; dans la mesure du possible, j'essaie de les
tenir éloigner de Santa Cruz... Et toi ?

– Je suis marié, j'ai trois enfants. Je vis dans le Bor-
delais.

– Que fais-tu dans cette galère ?

– Je n'ai pas su dire « non » à de Gaulle...

– Je vois...

– Que penses-tu du commissaire Ruiz ?

– C'est un type bien. Pas du tout le genre du flic corrompu. Il est vrai qu'il vient d'une famille aisée et qui compte en Bolivie. On peut lui faire confiance.

– J'ai l'impression qu'il partage nos idées ; le cas échéant, je crois même qu'il n'hésiterait pas à nous donner un coup de main.

– Là, tu t'avances peut-être beaucoup. C'est quand même un flic... Qu'est-ce qui te fait dire ça ?

– Certaines réflexions, notre visite à Samaipata, une intuition...

– Je me méfie des intuitions.

– Et dans la Waffen S.S., n'est-ce pas ton intuition qui t'a permis de reconnaître tes compagnons de lutte ?

Walter resta un moment songeur.

– Tu n'as pas tout à fait tort... Je vais quand même essayer d'en savoir un peu plus sur ce Ruiz.

Après un dernier toast, ils se quittèrent.

Tavernier héla un taxi et se fit conduire au consulat. Entre-temps, Léa et Mme Durand étaient rentrées, les bras chargés de paquets.

– Je vois que tu as dévalisé toutes les boutiques de la ville, plaisanta-t-il.

– Regarde ces cravates... Elles sont magnifiques, n'est-ce pas ?

– C'est vrai.

– Tu n'as pas l'air très enthousiaste.

– Tu sais, moi, les cravates, ça n'a jamais été mon fort... À propos, j'ai retrouvé un ancien de la Légion, un de Diên Biên Phu.

— Incroyable ! Que fait-il ici ?

— Je vais te le dire mais jure-moi sur la tête des enfants que tu n'en parleras à personne.

— Jamais je ne jurerai sur la tête de mes enfants ! Je te promets quand même de n'en rien dire.

— Je vais devoir me contenter de cette promesse... Une précision cependant : de ta discrétion dépend notre sécurité.

— Je redoute le pire...

— Avant la Légion, il était dans la Waffen S.S.

— Quoi ?

— Tu m'as bien entendu. Il y était entré sur ordre des autorités clandestines juives.

— Il est juif ?

— Oui et membre d'un réseau de Vengeurs...

— Et, comme toi, il traque Barbie ?

— Mais...

— Ne te donne pas la peine de mentir, s'il te plaît. Depuis que je suis ici, j'ai eu le temps de réfléchir, imagine-toi. D'abord, il y a eu cette tentative d'assassinat, dans la rue, puis une autre à l'hôtel. Et maintenant, cette surveillance policière qui ne se relâche pas.

— Normal, non ?

— Peut-être... Comme il est « *normal* » que le commissaire de police en personne soit toujours dans les parages ? Il n'a probablement que ça à faire...

— Tu lui as parlé ?

— Pas besoin : ses appréhensions sont manifestes... Pendant que nous étions dans ce village bavarois, c'était particulièrement évident. Quand retournons-nous à La Paz ?

— Bientôt.

— Tant mieux. J'en ai marre du consul, de sa bonne femme et de ce bled ! Oh, mais j'y pense : tu n'as pas oublié que ce soir ils donnent une réception en notre honneur ?

– Merde ! Ça m'était complètement sorti de la tête...

– Comment vais-je m'habiller ?

– Ah, voilà une question d'importance ! De toute façon, tu seras la plus belle...

– J'espère bien !

– Quelle coquette ! fit-il en l'enlaçant.

Le Tout-Santa Cruz avait répondu à l'invitation du consul de France et de son épouse : n'était-on pas sûr de trouver là un buffet pourvu des meilleures spécialités françaises ? Sans oublier ces vins millésimés et les divins champagnes dont les Boliviens raffolent. Pour l'occasion, les femmes avaient revêtu leur toilette de gala, de couleurs criardes de préférence, et arboraient leurs bijoux les plus précieux ; on aurait pu croire qu'un concours d'arbres de Noël avait été ouvert dans les salons de M. le consul... Les hommes, pour la plupart mal à l'aise dans leur smoking, couvaient leurs épouses de regards protecteurs. Tout ce petit monde, agglutiné autour des buffets, parlait haut et fort. Léa et François firent une entrée remarquée. Tout de suite, les femmes détaillèrent le sobre fourreau de satin vert que portait la Française, sa coiffure, tandis que leurs compagnons admiraient son élégante et troublante silhouette, ses épaules nues. L'homme qui l'accompagnait, la tenant par le coude, ne devait pas tolérer si facilement que cela que l'on s'intéressât de près à sa compagne... Le consul présenta le couple à ses hôtes parmi les plus en vue : la plupart étaient d'origine allemande. Tous les consuls étrangers en poste à Santa Cruz avaient également répondu présents. Ici et là, de hauts fonctionnaires boliviens et quelques richissimes propriétaires ou hommes d'affaires se remarquaient dans l'assistance. Walter Berger et le commissaire Ruiz étaient du nombre. Ce dernier approcha Léa ; elle lui sourit comme à un vieil ami :

– Ah, je suis bien heureuse de vous voir, Alberto. Je ne connais personne ici...

– Nombreux sont ceux qui seraient ravis de vous être présentés.

– Ce n'est guère réciproque, répondit-elle sèchement.

– Ma chérie, souris, s'il te plaît. N'oublie pas que tu représentes la France. Tu dois être à la hauteur... murmura François.

Le consul les interpella :

– Chers amis, permettez-moi de vous présenter le colonel Roberto Quintanilla et le *señor* Jorge de la Sierna :

– Très heureuse, colonel, dit Léa. Bonsoir, monsieur de la Sierna ; ravie de vous revoir.

– Bonsoir, madame Tavernier. Vous habituez-vous à notre climat ? s'empressa ce dernier.

– J'essaie, monsieur, j'essaie. Tu t'en souviens, François, M. de la Sierna m'a été d'un grand secours à l'aéroport de La Paz.

– Oubliez cela, madame, rien de plus naturel et... ce fut un véritable plaisir !

« Ma parole, songea François, ce bellâtre lui fait la cour ! » D'un geste de propriétaire, il prit la taille de Léa et l'entraîna loin de son interlocuteur.

Surprise, Léa se laissa faire avant de saisir la grossièreté du geste :

– Mais enfin, François, qu'est-ce qui te prend ?

– Tu crois que je n'ai pas vu sa manière de te regarder ?

– Mon pauvre chéri ! Le climat sud-américain ne te

réussit guère ; tu deviens le plus macho des machos...
Pitoyable !

Elle avait dit ces mots avec colère, élevant la voix.
À proximité, d'autres invités se retournèrent sur eux.

— Je t'en prie, ce n'est pas le moment de nous faire remarquer...

— C'est déjà fait ! Ils n'ont d'yeux que pour nous.

Visage poupin, le teint bronzé et cheveux ras, Walter fendait la foule dans leur direction.

— Ma chérie, je te présente Da... euh, Walter Berger, dont je t'ai déjà parlé.

— Mes hommages, madame.

— Bonsoir, monsieur. Je vous laisse mon mari : prenez-en soin, il est un peu grognon, ce soir...

Avant que François ne puisse la retenir, elle s'était éclipsée.

— Querelle d'amoureux ? s'informa Berger.

— Si on veut... Dis-moi plutôt : tu connais ce type, là-bas, celui qui discute avec le gros Allemand ?

— Jorge de la Sierna ? Un des grands propriétaires terriens de la région de Santa Cruz. Il posséderait les plus vastes champs de coca de Bolivie, des mines d'argent aussi, à Potosí.

— Trafiquant de drogue ?

— Certains le disent... Cependant, je ne le crois pas : je pencherais plutôt pour agent de la C.I.A.

— Les deux ne sont pas incompatibles.

— Certes. Quoique je ne le croie ni l'un ni l'autre.

— Quelles sont ses relations avec nos amis ?

— Bonnes, apparemment. C'est une personnalité très en vue, il connaît tout le monde en Bolivie : du président de la République à l'archevêque de La Paz, du chef de la police à l'ambassadeur des États-Unis, en passant par les syndicalistes de la mine et les dirigeants du Parti communiste local...

– Un homme complet, en somme.

– On peut dire cela comme ça... De plus, il est très aimé du peuple, en raison des dons importants qu'il consent aux écoles ou aux hôpitaux ; aidé en cela par sa mère qui, il faut le préciser, est une véritable *pasionaria* de la cause des femmes. On raconte qu'elle serait princesse inca, alliée à la richissime famille Patiño. Les Indiens la considèrent à l'égal de la *Pachamama*, la Terre-Mère.

– Est-elle ici ?

– Non. Elle quitte rarement ses splendides demeures de La Paz, Potosí, Cochabamba ou Santa Cruz. Royale, elle y donne audience aux riches aussi bien qu'aux pauvres. Pour tous, c'est un insigne honneur que de l'approcher.

– Tu en as eu l'occasion ?

– Oui. La première fois dans des circonstances assez étranges. Mais, sortons dans le jardin, veux-tu ; inutile que des oreilles indiscrètes nous entendent.

Ils firent quelques pas dans les allées peu éclairées. Walter reprit le cours de son récit :

– Je revenais de Trinidad par des routes défoncées lorsque, à la sortie d'un virage, je me suis trouvé nez à nez avec une énorme limousine, immobilisée au beau milieu du passage ; je ne sais comment j'ai réussi à l'éviter. Furieux, je suis descendu de ma Jeep et me suis approché : un ou deux pneus étaient crevés. Trois hommes discutaient, l'air consterné. « Qu'attendez-vous pour changer la roue ? » m'écriai-je. L'un d'eux – le chauffeur sans doute –, répondit tout piteux : « Plus de roue de secours ! On a dû nous la voler... » Venant de la voiture, une voix hautaine s'écria : « Quand aurez-vous fini de caqueter comme des femmelettes ? Nous n'allons pas passer la nuit ici ! » « Je crains que si, madame, dis-je en considérant le véhicule. » Le visage voilé d'une femme parut à la portière : « Que dites-vous, monsieur ? Et d'abord, qui êtes-vous ? » « Un simple voyageur, madame, qui n'a dû qu'à ses excellents réflexes de ne pas emboutir votre voiture qui barre la route... » La femme releva sa voilette et je restai sans voix : jamais, je n'avais vu un visage d'une telle pureté, des yeux aussi sombres, lumineux cependant, un regard si altier et si doux.

— Un paradoxe, résuma François.

— Tout est paradoxe chez cette femme, pas seulement son apparence. « Eh bien, cher voyageur, suggéra-t-elle, aidez donc ces hommes à déplacer la voiture. » Ces mots avaient été prononcés sur le ton d'une telle autorité que, sans réfléchir, j'indiquai aux trois hommes ce qu'il convenait de faire ; à quatre, nous n'eûmes pas trop de mal à tirer la limousine vers le bas-côté et à libérer le passage. Cependant, cela ne résolvait pas le problème de la roue de secours. Je me proposai pour aller jusqu'au village le plus proche chercher un mécanicien. « Je viens avec vous », décréta la femme en ouvrant la portière. « Mais, madame... » tenta d'objecter le chauffeur. Elle descendit, indifférente à la boue qui éclaboussait le bas de sa robe, puis grimpa sans façons dans ma Jeep. Une autre femme parut à la portière, interrogative. « Je n'ai pas besoin de vous, Inés ! » La seconde femme interrompit son geste, stupéfaite. « Madame, il me semble que... » « Il n'y a pas de "Madame, il me semble que... " Je vous ai tous assez vus. Qu'attendez-vous pour démarrer ? » enchaîna-t-elle en se tournant vers moi. J'obéis. Nous roulâmes en silence jusqu'à un patelin perdu qui, par chance, possédait un garagiste. Je lui expliquai la situation. Devant le manque d'enthousiasme qu'il manifestait, ma passagère lui tendit une pincée de billets. L'apparition de la liasse transforma notre récalcitrant bonhomme en l'être le plus serviable qui soit. Il chargea quelques outils dans une camionnette d'un autre âge et prit aussitôt la route en direction des naufragés. « Merci de votre aide, monsieur. Croyez-vous que nous puissions trouver un endroit suffisamment convenable pour dormir ici ? » D'un coup d'œil, j'inspectai le sinistre patelin autour de nous ; la nuit commençait à tomber. Je remarquai enfin une bâtisse un petit peu mieux éclairée que les autres et la désignai à ma passagère. « Allons toujours voir... » risqua-t-elle en s'engageant d'un pas décidé dans la rue défoncée ; je n'avais d'autre issue que de l'y suivre. C'était l'unique café du village ; j'en poussai la porte le premier : de forts relents de bière, de friture, de tabac, de pétrole et de sueur mêlés nous prirent à la gorge. Une si épaisse fumée y flottait qu'on avait du mal à y distinguer le visage des consommateurs, et la lumière jaune des lampes à pétrole peinait à éclairer les tables. À notre entrée, les conversations s'interrompirent et ce fut dans un silence presque hostile que nous nous avançâmes jusqu'à un comptoir crasseux ; les buveurs qui y étaient accoudés s'en écartèrent. L'homme qui trônait derrière n'était visiblement pas indien mais présentait une assez belle trogne d'ivrogne centre-européen. Auprès de lui, une jeune et jolie Indienne nous dévisageait bouche grande ouverte. C'est à elle que s'adressa ma compagne dans une langue qui m'était inconnue. L'Indienne, serrant les mains sur sa poitrine, après une longue pause, répondit dans la même langue. « Elle dit que nous pouvons dormir et manger ici. Elle va faire de son mieux pour que nous passions agréablement la nuit. » L'Indienne parlementa avec l'alcoolique. À plusieurs reprises, il acquiesça en silence, puis jeta des ordres dans un espagnol fortement teinté d'allemand.

162

Deux autres Indiennes dressèrent une table près de la cheminée et l'essuyèrent soigneusement. Bientôt, elle se couvrit d'une nappe blanche, de victuailles et d'un magnifique candélabre d'argent. Sous les yeux ébahis de l'assistance, nous nous installâmes et, peu à peu, les conversations reprirent. Je ne sais pas très bien ce que nous mangeâmes, mais c'était excellent. J'appris que ma compagne s'appelait Dolores de la Sierna. Elle était très belle mais j'aurais été tout à fait incapable de lui donner un âge. Elle buvait sec et fumait de petits cigares. Elle me demanda d'où je venais, ce que je faisais en Bolivie, etc. Je répondis aussi évasivement qu'il était possible. À son sourire narquois, je voyais qu'elle n'était pas dupe. « Vous n'êtes pas allemand, n'est-ce pas ? » coupa-t-elle d'un coup. « Non, mais je comprends parfaitement l'allemand... – Depuis la fin de la Seconde Guerre mondiale, tant d'anciens ressortissants allemands sont venus dans ce pays que nous avons appris à les reconnaître. Tous ne sont pas les bienvenus, d'ailleurs... Et cependant, notre gouvernement se sert sans vergogne des moins recommandables d'entre eux... – Que voulez-vous dire ? » questionnai-je innocemment. « Que nous abritons de nombreux criminels de guerre nazis. Vous ne le saviez pas ? » Je devais absolument répondre quelque chose, car je sentais qu'entre elle et moi tout dépendrait de cette réponse : « Je sais cela, madame. Mais la Bolivie n'est pas le seul pays d'Amérique latine à abriter ces gens-là... – Sans doute, sans doute... Mais cela n'atténue en rien notre responsabilité. » J'avais envie de l'embrasser. S'en rendit-elle compte ? Elle eut un sourire à la fois triste et doux. Nous mangeâmes en silence.

La jeune Indienne vint nous annoncer que le chauffeur et ses compagnons dormiraient dans une remise et que nos chambres étaient prêtes ; nous la suivîmes. La mienne était minuscule mais très propre. Dans celle de Mme de la Sierna, plus vaste, meublée d'un grand lit aux draps et aux oreillers d'un blanc lumineux, ornés de broderies, brûlait un feu ; la cheminée était surmontée d'un Christ de bois noir. Des tapis de couleurs vives avaient été jetés sur le carrelage. Dans un coin, on avait déposé de luxueuses valises. À notre entrée, j'avais noté l'attendrissement avec lequel Mme de la Sierna avait considéré le décor. Elle étreignit l'Indienne, l'embrassa et la remercia chaleureusement. Ce baiser récompensa la jeune femme du mal qu'elle s'était donné ; cela se voyait : ce geste allait bien au-delà de ce qu'elle avait espéré. « Bonne nuit, monsieur », me dit simplement Mme de la Sierna en me tendant la main. J'inclinai le front sur elle et il me sembla qu'elle fut sensible à cette marque, si insolite en ces lieux, de bonne éducation.

À vrai dire, je dormis comme une souche et me réveillai tard dans la matinée. Après une toilette sommaire, je descendis dans la salle à manger pour y prendre le café. La salle était presque vide. La jeune Indienne me tendit une simple feuille de papier pliée en quatre sur laquelle je lus : « Cher Monsieur, merci de votre aide. La voiture étant réparée, je reprends ma route. Je serai toujours heureuse de vous recevoir. Téléphonez-moi un jour prochain. » Hormis deux ou trois numéros de téléphone griffonnés à la hâte, c'était tout.

– L'as-tu revue par la suite ?

– Oui, quelquefois, seule ou en compagnie de son fils.

– Il faudra me la présenter : cette femme peut nous être utile. Et, puis, c'est un personnage, à ce que tu en dis.

Walter manifesta un peu de contrariété :

– J'y ai pensé mais, comment dire... ? Je n'aimerais pas qu'elle se trouve mêlée à tout ça.

– On dirait que tu en es amoureux ?

Le visage de l'ancien Waffen S.S. vira à l'écarlate. François retint un sourire, ne voulant pas augmenter la confusion de son interlocuteur :

– Excuse-moi, je plaisantais, bien sûr !

– Rentrons : on pourrait s'étonner de notre absence...

– Nous venons à peine d'arriver. On n'a pas eu le temps de la remarquer.

Peu à peu, les invités prenaient congé. Quand le dernier fut parti, Léa et François remercièrent leurs hôtes, puis se retirèrent dans leur chambre.

Épuisée, Léa ôta ses chaussures et se laissa tomber tout habillée sur son lit. François ferma à clé la porte de la chambre et vint s'allonger à ses côtés sans qu'il ait eu, lui, le courage de se déchausser.

– Quelle soirée ! murmura-t-elle.

– Il y a longtemps que je ne m'étais pas autant emmerdé...

– Ça ne t'a pas empêché de plonger l'œil dans le corsage de tes voisines...

– C'était ça ou contempler leurs faces de guenon barbouillées de fards ! Je n'avais pas, comme toi, la chance d'être assis tout un dîner durant auprès d'un homme aussi séduisant que ton voisin de gauche...

– Je ne vois pas de qui tu veux parler...

– Tu n'auras pas le toupet de me dire que ce M. de la Sierna ne te faisait pas la cour, tout de même ? Et ça ne semblait pas te déplaire, ma foi...

– Heureusement qu'il était là, sinon je serais tombée de sommeil dans mon assiette !

– À te voir rire aux éclats au moindre mot de ce type, on avait peine à imaginer ton ennui...

– Il me faisait le portrait des invités, chacun y est passé à tour de rôle ; à cet égard, j'ai appris des tas de de choses qui pourraient t'être utiles...

– Par exemple ?

– Oh, demain, mon chéri, demain... Ce soir, je suis morte de fatigue ! Aide-moi plutôt à retirer ma robe, tu veux ?

La longue fermeture Éclair glissa, libérant le corps blanc de sa femme.

– Tu n'as aucune pitié pour moi, la provoqua François en se couchant sur elle.

– Et toi, as-tu pitié de moi ?

13.

Léa s'éveilla de fort méchante humeur ; François n'était plus auprès d'elle. Quelle heure pouvait-il bien être ? La lumière, filtrant à travers les persiennes, ne donnait guère d'indication. Lorsqu'elle ouvrait les yeux, à Montillac, elle savait toujours, été comme hiver, l'heure approximative qu'il était et le temps qu'il faisait au-dehors. Ici, aucun repère ne lui était familier. Du couloir, lui parvint un bruit de voix. La porte de la chambre s'entrouvrit, puis s'ouvrit largement. Des pieds nus glissèrent sur le tapis, des mains écartèrent rideaux et volets : une lumière crue inonda la chambre. Léa jeta un cri et s'enfouit la tête sous les draps. Assourdie, la voix de François lui parvint :

— Debout ! il est bientôt midi.

— Quoi ? s'écria-t-elle en s'asseyant.

— Tu as bien entendu, répondit-il, déposant en même temps sur le rebord du lit un plateau d'argent chargé du petit déjeuner.

— Merci, chéri... Oh, je t'en prie, referme les rideaux !

Yeux clos, cheveux ébouriffés, Léa tira le drap sur elle en apercevant la femme de chambre. François fit signe à la jeune Indienne qui venait de les écarter, de remettre les rideaux tels qu'ils étaient un moment plus tôt. Comme elle restait immobile, mains à plat sur son

167

ventre rond, il la prit par le bras, ouvrit la porte, la poussa sur le palier puis vint refermer lui-même les doubles rideaux.

– Tu peux sortir ton museau, à présent : nous sommes seuls et la lumière est tamisée.

Avec prudence, Léa risqua un œil à découvert :

– Ah, c'est mieux, constata-t-elle en s'asseyant. Aïe !...

– Qu'as-tu ?

– Mal à la tête.

– Tu auras trop bu, hier au soir. Allez, une bonne tasse de thé et des toasts te remettront vite d'aplomb.

– Si tu le dis... soupira-t-elle en arrangeant ses oreillers. Où étais-tu ce matin ? Tu devrais te reposer : le médecin t'a bien dit de te ménager.

Sans répondre, François posa le plateau sur les genoux de sa femme et lui versa du thé dans une tasse en porcelaine. Cette tâche accomplie, il s'assit au bout du lit et la regarda mordre à belles dents dans un toast beurré : c'était toujours un plaisir pour lui que de la voir manger avec cet appétit que rien ne semblait pouvoir apaiser. Un jour qu'il lui faisait part de son étonnement au spectacle de ces fringales, elle lui avait répondu :

– N'oublie pas que j'ai eu faim pendant la guerre. Alors, c'est plus fort que moi : manger me rassure.

Bien sûr, il comprenait mais se demandait aussi si cette angoisse cesserait jamais. « Pas ici, sans nul doute... » soupira-t-il.

– « Cœur qui soupire n'a pas ce qu'il désire... » chantonna-t-elle.

– « Mais cœur content soupire souvent ! » reprit-il sur le même air.

– Et de quoi es-tu content, s'il te plaît ? Je ne vois

168

ici aucun motif de satisfaction à avoir. À moins que tu ne me caches quelque chose.

— Non, je ne te cache rien. Je suis seulement heureux d'être ton époux, de te savoir à mes côtés et m'étonne chaque matin d'éprouver toujours le même bonheur à me trouver auprès de toi. Tu en connais beaucoup, toi, des maris qui te feraient de telles déclarations d'amour après tant d'années de vie commune ?

Sans répondre, elle lui lança un regard attendri et tendit sa main. Il s'inclina et déposa un baiser dans la paume offerte.

— Je n'ai plus faim : enlève-moi ce plateau, s'il te plaît.

François s'exécuta et alla le déposer sur un guéridon.

— Viens...

Il s'étendit près d'elle ; Léa l'entoura de ses bras, nicha son visage au creux de son cou.

— Tu sens bon... murmura-t-elle.

— Et toi, tu sens le sommeil !

À la porte, des coups suspendirent leurs caresses.

— Entrez, tonna François en sautant sur ses pieds.

Le consul de France à Santa Cruz fit son entrée :

— Euh, excusez-moi de vous déranger... Bonjour, madame, bonjour Tavernier... L'ambassadeur vous demande au téléphone : c'est urgent.

— Merci, j'arrive tout de suite... Habille-toi, ma chérie.

« Quel imbécile, ce consul ! » bougonna Léa. Rien ne la contrariait davantage que d'être importunée au moment où elle s'apprêtait à faire l'amour. Elle resserra les cuisses tandis qu'un frisson de plaisir la parcourait. « Allons, debout, ce n'est que partie remise... » Jetant ses jambes en l'air, elle se releva brusquement ; une douleur la rejeta en arrière. Elle porta les mains à sa poitrine : comme son cœur battait vite ! Son corps se couvrit d'une suée. « Je ne veux pas mourir ! » songea-t-elle tout à coup. Vite, prendre les gouttes prescrites par le médecin ; la veille, elle avait oublié de le faire et c'est sans doute pour cela qu'un malaise l'avait saisie.

— Allons, tu n'es pas encore levée ? s'agaça François en entrant. Mais... qu'as-tu, tu es toute pâle ?

— Oh, j'étais prête à me rendormir...

— Tu es une vraie marmotte !

— Au fait, que te voulait Ponchardier ? dit-elle pour changer de sujet.

— Rien d'important : me tenir informé des affaires courantes...

Il mentait, elle en était sûre, mais ne se sentait pas en état d'insister. Il lui sembla qu'elle allait pouvoir se lever : les battements de son cœur s'étaient ralentis.

— Laisse-moi, maintenant : je dois m'habiller.

— Fais vite : je te rappelle que nous partons en excursion avec Ruiz et Berger.

— Zut ! j'avais oublié... Qu'est-ce que je vais mettre ? Walter a bien recommandé de porter des vêtements confortables, n'est-ce pas ?

— Eh bien, mets un jean et des baskets.

Il était deux heures de l'après-midi lorsque Léa et François prirent place à bord du *pick-up* que Berger avait confortablement aménagé.

— Ruiz n'est pas là ? s'inquiéta tout de suite Tavernier.

— Il a été appelé à La Paz en tout début de matinée : il m'a téléphoné de l'aéroport juste avant de prendre l'avion.

— Et quand rentre-t-il ?

— Je n'en sais rien...

Ils prirent la direction de Cotoca et longèrent le Río Grande jusqu'à Los Trocos ; là, ils firent halte pour prendre un café.

— Vas-tu me dire où tu nous emmènes, à la fin ? s'impatienta François.

— Chez moi : je voudrais vous présenter ma famille. Mais, rassurez-vous, nous n'en sommes plus très loin... Oh, faites attention : pour tous, ici, je me nomme Walter.

À San Pancho, ils quittèrent la route menant à San Ramón pour emprunter une piste tout juste carrossable. À la sortie du petit village de Santa Rosa, ils s'engagèrent sur la droite dans un étroit chemin ; de part et d'autre, la végétation poussait si dense qu'elle se refermait sur leur passage.

— Nous sommes arrivés ! annonça-t-il en coupant le moteur.

Léa descendit du véhicule et jeta autour d'elle un œil incrédule : perdue au milieu d'une invraisemblable nature, s'ouvrait ce qui devait tenir lieu d'artère principale au village. De chaque côté se dressaient une dizaine de maisons basses aux murs de torchis, aux toits couverts de toile goudronnée ou de tôles. Au bout de la rue, on apercevait la blancheur d'une église. Des enfants loqueteux, pieds nus pour la plupart, accoururent vers le véhicule. De vieilles femmes, assises devant leur bicoque, considéraient les nouveaux venus sans cesser de mâchonner des feuilles de coca. Du groin, de gros porcs roux fouissaient les tas d'immondices que de vilains chiens et de maigres volailles leur disputaient. Un vieillard au beau visage ridé vint à eux :

— C'est l'*alcade*[1] de Castedo, annonça l'ancien

---

1. Le maire.

légionnaire en saluant le vieil homme dans le dialecte local.

Au léger tumulte qu'avait provoqué l'arrivée d'inconnus au village, une jeune Indienne escortée de deux jolies fillettes s'était précipitée hors de chez elle ; accrochées à ses jupes, les gamines poussaient des petits cris de joie.

— Mira ! Yolanda ! s'écria Walter en tendant les bras aux fillettes.

Le père serra ses filles contre lui, puis, les soulevant, s'approcha de leur mère.

— Voici la mère de mes enfants, Guillermina, dit-il fièrement.

Tête basse, l'Indienne recula d'un pas. Rassurant, son époux murmura à son oreille. La jeune femme tendit alors une main hésitante ; Léa s'en saisit et la serra avec un grand sourire.

— Ne faites pas attention, Guillermina est très timide : elle n'a pas l'habitude de me voir en compagnie d'étrangers... Venez plutôt, je vais vous montrer où nous habitons.

La propriété se composait de trois bâtisses en adobe, mélange d'argile mouillée, de paille et d'excréments d'animaux, pourvues, pour toute ouverture, d'une seule et étroite porte. Les toits s'abaissaient jusqu'à hauteur d'épaule et un muret de pierres sèches ceinturait l'ensemble. Dans l'angle qu'il dessinait, s'abritait un jardinet. Les belles fleurs orange ou rouges qui y poussaient jetaient une touche de gaieté sur la grisaille des lieux.

Plié en deux, Walter entra dans la première des maisonnettes, y précédant ses hôtes :

— Attention à vos têtes... Ici, c'est la cuisine.

Presque à quatre pattes, Léa le suivit, pénétrant dans une pièce sombre, toute noire de suie, au sol de terre battue. Une âcre fumée avait envahi tout l'espace. Dans un coin, une femme sans âge glissait de petits morceaux de bois dans un fourneau de terre cuite sur lequel reposait une marmite fumante.

– Ma belle-mère, la désigna Walter.

– Bonjour, madame, salua Léa entre deux éternuements.

Gênée par les émanations du réchaud, les yeux embués de larmes, Léa n'y voyait plus goutte. François, passant la porte à son tour, se cogna au chambranle : une pluie de suie se mélangea aussitôt à la fumée ambiante, provoquant des quintes de toux.

– Ce n'est rien, assura Walter : au bout de quelques jours, on s'habitue.

– Je n'en suis pas sûre, hoqueta Léa, les bras tendus devant elle.

L'époux de Guillermina eut pitié d'elle et la reconduisit à l'air libre. François, dont les larmes creusaient de profonds sillons sur ses joues noircies de suie, les imita. À l'extérieur, leur apparition déclencha l'hilarité des gamins qui s'étaient massés devant l'habitation.

– Eh bien, qu'y a-t-il de si drôle ? bougonna François... Et pourquoi ris-tu, toi aussi ? ajouta-t-il en pointant un doigt sur Léa... Ah, je comprends !

À son tour il s'esclaffa : s'il avait la même bobine que Léa et Walter, il comprenait le rire des gamins. Qui avait bien pu affirmer qu'en toutes circonstances, les Indiens demeuraient imperturbables, qu'ils ne savaient pas rire ? Un imbécile en tout cas !

Guillermina leur apporta une bassine d'eau.

– Honneur aux dames ! trompeta Walter en désignant Léa.

– Vous n'auriez pas un peu de savon ? demanda-t-elle, hésitante.

La question embarrassa l'ancien légionnaire :

– Je ne crois pas qu'il en reste ; ici, on s'en sert si peu...

– Comment se lave-t-on, alors ?

– Avec de la cendre.

– De la cendre !

Une des fillettes avait dû comprendre de quoi il retournait, car elle s'était munie d'une sorte d'écuelle. Incrédule, Léa considérait la poudre grise qu'elle contenait. Walter vint à son secours.

– Mouillez-vous d'abord le visage, prenez ensuite un peu de cendre, puis étalez-la en frottant doucement.

« J'aurai tout vu... », maugréa Léa en suivant à la lettre les indications. Néanmoins, elle eut l'impression de s'arracher la peau. Stoïque, elle poursuivit jusqu'au bout.

– Voilà, ça suffit. Maintenant, rincez-vous.

L'eau fraîche lui parut une bénédiction mais ses joues brûlaient toujours. D'une fiole, Guillermina fit alors tomber quelques gouttes sur ses doigts, puis effleura le visage rougi. Aussitôt, la brûlure cessa.

– Oh merci, quel soulagement ! Mais qu'est-ce que c'est ?

– Je n'en sais trop rien, des plantes macérées ensemble et censées guérir toutes sortes de maux : rages de dents et diarrhées, maux de tête ou piqûres d'insectes, rhumes comme lumbagos !

– Un remède universel, en somme... ironisa François qui venait, à son tour, de se débarbouiller.

– Ne raille pas, camarade : bien qu'ils ne sachent ni lire ni écrire, que pour la plupart ils ne parlent même pas l'espagnol, tu serais surpris de toutes les connaissances que possèdent ces gens en matière médicinale. Dans bien des domaines de la vie, ils en savent plus long que nous. Et depuis presque dix ans que je vis parmi eux, ils ne cessent de me surprendre : j'ai plus appris de ces « sauvages », comme vous dites, que durant toute la chienne de vie que j'ai passée en ce monde soi-disant civilisé qui est le vôtre !

– Tu l'as vexé, chuchota Léa.

– Tu crois ? s'inquiéta François... Euh, excuse-moi, mon vieux, je ne voulais pas te blesser...

– Oh, il en faudrait bien plus pour me froisser ! rétorqua l'autre avec une bourrade dans l'épaule de son compagnon.

– Aïe !

– Excuse-moi ! j'avais oublié...

– Espèce de brute ! Tu ne perds rien pour attendre : je prendrai ma revanche dès que je serai rétabli.

– Bon, venez à présent, je vais vous faire visiter le reste de la propriété... Ici, c'est à la fois le grenier et le garde-manger ; on y entasse les vivres pour l'hiver.

L'endroit était frais et bien rangé. Attenante, une autre maison faisait office de chambre à coucher – de dortoir plutôt, puisque toute la famille y dormait en commun. Sur des cordes tendues le long des murs, pendaient leurs vêtements. Des chapeaux, des instruments de musique, des cruches en terre, des houes, une lampe à suif ou un métier à tisser étaient accrochés aux parois. Du front, Léa heurta un crâne d'animal accroché à une cheville de bois ; elle s'en écarta avec dégoût.

– C'est la tête d'un lama : ça porte bonheur ; chaque maison du village en possède une...

Tout autour de la pièce, les couches s'alignaient sur des murets de terre garnis de matelas et de couvertures multicolores. Léa se demanda s'ils allaient devoir y dormir ; sans doute Walter lut-il dans ses pensées :

– Je vais vous monter votre logement. Il s'agit d'un

bâtiment qu'on vient tout juste de construire : j'espère que vous y serez bien... C'est ce qu'on appelle ici la « Maison des hôtes ». Vous en serez les premiers occupants !

Une agréable odeur de foin emplissait l'unique pièce. Sur une plate-forme, on avait disposé des matelas bourrés d'herbes odorantes, propres à favoriser le sommeil, des couvertures de laine rayées de couleurs vives et des coussins brodés. Sur le sol de terre battue avaient été jetées des nattes tressées.

– C'est charmant ! s'extasia Léa, sincère. Mais nous n'avons rien apporté : il n'était pas prévu que nous passions la nuit ici...

– Mais voyons, cela allait de soi !

– Alors, si cela allait de soi...

– Bon, excusez-moi maintenant : je vais voir avec Guillermina pour le dîner... Allez donc faire un tour dans le village. Et n'oubliez pas de visiter l'église : elle possède un retable des plus intéressants qui date, semble-t-il, de la conquête espagnole. Nul ne sait comment il est arrivé jusqu'ici...

Se tenant par la taille, ils empruntèrent la grand-rue, marchant au beau milieu de l'artère ; les gamins et les chiens errants leur avaient emboîté le pas. Escortés de la sorte, ils parvinrent au sanctuaire, dont les murs blanchis à la chaux tranchaient sur le paysage. Reconnaissable à sa soutane noire, un prêtre se tenait devant le porche ; son rude visage semblait avoir été sculpté dans de l'ocre. De ses yeux très sombres, l'ecclésiastique les observait avec une curiosité qu'il ne cherchait pas à dissimuler :

– Soyez les bienvenus dans cette modeste paroisse, les accueillit-il dans un espagnol guttural. Je suis don Miguel, curé de ce village. Ce n'est pas souvent que nous recevons la visite d'étrangers. Car vous n'êtes pas boliviens, n'est-ce pas ?

— Bonjour, mon père. Nous sommes français, salua à son tour François.

— Français ! s'exclama-t-il. Et que peuvent bien venir faire des Français en une si lointaine contrée ?

— Nous sommes des amis de Walter !

— Alors, soyez doublement les bienvenus ! Walter est un très brave homme ; bien qu'il n'assiste presque jamais aux offices... Quoi qu'il en soit, Dieu saura reconnaître les siens ! Ici, chacun l'aime et l'estime, car il est bon et généreux... Mais je manque à tous mes devoirs et vous laisse sur le seuil de la maison du Seigneur ! Allons, entrez donc.

Une grande paix émanait de l'humble sanctuaire. Au-dessus de l'autel se dressait un gigantesque christ de bois sombre. Sur un tabouret voisin, la flamme d'une petite lampe rouge vacillait tranquillement. Léa se signa. Face à l'autel s'alignaient une dizaine de bancs, et un harmonium avait été disposé près de la chaire. À l'opposé, un confessionnal orné de rideaux blancs brodés attendait les pénitents. Ici et là, d'étroites ouvertures filtraient la lumière du dehors. Près du confessionnal, le retable représentant la Vierge et l'Enfant entourés d'angelots et des guirlandes de roses et de lys entremêlés jetaient quelques notes de couleur dans la blancheur de l'endroit.

— C'est magnifique ! s'émerveilla Léa à voix basse.

— En effet. Comment un tel chef-d'œuvre a-t-il bien pu parvenir jusqu'à ce pauvre village ? À des lieues à la ronde, aucune famille n'a jamais eu les moyens d'acquérir une telle peinture, digne aujourd'hui des plus grands musées... Oh, vous voudrez bien m'excuser, mais il va être l'heure de l'office du soir.

Le prêtre se dirigea alors vers une corde qui pendait à la droite de l'autel. Des deux mains, il s'en saisit et, bientôt, le tintement de la cloche retentit dans l'église et alentour. Comme si elles n'avaient attendu que ce signal, des femmes entrèrent aussitôt, se signèrent et allèrent s'agenouiller devant les bancs : leurs jupes étalées autour d'elles y dessinaient comme de larges poufs. Une nouvelle arrivée gagna l'harmonium et s'installa aux claviers de l'instrument. Le curé disparut derrière une porte ; il reparut peu après, revêtu des habits sacerdotaux.

Léa et François prirent place au dernier rang tandis que des sons discordants montaient du petit orgue. Cela n'empêcha pas le célébrant ni ses ouailles d'entonner de bon cœur les cantiques latins. La scène rappela à Léa les offices qu'on chantait à l'église de Verdelais. Elle se laissa envahir par un doux ravissement : auprès d'elle, la haute stature de François lui remémorait celle de son père... Une larme glissa le long de sa joue et sa main chercha celle de son mari : « Comme avec papa... » songea-t-elle. Un bref sanglot la secoua.

— Je suis là, murmura tendrement François.

Léa lui jeta un regard reconnaissant : tant qu'il se tiendrait auprès d'elle, elle se sentirait en sécurité. Comme elle l'était, enfant, auprès de son père...

L'office prit fin et les Indiennes sortirent dans le balancement de leurs jupons superposés. L'officiant vint à eux et remarqua les yeux brillants de Léa :

— Venez donc jusqu'au presbytère, nous y prendrons un rafraîchissement. Mais soyez indulgents, les lieux sont des plus modestes. Nous passerons par la sacristie, le temps d'ôter ces vêtements...

« Presbytère » était en effet un nom bien pompeux

pour désigner la maisonnette où œuvrait une vieille femme.

— Voici Maria, elle s'occupe de mon ménage. Et fabrique la meilleure *chicha* du village !

À ce mot de *chicha*, Léa frémit. Jusque-là, elle était parvenue à échapper à ce breuvage obtenu par macération de grains de maïs, préalablement mâchés par des femmes édentées, puis recrachés afin d'en faciliter la fermentation. Au large sourire que lui décocha la vieille, elle devina pourquoi cette María devait fabriquer la meilleure *chicha* des alentours... François eut pitié d'elle :

— Ma femme ne boit jamais d'alcool.

— Ah, je comprends, fit l'homme d'Église. María, prépare plutôt du maté de coca...

Le lendemain, le retour vers Santa Cruz s'effectua dans un silence presque complet. Léa somnola pendant tout le trajet, tandis que Berger et Tavernier se relayaient au volant, n'échangeant que des banalités. À leur arrivée au chef-lieu du Chaco, le consul de France et son épouse ne manifestèrent pas avec une cordialité excessive le plaisir qu'ils avaient de revoir leurs hôtes... Le diplomate prit tout de même la peine de leur transmettre la commission dont il était chargé :

— J'ai eu hier une longue conversation téléphonique avec votre plus jeune fille, Claire, je crois... Cette petite est surprenante : elle a insisté pour que je vous dise de rentrer au plus vite. Faute de quoi elle viendrait elle-même vous chercher ! Déconcertant, n'est-ce pas ?... À part cela, tout va bien.

— Merci. Nous la rappellerons dès ce soir... si vous le permettez.

— Mais comment donc ! Cette fillette m'a semblé très mûre pour son âge. Sans doute est-ce dû à vos fréquentes absences... ? On dit que les enfants grandissent plus vite, dans ces cas-là. Par la suite, beaucoup éprouvent les plus grandes difficultés à accepter l'autorité, paternelle ou autre...

Léa s'abstint de tout commentaire.

14.

À leur arrivée à La Paz, l'accueil que les Ponchardier leur témoignèrent se révéla aussi chaleureux que celui des Durand, à Santa Cruz, avait été froid : Tounet et Léa se retrouvèrent comme deux amies qui se seraient quittées de la veille.

– Vous nous avez manqué, dit l'ambassadeur à Tavernier. Comment va votre blessure ?

– Aussi bien que possible : je m'en tire à bon compte !

– L'enquête a-t-elle avancé ?

– Pas vraiment : le commissaire Ruiz, qui en était chargé, a été prié par le ministre de l'Intérieur de la classer sous la rubrique « faits divers »...

– Ce qu'il s'est empressé de faire, évidemment...

– Eh bien non ! Figurez-vous qu'il a décidé de poursuivre son enquête : il en fait, semble-t-il, une affaire personnelle.

– Voilà qui est plutôt étonnant de la part d'un policier bolivien. Quelles seraient ses motivations, à votre avis ?

– D'ordre idéologique, et une certaine idée de l'honneur...

– Vous y croyez, vous, à cette « idée de l'honneur » ?

– Oui. Je crois qu'il n'approuve guère les relations

181

qu'entretient son pays avec les nazis qui s'y sont réfugiés...

– C'est sans doute l'un des très rares Boliviens à penser de la sorte.

– Au fait, connaissez-vous un certain Jorge de la Sierna ?

– Mais tout le monde connaît sa famille, ici ! L'une des plus puissantes et des plus riches de Bolivie. Pourquoi cette question ?

– Le commissaire Ruiz prétend qu'on peut lui faire confiance... Par ailleurs, avez-vous du nouveau sur Barbie ?

– Comme je vous l'ai laissé entendre par téléphone, l'homme se méfie. Il a maintenant engagé un garde du corps, lequel ne le quitte plus d'une semelle ; il s'assied même à une table voisine de celle que Barbie vient occuper quotidiennement à la Confitería La Paz !

– La Confitería La Paz ? Où se trouve ce café ?

– Sur la Calle Machado, pas très loin de la chancellerie... On y sert l'un des meilleurs cafés de La Paz. Écrivains et politiques fréquentent l'endroit... tout comme nos amis nazis ! Chez nous, voyez-vous, ce serait une sorte de mélange entre Lipp, Les Deux Magots et le Flore...

– Je crois que je vais aller le goûter, ce fameux café !

– Est-ce bien raisonnable ?

– Voilà un mot, cher Dominique, qui sonne étrangement dans votre bouche...

– Que voulez-vous, François, c'est l'âge, sans doute... Êtes-vous armé au moins ?

– Pensez-vous que cela soit nécessaire ?

– On ne sait jamais : en tout cas, j'ai là un Beretta qui me suit depuis la Résistance ; prenez-le.

– Je ne voudrais pas vous en priver...

– Oh, j'en ai d'autres. Je serai plus rassuré si je vous sais armé. Ah, attention : la détente est très sensible.

– Merci de m'en avertir.

Après s'être assuré du cran de sûreté et en avoir vérifié le chargeur, Tavernier glissa l'arme dans son dos, coincée dans la ceinture de son pantalon. Assez ample, sa veste de lin n'en laissait rien paraître.

Calle Camacho, la circulation mêlait inextricablement bus et taxis bondés, voitures d'un autre âge et motocyclettes chargées de familles entières. Dans l'épaisse fumée noire et malodorante que lâchaient les véhicules, des piétons se faufilaient au péril de leur vie sans toutefois paraître se soucier ni du danger ni de la pollution. Indifférentes aux coups de klaxon ou de frein, des *cholas*[1] coiffées de leur chapeau melon allaient leur chemin aussi tranquilles que si elles avaient déambulé sur un sentier de l'Altiplano...

Après la cohue et le brouhaha de la rue, la salle de la Confitería La Paz, à l'un des angles de la Calle Camacho, lui fit l'effet d'un véritable havre de paix. À cette heure de l'après-midi, peu de tables y étaient occupées. François se dirigea vers celle qui, parmi les tables libres, offrait la meilleure vue sur l'entrée comme sur l'ensemble de la salle. Un serveur vint à lui :

– Excusez-moi, *señor*, mais cette table est réservée.

– Je vais prendre celle d'à côté ?

– Euh, non plus, *señor*, désolé : c'est la table de don Altman depuis une bonne dizaine d'années. Il y tient beaucoup, vous savez. Je ne l'ai jamais vu s'asseoir ailleurs...

_____

1. Habitantes des hauts plateaux.

Entendant le nom d'Altman, François retint son souffle :

– En ce cas, je ne voudrais pas rompre une habitude si ancienne, ironisa-t-il en se relevant.

Puis, s'étant assis à une table voisine, François commanda une tarte au citron accompagnée d'un café.

– Merci, *señor*, merci de votre compréhension... Ah, bonjour don Altman, lança alors le serveur en se tournant vers un nouveau venu. Je vous apporte tout de suite votre café et vos journaux.

– Merci, Luis, merci.

Klaus Barbie prit place à sa table habituelle, puis jeta un regard autour de lui. François comprenait pourquoi le Bourreau de Lyon s'était octroyé cette place ; un instant plus tôt, il avait instinctivement fait de même : de là où Barbie avait coutume de s'asseoir, il était facile de surveiller toutes les allées et venues de l'établissement, celles du personnel comme celles de la clientèle. Par ailleurs, les hautes baies qui ouvraient sur le carrefour et des rideaux pendus à mi-hauteur du vitrage abritaient l'intérieur des regards indiscrets. Après avoir jeté un œil peu amène en direction de Tavernier, un jeune homme de forte carrure – sans doute le garde du corps de l'ancien nazi – vint s'installer à la table attenante. François mit alors la main à la poche intérieure de sa veste, à la recherche de son étui à cigares : le gaillard glissa aussitôt la sienne sous son aisselle, prêt à parer à toute éventualité. Lorsque François eut sorti son étui, le soulagement de l'autre se lut sur ses traits. François se choisit paisiblement un cigare, puis fouilla de nouveau ses poches :

– Pardonnez-moi, *señor*, vous n'auriez pas du feu ? s'enquit-il en se penchant vers Barbie.

– Je ne fume pas, répondit sèchement celui-ci.

– En ce cas... Garçon ! Auriez-vous des allumettes ?

La flamme d'un briquet lui chauffa la joue : le garde se tenait debout à son côté, Zippo décapuchonné à la main. Malgré l'odeur entêtante de l'essence et au mépris des règles élémentaires de l'amateur de *puros*, François releva la tête et prit son temps pour y allumer son cigare.

– Merci beaucoup, *señor*, c'est très aimable à vous, remercia-t-il en rejetant la fumée droit devant lui. Puis-je vous en offrir un ?

L'autre hésita, jetant un coup d'œil vers son patron :

– Non, je vous remercie.

– Oh, je vous en prie, *señor*, cela me fait plaisir : ils sont excellents, ils viennent de Cuba.

– Dans ce cas...

Les deux hommes tirèrent quelques bouffées tandis que le serveur déposait pâtisseries et cafés sur les tables. Tavernier porta la tasse à ses lèvres :

– Hum, excellent ! apprécia-t-il en la reposant.

– C'est le meilleur café de La Paz, confirma l'escorte d'un air satisfait.

– Alors, j'ai de la chance : je viens d'arriver à La Paz et je tombe sur le meilleur café de la ville ! Voyons si la tarte au citron est à la hauteur. Hum... délicieux... exquise vraiment !

Entre deux bouchées, François nota que Barbie lui décochait de fréquents regards.

– Tavernier ! Que faites-vous à La Paz ? interrogea un homme corpulent au front dégarni.

« Il ne manquait plus que ça ! », pesta François en relevant la tête.

– Müller ! s'exclama-t-il en reconnaissant son interlocuteur. Je vous retourne la question... Mais asseyez-vous. Que prenez-vous ?

– La même chose que vous...

– ¡ *Hé, mozo ! Dos cafés por favor.*

– Je suis heureux de vous revoir... Il y a longtemps que vous êtes en Bolivie ?

– Deux ans : je suis consul de la Confédération helvétique à La Paz. Et vous ?

Le *señor* Altman ne semblait pas perdre un mot de leur conversation.

– Ambassadeur de France itinérant pour l'Amérique latine.

– Voilà qui doit être passionnant !

Barbie se leva et quitta l'établissement, suivi peu après par l'homme au briquet.

– Vous savez qui est le type qui vient de partir ? demanda à voix basse le consul.

François acquiesça de la tête.

– Je ne vous lâche pas comme ça, dit Müller : je vous emmène dîner dans un endroit comme on en trouve rarement dans ces contrées. On reparlera du bon vieux temps où nous nous sommes rencontrés à Londres quand je voulais rejoindre de Gaulle.

– Et où celui-ci vous a renvoyé en Suisse avec pour mission de demander de l'argent aux banques helvétiques !

– Je revois encore la tête du banquier : « Vous voulez donner de l'argent à un hors-la-loi, un terroriste ? »

– Cet argent, l'avez-vous obtenu ?

– Il n'a pas eu le choix : je l'ai menacé de révéler qu'il était le banquier de certains dignitaires nazis. Oh, c'était le bon temps : on ne doutait de rien ! Mais, allons dîner : nous parlerons de votre homme.

– Avec plaisir... Juste le temps de prévenir chez moi.

– S'il s'agit de votre femme, qu'elle vienne nous rejoindre !

186

– Une autre fois... Puis-je téléphoner ? demanda-t-il au serveur.

Au bras du consul, Tavernier traversait la Plaza Murillo, déserte à cette heure.

– À quel réverbère ont-ils bien pu le pendre... ? s'interrogea-t-il à voix basse.

– Quoi, qui a été pendu ? De qui parlez-vous, du président Gualberto Villarroel ou de Pedro Domingo Murillo, dont la place porte le nom ? C'est qu'à cent ans de distance, ils subirent tous deux le même sort au même endroit.

– Voilà qui est intéressant... Furent-ils pendus au même réverbère ?

– Ça, mon cher, je n'en sais rien ! s'esclaffa le consul. Au fait, on pourrait peut-être le demander à ce type qui nous suit depuis un bon moment, qu'en pensez-vous ?

– Quelle bonne idée !

Avec un remarquable ensemble, ils se retournèrent brusquement et abordèrent le suiveur ; le consul le saisit par le bras :

– Excusez-moi, cher ami, nous aurions besoin d'un renseignement : savez-vous à quel réverbère furent pendus don Pedro et don Gualberto ?

L'hébétude de l'homme faisait plaisir à voir.

– Manifestement, il n'en sait rien... se gaussa François.

– Je crains que vous n'ayez raison. Cependant, ce monsieur peut peut-être répondre à cette autre question : allons, cher ami, pourquoi nous suivez-vous ?

– Oh, *señor*, vous... vous faites erreur... je ne vous suivais pas, je... je rentrais chez moi !

– Ah, fort bien... et où habitez-vous donc ?

– Euh... Plaza San Francisco, *señor*.

— En ce cas, c'est étrange, car vous lui tournez le dos ! Mais sans doute étiez-vous plongé dans vos pensées...

— Oui, c'est cela, *señor* : une distraction...

— Alors, reprenez vos esprits, cher monsieur. Et, surtout, ne faites pas de mauvaises rencontres...

— Merci, merci, *señor*.

Sans demander son reste, le quidam détala.

— Nous aurions peut-être dû le cuisiner... regretta François.

— Non car, à moins de le tuer, il aurait fait son rapport : nos amis s'en seraient étonnés plus que de nécessaire... Ah, nous arrivons.

Ils stoppèrent à la hauteur d'une maison basse qu'un jardinet ceinturait ; le tout faisait penser à un pavillon de banlieue.

— C'est ici, déclara Eddy Müller en poussant le portillon.

Ils firent quelques pas sur les graviers de l'allée qui menait au perron. La porte s'ouvrit à leur approche : parfumée, très maquillée, une grande femme blonde moulée dans un fourreau de satin noir parut au haut des marches.

— Eddy ! Quelle joie de vous revoir. Pourtant, je ne crois pas avoir aperçu votre nom parmi les réservations de ce soir...

— C'est que je n'ai pas réservé, ma chère Mina.

— Voilà qui est fâcheux : je n'ai plus une seule table depuis au moins huit jours !

— Oh, ma chère Mina, vous allez bien faire un petit effort pour moi : j'ai tant vanté votre établissement à mon ami Tavernier que j'aurais l'air d'un imbécile si vous nous renvoyiez. Et ça, vous ne le voudriez pour rien au monde, n'est-ce pas ?

Müller avait débité son plaidoyer d'un ton si comique que la tenancière éclata de rire :

– Puisqu'il en est ainsi, entrez : je vais voir ce que je peux faire. En attendant, je vous offre un verre au bar... Connaissez-vous Zurich ? demanda-t-elle alors à François.

– C'est une très belle ville.

– Ah, Zurich ! c'est là que j'ai grandi, savez-vous... Il y a si longtemps que je n'y suis pas retournée, la ville a dû beaucoup changer : je ne m'y reconnaîtrais plus !

– Pas tellement : le parc et le lac sont toujours à la même place...

– Alors, me voilà rassurée ! répliqua-t-elle avec bonne humeur. Bon, je vous fais apporter une bouteille de fendant. Vous m'en direz des nouvelles... Je vous laisse : j'ai à faire.

– Cette femme a l'air d'un heureux caractère... Vous la connaissez depuis longtemps, Eddy ?

– Deux ans peut-être... Elle venait de s'installer ici et avait besoin de conseils pour ouvrir son établissement.

– Tout à fait inattendu sous ces latitudes, comme endroit, observa François en examinant les lieux : on se croirait sur les bords de la Limmat !

– Et vous n'êtes pas au bout de vos surprises : outre une très bonne table, La Maison suisse possède une remarquable cave de vins helvétiques ; unique en Amérique du Sud, je pense.

– Il y a beaucoup de ressortissants suisses, ici ?

– Non : moins de cinq cents sur l'ensemble du pays.

– Et quels sont vos rapports avec la communauté allemande ?

– Aussi bons que possible : représentant d'un État neutre, personne ne se méfie de moi.

– Cela vous laisse donc une assez grande marge de manœuvre...

– Cela dépend pour quoi... répliqua sèchement le consul.

Surpris, François le dévisagea :

– Ai-je dit quelque chose qui vous a déplu ?

– Non... Mais je n'aime guère les personnes qui viennent d'entrer. Je ne comprends d'ailleurs pas comment Mina peut tolérer ces gens-là chez elle.

– Je connais l'un d'eux. Et lui aussi me connaît.

– Lequel ?

– Celui qui parle haut et fort, je l'ai rencontré à Santa Cruz.

– Quelle guigne : le colonel Quintanilla est très puissant ici. Mieux vaut ne pas avoir affaire à lui...

Quelques instants plus tard, Mina s'approcha :

– Je vous ai fait dresser une table dans le saint des saints : vous y serez plus tranquilles...

Dans une cuisine rutilante où s'affairaient cuisiniers et marmitons en fin de service, la maîtresse des lieux avait disposé trois couverts qu'éclairaient les bougies d'un candélabre d'argent. Sans un mot, elle servit trois verres de vin :

– À votre santé ! fit-elle en levant aussitôt le sien.

– À votre santé ! répondirent-ils en chœur.

À la lueur tremblante des flammes, ils burent quelques gorgées.

– Asseyez-vous, leur proposa Mina en donnant l'exemple. Il ne me reste plus grand-chose : foie gras, charcuteries et fromages, tarte aux myrtilles et gâteau au chocolat.

– Ça me va très bien, se réjouit François en se servant.

– J'ai cru qu'ils ne repartiraient jamais... soupira Mina. Ce colonel Quintanilla me fait froid dans le dos.

– Avez-vous au moins appris des choses intéressantes ? demanda François.

– Ma foi non, déplora Mina. Le colonel a beaucoup bu... en compagnie d'anciens officiers nazis ! C'est tout juste s'il n'a pas crié *« Heil Hitler ! »*.

Ils bavardèrent encore quelques instants comme de vieilles connaissances.

– Bon, maintenant que nous sommes rassasiés, puis-je vous emprunter votre voiture pour raccompagner notre ami, ma chère Mina ? Je vous la restituerai dès demain.

– Bien sûr, elle est au garage. Tenez, voici les clés.

– Merci beaucoup, Mina. À demain.

– À demain.

François baisa la main qu'elle lui tendait.

– Merci de votre accueil, chère madame.

– Oh, appelez-moi Mina, s'il vous plaît. Je regrette de n'avoir pu faire mieux. Mais à présent que vous connaissez le chemin de la maison, revenez quand vous voudrez.

– Croyez que je n'y manquerai pas. Bonsoir, Mina.

– Bon retour. Et soyez prudents !

La voiture de Mina était une véritable antiquité : dans cet équipage, aucune chance de passer inaperçu.

– Monter dans un tel engin me rajeunit : je n'en avais pas revu depuis mon enfance, en Indochine, remarqua François en s'installant confortablement sur le vaste siège de cuir.

– Mina l'a fait venir de Suisse peu après son arrivée. Les Boliviens tiennent cette vieillerie pour l'égal d'un dieu : nul ne s'aviserait de l'endommager et encore moins de la dérober. Le mécanicien qui s'en occupe en prend soin comme de la prunelle de ses yeux !

À leur arrivée devant la résidence de Tavernier, vu l'heure tardive, le consul déclina l'invitation de François à boire un dernier verre. Ils se quittèrent en se promettant de se revoir prochainement.

15.

Dominique Ponchardier tournait dans son bureau comme une bête en cage, agitant un courrier arrivé par la valise diplomatique.

— Calmez-vous, monsieur l'ambassadeur.

— Calmez-vous, calmez-vous... Vous n'avez que ces deux mots-là à la bouche, Lioncourt ! Comment vais-je annoncer ça aux Tavernier ? Léa, elle va m'arracher les yeux... Bon Dieu de nom de Dieu !

— Jurer n'avance à rien... corrigea Thérèse de Lioncourt, consul de France à La Paz.

— Je sais... soupira Ponchardier en laissant tomber sa lourde carcasse dans un fauteuil.

— Bon, essayons d'y voir plus clair : redonnez-moi la lettre de Marie-Françoise.

— Comment la femme de Rousseau a-t-elle pu manquer à ce point de vigilance ?

— Elle n'y est pour rien... Oh, donnez la lettre, à la fin !

Machinalement, l'ambassadeur obéit :

« *Chère Thérèse,* lut-elle à haute voix.

« *J'ai été longtemps sans te donner de nouvelles ; crois bien que je le regrette. Tu comprendras toutefois que je ne t'en donne guère plus dès maintenant et que j'aille directement aux faits car il s'agit, aujourd'hui,*

193

d'un véritable appel au secours : il me semble que toi seule et l'ambassadeur pouvez me venir en aide. Quoi qu'il en soit, voici de quoi il retourne :

« *Il y a quelque temps déjà, tu le sais, François et Léa Tavernier m'ont confié leurs enfants. Adrien, leur aîné, a disparu. Selon Charles, le fils adoptif de Léa, il se serait récemment débrouillé pour embarquer à destination de Cuba ; il souhaitait y recevoir un entraînement paramilitaire avant d'aller rejoindre le Che là où il tente actuellement de porter la guérilla.*

« *Je ne sais pourquoi, son attitude m'a laissé penser qu'il croyait que le Che était en Bolivie. Avez-vous des informations à ce sujet ? Quoi qu'il en soit, tenez-moi au courant. Dès que vous aurez des nouvelles d'Adrien, prévenez-moi, que je puisse retrouver un peu de paix et de repos.*

« *Pardonne-moi encore, chère Thérèse, de t'ennuyer avec une pareille histoire. Aide-moi cependant si tu le peux, au nom de notre complicité d'antan.*

« *Je me permets de joindre à ce courrier la lettre laissée par Adrien à son départ, ainsi qu'une autre que je destine à François et Léa. Merci du fond du cœur de tout ce que tu pourras faire.*

Marie-Françoise Rousseau. »

À son tour, Thérèse de Lioncourt se laissa choir dans un fauteuil.

— Excusez-moi, j'ai frappé mais personne ne m'a répondu... risqua Tounet en entrant. Eh bien, ça n'a pas l'air d'aller, tous les deux... Que se passe-t-il ?

Sans répondre, Thérèse lui tendit la lettre.

— Oh, mon Dieu ! s'écria-t-elle après l'avoir lue.

À son tour, elle chercha le secours d'un siège.

— Comment leur annoncer cela ? murmura-t-elle.

194

– Moins difficile à faire que si le gamin s'était tué... relativisa Thérèse. Avez-vous entendu dire que le Che serait en Bolivie ? enchaîna-t-elle.

– Rien que de vagues rumeurs, ni plus ni moins crédibles que celles qui le prétendent au Brésil ou ailleurs, répondit Ponchardier. Cependant...

– Cependant, quoi ?

Dominique Ponchardier décrocha son téléphone :

– Je vais demander à Barrientos de m'accorder un rendez-vous.

– Mais, c'est de la folie ! se récria Tounet. Il va se demander pourquoi tu t'intéresses tant à ce Che.

– Pas si sûr, répliqua Thérèse de Lioncourt. Venant de l'ambassadeur de France, qu'il considère comme un ami et que le général de Gaulle tient en grande estime, il peut dire ce qu'il en sait vraiment.

Deux coups furent frappés à la porte :

– Entrez ! fit l'ambassadeur en raccrochant le récepteur.

Léa et François s'encadrèrent dans l'embrasure, souriants.

– Bah, vous en faites une tête... s'étonna Léa.

– Les nouvelles de France ne sont pas bonnes ? renchérit François.

– Non, pas vraiment... répondit Ponchardier en brandissant les lettres.

Troublé, François s'en saisit et les parcourut à la hâte. Au fur et à mesure qu'il avançait dans sa lecture, sa figure pâlissait, ses traits se contractaient.

– Qu'y a-t-il, mon chéri ? s'alarma Léa.

Sans un mot, il lui remit les missives. À son tour, le visage de la jeune femme blêmit. Elle chancela, laissant échapper les feuillets. Ponchardier se précipita le premier et la retint juste avant qu'elle ne s'effondrât tout à fait. Les deux hommes la soulevèrent et la déposèrent sur un canapé. Tounet les repoussa d'un geste :

– Laissez, je vais m'en occuper. Lioncourt ! apportez-moi ma trousse, s'il vous plaît.

Lentement, Léa revenait à elle.

– Buvez ça, recommanda Tounet en lui soulevant la tête. Lioncourt, appelez le médecin.

– Pas la peine... murmura Léa.

– Ce n'est pas mon impression, s'inquiéta Tounet.

François se pencha sur sa femme :

– Tu m'as fait une de ces peurs !

– Et la lettre d'Adrien ? ! s'écria Léa avec colère. Ça ne t'effraie pas ?

Assis à ses côtés, François, la tête entre les mains, réfléchissait intensément. Ses yeux brillaient quand il releva la tête.

– Je vais me rendre à Cuba. Mais, auparavant, Dominique, pourriez-vous me rendre un service ?

– Tout ce que vous voudrez.

– Pourriez-vous joindre votre collègue de La Havane ?

– Si j'obtiens la ligne, oui : c'est un copain, il nous aidera sans problème.

– Qu'il se renseigne auprès du gouvernement cubain au sujet de cette histoire de camp d'entraînement. Et s'assure, autant que faire se peut, de la présence de notre fils.

On frappa une nouvelle fois à la porte.

– Entrez ! cria presque Ponchardier.

– Excusez-moi, monsieur l'ambassadeur, mais l'on vient de recevoir un Télex pour M. et Mme Tavernier.

– Donnez ! ordonna François en se saisissant du message.

– Dépêche-toi, lis ! s'impatienta Léa.

– « *Pars dans une heure pour La Havane. Stop. Ne vous inquiétez pas. Stop. Retrouverai Adrien. Stop. Léa pardonne-moi. Stop. Baisers. Stop. Charles.* »

Léa avait le rouge aux joues.

– Et de deux ! Heureusement que nos autres enfants sont des filles : sinon, elles iraient, elles aussi, rejoindre la guérilla...

– Et toi alors, tu es bien une fille. Ça ne t'a pas empêchée...

Léa hésita entre rire et colère ; le rire l'emporta. Son hilarité gagna même Dominique, Tounet, puis François enfin. Seule Thérèse de Lioncourt gardait son sérieux. Quand ils furent calmés, Ponchardier déclara en s'essuyant les yeux :

– Ouf, ça fait du bien. À présent, au boulot !

Joint par téléphone, l'ambassadeur de France en poste à La Havane confirma l'existence, sur l'île, de camps d'entraînement paramilitaires et la présence en leur sein de jeunes gens d'origines étrangères. D'après ses renseignements, aucun Français ne s'y trouvait à ce moment-là. Deux jours plus tard, il rappelait pour signaler la visite d'un jeune Français, Charles d'Argilat, qui avait exprimé devant lui le souhait de gagner les camps ; un ami avec lequel, selon lui, il avait combattu dans la Sierra Maestra, devait le conduire jusqu'à Pinar del Río. Après l'avoir questionné, l'ambassadeur avait appris qu'il recherchait le jeune Tavernier. Il avait essayé d'en savoir plus, puis de le retenir : en vain. Cependant, à son retour de la région de Pinar del Río, d'Argilat lui avait affirmé que celui qu'il cherchait n'était pas à Cuba, qu'il allait partir pour Mexico, puis, de là, pour la Bolivie.

– François, il n'est pas nécessaire que tu te rendes

à Cuba, conclut Léa. Si Adrien y était, Charles l'aurait retrouvé.

– Elle a raison, approuva Ponchardier. Aller là-bas n'avancera à rien, sinon à inquiéter les autorités boliviennes, qui sont très susceptibles concernant tout ce qui touche à Cuba. Poursuivez votre mission ici, cela vous changera les idées.

Trois jours plus tard, un commissaire de police accompagné de trois autres agents se présentait au domicile des Tavernier et demandait à voir l'ambassadeur de France

Léa les reçut :

– Bonjour, messieurs. Je suis Mme Tavernier. On me dit que vous demandiez à voir mon mari. Malheureusement, il est absent pour le moment. Puis-je vous aider ?

– On a découvert à la frontière péruvienne des papiers au nom d'Adrien Tavernier : les voici. S'agit-il d'un parent ?

– Il s'agit de mon fils ! s'écria-t-elle. Comment ses papiers se trouvaient-ils là-bas ?

– C'est ce que nous voudrions savoir...

Accablée, Léa se laissa tomber sur un siège et murmura :

– Je ne comprends pas... nous l'avions laissé en France...

– Apparemment, il n'y est plus... S'il vous donne de ses nouvelles, prévenez-nous.

Informé, Dominique Ponchardier appela différents ministères pour se faire confirmer la présence d'une guérilla. Malgré quelques réticences, il obtint des renseignements qu'il communiqua sur-le-champ à François Tavernier :

198

– L'endroit où l'on a trouvé les papiers est un lieu de passage tant pour les rebelles que pour les trafiquants en tous genres : c'est au nord de Santa Cruz. Au ministère de l'Intérieur, on m'a paru fort embarrassé lorsque j'ai fait allusion à la présence du Che en Bolivie. L'un de mes interlocuteurs, qui est aussi agent de la C.I.A., s'est même inquiété de savoir ce qui me poussait à le croire : avais-je des renseignements qu'il ne possédait pas ? J'ai répondu que des rumeurs circulaient et qu'elles m'intriguaient. Sans plus. S'est-il satisfait de ma réponse ? Cela m'étonnerait. Comme nous dînons ce soir au palais présidentiel, en ma qualité d'ancien soldat et de compagnon de la Libération, j'en profiterai pour questionner Barrientos.

– Croyez-vous qu'il répondra ?

– J'essaierai de faire jouer la solidarité d'armes...

Au sortir de la réception, après avoir raccompagné Léa, Ponchardier et Tavernier s'enfermèrent une nouvelle fois dans le bureau de l'ambassadeur.

– Alors ? attaqua tout de suite François.

– Au nom du Che, Barrientos s'est immédiatement renfrogné : « Ce ne sont que des bruits qui ne reposent sur rien », a-t-il tenté d'éluder. Seul fait avéré, selon lui, un mouvement de guérilla se développe bien dans la région de Santa Cruz. Qui la commande ? On n'en sait rien, semble-t-il. Un Bolivien ? Probablement... En tout cas, les guérilleros compteraient parmi eux des communistes ; bien que Mario Monje, le secrétaire du Parti communiste local, lui ait juré qu'il n'en était rien...

– Et vous croyez ce qu'affirme Barrientos ?

– Bien sûr que non ! D'ailleurs, je vais continuer à me renseigner.

– Parfait. Quant à moi, je vais aller faire un tour du

côté de Santa Cruz : le gamin doit bien se trouver quelque part et le commissaire Ruiz pourra m'apprendre quelque chose sur la guérilla.

– N'oubliez pas que c'est avant tout un policier bolivien...

François ne tint pas compte de l'observation :

– Il faut que je sache si cet énergumène de Guevara est vraiment en Bolivie.

– J'ai l'impression que vous ne le portez pas dans votre cœur... Vous avez eu des problèmes avec lui, quand vous étiez à Cuba ?

– Non...

– J'y suis : il a fait la cour à Léa !

Tavernier sentit son visage s'empourprer.

– C'est donc ça... Je ne vous savais pas jaloux, mon vieux ! s'exclama l'ambassadeur. Dans nos situations, rien de pire que la jalousie : imaginez la tête de nos ennemis devant la vôtre, rouge comme celle d'un adolescent surpris à lire une revue pornographique !

– Taisez-vous !

– Si vous vous voyiez...

– Continuez à vous foutre de moi, et je vous casse la gueule !

– Allez, calmez-vous : si on ne peut plus plaisanter entre vieux copains... Bon, excusez-moi.

– Ça va, ça va... Je me conduis comme un con !

Ponchardier avait ouvert un tiroir de son bureau d'où il tira une bouteille de whisky et deux verres qu'il remplit :

– Tenez, buvez : ça vous remettra les idées en place. À votre santé ! Sans rancune ?

– Sans rancune.

Ils trinquèrent et vidèrent leur verre.

– Vous tenez vraiment à aller à Santa Cruz ?

– Oui, je dois retrouver mon fils.

— Vous aurez du mal à joindre la guérilla.

— Je sais.

— Et Barbie ?

— Barbie attendra. Il sera encore là à mon retour, et je compte sur vous pour suivre l'affaire.

— Et comment donc : à moi la corvée !

François partit dès le lendemain pour Santa Cruz. À sa descente d'avion, le commissaire Ruiz l'attendait :

– Très heureux de vous revoir. Comment se porte votre femme ?

– Très bien. J'ai besoin de votre aide ; voilà : mon fils Adrien s'est introduit en Bolivie dans le but de rejoindre la guérilla, convaincu que le Che l'y dirige. À votre avis, Guevara pourrait-il se trouver dans la région ?

– Des bruits courent là-dessus. La seule chose qui soit sûre, c'est que des accrochages se sont produits dans le voisinage. D'ailleurs, l'armée a été placée en état d'alerte.

– Pourriez-vous en savoir davantage ?

– Je vais essayer... Mais ce n'est pas de mon ressort. Au surplus, je désapprouve une guérilla qui ne peut qu'être néfaste aux populations de cette région. Une drôle d'idée, à mon avis : ce ne sont que vallées encaissées, forêts d'épineux, rivières en crue, montagnes escarpées, insectes et serpents en tout genre... Sans compter les paysans, tous plus méfiants les uns que les autres ! Ravitailler un groupe d'hommes en armes dans ces conditions ne doit pas être aisé ; pour ne pas dire que c'est impossible... Les militaires devraient en venir facilement à bout. Mais je ne comprends pas une chose : pourquoi venez-vous ici alors que vous n'êtes pas sûr que votre fils y soit ? Cela ne tient pas debout !

Tavernier savait bien que tout cela n'était qu'incohérence depuis le début. Tout comme l'était la mission que lui avait confiée le général de Gaulle : cela ne résistait pas à l'examen. Mais, avait-il le choix ? Il se contenta de hausser les épaules tandis que le commissaire prenait congé.

Comprenant les réticences de Ruiz, François appela Walter, qui le rejoignit à son hôtel, où il lui confirma les rumeurs qui circulaient sur la présence du Che dans les contrées où il s'était rendu la semaine passée. Il proposa à son ami de l'accompagner.

S'étant attaché les services d'un chauffeur originaire de la région, Walter et François embarquèrent dès le surlendemain à bord d'une Jeep. Pour le déjeuner, ils décidèrent de faire halte sur le marché de Vallegrande où, assistée d'un jeune frère qui répondait au nom de Christo, la mère de leur accompagnateur tenait une sorte de restaurant, une gargote parmi une dizaine d'autres. Heureuse de la visite de son fils Calixto, la tenancière s'empressa d'installer les nouveaux venus à une table bancale, recouverte d'une simple toile cirée qu'elle essuya sommairement à l'aide d'un chiffon. Le bol de soupe et les lamelles de viande de lama se révélèrent aussi savoureux que le café et les gâteaux qui les suivirent. À leur demande, Christo vint s'asseoir auprès d'eux. Calixto et lui bavardèrent dans une langue que ne comprenait pas François :

– Qu'est-ce qu'ils baragouinent ? s'impatientait-il.

– Le guarani.

– Tu comprends ce qu'ils disent ?

– Un peu. Le gamin semble confirmer la présence de guérilleros dans le coin...

– Et quoi encore ?

– Attends, ce n'est pas si facile à traduire... Hum, il parle d'un grand chef et le compare au condor...

– À un condor... ? Pourquoi à un condor ?

– Parce que c'est le plus grand oiseau de proie du monde, celui qui vole le plus haut, le plus loin et que les Indiens tiennent pour un dieu.

– Je croyais qu'il n'y en avait que dans la cordillère des Andes ?

– En principe, oui. Mais les Andes ne sont pas loin...

– Passons. Quoi d'autre ?

– Tais-toi un peu... Hum, intéressant...

– Quoi ? Traduis, à la fin !

– Il dit pouvoir nous conduire jusqu'à la zone où manœuvre la guérilla... moyennant quelques pesos, bien sûr !... Calixto, à ton avis, ce qu'il dit est sérieux ?

Le jeune homme le dévisagea, ahuri :

– Vous comprenez le guarani, patron ?

– Comme tu vois... Alors ?

– Je crois qu'il raconte n'importe quoi... redouta François.

– Pousse-toi, je préfère en avoir le cœur net...

Une discussion serrée s'engagea alors. Calixto suivait l'échange, l'air de plus en plus stupide.

– Alors ? s'agita François.

– Règle numéro un : ne jamais s'énerver avec les Indiens ; sinon, ils se ferment comme des huîtres. Règle numéro deux : s'assurer qu'ils n'affabulent pas.

– C'est le cas ?

– Ça m'en a tout l'air... De plus, il connaît bien la région sur des kilomètres à la ronde.

– Tu es sûr ?

– Je la connais aussi. Certes, pas aussi bien que lui, mais quand même... Je lui ai donc posé quelques questions suffisamment précises pour m'assurer qu'il ne se vantait pas. Il est d'accord pour nous accompagner.

– Alors, qu'est-ce qu'on attend pour se mettre en route ?

– Avant, nous devons faire des provisions : ils ne doivent pas avoir grand-chose à manger, là-haut !

À la satisfaction des commerçants, ils se procurèrent viande, légumes et diverses autres denrées sur le marché. Puis Christo rejoignit sa mère pour lui faire ses adieux ; la vieille femme se mit à piailler.

– Fais-la donc taire : elle va ameuter tout le marché ! s'écria François.

Une poignée de pesos calma la femme et, bientôt, chacun retourna à ses occupations.

– Filons ! siffla Walter entre ses dents.

Chargés de leurs achats, les quatre hommes regagnèrent la Jeep, autour de laquelle tournait maintenant un policier : les deux Boliviens détalèrent.

– Merde ! jurèrent ensemble François et Walter.

– Faisons comme si de rien n'était, suggéra ce dernier.

Ils grimpèrent à bord du véhicule. Walter s'installa au volant et démarra lentement avec un geste de la main à l'adresse du policier – lequel les regarda partir sans un mot. Le tout-terrain dévala d'abord une rue en pente, traversa ensuite une place. Un peu au-delà, les deux Boliviens attendaient patiemment à l'angle d'une ruelle : par bonheur, ni l'un ni l'autre n'avait, malgré l'affolement, abandonné sa part de provisions. Ils sautèrent en marche.

– Continue tout droit, patron : c'est le chemin !

Par des rues de terre aux nombreux nids-de-poule, ils roulèrent quelque temps en silence. Des enfants jouaient au beau milieu de la chaussée et, çà et là, chèvres et porcs vaquaient librement. Peu à peu, les masures s'espacèrent et ce fut bientôt la campagne. Dans un nuage de poussière, ils gravirent une route à peine plus large que les rues de l'agglomération. À mesure qu'ils s'élevaient, le paysage se faisait plus grandiose. Soudain, une pluie violente éclata, transformant vite la route en un torrent de boue charriant pierres et débris de bois. Ils s'arrêtèrent. Walter passa le volant à Calixto. En bordure du chemin, de pauvres gens s'abritaient tant bien que mal. À présent, le chauffeur éprouvait toutes les peines du monde à maintenir stable le véhicule qui dérapait dans la boue.

« Ce n'est pas le moment d'avoir un accident », songea François, considérant le précipice qui béait sur leur gauche. Après qu'ils eurent négocié un court virage, l'abîme passa subitement à leur droite. Et c'est les os brisés, trempés, qu'ils arrivèrent à Pucara. François et Walter s'arrachèrent lourdement au véhicule :

– Nom de Dieu, c'est encore pire qu'en Indochine ! ronchonna Walter en s'étirant. Pourquoi s'arrête-t-on ? demanda-t-il à Calixto.

– Pour demander notre chemin.

– Je croyais que Christo le connaissait...

– À pied, oui. Mais pas en voiture.

Le jeune homme avait abordé le patron de la *tienda* [1] locale et s'entretenait avec lui. Walter et François entrèrent dans le café en baissant la tête pour passer la porte sans se cogner au chambranle. Derrière un comptoir de bois rustique, une jeune fille coiffée de longues tresses noires les regarda s'avancer sans sourire.

---

1. Café-épicerie.

– Avez-vous de la bière, *señorita* ? demanda Walter.

– *Si, señor,* répondit-elle, souriante cette fois.

– Alors, bière pour tout le monde ! fit Walter, embrassant la salle d'un large geste.

Trois ou quatre vieillards édentés approchèrent. Dehors, les jeunes gens attirés par la Jeep qui stationnait devant la *tienda*, s'enhardirent. Ils entrèrent et finirent par accepter la tournée qu'offraient les étrangers. L'un d'eux, plus éveillé que les autres, semblait-il, exprima sa curiosité :

– Vous êtes journalistes ? Vous êtes venus pour la guérilla ?

– De la guérilla, par ici ? ! fit innocemment Walter.

– Et pas loin, encore ! On entend souvent des coups de feu, par ici. D'ailleurs, ce doit être du sérieux, car on croise des tas de soldats dans la montagne...

– Tu pourrais nous y conduire, dans ces coins-là ?

– Sans problème.

– Maintenant ?

– Ah, non : la nuit va tomber et, dans l'obscurité, les militaires tirent sur tout ce qui bouge. Mieux vaudrait attendre demain... Vous pouvez loger chez moi, si vous voulez.

– Qu'en penses-tu, Calixto ?

– C'est plus sage, en effet. Moi, je vais rester ici : la fille veut bien m'héberger, se réjouit-il avec un clin d'œil. Christo dormira dans la Jeep.

17.

Le jour se levait à peine quand les « journalistes »
et leurs accompagnateurs quittèrent Pucara. Il pleuvait.
À la sortie du village, Marcos, le jeune Bolivien qui
s'était proposé pour les guider, leur indiqua un chemin
abrupt.

– On ne pourra jamais passer par là ! se récria le
chauffeur.

– Guérilleros ou militaires, ils y passent bien !

L'étroitesse du chemin requérait toute l'attention de
Calixto ; il fit signe au garçon de se taire. La curiosité
des étrangers fut tout de même la plus forte :

– Marcos, demanda Walter, tu les as vus, toi, ces
guérilleros ?

– Et comment ! Je leur monte de temps en temps
du ravitaillement et du tabac, et, plusieurs fois, je leur
ai montré l'emplacement des gués.

– Ils ne se méfient pas de toi ?

– Au début, si. Maintenant ils ont confiance : c'est
moi qui les ai avertis quand l'armée a cherché à les
encercler.

– Ils sont nombreux ?

– Une vingtaine, peut-être un peu plus...

– Tous boliviens ?

Marcos éclata de rire.

– Boliviens ? Je n'en ai pas vu beaucoup. Pas plus de cinq ou six, en tout cas...

– D'où viennent-ils, alors ?

– Du Pérou, d'Uruguay, d'Argentine, de toute l'Amérique du Sud, en fait.

– Qui les commande ?

Le garçon hésita :

– Hum... je ne sais pas. Un Bolivien. Du moins, c'est ce qu'ils veulent que l'on croie...

– Pourquoi dis-tu ça : ce n'est pas vrai, selon toi ?

– Non. À chaque fois que je leur ai livré des vivres, j'avais remarqué un type maigre, assez sale, le plus sale d'entre eux, à vrai dire, auquel les autres s'adressent avec beaucoup de respect : Ramón, ils l'appellent. Même qu'il a l'air malade et tousse beaucoup : une fois, je l'ai même cru perdu, tellement il étouffait...

François et Walter échangèrent un regard.

– Tu lui as parlé ?

– Oui, un jour que je m'étais blessé au pied, il m'a fait lui-même un pansement. Tout en nettoyant la plaie, il m'a demandé mon nom, si j'allais en classe, ce que faisaient mes parents, si j'avais des frères ou des sœurs... etc. Et si je m'intéressais à la politique. Bien sûr, j'ai répondu à toutes ses questions.

– Qu'as-tu répondu quand il t'a demandé si tu t'intéressais à la politique ?

– J'ai répondu que nous étions trop pauvres et trop ignorants pour le faire. « C'est justement pour des gens comme toi que nous combattons, pour aider à la création de l'"Homme nouveau" », m'a-t-il déclaré alors. « C'est quoi, "l'Homme nouveau" ? » ai-je demandé. Il a souri... Quand il sourit, on dirait qu'il a dix ans ! Ses yeux aussi sourient...

– Que t'a-t-il appris d'autre à propos de l'« Homme nouveau » ?

– Honnêtement, je n'ai pas tout compris. Il prétend que la révolution aiderait l'être humain à devenir meilleur, qu'il faut se battre pour libérer les pauvres de l'oppression des riches, qu'il faut partager...

– Ma parole, c'est un curé, ton bonhomme ! s'esclaffa Walter.

– Moi aussi, j'ai pensé ça. Alors, je lui ai dit qu'il parlait comme le *padre*. Ça l'a fait rire, tellement rire que tout le monde s'est mis à rigoler, moi y compris. Fallait voir comme on se marrait : y en avait qui se tenaient les côtes, d'autres se roulaient même par terre ! À la fin, il riait plus, le Ramón : il suffoquait. Il a alors sorti une sorte de pipette de sa poche et pressé sur la poire qu'il y avait au bout ; tout de suite, ça a eu l'air de le soulager. En tout cas, j'ai bien cru qu'il allait vraiment mourir de rire ! Une fois calmé, encore tout couvert de sueur, il a réclamé de l'eau, puis, malgré son essoufflement, il s'est retourné vers moi : « Et toi, tu ne veux pas en devenir un, un Homme nouveau ? – J'aimerais bien », que j'ai dit. « Alors, reste parmi nous ! » Ça m'aurait bien plu, en fait. Mais je suis le seul homme de la maison : depuis que mon père est parti, ma mère n'a plus que moi pour faire vivre la famille ; mes frères et sœurs sont encore petits et je veux qu'ils aillent à l'école. Pour ça, il me faut beaucoup travailler. À la fin de mon histoire, Ramón m'a posé une main sur la tête, puis, avec un sourire si doux qu'il m'a donné envie de pleurer, il m'a félicité : « C'est bien, mon garçon. Reviens tout de même de temps en temps : je t'apprendrai à lire. » Là, j'ai pleuré pour de bon... L'un de ses guérilleros s'est approché et m'a dit : « C'est un bon professeur, tu sais : c'est lui qui m'a appris à lire, dans la Sierra – C'est vrai ? – Aussi vrai que je m'appelle Benigno ! »

– Y es-tu retourné ?

– Deux fois, pas davantage : j'avais trop de travail. Et, puis, au village, je ne voulais pas qu'on se demande où j'allais si souvent, je craignais qu'on ne me suive : on aurait pu les découvrir. Or, ça, pas question : je me serais fait tuer plutôt que de les trahir !

– En deux fois, tu n'as pas pu apprendre grand-chose...

– Ne croyez pas ça : je sais mon alphabet par cœur et déjà lire quelques mots. Ramón m'a montré comment se servir du livre de lecture de mes frères ; alors, je m'entraîne un peu tous les jours. J'ai même commencé à écrire : il m'a donné un petit carnet pour ça. Regardez, il y a lui-même inscrit mon nom : *« À mon ami Marcos, l'Homme nouveau de demain. »* C'est beau, non ?

Walter et François reniflèrent avec un ensemble qui les fit éclater de rire.

– Qu'est-ce que j'ai dit de si drôle ? Vous vous moquez ou quoi ?

– Non, mon garçon. Nous allons même te faire un aveu, dit François : cette dédicace nous a beaucoup émus. Alors, c'est pour cacher cette émotion que nous rions tous les deux comme des idiots.

– Ah bon, je préfère ça.

– C'est encore loin ? coupa Walter.

– Deux ou trois kilomètres. Après, va falloir continuer à pied.

Il ne pleuvait plus, mais les averses de la veille avaient transformé les sentiers en pistes boueuses ; on y glissait à chaque pas. Les cinq hommes, porteurs de leur ravitaillement, avançaient péniblement. En tête, Marcos ouvrait le chemin à l'aide d'une machette. Walter le suivait, agrandissant la brèche de la sienne. Mains dans les poches, François n'avait plus qu'à emprunter la voie tracée. Sur un signe de Marcos, la petite colonne s'immobilisa.

– Je vais y aller seul... les prévenir de notre arrivée.

– Pas question, mon garçon ! lui opposa Walter. Nous te suivons.

– Et s'ils tirent ?

– Non, le rassura François. Ils ont déjà dû nous repérer depuis un bon bout de temps et voir que nous ne sommes pas des militaires...

– Très juste ! lança une voix sortant des fourrés.

Cette voix... ?

En un instant, ils furent cernés par des hommes en armes. « On dirait des vagabonds... » pensa François.

– Marcos ! reprit la voix. Pourquoi as-tu conduit ces hommes jusqu'ici ?

– Ce sont des journalistes, Ramón. J'ai pensé que ce serait bien si des journaux étrangers parlaient de vous, de ce que vous voulez faire pour nous et pour la Bolivie...

– Pour l'« Homme nouveau », rectifia François en s'avançant.

– Je rêve ! Dites-moi que je rêve... murmura en français Ramón, s'arrachant des buissons.

– Je vous assure, commandant, tout ça n'a rien d'un rêve.

– Mais... qu'est-ce que vous faites ici ?

– Je vous cherchais.

– Vous me cherchiez ? Et pourquoi diable ?

– Parce que mon fils Adrien s'est mis dans la tête de rallier la guérilla : il rêve de combattre à vos côtés, rien de moins. Et pour ça, il n'a pas hésité à quitter la France plus ou moins clandestinement. Il est avec vous, n'est-ce pas ?

Guevara le dévisagea en se demandant si Tavernier n'était pas devenu fou :

— Je ne comprends rien à ce que vous nous racontez.

— Adrien est-il ici, oui ou non ?

— Adrien ? Comment aurait-il su où je me trouvais ?

— Il semble que des copains l'aient renseigné à leur retour de Cuba... Dans un premier temps, c'est d'ailleurs pour Cuba qu'il voulait s'embarquer. Quelqu'un l'a sans doute fait changer d'avis. Mais qui, je ne sais pas ; Charles peut-être...

— Charles, bien sûr ! Lui, je n'aurais pas été surpris de le voir se lancer dans pareille aventure. Mais Adrien...

— Alors, il n'est pas ici ?

Découragé, François se détourna.

— Mais vous, au fait, que faites-vous en Bolivie ?

— On m'a bombardé ambassadeur itinérant pour l'Amérique du Sud...

— Bigre, pas mal, comme job ! Ça permet de voyager et de savoir tout ce qui se passe ici ou là... À part ça, vous avez une mission précise ?

— Oui. Mais rien à voir avec la guérilla.

— Dites-moi, parle-t-on de ma présence ici, à La Paz ?

— Des bruits y circulent à ce sujet. Mais le gouvernement ne paraît pas avoir de certitudes. Quoi qu'il en soit, on croise de plus en plus d'agents de la C.I.A. dans les couloirs du palais présidentiel...

Faisant cercle autour des nouveaux venus, les guérilleros se lançaient des regards médusés : qui pouvait bien être cet étranger que le chef semblait si bien connaître et avec lequel il s'exprimait en français ? Quoi qu'il en soit, tous sentaient qu'entre les deux hommes existait une complicité qu'ils ne pourraient jamais partager.

– Qui est l'homme qui vous accompagne ? reprit, soudain méfiant, le commandant révolutionnaire.

– Un ami avec lequel j'ai été fait prisonnier à Diên Biên Phu.

– C'est vrai que vous étiez à Diên Biên Phu... Et lui, que fait-il en Bolivie ?

– Il a une entreprise de taxis. Il est aussi représentant en spiritueux...

– Il n'est pas français ?

– Non, juif d'Europe centrale.

– Déporté ?

– Par chance, non ! Il s'était engagé dans la Waffen S.S.

– S.S., un juif ! Vous plaisantez ?

– Non. Il s'y était enrôlé sur ordre de la Haganah.

– Dans quel but ?

– Descendre des nazis.

Le Che resta un long moment silencieux.

– La vie de certains hommes est décidément lourde de mystères... Poursuit-il son activité en Bolivie ?

François ne répondit pas.

– Silence vaut confirmation... Si c'est le cas, ce n'est pas le travail qui lui manque, dans ce pays !

Walter et leurs accompagnateurs boliviens déposèrent alors les achats dont ils s'étaient chargés sur le marché de Vallegrande.

– Ah, merci les gars ! se réjouit le Che. Ce n'est pourtant pas Noël, mais merci de tout cœur. Il y a si longtemps que nous n'avons pas mangé de fruits et légumes ! Vous avez même pensé au café et au tabac ! Alors là, bravo ! Benigno, je compte sur toi pour nous préparer un véritable festin... En attendant, donnez-moi des nouvelles du monde : le général de Gaulle est-il toujours président de la République ? Y a-t-il du nouveau dans l'affaire Ben Barka ?

– De Gaulle est toujours président. Quant à l'enquête sur l'affaire Ben Barka, elle est toujours dans l'impasse ; sauf que le lieutenant-colonel Dlimi, directeur national adjoint de la Sûreté marocaine, se serait mis à la disposition des autorités françaises. À l'entendre, il l'aurait fait à l'insu de Hassan II, dans le but de mettre un terme aux accusations portées contre le Maroc et son souverain... On n'en savait pas plus quand j'ai quitté Paris.

– Quoi qu'il en soit, c'est une sale affaire pour la France.

– Puis-je vous poser une question ?

– Faites.

– Pourquoi êtes-vous venu vous battre par ici ?

– Ce sont les circonstances qui nous ont amenés à nous battre. La Bolivie devait être, au départ, une base commando pour porter la révolution sur le continent sud-américain, notamment en Argentine. Les circonstances en ont décidé autrement. Avez-vous des livres avec vous ?

– Une édition des *Fleurs du mal*, de Baudelaire, dont je ne me sépare jamais, et quelques romans de Simenon.

– Vous me prêtez votre Baudelaire ? Je vous le rendrai demain...

De la poche intérieure de sa veste, François tira le recueil défraîchi et le tendit au Che.

– Merci. Eh bien, on voit que vous l'avez lu et relu ! Je vous envie d'aimer la poésie, car moi qui n'y suis guère sensible, ça m'aide parfois...

La soirée se prolongea tard dans la nuit, tous buvant et fumant avec délectation. On chanta, quelques-uns s'accompagnant à la guitare. Le Che tint à dire un poème de Baudelaire. Assis à la lueur du feu, dos calé

au tronc d'un arbre, il lut lentement de son accent
chantant :

> *« Bientôt nous plongerons dans les froides ténèbres ;*
> *Adieu, vive clarté de nos étés trop courts !*
> *J'entends déjà tomber avec des chocs funèbres*
> *Le bois retentissant sur le pavé des cours.*

> *Tout l'hiver va rentrer dans mon être : colère,*
> *Haine, frissons, horreur, labeur dur et forcé,*
> *Et, comme le soleil dans son enfer polaire,*
> *Mon cœur ne sera plus qu'un bloc rouge et glacé.*

> *J'écoute en frémissant chaque bûche qui tombe ;*
> *L'échafaud qu'on bâtit n'a pas d'écho plus sourd.*
> *Mon esprit est pareil à la tour qui succombe*
> *Sous les coups du bélier infatigable et lourd.*

> *Il me semble, bercé par ce choc monotone,*
> *Qu'on cloue en grande hâte un cercueil quelque*
>   *[part.*
> *Pour qui ? – C'était hier l'été ; voici l'automne !*
> *Ce bruit mystérieux sonne comme un départ. »*

Il se tut, regard lointain, livre abandonné entre ses
mains sur ses jambes repliées. Il y avait quelque chose
d'irréel au spectacle de ces hommes sales et barbus,
écoutant religieusement des mots qu'ils ne comprenaient sans doute pas mais dont ils entendaient la
musique.

– Pourquoi avoir choisi ce poème ? demanda François.

– Sa sonorité, j'aime sa sonorité... Et, puis, il correspond si bien à mon état d'esprit... À votre mine, je vois que vous me trouvez un peu morbide. Mais la mort, vous savez, je vis avec depuis si longtemps que je ne la redoute plus : je l'ai comme apprivoisée... *« Qu'importe où nous surprendra la mort, pourvu que notre cri de guerre soit entendu... »*

– Il a été entendu jusqu'en France... Et par un gamin encore ! grogna François.

Ernesto eut un sourire las :

– Vous retrouverez Adrien. Je vous promets que, s'il se pointe par ici, je vous le ramènerai moi-même à La Paz. Puis-je garder votre livre pour cette nuit ? Je voudrais recopier ce texte.

– Si vous voulez... Au fait, c'est aussi le poème préféré de Léa ; j'avoue que je ne comprends pas pourquoi...

– Moi, je comprends.

François retint un mouvement d'humeur qui n'échappa pas à son interlocuteur :

– J'espère que vous dormirez bien, salua le Che en se retirant, un sourire au coin des lèvres.

La nuit était calme et le ciel étoilé. Un mince croissant de lune y brillait. Ronflements et soupirs se mêlaient aux mille bruissements de la forêt. Dans son hamac, Tavernier ne dormait pas : que recherchait cet homme malade, si visiblement épuisé ? Guevara flirtait avec la mort, nourrissant pour elle, semblait-il, comme une fascination qui le portait à la rechercher, la provoquer, à se jeter au devant d'elle avec une jubilation suicidaire. Songeait-il à ses compagnons, qu'il entraînait dans sa sinistre quête ? Comment en était-il arrivé là, échoué en ces contrées si peu propices à la guérilla ? Il s'imagina Adrien parmi ces hommes à bout de forces, s'en remettant à un chef qui, en définitive, ne les conduisait qu'au trépas. Que possédait-il, en lui, de si magnétique pour les captiver au point de rompre avec famille et amis ? N'était-ce pas, au fond, ce que le Christ réclamait de ses propres disciples ? S'il survivait à cet énième combat, quelle pourrait être ensuite la vie de cet ardent révolutionnaire ? Retournerait-il à Cuba ? Dans une lettre écrite à l'adresse de Fidel et que celui-ci avait lue, place de la Révolution, n'avait-il pas affirmé : *« Je renonce formellement à mes charges à la direction du Parti, à mon poste de ministre, à mon grade de commandant, à ma condition de Cubain »* ? Impossible, après cela, de l'imaginer assis derrière un bureau, poursuivant une paisible existence dans une maison bourgeoise avec femme et enfants...

À l'aube, la sentinelle fut relevée ; après avoir bu un peu de café, l'homme s'allongea à la place tiède de celui qui venait de le remplacer. Il ne pleuvait pas et le camp bruissait des occupations habituelles du matin. François et Walter émergèrent d'un sommeil chaotique, bouche pâteuse et corps tout endolori. Tavernier se dressa, s'étira en grommelant. Le jeune guérillero chargé, la veille, de cuisiner approcha, un pot de café d'une main, un quart en aluminium de l'autre :

– Tenez, *compadre* : grâce à vous, le café est bon aujourd'hui !

François prit le gobelet entre ses doigts mais le métal en était si chaud qu'il faillit lui échapper. Avec précaution, il le reposa sur une pierre et souffla sur ses doigts.

– Vous êtes bien délicat ! Comment faisiez-vous, à Diên Biên Phu ? s'amusa le Che en venant à eux.

– À Diên Biên Phu, on n'avait pas de café chaud ! rétorqua François, agacé.

– C'est une raison... Avez-vous bien dormi ? À votre tête, je vois que ça n'a pas dû être le cas... pas plus que celui de votre ami, d'ailleurs : les duretés de la guérilla ne semblent pas faites pour vous !

– Ce n'est fait pour personne ! On ne s'y soumet que contraint et forcé...

– À moins qu'on ne croie devoir en passer par là pour vaincre l'Ennemi !

– Peut-être... Alors, vous aussi, vous croyez que la foi soulève les montagnes ?

– Évidemment, quelle question ! Pas vous ? Pour vous engager dans la Résistance, il vous a bien fallu de fortes convictions et tenir dur comme fer à votre cause, non ?

– C'était différent : la France était occupée...

– Comme sont occupés les pays d'Amérique latine par les forces de l'argent !

– Je doute que toutes les Résistances du monde viennent à bout de cet occupant-là...

François crut lire une sorte de désarroi dans les yeux de l'Argentin ; il resta silencieux, puis, après un temps :

– Tenez, votre livre. Merci.

Walter intervint :

– Quand penses-tu repartir ?

– Dès maintenant, si tout est prêt.

– Bon, je vais avertir les autres.

Guevara alluma sa pipe et Tavernier un cigare. D'un même élan, ils s'assirent sur un tronc d'arbre et tirèrent quelques bouffées :

– Qu'allez-vous faire pour Adrien ?

– Le retrouver d'abord.

– Lui direz-vous que vous m'avez rencontré ?

François hésita avant de répondre :

– Oui, certainement.

– Ça ne risque pas de le conforter dans ses intentions ?

– Possible, mais je lui dois la vérité : à son âge, je n'aurais pas aimé que mon père me trompe sur un sujet de cette importance.

– Parce que ça vous semble important ?

– Pour lui, ça l'est. Et cela, ça compte pour moi.

– Mais vous allez tout faire pour le décourager, n'est-ce pas ?

– En effet.

– À votre place, je ferais de même. Heureusement, je n'ai pas de garçon en âge de me causer ce genre de soucis...

François n'écoutait plus, s'avisant tout à coup que Guevara aurait bien pu avoir un fils, inconnu de lui... de l'âge d'Adrien ! Pourquoi ce doute cruel lui revenait-il, à l'instant précis où cet homme qui courait lui-même à sa perte lui faisait face ?

–... et, quand cet âge viendra, poursuivait le Che, je ne serai plus là pour lui : je serai mort.

– On dirait que vous avez passé un pacte avec elle...

– De qui parlez-vous ?

– De la mort.

– Un pacte ?... Oui, quelque chose comme ça... Pourquoi me regardez-vous avec cet air mauvais ? Vous êtes tout pâle...

– Tout est prêt ! annonça Walter.

– Bien. Alors, adieu, commandant, esquiva François en lui tendant la main.

– Adieu, répondit le Che en la lui serrant. Prenez soin de Léa : rendez-la heureuse. Et dites-lui qu'elle pense à moi de temps en temps, s'il ne vous en coûte pas trop... À propos, elle vous a dit que nous nous étions croisés à l'aéroport d'Orly ?

– Orly ? Vous plaisantez ?

– Je vois qu'elle ne vous a rien dit ; cela ne m'étonne pas : elle sait garder un secret. Ah, voulez-vous vous charger d'un message pour Adrien, quand vous le verrez ?

– Je vous écoute.

– Dites-lui que je suis très touché qu'il ait voulu me rejoindre dans la défense des pauvres gens. En tout cas, c'est le digne fils de sa mère... Et de son père, bien sûr ! Mais, en France, il pourra leur être plus utile encore : en Europe aussi, il faut se faire l'écho du nécessaire combat pour les libertés des hommes à travers le monde !

– Je le lui dirai.

En se quittant, les deux hommes surent qu'ils ne se reverraient jamais.

18.

À longues foulées, ils rejoignirent le véhicule à bord duquel attendait Christo :

— Tout à l'heure, j'ai aperçu un groupe de rangers : j'ai eu peur qu'ils ne découvrent la Jeep. Par chance, ils sont passés plus loin. Vous ne les avez pas vus ?

— Non, répondit son frère.

— Partons, il ne faut pas moisir ici, jugea Walter.

En sens inverse, ils reprirent le chemin parcouru la veille.

— Quel magnifique pays... murmura François.

— Magnifique, mais inhospitalier ! répliqua Walter. D'ailleurs, je ne comprends pas qu'ils soient venus se faire piéger dans un coin pareil, ces gars-là : pire que l'Indochine, par ici ! C'est tout dire... Seuls des gens du pays peuvent s'y reconnaître et y livrer bataille... Incompréhensible... Quelqu'un a bien dit que le guérillero devait se sentir comme un poisson dans l'eau, n'est-ce pas ? Non, vraiment, je ne comprends pas...

Ils poursuivirent leur route en silence. À l'entrée de Pucara, ils s'arrêtèrent ; Marcos descendit du véhicule.

— Tiens, lui dit François, prends ce livre et donne-le à Ramón quand tu le reverras.

— Ben, je croyais que tu y tenais beaucoup... objecta Walter.

— Justement. Et, puis, il lui est plus nécessaire qu'à

moi... Prends, mon garçon, insista-t-il en ajoutant une liasse de billets.

Marcos repoussa l'offre avec courroux :

— Je ne fais pas ça pour de l'argent ! s'écria-t-il, blême de rage.

— Je le sais et nous le savons tous. Pense à ta mère, à tes frères et sœurs, tu pourras les gâter un peu...

Le jeune homme se tranquillisa et eut pour lui un regard reconnaissant ; il prit les billets et les fourra dans sa poche :

— Merci, *señor*, merci !

— Merci à toi... Et profite bien des leçons de Ramón, surtout.

— Pour ça, vous pouvez compter sur moi !

— Calixto, en route !

Marcos resta immobile jusqu'à ce que la Jeep eût disparu derrière la première côte.

Non loin du village, un camion immobilisé en travers de la route les obligea à stopper. Arme pointée sur les voyageurs, une dizaine de rangers jaillirent des bas-côtés où les fourrés les dissimulaient.

— Descendez ! Mains en l'air ! aboya l'officier qui les commandait.

Walter et François obtempérèrent, mais Christo bondit et prit ses jambes à son cou.

— Halte ! cria l'officier.

— Arrête ! hurla son frère.

François crut assister à une scène dix fois recommencée dans sa vie :

— Ne tirez pas, je vous en prie ! adjura-t-il l'officier.

Trop tard : une rafale de fusil-mitrailleur venait de faucher le jeune homme.

— Christo !

Calixto se précipita. Tavernier se jeta devant le tireur qui allait à nouveau faire feu ; le jeune homme se pencha sur son frère : blessé au ventre, Christo gémissait. Agenouillé près de lui, Calixto tentait de ses mains d'enrayer l'hémorragie.

— Dites à vos soldats de baisser leurs armes, ordonna François.

L'officier s'approcha :

— Qui êtes-vous ?

— Je suis ambassadeur de France : voici mes papiers...

L'autre s'en saisit. Après lecture, il les lui rendit.

— Il faut conduire ce garçon à l'hôpital, dit Walter qui se tenait près du blessé.

— Où se trouve le dispensaire le plus proche ?

— À Vallegrande.

— Très bien : qu'on nous aide à transporter le blessé dans la Jeep.

Au fracas de la fusillade, des gamins du village étaient accourus. Marcos les avait suivis. Quand il vit Christo à terre, il fit demi-tour et cavala jusqu'à l'église : le prêtre en sortait.

— *Padre ! Padre !* Venez, y a un blessé.

— Attends, je prends ma trousse...

Rentré sous le porche, il en ressortit presque aussitôt. Retroussant sa robe, le religieux galopa derrière Marcos.

À leur arrivée, Christo gisait dans la Jeep. Le prêtre se pencha, écarta les vêtements. Il prit dans sa trousse des compresses. Aussitôt, elles se teintèrent de sang.

— Tiens ça, dit-il à Calixto. C'est arrivé comment ? demanda-t-il en se tournant vers Walter.

— Les militaires, répondit-il en désignant le camion.

— Hum... je vois. Il faut tout de suite conduire ce garçon à l'hôpital : sa blessure est grave.

— Il va mourir, *padre* ? sanglota Calixto.

— C'est ton frère ?

Il opina de la tête.

— Alors, prie pour lui.

— Non, c'est à vous de prier ! Donnez-moi un fusil, que je descende ces salauds !

Arrachant un fusil des mains d'un des militaires, Calixto l'arma en direction des soldats qui se terraient à l'arrière du transport de troupe.

— Ne fais pas ça ! hurla Walter en guarani. Pense à ta mère !

Lancée dans sa langue maternelle, l'injonction le troubla. Tavernier en profita pour lui ôter l'arme des mains. Calixto s'effondra, sanglotant.

— Merci, merci, *señor*... bredouilla l'officier.

Le prêtre s'approcha de François :

— Il a peu de chances d'arriver vivant à Valle-grande... lui confia-t-il à l'oreille.

— Je le sais, mon père. Calixto, es-tu en état de conduire ?

— Oui, répondit-il en essuyant ses larmes du revers de la main.

Ils s'entassèrent dans le véhicule qui démarra, pré-cédé par celui dans lequel avaient pris place l'officier et les soldats.

Le prêtre traça un signe de croix, puis rejoignit son église, saisi d'une grande lassitude, tandis que Marcos restait immobile, les poings serrés, retenant ses larmes.

À Vallegrande, Christo avait cessé de vivre. Calixto, accompagné de Walter, se rendit auprès de sa mère afin de la prévenir. Peu après, la pauvre femme se présentait à l'hôpital, soutenue par les deux hom-mes. On les conduisit à la morgue où la dépouille de son fils avait été déposée. Calixto et sa mère tombèrent à genoux.

– Pauvres gens, murmura Walter, détournant les yeux.

Tête nue, l'officier sembla s'émouvoir lui aussi.

– Lieutenant, peut-être pensez-vous à votre propre mère, à contempler celle dont vous avez tué le fils ?

– Mais enfin, pourquoi s'est-il enfui ?

– Il a pris peur, comme des milliers de pauvres gens ont peur de vous !

– Mais, notre rôle est de les protéger...

– Drôle de protection, si elle consiste à assassiner leurs enfants !

– Je vous en prie... Je regrette tant !

Un prêtre, suivi d'un enfant de chœur porteur d'un cierge, vint bénir le défunt. La mère lui tendit les bras puis, après avoir tracé le signe de la croix sur son front, il s'éclipsa. François, Walter, Calixto et le lieutenant sortirent à leur tour.

– Je ne sais que te dire, Calixto, dit François. Je partage ta peine, dont je me sens responsable. Mon ami Walter connaît bien ce pays et pourra t'aider si tu en as besoin. En attendant, prends cet argent...

– Vous croyez vous acquitter de la mort de mon frère de cette façon ? Vous m'insultez !

– Loin de moi ! Tu sais, j'ai un fils de l'âge de Christo...

– Je comprends... Mais votre argent, je n'en veux pas !

– Cet argent n'est pas pour toi mais il permettra à ta mère d'offrir de belles obsèques à ton frère.

Machinalement, Calixto se saisit des billets et les glissa sous sa chemise.

– Après les funérailles, j'irai rejoindre les guérilleros ! À présent, laissez-nous. Adieu.

Calixto s'en retourna vers la morgue et les trois hommes restèrent à le regarder s'éloigner.

– Je boirais bien quelque chose, hasarda Walter. Pas vous ?

Ils entrèrent dans l'un des cafés qui jouxtaient l'hôpital. Le Bolivien et Walter prirent une bière, François optant pour un ersatz de cognac que le patron lui servit comme un précieux élixir.

– Que faisiez-vous à Pucara ? demanda l'officier.

– J'enquêtais à la demande de mon gouvernement, mentit François.

– En quoi la guérilla en Bolivie peut-elle intéresser la France ? fit remarquer le lieutenant avec un bon sourire.

– Le général de Gaulle, comme vous le savez, s'intéresse beaucoup, depuis son voyage, aux problèmes de la Bolivie.

Le lieutenant acquiesça, flatté de l'intérêt du président français pour son pays.

– Comment saviez-vous que la guérilla sévissait du côté de Pucara ?

– Ce n'est un secret pour personne ! répliqua Walter. À Santa Cruz, à Sucre, Potosí ou Camiri, il n'est question que de ça...

– Vous avez rencontré les guérilleros ?

– Oui, confirma François.

– Vous avez vu celui qui les commandait ?

– Non, mentit-il.

– On dit que c'est un Cubain, un certain Ernesto Guevara, dit « le Che ». Ce nom ne vous dit rien ?

– Bien sûr que si ! Mais qu'est-ce qu'un Cubain viendrait faire ici ?

– Libérer le peuple bolivien, soi-disant... C'est complètement idiot : jamais les paysans boliviens ne s'engageront dans une guérilla ! La réforme agraire a eu lieu et les cultivateurs s'en satisfont. Ils n'ont pas envie de voir ces acquis remis en cause, même s'ils les tiennent pour insuffisants. Si l'on était du côté de Potosí ou d'Oruro, dans les mines, je ne dis pas. Pour la plupart, les mineurs se disent mécontents de leur sort et beaucoup passent aux communistes. Ce mécontentement, ils l'expriment souvent par des grèves et des manifestations contre le gouvernement. C'est avec eux qu'il faut faire la révolution, pas avec des paysans qui ne demandent qu'une chose : qu'on leur fiche la paix ! Bon, à présent, je vais devoir faire mon rapport au commandant. Vous comptez rester longtemps à Vallegrande, monsieur l'ambassadeur ?

— Non. Cependant, il est trop tard pour reprendre la route de Santa Cruz dès ce soir ; nous ne repartirons que demain, répondit Walter.

— Alors, vous êtes mes invités : Roberta, ma femme, est excellente cuisinière !

— Mais...

— Ne refusez pas : ce n'est pas si souvent que j'ai l'occasion de rencontrer d'éminents étrangers. Et, puis, j'ai une dette envers vous. Allons, j'habite la caserne, pas loin d'ici.

François et Walter échangèrent un regard impuissant. Ils reprirent la Jeep.

L'officier ne s'était pas vanté : sa femme était un fameux cordon-bleu. Voyant que son mari était revenu avec des invités de marque, Roberta avait envoyé ses deux fils acheter de quoi préparer un repas digne d'eux, puis, pendant qu'elle s'activait à la cuisine, les hommes burent dans la pièce qui tenait lieu de salon. Les deux plus jeunes enfants du couple, des fillettes portant de longues nattes noires, vinrent s'asseoir sur les genoux de leur père ; le militaire les considérait avec adoration. Walter ne put s'empêcher de penser aux siennes : elles devaient avoir à peu près le même âge :

– Moi aussi, j'ai deux filles...

– Et vous ? demanda le lieutenant à François.

– Deux aussi, un peu plus âgées, et un fils.

– Les enfants nous sont une grande satisfaction.

Roberta vint annoncer que le dîner était prêt. Intimidés, les enfants mangèrent en silence. Quand ils eurent terminé, leur père les envoya se coucher ; Roberta les suivit de près.

Les trois hommes restèrent à bavarder et à boire jusqu'aux environs de minuit.

– Je vous remercie d'avoir accepté mon invitation. Et promettez-moi que, si vous repassez un jour par Vallegrande, vous viendrez nous rendre visite : j'y tiens beaucoup. Sachez aussi que vos amis seront toujours les bienvenus : qu'ils demandent seulement le lieutenant Raúl García. Mais, au fait... je ne connais pas vos noms !

– Tavernier. François Tavernier.

– Walter Berger.

– ¡ Adiós, amigos !

– ¡ Adiós !

Les deux amis reprirent la Jeep et traversèrent la cour de la caserne en silence. À la porte, les sentinelles saluèrent.

– On n'a pas pensé à lui demander s'il connaissait un hôtel... se reprocha François.

– Allons vers la place centrale, il doit bien y en avoir un...

Sur la place, en effet, un hôtel louait des chambres où un clochard n'aurait pas voulu passer la nuit !

– À la guerre comme à la guerre ! ironisa Walter en éteignant.

Malgré l'inconfort et le bruit, ils dormirent jusqu'au matin.

19.

Le 26 janvier fut annoncée la visite au camp rebelle d'un mineur, dissident du Parti communiste bolivien et partisan de la lutte armée, Moisés Guevara, originaire de Huanuni, dans l'Altiplano ; il était âgé de vingt-huit ans. Loyola Guzmán l'accompagnait ; étudiante en philosophie et membre des Jeunesses communistes, elle n'avait que dix-neuf ans. Leur arrivée apporta un peu de gaieté chez les insurgés, des hommes fatigués qui ne comprenaient plus exactement ce que le commandant Ramón attendait d'eux.

Dévorés par les insectes, souffrant de dysenterie et de paludisme, les Cubains s'interrogeaient : « Mais enfin, qu'est-ce qu'on fout là ? Rien à faire et rien à gagner, dans un coin pareil ! Rien, absolument rien, aucun rapport avec ce que nous avons connu dans la Sierra. Que fiche-t-on là, au juste ? Tout autour de nous, on dirait qu'il n'y a que pierres tombées du ciel au beau milieu de la forêt ! Qu'espère-t-on ? Qu'y a-t-il d'autre à y faire que marcher, parcourir la forêt à l'aveugle, ignorant de notre destination et de nos buts ? Et à quoi servent ces exercices qui nous épuisent, ces marches absurdes, ces simulacres de combat ? Dans la zone où nous opérons, on ne dispose d'aucun contact : c'est à peine si nous savons où nous sommes ! » Certains en arrivaient, pour ceux qui y

avaient combattu, à citer le Congo en contre-exemple...
À Cuba, ils ne s'étaient tout de même pas entraînés
pour s'établir ici, dans cette région perdue de l'est
bolivien, et s'adonner à l'agriculture ? Mais voilà à
quoi ils en étaient réduits : à semer du maïs, des
patates et des courges pour se nourrir !

La jeune fille fit très bonne impression au commandant : le Che la baptisa aussitôt Ignacia – à cause
d'Ignacio de Loyola, fondateur de l'ordre des
Jésuites –, puis nota le soir dans son carnet : « *Elle est
très jeune et douce, mais on sent chez elle une grande
résolution. Elle est sur le point d'être expulsée des
Jeunesses, mais celles-ci essaient d'obtenir qu'elle
démissionne. Je lui ai donné les instructions pour les
cadres et un autre document ; en outre, j'ai remis la
somme dépensée, qui s'élève à soixante-dix mille
pesos. Nous allons être juste, sur le plan argent.* »

De son côté, Ignacia confia à Moisés l'émotion que
lui avait causée cette rencontre : « C'est quelque chose
que je n'aurais jamais espéré. Sa figure est déjà un
mythe, quasi idéalisée, et, soudain, je me trouve face
à un homme simple, affable qui, malgré sa réputation
et son prestige, ne me fait pas me sentir intimidée. »

Le Che s'impatientait : aucune nouvelle de Tania.
Avait-elle pu entrer en contact avec les Argentins ?

Fut-ce pour calmer son impatience qu'il ordonna
une longue marche de reconnaissance, ou pour éviter
que le désœuvrement ne portât atteinte au moral de ses
compagnons ? Quoi qu'il en fût, Guevara les réunit
afin de leur transmettre ses instructions : il s'agissait
de reconnaître la zone en profondeur, d'essayer d'y
établir le contact avec les paysans de la région tout en
évitant les combats ; le but de l'expédition étant avant
tout de s'exercer aux privations et au dénuement inhé-

rents à la vie de guérillero : « Maintenant, l'étape proprement de guérilla commence et nous allons tester la troupe ; le temps dira ce que cela donne et qu'elles sont les perspectives de la révolution bolivienne. » Vingt-cinq d'entre eux partirent, chacun porteur d'une charge de près de trente kilos. Quatre hommes demeurèrent au campement : deux Cubains et deux Boliviens, placés sous l'autorité du capitaine Pantoja. Dès le quatrième jour, Guevara écrivit : *« La troupe est fatiguée mais tous ont assez bien réagi. »* Les sentiers avaient été rendus difficilement praticables par une pluie qui tombait presque sans discontinuer, et les rivières étaient en crue. Beaucoup durent abandonner leurs souliers englués dans la boue. Envoyés en éclaireurs à la recherche d'un gué, Joaquín, Walter et le Médeco parcoururent huit kilomètres sans découvrir de passage. Ils revinrent sur leurs pas. Il fut alors décidé d'improviser un radeau. Bâti sous la direction de Marcos, il s'avéra trop grand et peu maniable ; l'avant-garde dut traverser en deux fois. Au troisième voyage, la moitié des hommes du centre passa. Mais, en revenant chercher le reste de la troupe, le radeau fut emporté à cause d'une erreur de manœuvre et se brisa dans les rapides. On décida d'en construire un autre. Quand ils eurent terminé, la pluie avait cessé.

C'était absurde... Ils marchaient, marchaient, la faim au ventre, le visage giflé par les épineux, aveuglés par la pluie, grelottant de fièvre et de froid. Ils marchaient, plaçant mécaniquement leurs pas dans ceux de leurs compagnons, les pieds enveloppés de chiffons. Ils marchaient, courbés, épaules sciées par le poids des sacs à dos. On aurait dit une troupe de mendiants aveugles s'efforçant de retrouver leur chemin. Ils marchaient. Se couchaient quand le Che en donnait l'ordre mais ne dormaient pas. Dans l'aube glaciale, après avoir bu un café clairet, ils repartaient... Où allaient-ils ? Aucun d'entre eux ne le savait. Il avait dit « Marchons ! » et ils marchaient. Ramón aussi marchait, suffoqué par ses crises d'asthme, endurant des maux de dos jusqu'à l'insupportable, blessé à la cheville et plus maigre qu'une vieille mule. Il marchait... C'était cela, la guérilla : s'endurcir, aller au bout de soi-même, oublier la faim, le froid, le manque de sommeil, la souffrance... À la halte, une fois la pluie arrêtée, le Che se retirait à l'écart, allumait sa pipe et sortait un livre de sa poche. Nul n'osait le déranger, mais beaucoup s'étonnaient : « Pourquoi ne vient-il pas nous parler ? Demander de nos nouvelles ? Nous expliquer où nous allons ? Combien de temps va durer cette marche démente ? Et ce livre qu'il était en train de lire, valait-il plus que la vie de ses hommes... ? » Certains, osant à peine se l'avouer, en arrivaient à penser que oui... En dépit de son manque de sensibilité, ces hommes l'aimaient, l'admiraient pour son courage et son sens de l'équité : il exigeait de n'être servi qu'à son tour, de recevoir les mêmes rations que ses compagnons, de monter la garde et de porter les mêmes lourdes charges. « Marche ou crève ! »... telle était également sa devise.

20.

En redescendant vers Santa Cruz, Walter et François croisèrent un important convoi militaire. L'étroitesse de la route les obligea à s'arrêter pour le laisser passer.

– J'ai l'impression que l'armée s'apprête à donner l'assaut, en déduisit Walter.

– Ça m'en a tout l'air... Merde !

À la sortie d'un virage, un barrage coupait la route. François bloqua les freins, mais la Jeep se mit en travers et dérapa vers la barrière, devant laquelle les hommes de faction se mirent à gesticuler. À l'approche du véhicule fou, les soldats ne sauvèrent leur peau qu'en s'égaillant de droite et de gauche. La Jeep s'immobilisa dans un amas de tôles, de grillages et de barres tordues. François réussit à s'extraire de ce fatras :

– Walter !

– Ça va, ça va... Aide-moi à sortir de là, nom de Dieu !

Fusil pointé vers l'avant, les rangers regagnaient la route. François se jeta au-devant d'eux, vociférant en espagnol :

– Bande de cons, venez plutôt m'aider !

Tétanisés au spectacle de ce furieux qui se montrait indifférent à la menace de leurs armes, ils obtempérèrent enfin et, unissant leurs efforts, tirèrent Walter de la carcasse.

– Aïe ! Je crois que j'ai une jambe cassée.

– Y a-t-il un médecin parmi vous ? s'énerva François devant l'apathie des militaires.

« Non », firent-ils de la tête.

– Et un officier, l'officier qui commande cette bande d'abrutis, vous en avez un ?

– C'est moi, monsieur.

Un petit homme revêtu d'un uniforme impeccable sortit des rangs.

– Ah, c'est vous ? Eh bien, bravo, capitaine ! C'est sans doute la mort d'innocents automobilistes que vous recherchez, avec votre barrage ? Le faire établir à la sortie d'un virage, quelle bonne idée ! Assassin !

Sous le déluge d'insultes et de sarcasmes, l'officier blêmit. Gesticulant à son tour, il se mit à hurler :

– Il n'y a pas d'« innocents automobilistes » dans ce secteur : que des suspects ! À propos, que faites-vous par ici ?

– Nous nous promenons, capitaine...

– Vous vous foutez de ma gueule ?

– Oh, je n'oserais pas. D'ailleurs, voici mes papiers : comme vous le voyez, je suis diplomate français.

L'officier lui arracha le passeport des mains et l'examina attentivement :

– Hum, oui, bon... excusez-moi, monsieur l'ambassadeur... Vous autres, baissez vos armes !

– Merci, capitaine. Avez-vous un véhicule disponible pour faire transporter mon compagnon de route ?

– Je vais vous trouver ça.

Sur un signe de l'officier, des hommes de troupe allongèrent avec précaution Walter sur une civière, puis le transportèrent en deçà de ce qui avait été le barrage routier. Le capitaine suivait à peu de distance, aboyant des ordres. Une Jeep fut amenée en marche arrière.

— Mon chauffeur personnel va vous conduire à Santa Cruz, monsieur l'ambassadeur.

Pendant tout le trajet, les trois hommes roulèrent en silence.

— Ben, mon salaud, tu m'as fichu une sacrée trouille : quand tu t'es mis à gueuler, j'ai vu notre dernière heure arriver !

— Hé non, ce n'était pas encore *le* moment... Tu souffres ?

Walter préféra ne pas répondre, ferma les yeux et les garda clos jusqu'à leur arrivée à l'hôpital. Là, il fut immédiatement pris en charge par le service des urgences. Il eut cependant le temps de glisser une clé à son compagnon.

— S'il m'arrivait quelque chose, va chez moi. Dans la chambre, sous la commode, tu trouveras une latte de plancher mobile. Dans la cache, il y a une grosse enveloppe cachetée. Prends-la et fais-en bon usage.

— Tu t'en occuperas toi-même.

De la salle d'attente, François tenta de joindre le commissaire Ruiz par téléphone ; au standard du poste de police, on lui répondit qu'il était absent.

— Pouvez-vous le prévenir que M. Tavernier est à l'hôpital et qu'il aimerait le voir ?

— Nous le préviendrons... lui assura-t-on.

Pendant qu'on soignait Walter, François faisait les cent pas dans les couloirs en fumant cigarette sur cigarette.

— Ah, vous voilà ! s'exclama le commissaire Ruiz. On m'a dit que vous aviez eu un accident et que vous vouliez me voir : vous n'avez rien, au moins ?

– Merci d'être venu, commissaire. Walter a été blessé à un barrage routier.

– C'est grave ?

– Non : une jambe cassée.

– Ouf, il s'en tire bien. Pour le reste, avez-vous trouvé ce que vous cherchiez ?

– Oui : il est bien là-bas mais Adrien n'y est pas, confirma-t-il en baissant la voix.

– De nombreux hommes avec lui ?

– Non : une poignée de crève-la-faim, tout au plus. Je ne crois pas qu'ils tiendront le coup bien long-temps...

– Vous savez pourquoi ils sont allés se fourrer dans un pareil guêpier ?

– Non, je ne comprends toujours pas... On dirait qu'il cherche à se faire tuer.

– Qui ? Le Che ?

– Oui. Cet homme me semble habité par une véri-table haine de soi, de la vie peut-être aussi.

– C'est un fou !

– Peut-être... L'avenir nous le dira.

Un type en blouse blanche sortit de la salle de soins et vint à eux :

– Monsieur Tavernier ?

– Oui.

– Je vous rassure, M. Berger se porte bien : la frac-ture est nette et il pourra sortir dès demain.

– Merci docteur. Puis-je le voir ?

– Pour le moment, il dort. Mieux vaut le laisser se reposer...

– Vous avez raison. Je viendrai donc le chercher demain.

Tavernier et Ruiz quittèrent l'hôpital.

– Je vous emmène dîner ?

– Avec plaisir mais, auparavant, je voudrais appeler ma femme.

– Évidemment. Avez-vous une chambre réservée quelque part ?

– Non ! Ça m'est complètement sorti de la tête...

– Alors, je vous invite chez moi. Allons-y tout de suite : vous pourrez téléphoner. Cependant, faites attention à ce que vous direz : je suis sur écoute...

– Je vous remercie de votre invitation, j'accepte avec plaisir. Et, puis, rassurez-vous, je me montrerai prudent au téléphone...

Le commissaire demeurait dans un quartier résidentiel fort calme. Une vieille Indienne leur ouvrit.

– Josefa, j'amène un invité. Prépare une chambre, s'il te plaît.

– Bien, monsieur.

– Josefa est ma nourrice et m'a servi de mère à la mort de la mienne. Secondée par sa fille et son gendre, elle s'occupe de la maison. Ah, le téléphone est dans mon bureau : par ici...

Pourvue de grandes bibliothèques sombres, du même bois que le reste du mobilier, la pièce était de belles proportions. Représentant des anges guerriers, des tableaux péruviens du XVIIᵉ siècle pendaient aux murs laissés libres et les portes-fenêtres qui donnaient sur le jardin se dissimulaient derrière de lourdes tentures de velours pourpre. Ruiz désigna le combiné à son hôte et sortit. Tavernier décrocha. Au bout de quelques minutes, il eut la communication.

– Allô, Léa ?

– François ! Où es-tu ? As-tu retrouvé Adrien ?

– Non, je suis à Santa Cruz, chez Alberto Ruiz.

– Ah bon, mais quand rentres-tu ?

– D'ici à quelques jours...

– D'ici à quelques jours ! Tu te moques de moi ?

– Walter a eu un accident... Allô ! Tu m'entends ?

– Oui... Grave ?

– Seulement une jambe cassée.

– Et toi, tout va bien ?

– Moi ? Aussi bien que possible. Au revoir, ma chérie, prends soin de toi !

– Au revoir... Reviens vite avec Adrien... Et fais mes amitiés à Alberto. Prompt rétablissement à Walter !

Il raccrocha, puis, se souvenant de la mise en garde de Ruiz, hésita à appeler Ponchardier. Se levant du bureau, François se dirigea vers l'une des portes-fenêtres, en écarta le rideau : au-dehors, la nuit était tombée, la rue s'était vidée et seuls des insectes s'agitaient encore à la lueur des réverbères. Un sentiment de grande solitude l'envahit. La vacuité des actions humaines, l'inutilité de ces combats perdus d'avance lui apparurent. Quelle folie poussait donc les hommes à s'engager, au péril de leur vie, dans de si folles aventures ? Chez la plupart, ce n'était ni l'appât du gain ni la quête du pouvoir. Quel but poursuivaient-ils, alors ? La gloire ? la mort ? l'oubli ?... Et lui, au fait, que cherchait-il ?

La porte du bureau s'ouvrit.

– Excusez-moi, dit Ruiz en entrant, j'ai frappé mais, comme vous ne répondiez pas, je suis entré...

– Je n'ai pas entendu.

– Vous avez eu Léa ?

– Oui, elle me charge de vous dire son amitié.

– C'est bien réciproque... Buvons quelque chose, voulez-vous ?

– Oui, ça me fera du bien. Séjourner auprès de cet insensé de Guevara m'a non seulement dérouté mais aussi rempli de mélancolie...

– De mélancolie ?

– Oui, je crois : je ne trouve pas d'autre mot.

Sur un guéridon, Ruiz s'empara d'un flacon de whisky ; il en remplit deux verres :

– Des glaçons ?

– Non, merci.

– Alors, buvons à la santé de vos clochards !

Les deux hommes levèrent leur verre.

– Vous ne m'avez pas dit comment s'était passée votre entrevue de La Paz ? l'interrogea François plus sérieusement.

– Mal.

– C'est-à-dire ?

– Imaginez-vous que Quintanilla m'a beaucoup interrogé à votre sujet ! Bien sûr, j'ai assuré que je n'avais eu affaire à vous que dans le cadre des agressions dont vous aviez été victime... Il m'a alors demandé ce que vous veniez faire à Santa Cruz ; je n'en savais rien, évidemment : j'ai laissé entendre que cela devait avoir trait à votre mission d'ambassadeur... Honnêtement, mes réponses n'ont pas eu l'air de le satisfaire. Ensuite, Quintanilla m'a confirmé que l'enquête m'était retirée : il préférait en charger l'un de ses hommes de confiance. Plus curieux, il s'est intéressé à ce que je pensais de votre épouse. « Une femme très séduisante... » me suis-je permis. Là, il m'a interrompu : « Une maîtresse femme aussi, douée d'un sang-froid peu ordinaire. Capable même de tuer... » J'ai fait remarquer qu'elle se trouvait alors en état de légitime défense. « Certes, m'a-t-il rétorqué, mais je ne connais pas beaucoup de femmes qui, dans une situation semblable, auraient réagi de la sorte... Vous ne croyez pas, commissaire ? » Étant donné les circonstances, cela ne me semblait pas aussi extraordinaire qu'il semblait le penser... Sur ces mots, Quintanilla m'a congédié, me recommandant de prendre garde à mes relations et d'avertir le chef de la police au plus vite si jamais, avant l'arrivée d'un nouvel enquêteur, j'apprenais quelque chose sur vous...

– Votre remplaçant justement, vous le connaissez ?

– Non, mais il s'est taillé une solide réputation de brute. Et votre séjour dans les montagnes ?

– Je vous l'ai dit : il a confirmé la rumeur ambiante.

– Ils sont peu nombreux, m'avez-vous dit ?

– Guère plus d'une vingtaine d'hommes, m'a-t-il semblé, affamés et loqueteux, menés par un visionnaire ou un illuminé, comme on voudra...

– Peuvent-ils réussir ?

– Pas dans ces conditions : privés du soutien de la population, prisonniers d'une cuvette encerclée par l'armée, gangrenés qu'ils sont par les désertions, la maladie, l'absence de communications...

– Vous lui avez parlé ?

– Oui, bien sûr. Or, tout de ce qu'il a pu me dire, tout ce que j'ai pu voir ou entendre par moi-même m'a conforté dans le sentiment d'un absurde gâchis.

– N'avez-vous pas essayé de lui en parler ?

– À quoi bon ? C'était perdu d'avance : on le dirait maintenant sur une autre planète, prisonnier de son monde... C'est seulement lorsqu'il s'est proposé de nous lire un poème de Baudelaire qu'il m'a paru revenir sur terre...

– Un poème de Baudelaire ? !

– Oui, *Le Chant de l'automne*. Il a même tenu à le recopier...

– Dans votre livre, celui que vous lisiez à Diên Biên Phu ?

François pencha la tête en signe d'assentiment. Ruiz vida son verre d'un trait, puis, comme se parlant à lui-même :

– C'est encore plus grave que je ne pensais...

On frappa la porte.

– Le dîner est prêt, monsieur, annonça une jeune Indienne.

– Merci, Angelina.

Une longue table occupait le centre de la salle à manger aux murs recouverts d'azulejos. Occupant toute la largeur de la pièce, une vitrine faiblement éclairée attira l'œil de François ; il s'en approcha :

– Oh ! s'exclama-t-il.

– Elles sont belles, n'est-ce pas ? se rengorgea Ruiz.

– Magnifiques !

– Les plus belles pièces de cette collection de poteries pré-incas me viennent de mon grand-père. Il y tenait plus qu'à sa vie. Mon grand-père était très savant en ce domaine : il est l'auteur de deux ouvrages consacrés à la civilisation et aux arts incas qui font autorité dans le monde entier. Enfant, il m'emmenait sur les ruines du Machu Picchu ou de Cuzco, chez les antiquaires de Lima, Santiago, La Paz ou Potosí, comme dans les missions jésuites... Bref, partout où il pensait trouver l'une ou l'autre de ces merveilles. J'étais même devenu assez calé pour en dater les vestiges...

– Vous ne l'êtes plus ?

– Pas vraiment... À la mort de mon grand-père, j'ai un peu poursuivi ses recherches, mais je me suis vite découragé.

– Pourquoi donc ?

– Asseyons-nous... Tu peux servir, Josefa.

La vieille femme, assistée d'Angelina, servit un potage. L'argenterie étincelait, admirable. Avec elle, les porcelaines du Japon comme le linge de table brodé témoignaient d'un vrai raffinement familial. Le commissaire reprit le fil de la conversation :

– Vous m'avez demandé pourquoi j'ai abandonné mes recherches en objets rares... Eh bien, figurez-vous que je n'avais pas l'âme d'un tueur ! Les collectionneurs d'art inca ont hérité la cruauté des conquistadores et n'hésitent pas à tuer pour s'approprier les pièces qu'ils convoitent.

– Vous exagérez, sans aucun doute...

– Malheureusement, non : mon grand-père lui-même en est mort, assassiné !

– Oh, excusez-moi...

– Vous ne pouviez pas savoir... Mon grand-père avait mis la main sur une statue représentant une femme, grandeur nature, portant des bijoux d'or et de pierreries, datant du Ve siècle avant Jésus-Christ. C'est un paysan, vivant à quelques kilomètres du site archéologique de Tiahuanaco, qui l'avait découverte, enfouie dans son champ. L'Indien avait eu vent des travaux de mon aïeul ; il fit le voyage jusqu'à la capitale – nous habitions La Paz à ce moment-là – pour lui faire part de sa découverte. Mon grand-père partit comme un fou, prit lui-même le volant sans attendre l'arrivée de son chauffeur habituel, et s'en alla en compagnie de l'Indien. Nous ne l'avons jamais revu...

– Qu'est-il arrivé ?

– Ce que je vais vous raconter, je ne l'ai su que bien plus tard, après avoir patiemment interrogé la famille de ce paysan, ses amis, son entourage : les deux hommes parvinrent bel et bien jusqu'à Taraco, sur les bords du lac Titicaca. Ils se rendirent ensuite à la ferme de l'Indien, isolée au bout de la presqu'île. Celui-ci conduisit mon grand-père jusqu'à l'une de ses granges, bâtie à l'écart. L'un de ses fils, armé d'un fusil, gardait l'édifice. Ils entrèrent. Là, dans la pénombre, mon grand-père découvrit cette merveil-leuse statue. Il tourna tout autour, l'effleura de ses doigts, la caressa pleurant de joie. C'est alors qu'un autre individu fit irruption : « Elle est belle, n'est-ce pas ? » jeta-t-il. Mon grand-père se retourna :

– Qui êtes-vous ?

– Un amateur d'art, comme vous...

– Vous n'êtes pas Bolivien ?

– Non, je suis Américain et possède l'une des plus grandes galeries d'art de New York.

– Cette statue n'a rien à faire dans une galerie : sa place est dans un musée, ici même, dans ce pays !

– Elle ne vous intéresse pas, personnellement ?

– Non : elle fait partie de notre patrimoine national !

– S'il en a les moyens, je la vendrai à votre gouver-nement.

– Vous êtes fou !

Que se passa-t-il alors ? Cela reste confus : les rares personnes qui ont gardé le souvenir de ces événements ne s'expliquent toujours pas l'enchaînement des faits... Quoi qu'il en soit, l'Américain sortit un pistolet et fit feu sur mon grand-père. L'Indien et son fils tentèrent de s'interposer mais furent abattus à leur tour. La sta-tue fut enveloppée de couvertures, mise en caisse et chargée sur un camion qui attendait non loin de la grange. Ces pillards, combien étaient-ils ? Je ne le sais pas exactement. Trois ou quatre, à mon avis... Cepen-dant, notre paysan indien n'était que blessé. Au prix de gros efforts, il parvint à donner l'alerte : trop tard. En fait, c'est de lui que je tiens le récit que je viens de vous faire. Depuis, il a, lui aussi, trouvé la mort, assassiné à son tour.

– Et la statue, qu'est-elle devenue ?

– Un musée de New York en a fait l'acquisition...

– Avez-vous retrouvé l'assassin de votre grand-père ?

– Je sais qui il est...

– Est-ce pour cela que vous êtes entré dans la police ?

– En partie, oui... Après la disparition de mon grand-père, je n'avais plus de goût à rien. J'ai voyagé pendant trois ou quatre ans à travers le monde. Je ne suis revenu en Bolivie qu'à l'annonce de la mort de mon père. Ma mère étant seule, dorénavant, j'ai décidé d'y demeurer. J'ai repris mes études de droit, puis me suis présenté au concours d'officier de police... Oh ! Josefa me fait les gros yeux : nous parlons et nous ne faisons pas honneur à sa cuisine. Mangez, je vous en prie. Hum... délicieux, délicieux, n'est-ce pas, Tavernier ?

– Délicieux, en effet ! Rarement mangé quelque chose d'aussi bon. Qu'est-ce que c'est ?

– Du bébé lama, en confit... la spécialité de Josefa !

François n'osa pas avouer que, confit ou non, le lama ne constituait pas sa viande préférée. Heureusement, le vin se révéla fameux : après un ou deux verres, il balaya ses préventions... Quoique rassasiés, les deux hommes firent un sort rapide aux savoureux desserts de la vieille Indienne.

– Josefa, dit Alberto en se levant, tu serviras le café et les alcools dans mon bureau. Ensuite, tu pourras aller te coucher.

– Bien, monsieur... Ah, monsieur, j'oubliais, on a apporté un paquet pendant votre absence : je l'ai déposé sur votre bureau.

– Merci, Josefa. Bonsoir.

Le paquet en question avait l'air très léger dans son

emballage grossier. Ruiz prit un coupe-papier sur son bureau et trancha la ficelle qui l'entourait.

– On dirait que c'est rempli de plumes...

Il déchira le papier : en fait de plumes, il s'agissait de nattes de cheveux noirs, retenus par un lien de laine rouge.

– Mon Dieu ! s'écria Ruiz en se rejetant en arrière.

François considéra les tresses brillantes : la nausée lui souleva l'estomac. Alberto se précipita hors de la pièce en s'égosillant :

– Josefa ! Josefa !

À son appel, la vieille Indienne rappliqua, bientôt suivie d'Angelina. Tout de suite, elles aperçurent les cheveux. Avec un ensemble parfait, elles se signèrent, poussant de faibles gémissements.

– Qui a apporté ce paquet ?

Tremblante, le visage couvert de larmes, Josefa n'arrivait pas à articuler un traître mot.

– Et toi, Angelina, parle !

– Le malheur... le malheur est sur cette maison ! bafouilla-t-elle.

– Que veut-elle dire ? interrogea François.

Ruiz ne répondit pas : il secoua le bras de la jeune femme.

– Qui a apporté ce paquet ?

– Un homme, bredouilla à son tour Josefa.

– Un Indien ?

– Non, un Blanc... jeune encore.

– Tu l'avais déjà vu ?

– Non.

– Tavernier ! Qu'avez-vous, vous êtes tout pâle ? Josefa, vite !

La femme lui tendit un verre d'alcool.

– Buvez, enjoignit Ruiz.

Il s'exécuta :

– Hum... merci, ça va mieux.

– Il faut rapporter les nattes, monsieur, dit Josefa.

– Laissez-nous seuls, ordonna Ruiz.

Les deux Indiennes obéirent. Les deux hommes gardèrent le silence un long moment. Tavernier s'approcha du bureau et se saisit de l'une des tresses ; il la relâcha aussitôt : la natte était froide comme un serpent.

– Qu'est-ce que ça veut dire ? demanda le commissaire.

– Vous ne devinez pas ? Vos domestiques paraissent l'avoir bien compris, elles, ce que ça signifie...

– Ah oui... ? Je crois qu'il s'agit d'une vieille croyance indienne, quechua pour être plus précis. Couper les nattes d'une femme est un crime qui en annonce un autre si elles sont déposées dans une maison ; au nombre de nattes correspond le nombre de morts prédites...

– Ce qui veut dire que six personnes mourront... ?

– Exact.

– À mon avis, trois sont déjà mortes...

– Que voulez-vous dire ?

– J'ai la conviction que ces tresses appartenaient à la femme et aux filles de Walter...

– Non, impossible ! Qui aurait pu faire une chose pareille ?

– Quelqu'un qui connaît bien les coutumes indiennes... Partons pour le village de Castedo : nous en aurons le cœur net.

– Attendons demain : de nuit, les routes sont trop dangereuses.

– Restez si vous voulez. Moi, je pars sans attendre. Je peux utiliser votre voiture ?

– Je viens avec vous.

– Que faites-vous ?

– Je prends des armes.

– Moi, c'est ça que je prends, conclut François, ré-enveloppant les nattes dans leur papier d'emballage.

Ils arrivèrent au village en début de matinée. En descendant de leur véhicule, ils se rendirent immédiatement au domicile de la famille Berger : les maisonnettes y avaient été fouillées et le mobilier jeté au-dehors mais ils n'y trouvèrent personne. La rue centrale était déserte. Tout à coup, des chants leur parvinrent : ils provenaient de l'église, vers laquelle ils décidèrent de diriger leurs pas. Tous les habitants semblaient s'y être assemblés et, dos à l'assistance, don Miguel présidait un office funèbre. Trois cercueils ouverts s'alignaient devant l'autel : Guillermina et ses deux filles y reposaient. Alors que les nouveaux venus s'approchaient, un grondement parcourut la foule. La rumeur attira l'attention du prêtre ; il se retourna. Tout de suite, l'homme d'Église eut une parole d'apaisement :

– Asseyez-vous, mes frères.

François et Alberto obéirent à son invite et la cérémonie se poursuivit. Les chants plaintifs des fidèles mettaient les nerfs de François à rude épreuve : il revoyait les fillettes courant au-devant de leur père et, à leurs cris, la joie de celui-ci. Comment lui annoncer un pareil malheur ?

Au terme de la célébration, le prêtre bénit les corps, devant lesquels défila tout le village. « Comme elles sont belles... » pensa François en s'inclinant à son tour. Délicatement, il disposa les tresses dans chacun des cercueils. Les femmes tombèrent à genoux, des hommes approuvèrent de la tête. Au fond de sa poche, Ruiz serrait son pistolet, prêt à toute éventualité.

– Mes enfants, la paix du Seigneur soit avec vous ! déclama le prêtre.

Les hommes restèrent immobiles, Tavernier et Ruiz regagnèrent leur place. On ferma les cercueils, de pauvres caisses que cloua le menuisier. Les vers de Baudelaire résonnèrent dans l'esprit de François et c'était la voix du Che qui les disait :

« *Il me semble bercé par ce choc monotone,*
Qu'on cloue en grande hâte un cercueil quelque
                                    [part.
Pour qui ? – C'était hier l'été ; voici l'automne !
Ce bruit mystérieux sonne comme un départ. »

Portés par douze hommes, les cercueils quittèrent l'église pour gagner le cimetière situé à l'arrière de l'édifice. Là, les porteurs les firent glisser dans une large fosse. Don Miguel récita encore quelques prières, puis s'éloigna tandis que les fossoyeurs jetaient les premières pelletées de terre.

Tavernier rattrapa le religieux :

– Mon père, que s'est-il passé ?

– Pas ici, mon fils, ne restons pas là : venez plutôt chez moi.

Don Miguel fit une courte halte à l'église, le temps d'ôter ses vêtements sacerdotaux, puis reprit le chemin de son domicile. Au milieu de la table, la vieille Indienne édentée déposa un pichet de *chicha* et trois verres. Elle les remplit ensuite du liquide blanchâtre. Alors don Miguel raconta d'une voix atone :

– Cela a eu lieu il y a trois jours : dans la matinée, des hommes arrivèrent à bord de trois véhicules. Au début, on a cru qu'il s'agissait de militaires ou de policiers. Ils demandèrent tout de suite où était la maison de Walter ; on la leur indiqua. Quelques-uns des hommes y pénétrèrent, d'autres restèrent au-dehors à fumer. C'est alors que l'on a entendu des cris, puis le bruit d'objets que l'on brise. Une voisine des Berger a couru m'avertir ; à cette heure-là de la journée, il n'y avait que des femmes au village... Je suis arrivé au moment où l'une de ces brutes tirait la femme de Walter hors de chez elle par ses nattes : « Je ne sais pas ! Je ne sais pas ! » hurlait-elle. Ce scélérat l'a alors projetée contre le muret de sa maison : elle s'est mise à saigner. En cherchant à m'interposer, j'ai reçu un coup par-derrière et je suis tombé. Quand j'ai repris connaissance, cette bande de sauvages avait pris la fuite, laissant derrière elle les corps de ces malheureuses. Peu à peu, les femmes se sont assemblées, proférant de fortes lamentations, levant les bras au ciel, battant leur coulpe... C'est alors que j'ai vu : ces bandits avaient coupé les tresses de leurs victimes !

— Mais qu'est-ce que ça signifie au juste ? voulut se faire préciser François.

— La plupart des gens d'ici, quoique catholiques, honorent toujours les anciens dieux indiens et leur offrent encore des sacrifices. Dans ce cadre, couper les nattes d'une femme équivaut à appeler la malédiction sur elle et sa famille. Les remettre à quelqu'un d'autre a le même sens. Cependant, selon cette croyance, si les nattes leur sont rendues, les dieux peuvent se montrer cléments. Par bonheur, c'est ce que vous avez fait. Au fait, comment ces tristes dépouilles vous sont-elles parvenues ?

En peu de mots, Alberto Ruiz raconta dans quelles circonstances elles s'étaient retrouvées entre leurs mains et comment Tavernier avait tout de suite deviné à qui elles avaient bien pu appartenir.

– Seul un Indien a pu manigancer une telle horreur, en conclut François.

– Ce n'est pas mon avis, objecta don Miguel. Je vois mal un Indien se rendre coupable d'un tel crime. Car, accomplissant ce geste, quelqu'un d'ici aurait su qu'il déclencherait les forces du Mal, s'attirant par là même la colère des forces du Bien...

– Je ne le pense pas non plus, approuva Ruiz. Je penche pour quelqu'un qui connaît bien les mœurs et coutumes locales. Ces assassins n'étaient pas indiens, n'est-ce pas, mon père ?

– Autant que j'aie pu en juger, non : c'étaient des Blancs, avec des têtes de fripouilles !

– Vous pourriez les reconnaître ?

– Oui. Du moins ceux que j'ai vus...

– Vous avez prévenu la police ?

– Évidemment, mais nous l'attendons toujours...

– Puisqu'il en est ainsi, je prends l'affaire en mains : je suis le commissaire Ruiz, de Santa Cruz. *Padre*, pouvez-vous faire venir les femmes qui ont été témoins de ces assassinats ?

– Certainement, ma servante va s'en charger.

21.

Les jours noirs succédaient aux jours noirs. « *Ce que nous avons expérimenté est infinitésimal comparé à ce qui nous attend* », dit le Che au cours d'une halte à ses hommes épuisés, en loques, qui avançaient en serrant les dents, au bord de l'évanouissement. Un autre jour, Benjamín, un Bolivien qui avait atteint la limite de ses forces, trébucha, dévala une pente qui longeait le Río Grande et tomba dans la rivière. Sachant qu'il ne savait pas nager, Rolando se jeta aussitôt à l'eau. Mais, entraîné par le courant, il ne parvint pas à atteindre Benjamín : l'homme coula à pic. Rolando regagna la rive six cents mètres plus bas. Tous gardèrent le silence, conscients que cela aurait pu arriver à n'importe lequel d'entre eux. Le Che nota : « *Nous avons maintenant notre baptême de la mort, et de façon absurde.* »

Le moral de la petite troupe baissait ; pour un oui pour un non les disputes se multipliaient. Le Che lui aussi se montrait irritable, parfois même injuste. Ricardo se confia à Pombo :

– Ramón me traite mal. Il commet une grave erreur alors que je ne suis là que par engagement envers lui. Cependant, je donnerais mille fois ma vie pour lui parce que c'est notre maître et notre guide.

Un guide qui semblait ignorer son chemin... Benigno qui avait suivi le Che au Congo, s'interrogeait lui aussi :

– Que sommes-nous finalement venus faire ? Tout ce qui existe dans le pays comme organisations politiques ou clandestines est occupé à travailler dans les villes. La zone où nous sommes est déserte et nous ne disposons d'aucun contact...

Il pleuvait sans arrêt. Sur son gros carnet rouge, le Che nota : *« Les gens sont à bout, à commencer par moi. Je suis fatigué comme si un rocher m'était tombé dessus... Les gens sont de plus en plus découragés de voir arriver la fin des provisions, et pas du chemin... Nous avons décidé de manger le cheval... L'enflure de nos jambes devient alarmante ; je suis très affaibli. »* La nature continuait à se liguer contre eux : alors qu'un de leurs radeaux dévalait le Nancahuaza, un tourbillon le renversa, entraînant Carlos dans les flots, *« le meilleur des Boliviens de l'arrière-garde »*... Benigno, envoyé en éclaireur au campement, revint :

– Commandant, depuis quinze jours des visiteurs t'attendent : un Français, un Argentin, un Péruvien et le mineur Moisés Guevara accompagné de huit hommes.

– Encore un Français ? J'espère que ce n'est pas le fils de Tavernier... Comment sont-ils arrivés jusque-là ?

– C'est Tania qui les a conduits.

– Mettons-nous en route si nous voulons arriver avant la tombée de la nuit !

Ils arrivèrent dans la grisaille de l'aube, retardés par l'épuisement et la pluie.

« Au loin, une procession de clochards bossus émergeait peu à peu de la nuit avec une raideur lente d'aveugle... Et maintenant, dans l'aube grise, aux lisières de la forêt, sur ce plateau de savane désolée

qui étalait à perte de vue ses saillants et ses creux, les silhouettes kaki se rapprochaient sur le vert-jaune des fourrés, zigzaguant entre les hautes herbes coupantes, des fûts d'arbres clairsemés. C'était dans toute la zone le seul plat à découvert. On dirait des somnambules à la queue leu leu, harnachés, ou plutôt bâtés, bringue-balant, déguenillés, lourdement penchés en avant, sous le poids du sac. Les canons des fusils, portés à l'horizontale, la bretelle en équerre sur l'épaule, accro-chaient, réverbéraient les premières lueurs. Bientôt, tintinnabulaient les gourdes, les revolvers au ceinturon, les insupportables, carillonnantes marmites noircies par le feu, ficelées par-dessus les sacs, les quarts et les coutelas. Tout cela résonnait comme des hommes-orchestres un peu ivres qui auraient le profil d'hommes-sandwichs. Le Che était au milieu : buste presque droit avec un sac à dos qui lui dépassait de la nuque, la cara-bine M1 à la bretelle, verticale, sa casquette de feutre beige sur la tête, un début de barbe en collier[1]. »

— Excusez-nous pour le retard, lança le Che en se débarrassant de son sac, un sourire flegmatique aux lèvres.

Au fur et à mesure de leur arrivée, les guérilleros s'affalaient à terre, tentaient de reprendre leur souffle, s'essuyaient longuement le visage.

— Cuisine ininterrompue ! ordonna Guevara en remarquant une demi-bête écorchée, suspendue par les pattes. Allez, les cuistots, au travail !

— On peut faire du feu, commandant ? En plein jour ?

— Oui, exceptionnellement. Mais tant que l'arrière-garde ne sera pas arrivée, personne ne touche à rien !

Quelques jours plus tôt, le Français avait tué un ours

---

1. Régis Debray, *Loués soient nos seigneurs*.

un peu par hasard ; cette viande fraîche fut accueillie avec joie.

Tania s'approcha du Che mais fut méchamment rabrouée :

– Qu'est-ce que tu fous là ? T'aurais dû retourner à La Paz après avoir conduit nos visiteurs : tu es plus utile là-bas qu'ici !

Elle recula comme sous l'effet d'un coup ; ses yeux se mouillèrent.

Tout ce que voyait ou entendait le Che était sujet à contrariété, voire à colère : peu après leur arrivée, deux recrues de Moisés Guevara avaient déserté le camp de Nancahuazu, puis avaient été arrêtées par l'armée à Camiri au moment où elles cherchaient à revendre l'une de leurs armes. Interrogés, les deux hommes avaient tout de suite évoqué la présence, au nombre des guérilleros, d'un Français, d'un Argentin, d'un Péruvien et même celle d'un chef cubain qu'ils n'avaient pas vu mais qui aurait bien pu être le Che. Ils indiquèrent également où se trouvait la Jeep de Tania. Les militaires fouillèrent alors la Casa Calamina, la ferme qui servait de base aux rebelles, et arrêtèrent un autre homme de Moisés Guevara, Salustio Choque ; lequel confirma les déclarations faites un peu plus tôt par les deux déserteurs. Plus tard, el Loro, rentrant à la Calamina, était tombé sur les soldats : il avait fait feu, tuant l'un d'eux. Enfin, arrivant à son tour au campement avec l'avant-garde, Marcos, mesurant le danger, avait ordonné l'évacuation, puis le repli sur une base arrière située à deux ou trois heures de marche de là. Ces récents événements remplirent le Che de rage :

– Qu'est-ce qui se passe ? Qu'est-ce que c'est que ce bordel ! Est-ce que je suis entouré de lâches ou de traîtres ? Nato, tes Boliviens bouffeurs de merde, je ne veux pas en voir un seul ici. C'est entendu ? Consignés jusqu'à nouvel ordre. Compris ?

— Oui, commandant.

— Vilo, prends l'arrière-garde et file au campement. On y est, on y reste ! Que Piñares et Olo Pantoja ferment leur gueule. *Carajo*[1], ils vont entendre parler de moi ! Partez maintenant, je vous rattraperai avec mes hommes. À demain.

Le lendemain, devant la troupe au grand complet, le Che debout, mains dans le dos, relata les péripéties de l'exploration, fit l'éloge des disparus, félicita Miguel, Pombo et Inti pour leur endurance :

— Il y a les cadres et les autres. Nous sommes les cadres. Nous devons former un noyau d'acier. Exemplaire !

Il répéta le mot, puis jeta :

— Explique-toi, Marcos !

L'homme ouvrit la bouche, mais le Che parla avant lui :

— Tu as manqué de respect envers nous tous et, d'abord, envers moi. Tu ne commanderas plus l'avant-garde, Miguel te remplacera. Sors d'ici. Et si tu continues avec tes actes d'indiscipline, tu seras expulsé.

— Je préfère encore qu'on me fusille !

— Si tu y tiens... Et toi, Arturo, qui te prétends radio, tu as voulu venir ici comme technicien et tu n'es même pas capable de faire fonctionner notre émetteur...

— Mais, commandant, il n'y a plus d'essence...

Quant aux Boliviens, ordre leur fut donné de

_____

1. Foutre !

remettre leur arme, leur part de tabac et leur réserve individuelle de vivres.

— Celui qui ne travaille pas ne mange pas !

Un silence pesant s'abattit sur le petit groupe.

Assis adossé à un arbre, le Français Régis Debray, « Danton » pour les guérilleros, n'en croyait pas ses oreilles : pourquoi le commandant Guevara parlait-il à ces hommes épuisés avec cette froideur rageuse ? Les Boliviens demeuraient stupéfaits : il n'était pas dans leurs habitudes de s'entendre traiter de « bouffeurs de merde » ou de « fils de pute », fût-ce par un chef qu'ils aimaient et respectaient. Car ce qui, pour un Cubain, n'était que signe d'agacement ne l'était pas pour un Bolivien.

Pendant deux jours, le Che n'adressa plus la parole à personne. Il demeurait à l'écart, assis dans son hamac et abrité sous une bâche, à fumer, à lire ou à écrire dans son carnet. Il nettoyait son fusil, sirotait son maté et écoutait Radio-Havane sur son transistor, ne communiquant avec l'extérieur de son abri qu'au moyen d'une estafette.

Dans le camp, l'atmosphère se tendait : les hommes s'engueulaient pour des broutilles, trop fatigués pour faire la part des choses. Si, au moins, le chef s'était mêlé à la troupe, s'il les avait fait parler, s'il avait plaisanté au milieu d'eux, ils se seraient sentis moins seuls et moins las.

Régis Debray s'enhardit un soir jusqu'à la « tanière » du Che, puis souleva la bâche en plastique qui l'isolait de la pluie et du reste du monde. Le commandant lui fit signe d'entrer.

— Comment se fait-il que vous soyez si déférent envers Fidel et si cassant envers tous les autres ? attaqua d'emblée Debray.

– On fait ce qu'on peut avec ses handicaps, Danton : je suis un Argentin, égaré chez les Tropicaux. Ça m'est difficile de m'ouvrir, et je n'ai pas les mêmes dons que Fidel pour communiquer. Il me reste le silence. Tout chef doit être un mythe pour ses hommes. Quand Fidel veut aller jouer au base-ball, il persuade ceux qui l'entourent à ce moment-là que ce sont eux qui ont envie de *pitcher*, et ils le suivent sur le terrain. Moi, à Cuba, quand les autres me parlaient de prendre la batte, je leur disais « Plus tard » et j'allais lire dans un coin. Si les gens ne m'aiment pas de prime abord, au moins me respectent-ils parce que je suis différent.

Le lendemain 23 mars, à 7 heures du matin, le Che décida de tendre un piège aux soldats qui avaient arrêté Salusto aux environs de la Casa Calamina. L'embuscade, dressée par six guérilleros boliviens et dirigée par San Luis et Benigno, anéantit une colonne de l'armée. Les tirs ne durèrent que quelques minutes : sept défenseurs furent tués, quatre blessés et quatorze furent faits prisonniers, parmi lesquels on releva un major et un capitaine. Le Che accorda jusqu'au 27 mars midi au major pour faire enlever ses morts. Par ailleurs, il lui proposa, s'il restait, une trêve valable sur toute la zone de Lagunillas. Pour toute réponse, le militaire affirma qu'il allait démissionner de l'armée.

– Les jeux sont faits : nous allons voir celui qui résiste le mieux, conclut le Che après avoir écouté, mains au dos, le rapport que lui avait fait le Bolivien Coco Peredo.

Pour fêter l'événement, il alluma l'un des cigares que lui avait apportés Tania. L'Argentin fit ensuite relâcher les prisonniers, non sans les avoir fait dépouiller de tout ce qu'ils portaient sur eux, à l'exception de leur pantalon. Seuls les deux officiers conservèrent une tenue correcte.

À la radio bolivienne, il n'était plus question que de l'embuscade. Pour la première fois, le président Barrientos se fendit d'un communiqué, retransmis par toutes les radios du pays, dans lequel il était question d'une organisation internationale composée de communistes avec, placé à leur tête, le ministre cubain Che Guevara. Celui-ci rédigea un premier communiqué qui débutait par ces mots : « *Au peuple bolivien : face au mensonge réactionnaire, la vérité révolutionnaire ! Après avoir assassiné des ouvriers et préparé le terrain pour livrer toutes nos richesses à l'impérialisme nord-américain, le groupe de gorilles usurpateurs a leurré le peuple par une farce électorale...* » La suite faisait un récit résumé de la souricière, donnait la liste des pertes ennemies, puis en déduisait : « *Les hostilités sont ouvertes.* » Un appel lancé aux ouvriers, paysans et intellectuels à « *délivrer un pays vendu en tranches au monopole yankee* » le concluait. Le tout était signé : « *Armée de libération nationale de Bolivie.* »

Le 3 avril, la guérilla se mit en marche, en pleine nuit, dans le but de sauver ce qui pouvait encore l'être à la Casa Calamina. Dans la pénombre, on entendait la voix de soldats en patrouille, tout aussi perdus, semblait-il. De temps à autre, les conscrits lâchaient une rafale en l'air, histoire de se rassurer sans doute, et afin de garder le contact entre eux. Guérilleros et réguliers marchaient à l'aveuglette : un vague croissant de lune découpait de grandes ombres à travers les feuillages. Le Français progressait ; gravissant une pente escarpée derrière ses compagnons, il tentait de ne pas se laisser distancer, sans rester trop près d'eux non plus, afin de ne pas offrir de cible compacte aux défenseurs. La sueur perlait entre ses yeux, lui brouillant la vue. L'impression de tourner en rond s'accroissait, avec pour corollaire la peur de croiser l'ennemi sans le voir, ou la crainte de faire feu sur un camarade. Qui chassait qui ? Danton n'était qu'à quelques pas de Ramón quand celui-ci buta sur une pierre et chuta, étouffant un juron. Debray se précipita pour l'aider.

— Non, non, ça va... ce n'est rien.

Il se mit d'abord à genoux, puis se releva tout à fait en grimaçant. Il s'essuya le visage, se saisit du fusil que lui tendait le Français et le petit groupe reprit sa progression. Une lumière clignota en avant, puis des balles sifflèrent.

— Par où prend-on ? s'alarma un homme.

— Par où tu veux, pourvu qu'on ne s'arrête pas... Continuez à marcher, toujours marcher...

Ils marchaient depuis près de deux heures quand le Che donna ordre de faire halte. Il but à son bidon, puis le tendit à Debray ; le Français recracha l'infâme mixture :

— C'est dégueulasse ! s'exclama-t-il, Qu'est-ce que c'est ?

— Du café...

— Du café ? cette boue immonde !

— Oh, bien sûr, monsieur le Français, ce n'est pas celui de La Closerie des lilas ! Mais voilà, nous n'avons pas autre chose. Nous autres, vois-tu, on s'en contente... Regarde ce pain de sucre, Danton : mettons qu'il en reste vingt grammes, de quoi faire deux bonnes portions de deux cents calories chacune et rien d'autre. Mettons maintenant qu'il y ait dix affamés autour. La décision t'appartient : qu'est-ce que tu fais ?

– Je tire au sort les deux hommes qui les mangeront.

– Pourquoi ?

– Mieux vaut deux compagnons qui aient une chance de survivre en mangeant un peu, que dix qui n'en aient aucune en mangeant dix fois moins.

– Eh bien, tu as tort, Danton : à chacun ses miettes et à Dieu vat !... La révolution a ses principes. Et puis, ça fera toujours deux bureaucrates de moins !

– À coup sûr, dix révolutionnaires au tapis... Au tapis, mais ex æquo ! Vous croyez que c'est beaucoup mieux ?

– Tant que la morale est sauve, la révolution l'est aussi ! À quoi bon, sinon ?

Le Che se leva et ordonna la fin de la pause.

Ils parvinrent aux abords de la ferme : tout y avait été pillé ou détruit. Ils passèrent ensuite sur les lieux de l'embuscade : n'y gisaient plus que les squelettes des sept victimes, soigneusement nettoyés par les charognards. Des avions survolaient la zone.

Au détour d'un sentier, les guérilleros se trouvèrent nez à nez avec un groupe de paysans :

– Le bonsoir ! lança le plus âgé d'entre eux.

– Bonsoir, monsieur, répondit Inti Peredo.

– On ne dit pas « monsieur », jeune homme ! le corrigea le paysan. Les « Messieurs », ce sont ceux qui exploitent les pauvres gens et les humilient !

– C'est que, nous autres, on dit « monsieur » aux inconnus...

– Tu es paraguayen alors ?

– Non, je suis bolivien. Ici sévissent la misère et la faim, c'est contre ça que nous nous battons !

Les paysans hochèrent la tête et reprirent leur chemin ; après un temps, les guérilleros continuèrent le leur.

22.

Une fois réunies, don Miguel expliqua aux habitantes de Castedo qu'elles n'avaient rien à craindre des étrangers, car il s'agissait d'amis de Walter, l'époux de Guillermina, amis que lui-même connaissait. Il leur recommanda de répondre précisément à leurs questions ; il servirait d'interprète. Malheureusement, les auditions, qui durèrent longtemps, ne leur apprirent pas grand-chose de neuf. Seule certitude, Guillermina, son mari et ses enfants étaient estimés de leurs voisins : personne ne comprenait pourquoi on avait pu leur en vouloir à ce point, au point de recourir au meurtre et, pis encore, d'en appeler à la malédiction des dieux, malédiction qui, selon leurs croyances, devait retomber sur tout le village !

Les deux hommes quittèrent l'endroit, laissant ses habitants désemparés. Ils arrivèrent à Santa Cruz en fin d'après-midi.

– Déposez-moi à l'hôpital, demanda François.

– Je vous accompagne.

Quand ils entrèrent dans la chambre du blessé, celui-ci plaisantait avec le médecin ; de son côté, le docteur examinait une radiographie de sa jambe.

– D'ici à deux mois, il n'y paraîtra plus ! en conclut-il.

– Deux mois ? Comme vous y allez, toubib...

– Si j'en juge par vos cicatrices, vous en avez vu d'autres. Pour vous tuer, il vous faut plus qu'un banal accident de voiture !

– Vous avez raison... Ah, François ! commissaire ! ça me fait plaisir de vous voir. Bah, t'en fais une tête ! Eh bien, mon vieux, ce n'est pas encore aujourd'hui que tu vas enterrer ton vieil ami... C'est le report de mes obsèques qui t'attriste, peut-être ?

« Qu'il se taise, mais qu'il se taise ! » implorait François par-devers lui. Ruiz vint à son secours :

– Nous avons de mauvaises nouvelles...

– Ma foi, commissaire, vous aussi, vous avez une bobine des mauvais jours ! Allons, de quoi s'agit-il ?

Le médecin considérait les nouveaux arrivants : à leur mine, il saisit avant Walter que ce qu'ils avaient à lui dire était des plus pénibles, si embarrassant même qu'ils n'arrivaient pas à le formuler.

– Guillermina, vos filles, elles sont... mortes, jeta Ruiz.

Un lourd silence tomba sur la pièce : chacun retenait son souffle. François se ressaisit et s'approcha du lit. Walter le regardait, interdit :

– M... Mortes ? articula-t-il.

Un temps, l'ex-légionnaire, l'ancien tueur de nazis demeura abasourdi, tel un bœuf assommé. Puis il éclata d'un rire incoercible tandis que son visage se couvrait de larmes : le spectacle de son désarroi était insupportable. Petit à petit, une agitation désordonnée le gagna. Le médecin sonna et une infirmière se présenta aussitôt à la porte.

– Vite, préparez une seringue de calmant... Vous autres, aidez-moi à le maintenir sur son lit, ordonna le médecin.

Même à trois, ils eurent le plus grand mal à l'immobiliser. Enfin, l'infirmière put pratiquer l'injection. Avant de sombrer, Walter lança un regard suppliant à François.

– Là, là, du calme : j'étais là, à leur enterrement. Et, avec moi, tous les habitants de Castedo.

– C'est bien... lâcha-t-il enfin dans un souffle.

Le commissaire fit promettre au médecin de le tenir informé de l'état de santé de son malade et interdit toute visite ; un policier monterait la garde devant la porte de la chambre, un autre resterait en faction dans le hall d'entrée. Le médecin s'engagea à observer ses instructions à la lettre.

Ils reprirent leur voiture et roulèrent quelque temps sans mot dire.

– Vous craignez qu'on ne s'en prenne aussi à lui ? s'inquiéta François.

– Les hommes qui ont égorgé les siens, à mon avis, cherchaient quelque chose. Et je pense qu'ils ne l'ont pas trouvé... Dès que Walter ira mieux, il faudra qu'il nous dise de quoi il retourne.

– Le sait-il d'ailleurs ? demanda-t-il machinalement en pensant à la clé que lui avait confiée Walter peu de temps auparavant.

– J'en suis convaincu... Du moins, il en aura idée. Bon, je vais faire mon rapport au chef de la police. Je vous laisse la voiture ?

– Non, merci. Déposez-moi plutôt au bar où j'avais rendez-vous avec Walter.

– Au Victory... ? Mais, vous allez vous jeter dans la gueule du loup !

– Parmi les habitués de l'endroit et ceux qui connaissent Walter, je veux savoir qui savait qu'il avait épousé une Indienne ; je suis sûr que les nazis sont les instigateurs de ces crimes.

– Si tel est le cas, vous êtes également en danger.

– Et vous aussi, Alberto : je vous rappelle que c'est vous qui avez reçu le sinistre colis.

– C'est vrai... On se retrouve chez moi à l'heure du dîner ?

– Entendu.

Un peu avant d'arriver au Victory, Ruiz gara la voiture. Il alluma un cigarillo, resta un instant songeur ; puis :

– Parmi les garçons de café, il y a en un, un métis, qui travaille quelquefois pour moi ; je lui ai sauvé la mise autrefois, je lui ai aussi rendu divers petits services... Il m'en est très reconnaissant. Vous le reconnaîtrez facilement : assez grand et plutôt beau garçon ; il s'appelle Niño. Dites-lui que vous venez de ma part et que vous avez besoin de son aide ; vous conviendrez d'un lieu de rendez-vous. Si nos amis sont mêlés à ça, ils ont dû en faire étalage : ils sont plutôt vantards dès qu'il s'agit de ce genre d'exploits... Niño a pu en entendre parler.

Il y avait foule au Victory ; François se fraya un chemin jusqu'au bar :

– Un whisky !

Un barman le servit. Tout en buvant, François observait la salle. À une table disposée près de la porte, il reconnut un Allemand avec lequel il avait joué aux échecs. L'homme l'aperçut et lui fit signe de la main ; François alla à lui.

– Monsieur Tavernier ! Monsieur l'ambassadeur ! Vous voici de retour à Santa Cruz ? Nous vous pensions reparti pour la France...

– Et pourquoi serais-je rentré ? Je viens juste d'être nommé ! Et puis, je dois vous le dire, je suis très curieux de savoir ce qu'il en est vraiment de cette guérilla, à l'est du pays... Savez-vous ce que l'on raconte ? On dit que Che Guevara en serait le chef...

– Baliverne ! s'exclama l'un des compagnons de table du joueur d'échecs. Un meneur d'hommes de sa trempe, de surcroît ancien ministre de Castro, ne s'abaisserait pas à commander une pareille bande de miteux !

– Qu'est-ce qui vous fait dire qu'il ne s'agit que d'une « bande de miteux » ?

– Oh, je n'en sais trop rien... Mais personne n'est vraiment capable de se battre, dans ce pays : pas plus les guérilleros que les militaires ! Quoique, pour ce qui concerne l'armée, les choses soient en train de changer : les Américains en assurent maintenant l'entraînement et d'anciens officiers allemands les assistent...

– Je suis sûr que ça donnera de bons résultats... ironisa François. À l'occasion, pourrais-je, euh... monsieur ?

– Laussen, général von Laussen.

– Ah, enchanté, mon général. Et... il y a longtemps que vous vivez en Bolivie ?

– Depuis que l'Allemagne a perdu la guerre, monsieur... Car il faut avoir perdu une guerre pour s'enterrer dans ce fichu pays ! jeta-t-il avant de vider son verre d'un trait. Niño ! donne-m'en un autre...

– Tout de suite, mon général.

– Et vous, M. Tavernier, voulez-vous boire quelque chose ? proposa le joueur d'échecs.

François lui désigna le verre à demi plein qu'il tenait encore à la main.

– Comme vous voudrez...

– Ainsi, mon général, vous prétendez que les Boliviens sont entraînés par des Américains ?

– Exact.

– Alors, que viennent faire des officiers allemands dans tout ça ?

– Oh, ce ne serait pas la première fois depuis la

guerre qu'Allemands et Américains collaborent. Mes compatriotes assurent la coordination et enseignent certaines spécialités... la manière de conduire un interrogatoire, par exemple.

– Hum, je vois...

– Vous savez, les gens d'ici ne savent pas s'y prendre avec des éléments rebelles. Heureusement, nous sommes là pour le leur enseigner...

– Parmi eux, y a-t-il d'anciens de la Gestapo ?

Avant de répondre, l'Allemand lança un regard cinglant à son interlocuteur.

– Quelques-uns...

– Alors, je ne doute pas que leur enseignement soit efficace... Excusez-moi, mon général.

François se dirigea vers le bar, dont Niño essuyait le comptoir d'un geste nonchalant ; il s'en approcha :

– Je suis un ami du commissaire Ruiz et j'aimerais vous parler.

Avant de répondre, le serveur jeta un bref coup d'œil autour de lui :

– Pas ici ! Je termine mon travail dans une heure : nous pourrions nous rencontrer au Café du Marché ; facile à trouver, c'est deux rues plus loin...

– Parfait, j'y serai.

Une heure plus tard, comme convenu, les deux hommes se retrouvaient devant une bière. Brièvement, François lui raconta ce qui était arrivé à la femme et aux enfants de Berger. Quand il en eut terminé, le visage de Niño était pâle et des gouttes de sueur perlaient à son front :

– Hum, c'est... c'est très mauvais, ça... balbutia-t-il.

– Vous avez idée de qui aurait pu commettre une pareille horreur ?

– Des truands à la solde de la police, peut-être...

270

– Comment ça ?

– Oh, c'est très simple : les autorités ferment les yeux sur certains trafics : drogue, prostitution, etc. En échange de quoi, quelques-uns de ces malfaiteurs se chargent des coups tordus de la police... D'éliminer les gêneurs, par exemple.

– Mais pourquoi tuer une femme, des gosses, des villageois sans histoires ?

– Un avertissement.

– Un avertissement ?

– Oui, à l'intention de votre ami.

– Mais pourquoi ?

– Sans doute sait-il quelque chose que la police ne veut surtout pas voir s'ébruiter...

– Concernant des trafics illégaux ?

– Non. Il s'agit sans doute de quelque chose de beaucoup plus important...

– Expliquez-vous.

– Quelque chose qui a trait aux Allemands...

– Les anciens nazis ?

– Par exemple.

– Qu'est-ce qui vous fait dire ça ?

– Au Victory, vous savez, j'entends beaucoup de choses : il y a peu, un de ces bandits, bien éméché, s'est laissé aller à raconter une « visite » qu'il aurait effectuée, avec des complices, dans un village...

– Un village situé près de Santa Rosa ?

– Oui, il a cité ce nom-là. Et il en riait encore, de sa virée, décrivant comment une femme avait tenté de protéger ses enfants et comment ils leur avaient coupé les nattes, à elle comme aux gamines...

– À quoi ressemble-t-il, ce bandit : c'est un Indien ?

– Non, un métis, comme moi, mais fort mal à l'aise dans sa peau : il ne rêve que de passer pour un Blanc. Pour ça, il s'habille même comme eux...

– A-t-il dit ce qui l'avait poussé à agir ?

– L'argent, pardi !

– Mais pourquoi avoir envoyé ces nattes au commissaire Ruiz ?

– Oh, probablement pour lui signifier qu'il ne devait pas se mêler de cette histoire, les prévenir, votre ami et lui, de ce qui les attendait s'ils ne se tenaient pas tranquilles...

– Pourrais-tu me désigner cet homme ?

Niño hésita :

– Je ne crois pas que ce serait une bonne idée : ce type est malin, très cruel aussi...

– Il faut que je sache qui c'est !

Le serveur resta songeur quelques instants, puis donna un léger coup de menton sur sa gauche.

– Il est assis près de la fenêtre... Le type qui porte un costume blanc sur une chemise noire.

– Oh, je vois ! Il a tout du parfait maquereau !

– C'en est un...

– Joli monsieur !

– Surtout, dites au commissaire de se montrer prudent : je n'aimerais pas qu'il lui arrive malheur...

– Moi non plus... Rassurez-vous, je le lui dirai. Merci.

François regagna à pied le domicile du commissaire Ruiz. À son arrivée, il lui fit immédiatement part de sa conversation avec Niño et des craintes qu'avait exprimées le métis.

– Brave garçon ! J'espère qu'il n'aura pas d'ennuis...

Quelque part dans la maison, le téléphone sonna. Peu après, Josefa entrait dans la pièce où se tenaient les deux hommes :

– Monsieur, c'est l'hôpital : ils disent que c'est important...

Ruiz décrocha l'appareil de son bureau :

– Allô ?

– Allô, commissaire Ruiz ? entendit-il dans le combiné. M. Berger a disparu !

– Disparu ?

– Oui. Il y a une heure à peu près, l'infirmière s'est rendue dans sa chambre pour lui prodiguer les soins du soir : il n'y était plus...

– Vous l'avez cherché dans les autres services ?

– Bien sûr : aucune trace !

– Peut-il marcher ?

– Difficilement. Pas sans aide, en tout cas...

– Bien, merci, docteur.

– David a...

– Oui, j'ai compris. Pensez-vous qu'il ait été enlevé ?

– Possible... Bon, je vais tout de suite au commissariat.

– Je vous accompagne.

– Si vous voulez...

À leur arrivée, les policiers de service étaient en effervescence.

– Que se passe-t-il ? s'enquit immédiatement Ruiz.

– Monsieur le commissaire, sans doute un règlement de comptes... Au Café du Marché.

– Des morts ?

– Deux : Niño et un autre métis, bien connu de nos services ; une petite crapule, fichée chez nous comme souteneur et trafiquant de drogue...

Accablé, Ruiz se laissa tomber sur un banc.

– Ils n'ont pas perdu de temps... murmura-t-il.

Puis, se ressaisissant, il donna quelques ordres et fit appeler son adjoint :

— Lucio, M. Berger a disparu de l'hôpital. Es-tu au courant ?

— Oui, patron : le policier de garde devant sa porte a appelé, il y a de ça une vingtaine de minutes...

— Qu'a-t-il dit ?

— Un infirmier se serait présenté à la porte de la chambre, prétendant que le médecin souhaitait procéder à un nouvel examen. Il était accompagné d'un brancardier : ensemble, ils ont placé le malade sur une civière...

— Quelle était l'attitude de M. Berger ?

— Tranquille, à ce que m'a dit le collègue...

— Pendant mon absence, que s'est-il passé d'autre ?

Lucio prit un air gêné et répondit sans regarder le commissaire dans les yeux :

— Oh, rien d'important, la routine quoi...

— Rien de nouveau du côté des milieux nazis ?

La gêne de l'adjoint s'accentua.

— Eh bien, parle ! Qu'est-ce que tu as ? Je ne te reconnais pas...

L'autre bredouilla :

— C'est que... On vous a retiré l'enquête concernant...

Il désigna François du menton.

— Je suis au courant, figure-toi ! Rien d'autre ?

« Non », fit l'autre en secouant la tête.

— Je te remercie. Ah si, une chose : tu peux me rendre un petit service ?

— Volontiers, patron.

— Renseigne-toi sur l'avancée de cette fameuse enquête.

— Mais, patron...

— Oui, oui, d'accord, ce n'est pas très légal puisqu'on m'a retiré l'affaire... On dirait que tu as peur ? Si tu as appris quelque chose, tu dois me le dire. Et tu sais pourquoi...

– Euh, oui patron.

– Ça va, tu peux t'en aller. Mais réfléchis bien...

Quand il fut sorti, Ruiz entreprit de marcher de long en large, les traits crispés :

– Il sait quelque chose... il sait quelque chose... marmonnait-il entre ses dents.

– À propos de notre enquête ? questionna François.

– Sûrement... Bon, je vais faire mon rapport sur Berger et sa famille : vous serez sans doute appelé à témoigner...

– Que fait-on, pour Walter ?

– J'envoie d'abord un inspecteur à l'hôpital puis deux autres, des spécialistes de la pègre, fouiner dans les quartiers chauds. On verra bien ce que ça donne...

– Si vous le permettez, je vais rentrer chez vous et téléphoner à Léa.

– Faites, faites. Mais rappelez-vous...

– ... que vous êtes sur écoute !

– À tout à l'heure. Prenez la voiture, je me ferai reconduire... Ah, à l'occasion, demandez donc à Lilo de lui donner un peu meilleure allure : on dirait un tas de boue !

Angelina lui ouvrit la porte :

– Bonjour, monsieur, dit-elle en s'effaçant pour le laisser entrer.

– Bonsoir, Angelina. Vous avez l'air fatigué...

– Depuis l'autre soir, nous ne fermons plus l'œil dans cette maison...

– Je comprends, mais il faut surmonter cela.

– Monsieur, on ne peut pas surmonter la mort...

Elle est sous ce toit... Elle attend son heure et malheur à celui ou à celle qu'elle choisira !

Sortant de l'office, Lilo entendit les paroles de sa femme :

– Il ne faut pas ennuyer monsieur avec nos histoires : c'est un étranger et...

François ne comprit pas la suite de l'échange, qui se fit sans doute en quechua, voire en guarani... Il laissa le mari et la femme dans l'entrée et se dirigea vers le bureau d'Alberto. De surprise, il s'immobilisa sur le seuil : toute la pièce était maintenant illuminée de bougies et une sorte d'autel y avait été aménagée. Des statuettes, à la fois grotesques et menaçantes, s'y dressaient. Parmi elles, l'une représentait la Vierge Marie que dominait un très beau crucifix d'argent. Josefa se tenait à genoux devant l'autel, un rameau à la main. Elle sursauta à son approche et se releva péniblement.

– M. Alberto n'est pas avec vous ?

– Il a dû rester au commissariat, mais il sera là pour dîner.

– Avez-vous vu ces malheureuses, monsieur ?

– Oui. Nous avons assisté à leur enterrement et, comme vous me l'aviez recommandé, j'ai bien déposé les nattes dans chacun des trois cercueils.

– Alors, tout est bien : elles auront pu partir en paix. Merci, monsieur, d'avoir aidé ces âmes !

Josefa étreignit les mains de François et les baisa avec effusion.

– Josefa, je vous en prie...

– Que les dieux et Notre-Seigneur Jésus-Christ vous protègent, vous et votre famille ! Vous êtes un homme bon.

François se troubla : c'était bien la première fois que quelqu'un lui disait qu'il était bon.

– Josefa...

– Oui, monsieur.

– Il faut aussi prier pour le père des petites : il a été enlevé.

– Oh, mon Dieu ! s'exclama-t-elle en retombant à genoux devant l'autel.

Ruiz revint tard dans la soirée, l'air sombre, le visage marqué de fatigue.

– Monsieur Alberto, avez-vous dîné ? s'inquiéta Josefa.

– Non, mais je n'ai pas faim.

– Il faut manger, Albertino. Je vous sers quelque chose dans votre bureau. M. Tavernier s'y trouve déjà...

À demi allongé sur un canapé, François fumait un cigare, un verre d'alcool à la main ; il leva à peine la tête à l'entrée d'Alberto.

– Je crois que j'ai abusé de votre vieux cognac...

– Vous avez bien fait. D'ailleurs, je vais vous accompagner...

Après avoir frappé, Josefa entra, portant un plateau.

– Qu'est-ce que c'est que ça ? demanda Alberto en désignant l'autel.

Sans répondre, la domestique déposa le plateau sur le bureau.

– Je t'ai dit que je n'avais pas faim, s'irrita-t-il.

– Il faut manger ! rétorqua-t-elle.

– Je n'ai plus douze ans !

– Je n'en suis pas si sûre... Mange !

Ruiz poussa un soupir et s'attabla derrière son bureau. Mains sur les hanches, la vieille Indienne l'observait :

– Mange, s'entêta-t-elle.

Le commissaire finit par s'exécuter ; un sourire

attendri parut sur ses lèvres. Alors seulement, Josefa, satisfaite, quitta la pièce.

François attendit que son hôte eût avalé quelques bouchées avant de l'interroger :

– Alors, avez-vous appris quelque chose au sujet de Walter ?

– Rien, mais l'un de mes meilleurs hommes est sur le coup : il connaît bien les milieux allemands, de Santa Cruz en particulier et du reste du pays en général ; sa mère était allemande, juive allemande... De plus, il connaît personnellement Walter. Quand je lui ai appris la mort de sa femme et de ses enfants, il s'est écrié : « Comment ont-ils pu ? » J'ai essayé de savoir ce qu'il voulait dire par là mais il a refusé de s'expliquer davantage...

– Je dois le rencontrer.

– On verra ça demain.

– Et sur les assassinats du Victory, vous avez du nouveau ?

– Oh, c'est une exécution en règle, réalisée par des professionnels : nous n'avons pu obtenir aucun témoignage !

– Guère étonnant...

– De son côté, le chef de la police m'a confirmé mon dessaisissement, dans l'affaire vous concernant. En aparté, cependant, il m'a prié de poursuivre discrètement l'enquête...

– Voilà qui est curieux.

– En effet, car il s'agit d'un homme très froid, d'origine péruvienne et d'une grande intégrité, ce qui est plutôt rare dans la police... Il se montre en outre hostile à tout ce qui relève de la politique, distant avec ses collaborateurs et toujours... « service-service ». Tout cela rend sa demande plus étrange encore. Il s'est douté qu'elle me surprendrait ; c'est sans doute pour cela qu'il a cru devoir ajouter : « Vous en saurez plus à un autre moment. Pour l'heure, je ne peux rien dire... » J'ai dû avoir l'air complètement ahuri : « Remettez-vous, Ruiz, a-t-il conclu. Il ne faut pas se fier aux apparences... » J'ai hâte de savoir ce qu'il a voulu me dire...

— Ma foi, moi aussi ! J'espère que ça n'en fera pas la prochaine victime...

— J'y ai pensé, figurez-vous !

23.

À La Paz, Léa tournait en rond dans leur grande maison, s'impatientant du peu de nouvelles que lui donnait François. Dominique et Tounet Ponchardier tentaient bien de la distraire, mais sans grand succès.

Une matinée pendant laquelle avec Tounet elle avait arpenté le *Mercado de Hechicería*, y achetant force amulettes, Léa avait voulu se faire dire la bonne aventure à l'aide de feuilles de coca. Non sans mal, d'ailleurs : aucune des nombreuses *yatiris* [1] installées au long du mur de l'église San-Francisco ne voulait prédire son avenir à une *gringa* [2]. Enfin, la plus âgée des guérisseuses avait accepté, jeté en l'air une poignée de feuilles et examiné longuement leur disposition au sol. « Tu dois quitter ce pays au plus vite, avait-elle finalement décrété dans un mauvais espagnol : Tu es en danger de mort ! Bien des forces mauvaises s'agitent autour de toi et autour des tiens... Et puis, ton cœur est fatigué, très fatigué ; mais ça, tu le sais... » Léa tressaillit à ces paroles tandis que, d'un geste brusque, la vieille éparpillait les feuilles : « C'est tout, je ne vois plus rien ! » Léa devina qu'elle mentait et s'en convainquit tout à fait quand la vieille ajouta : « Je

---

1. Voyantes.
2. Étrangère.

prierai Pachamama pour toi. Tiens, prends ça et porte-le à même la peau, le plus près possible de ton cœur : ça pourra peut-être te protéger... » L'Indienne lui glissa alors, entre les mains, un petit paquet ficelé avec un brin de laine de vigogne puis refusa sèchement l'argent que lui tendait Léa. Certains détails de la scène lui en rappelèrent une autre, identique, vécue à Paris durant la guerre avec la Bohémienne du quartier Mouffetard[1]... Le cœur serré, elle s'était appuyée au bras de Tounet : elles entrèrent dans la Confitería La Paz. La salle paraissait comble, quand une table se libéra dans le fond ; elles y prirent place.

– Qu'est-ce qui vous fait envie ? Moi, je veux un café... fit-elle en français.

– Va pour un café, répondit Tounet. Deux cafés, s'il vous plaît.

Ni l'une ni l'autre n'avaient remarqué, en s'installant, le petit homme chauve qui, lisant son journal à une table voisine, avait brusquement relevé la tête en les entendant s'exprimer dans une langue étrangère.

– Votre sandwich, *señor* Altman, annonça un serveur en déposant une assiette sur sa table.

Malgré sa distraction, Léa ne put réprimer un sursaut à ce nom. De son côté, Altman remarqua son trouble sans vraiment savoir à quoi l'attribuer. Il considéra plus attentivement les deux femmes et tendit l'oreille, tentant de comprendre ce qui se disait à leur table.

– Léa, buvez votre café : il va être froid. Ce serait dommage, il est excellent...

Machinalement, Léa vida sa tasse.

---

1. Voir *101, avenue Henri-Martin* ; Le Livre de Poche, nº 6391.

– J'espère que vous n'avez pas ajouté foi ce que vous racontait cette vieille sorcière, s'inquiéta Tounet en riant.

Léa se mit à rire à son tour, répliquant qu'elle n'attachait aucune importance aux propos d'une diseuse de bonne aventure... Tous ses sens aux aguets, elle crut entendre comme un soupir de soulagement chez leur voisin. S'efforçant d'afficher un ton plus enjoué, Léa continua de bavarder de tout et de rien. Aussitôt qu'elle l'eut jugé raisonnable, Léa paya et elles quittèrent l'établissement. « Des touristes... » songea Barbie en se replongeant dans sa lecture.

Dans la rue, Léa marchait à vive allure.

– N'allez pas si vite : vous allez être essoufflée. On dirait que vous avez le diable aux trousses...

La jeune femme s'immobilisa :

– Un instant plus tôt, vous étiez assise à côté de lui ! J'ai vu la photo de cet homme sur le bureau de François : c'est Klaus Barbie. Arrêtez un taxi et demandez-lui qu'on nous conduise à l'ambassade.

Tounet s'exécuta et elles se retrouvèrent rapidement dans le bureau de l'ambassadeur de France. Le diplomate écouta attentivement leur récit, puis se leva, furibard :

– Vous êtes complètement inconsciente, ma chère : vous vous jetez dans un repaire de nazis ! Vous le saviez pourtant, que ce café était l'un de leurs fiefs !

– Je... j'avais oublié, concéda Tounet, piteuse.

– J'espère au moins qu'il ne vous a pas remarquées... Léa, rentrez chez vous, et attendez le retour de François.

Dans le couloir, Tounet avait attiré son amie à elle :

– Ne vous inquiétez pas, il va se calmer...

Pour tuer le temps, presque tous les jours, quand elle n'était pas trop fatiguée, Léa visitait au hasard un musée ou une église.

À quelques jours de là, elle eut l'impression qu'on la surveillait : elle se trouvait pratiquement seule au Museo Costumbrista Juan de Vargas, occupée à examiner des vues du vieux La Paz, quand elle nota la présence de deux hommes qui faisaient mine de s'intéresser à un diorama reconstituant, à l'aide de figurines en céramique, la pendaison de Murillo. Léa crut les avoir déjà croisés ailleurs et décida d'en avoir le cœur net. Une fois sortie de l'exposition, elle remonta la Calle Jaén et entra à la Casa de don Pedro Murillo, le fameux pendu. Longtemps elle s'attarda devant le tableau qui représentait la mise à mort du maître des lieux : un peu plus loin, les deux mêmes individus considéraient des miniatures d'Alasitas. Léa quitta alors la bâtisse et entra au Museo del Litoral, situé dans la même rue : là aussi, elle revit les deux hommes. Pour avoir la certitude de ne pas s'être trompée, elle se rendit alors au Museo de los Metales Preciosos Pre-Colombinos, ouvert à quelques numéros du précédent. Aucun doute : ces deux types la suivaient pas à pas. Les observant à la dérobée, elle acquit la conviction que ses suiveurs n'étaient pas boliviens : ils étaient plutôt grands, de type européen. Dehors, elle héla un taxi et se fit conduire à l'ambassade, où elle demanda à voir Ponchardier de toute urgence. Celui-ci la reçut une dizaine de minutes plus tard.

— Eh bien, que se passe-t-il ?

— Toute la journée j'ai été suivie par deux hommes.

— Vous en êtes sûre ?

— Je leur ai fait faire tous les musées de la Calle Jaén...

— Comment étaient-ils ?

– Européens, grands...

– Bien habillés ?

– L'un d'eux surtout : j'ai remarqué qu'il portait un costume très bien coupé, avec cravate et pochette assortie...

– Tony l'Élégant !

– Pardon ?

– Tony l'Élégant : un tueur de la pire espèce, acoquiné à la pègre locale. Les services spéciaux, américains comme boliviens, l'emploient à l'occasion comme homme de main. Plus généralement, qui peut se payer ses services peut avoir recours à lui...

– Vous avez l'air de bien le connaître ?

– Il est français.

– Français ?

– Oui : un ancien milicien, en fuite depuis la Libération.

– Pourquoi ne l'arrêtez-vous pas ?

– C'est que nous ne sommes pas en France, ici. Et puis, comme notre ami Barbie, l'homme a acquis la citoyenneté bolivienne. Il figure d'ailleurs au nombre des relations de l'ancien S.S... Vous voilà dans de beaux draps !

Ils restèrent songeurs quelques instants.

– Pensez-vous que ce soit sur ordre de Barbie qu'ils me suivent ?

– Possible... Je vais me renseigner.

– Merci, Dominique.

– En ce qui vous concerne, ne changez rien à vos habitudes : il ne faut pas que ces gars-là se croient repérés. De mon côté, je vais les faire filer et essayer de savoir pour qui ils travaillent... Tout de même, ne fréquentez que les lieux publics : ça leur rendra la tâche plus délicate, s'ils avaient la mauvaise idée de chercher à vous enlever, voire... pire.

– Eh bien, vous n'êtes guère rassurant.

– Le contraire me serait difficile : vous avez deux tueurs à vos trousses et c'est ça que je voudrais que vous compreniez. Rentrez chez vous. Je vais vous faire raccompagner et la surveillance de votre maison va être renforcée.

– Vous croyez que c'est nécessaire ?

– Je ne crois rien : je prends mes précautions.

À peine Léa sortie, Dominique Ponchardier décrocha son téléphone :

– Allô ! Le ministère de l'Intérieur ? Bien, passez-moi le chef de cabinet... Merci, j'attends.

« Il faut que Tavernier renvoie sa famille en France... Je dois lui en parler dès son retour », pensait-il en patientant.

– Allô ! Francisco ?... Il faut que je vous voie, c'est important... Où ? mais où vous voulez... À la résidence ? D'accord. Quand ?... Ce soir, parfait... Vers 22 heures. Merci.

Il était dit que la journée serait riche en événements fâcheux : Thérèse de Lioncourt alla annoncer à l'ambassadeur de France que les milieux nazis étaient entrés en effervescence : le bruit y courait que l'enlèvement de l'un d'eux se tramait. Pour le moment, aucun nom n'avait encore été avancé. Après une pause, la collaboratrice de Dominique Ponchardier ajouta :

– Et puis, on a fouillé dans les archives.

– Quoi ? Qu'est-ce que vous me racontez ?

– Ce matin, le dossier des « Affaires sensibles » n'était plus à sa place. J'en ai tout de suite parlé à Beate qui travaille aux archives : elle m'a paru troublée mais je n'ai rien pu en tirer... Soit dit en passant, on devrait peut-être s'en séparer : il ne me semble pas acceptable que l'ambassade de France emploie des personnes qui travaillent aussi pour l'ambassade d'Allemagne...

– Vous avez sans doute raison, mais cette Beate était là bien avant mon arrivée...

– Ce n'est pas une raison.

– D'autres documents ont-ils disparu ?

– À première vue, non. Mais je n'en suis pas encore sûre...

Préoccupé, Ponchardier ne regagna pas la résidence pour le déjeuner ; il se fit servir une collation, qu'il partagea avec Thérèse de Lioncourt.

– Vous avez l'air soucieux, remarqua-t-elle.

– Il y a de quoi, ne trouvez-vous pas ?

On frappa à la porte.

– Entrez ! Qu'est-ce que c'est ?

– Excusez-moi de vous déranger, monsieur l'ambassadeur : nous avons reçu un message de M. Tavernier, annonça un jeune secrétaire.

– Donnez. Merci, je vous verrai plus tard...

Au fur et à mesure qu'il progressait dans sa lecture, le large visage de l'ambassadeur se décomposait.

– Que se passe-t-il ?

– Walter Berger a été enlevé, sa famille assassinée...

– Mon Dieu !

– S'il vous plaît, laissez Dieu en dehors de ça ! Qu'est-ce que tout cela veut dire ? Je crois que nos ennemis en savent plus que nous ne le croyions sur les véritables intentions de Tavernier en Bolivie...

– Si cela est vrai, sa vie est une nouvelle fois en danger.

– La sécurité de sa famille aussi... Léa est en permanence suivie par deux cocos à la solde des Allemands.

Dans la soirée, Léa appela Camille et Claire à Montillac. Camille lui parut distante. Puis Claire piqua une grosse colère au bout du fil lorsqu'à la question « Quand est-ce que vous rentrez, papa et toi ? » Léa eut répondu « Je ne sais pas... » Au milieu des hurlements de la fillette, Léa percevait la voix de Marie-Françoise Rousseau qui tentait de la calmer. Après de longues minutes de ce brouhaha, elle perçut le bruit d'une porte qu'on claquait au loin.

– Allô ! Allô ! Marie-Françoise ?

– Oui, Léa.

– Ça n'a pas l'air d'aller très fort...

– En effet, Camille est de plus en plus morose et Claire de plus en plus difficile. Il serait temps que vous rentriez...

– Je sais, je sais, Marie-Françoise. Mais il se passe ici des choses qui nous obligent à rester encore.

– Hum, je vois... Avez-vous des nouvelles d'Adrien ? Je m'en veux tellement de n'avoir pas compris ce qu'il s'apprêtait à faire...

– Ce n'est pas de votre faute. Cela dit, nous n'avons toujours pas de nouvelles d'Adrien. Je crains que nos enfants n'aient que trop souffert de la vie chaotique que mènent leurs parents... Prenez bien soin de mes filles, surtout de Claire : je redoute l'avenir pour elle.

– Il ne faut pas, Léa. C'est une enfant intelligente, très intelligente. En ce moment elle est capricieuse car vous lui manquez. Mais soyez sans crainte, elle a en elle plus de ressources que vous ne l'imaginez.

– J'espère que vous avez raison... Comment va Montillac ?

– Pour le mieux : la dernière vendange s'est très bien vendue.

– Bravo ! N'hésitez pas à m'appeler : de notre côté, c'est parfois difficile d'obtenir la France.

– Oh, j'ai déjà essayé, vous savez. Mais j'ai l'impression que les opératrices n'ont jamais entendu parler de La Paz en Bolivie ! Vous plaisez-vous là-bas ?

– Oui et non... C'est un étrange pays, où l'on se sent on ne peut plus... étranger ! Les Indiens restent très distants et ne comprennent pas toujours l'espagnol. Quant aux descendants des conquistadores, comme partout, chez les descendants des colonisateurs, on y rencontre le pire et le meilleur, surtout parmi les plus riches. Allô !... Allô !...

– Oui ?

– J'ai cru que nous étions coupées. Bon, je vais raccrocher. Dites bien à mes filles que je les aime. Et merci pour tout, Marie-Françoise.

Le lendemain, Tounet entra sans frapper dans la chambre de Léa :

– Léa, Léa, réveillez-vous !

– Qu'est-ce qui se passe, on a retrouvé Adrien ?

– Non : Charles d'Argilat !

– Qu'est-ce que vous racontez ? grogna Léa en se dressant à demi.

– Un télégramme est arrivé à l'ambassade et Dominique l'a ouvert...

– Et alors ?

– Alors c'est Charles qui nous annonce sa venue à La Paz !

« Il ne manquait plus que lui ! », pensa-t-elle en se laissant retomber sur les oreillers.

– Ça n'a pas l'air de vous réjouir...

Léa parvint à sourire :

– Bien sûr que si ! Et il vient d'où ?

– Du Mexique.

– Du Mexique... ? Quand sera-t-il là ?

– Après-demain...

– Que va dire François ?

– Ce n'est pas le sujet. Habillez-vous. Dépêchez-vous, je vous attends.

Tounet sortie, Léa, le cœur étreint d'une folle angoisse, éclata en sanglots. « Je dois me calmer, je dois me calmer... » se répétait-elle, redoublant de pleurs. Une douleur brutale interrompit ses lamentations. Il y eut comme un blanc... Tout à coup, tout lui parut vain, lointain... À quoi bon... Ce qui est écrit est écrit... Le regard perçant de la *yatiri* dominait le sien. Une lame de fatigue s'abattit sur elle, l'emportant doucement vers le large... Son corps flottait... Ses paupières étaient lourdes... Quel était ce bruit qui résonnait si fort en elle ?... Tout tremblait... Une nouvelle vague de fatigue la submergea... François !

– Léa ! Léa ! réveillez-vous...

– Quoi ? Que se passe-t-il ? Que faites-vous ici, Tounet ?

– Vous nous avez fait une de ces peurs ! Je venais de vous quitter après vous avoir annoncé l'arrivée de Charles quand je vous ai entendue gémir. Je suis entrée, vous étiez sans connaissance. Alors, j'ai crié : « Vite, vite : un médecin ! » Vos domestiques, complètement affolés, brassaient de l'air. J'ai donné l'ordre d'appeler un médecin, celui de l'ambassade... Et le voici.

– Bonjour, madame Ponchardier, je suis venu aussi vite que j'ai pu. Je suis heureux de voir que ce n'est pas pour vous...

– Docteur, je vous en prie, examinez mon amie au

plus vite : Mme Tavernier a eut un malaise, on l'a crue... morte.

— Je vais l'examiner, laissez-nous, je vous prie.

Tounet sortit.

— Alors, jolie dame, vous n'avez pas l'air très en forme...

Tout en parlant, le nouveau venu avait sorti son stéthoscope. L'auscultation terminée, un pli soucieux lui barrait le front :

— Ce n'est pas la première fois que vous avez ce genre de malaise, n'est-ce pas ?

— Non, en effet.

— Vous avez vu un spécialiste, alors ?

— Non.

Le médecin la considéra, perplexe.

— Vous n'avez donc pas consulté l'un de mes confrères ?

— Non, vous dis-je. Mais vous allez me conseiller de rentrer en France au plus vite... etc., etc.

À présent, l'homme de l'art affichait un air franchement stupéfait, si ahuri même que la malade en éclata de rire :

— Allons, ne faites pas cette tête, docteur. Je me soignerai plus tard...

— Plus tard, plus tard... Il n'y aura peut-être pas de « plus tard »... Pardonnez ma brutalité, madame, mais j'ai rarement rencontré tant d'inconscience chez l'un de mes patients. Vous n'avez plus envie de vivre ou quoi ?

— Ce n'est pas ça...

— Alors, c'est quoi ?

— Je n'ai jamais été malade de ma vie, docteur...

— Eh bien, ce n'est pas une raison... Vous êtes complètement folle ! On n'est jamais malade et puis,

291

un beau jour... on est mort ! Votre mari est-il au courant ?

Léa eut un cri :

— Non ! Surtout, ne lui dites rien, je vous en supplie...

De plus en plus surpris, le praticien s'assit au rebord du lit :

— Bon, écoutez-moi bien : si vous n'observez pas strictement le traitement que je vais vous prescrire, je vous fais rapatrier d'urgence après avoir tout révélé à votre mari. Vous m'avez bien compris ?

— Oui, docteur, fit-elle d'une petite voix.

— Bien.

Il rédigea l'ordonnance.

— Voici. Envoyez tout de suite quelqu'un à la pharmacie internationale y chercher ces médicaments.

— J'irai moi-même, docteur...

Léa crut qu'à son tour, le médecin allait défaillir.

— Vous ne bougez pas ! Vous m'entendez : vous ne bougez pas !

— Mais...

— Sinon...

On frappa à la porte et Tounet apparut aussitôt.

— Euh, j'ai cru vous entendre crier, docteur... Quelque chose ne va pas ?

— Il y a que notre malade n'est pas des plus faciles ! Elle doit se reposer à tout prix et toute émotion doit lui être épargnée. Et je compte sur vous pour qu'elle prenne ses médicaments : voici l'ordonnance. Je repasserai demain. Au revoir, mesdames.

Quand il fut sorti, Tounet se tourna vers son amie.

— Je ne l'ai jamais vu dans un pareil état... Que lui avez-vous fait ?

— Moi ? Rien...

292

– Étrange, tout de même... Enfin, que vous a-t-il dit ?

– Que l'altitude fatiguait mon cœur et que je devais me reposer...

– Si ce n'est que cela, ça va passer : c'est une question d'accoutumance ; j'ai eu des symptômes analogues au début de mon séjour. En attendant, il faut obéir au bon docteur. Le chauffeur ira chercher les médicaments.

24.

Les accompagnant d'un vieux cognac, Ruiz et Tavernier fumaient de magnifiques havanes. Une étrange atmosphère régnait dans le bureau du commissaire, où l'autel dressé par Josefa les empêchait d'oublier la raison qui les tenait réunis. Les bougies achevaient de se consumer, mêlant leur fumée à celle des cigares. La musique bolivienne qu'Alberto avait choisi de passer sur le tourne-disque maintenait les deux hommes dans une profonde mélancolie d'où ni l'un ni l'autre ne cherchaient à s'extraire. Plongés dans cette sorte de torpeur, ils ne prêtèrent guère attention aux voitures qui vinrent pétarader sous leurs fenêtres quand, soudain, des tirs éclatèrent : plusieurs balles s'écrasèrent dans les montants de la bibliothèque. D'un seul geste, les deux fumeurs se jetèrent au sol. Puis, se glissant à quatre pattes derrière le meuble, Alberto tira deux pistolets du tiroir de son bureau ; il en tendit un à François. Ils se précipitèrent hors de la pièce. Josefa et son gendre se tenaient, effarés, sur le perron, recroquevillés dans l'encoignure de la porte. Un nouveau coup de feu claqua, isolé : de l'une des voitures tomba ce qui leur sembla être une forme humaine. Dans un crissement de pneus, les véhicules démarrèrent et s'enfuirent. Un lourd silence s'abattit sur le quartier. Saisi d'une confuse angoisse, François restait comme paralysé. Arme au poing, Alberto descendit les marches prudemment et s'avança jusqu'à la masse informe. Le cadavre, car il s'agissait bien d'un corps humain, portait une jambe plâtrée ! À son tour, François trouva la force d'approcher, certain maintenant de ce qu'il allait découvrir : Walter Berger gisait là, à même l'asphalte. Aidé de Lilo, ils transportèrent sa dépouille à l'intérieur et la déposèrent sur le divan du bureau. Interdit, François contemplait le visage tuméfié de son ancien compagnon d'armes, ses doigts dont les ongles avaient été arrachés, les brûlures de cigarette qui constellaient sa poitrine découverte...

– Les salauds ! siffla le policier entre ses dents. Regardez, là... sur le plâtre : *« Vous êtes long à comprendre ! Le youpin n'avait pas compris, lui non plus. Voyez le résultat... »* lut-il, d'une voix blanche.

– Quatre morts... Il en reste deux... murmura François, se parlant à lui-même.

Des sirènes de police déchirèrent la nuit puis de sonores coups de frein retentirent devant la maison. Les sirènes se turent et plusieurs policiers en civil gravirent quatre à quatre les marches du perron tandis que d'autres, en uniforme, prenaient position tout autour de la résidence du commissaire. Le commandant Lorenzo Aguilla, supérieur d'Alberto Ruiz, se figea devant le cadavre torturé : crispation des mâchoires mise à part, son visage sévère ne trahit aucun sentiment :

– Racontez ! ordonna-t-il à Ruiz.

D'une voix lasse, Alberto fit le récit de la soirée, Aguilla l'écoutant attentivement.

– Vous confirmez ? demanda-t-il à Tavernier.

– En tout point.

– Vous connaissiez bien M. Berger, n'est-ce pas ? Enfin, celui qui se faisait appeler ainsi...

– En fait, il s'appelait David Lévy.

– Lévy ? C'est plus conforme à l'infâme inscription que porte son plâtre... Et vous le connaissiez depuis longtemps ?

– Depuis la guerre d'Indochine : nous y avons combattu côte à côte.

– Et depuis ?

– Je ne l'ai revu qu'ici.

– On m'a dit qu'il possédait une affaire de taxis... N'était-il pas aussi représentant en spiritueux ?

– C'est exact.

– Avait-il d'autres activités... moins publiques ?

– Pas à ma connaissance.

– Avait-il une famille ?

– Oui... Mais, il y a peu, sa femme et ses filles ont été assassinées ; elles vivaient dans un village proche de Santa Rosa.

– Ah, c'est sans doute pour cette raison que cet autel a été dressé ?

– En effet, confirma Alberto. C'est l'œuvre de ma gouvernante.

– Et pourquoi ces crimes ? Avez-vous une idée ?

– J'ai interrogé tous les habitants de Castedo, le village des victimes : il semble que ces crimes aient été commis par des bandits de type européen...

Le chef de la police garda un moment le silence. Un nouvel arrivant se présenta à la porte du bureau.

– Ah ! docteur, vous voici : vous avez du travail...

– Je vois, je vois... fit, laconique, le praticien.

– Bon, laissons le légiste procéder à ses constats, décréta le commandant. Sortons.

Ruiz les conduisit au salon, où un feu flambait dans la cheminée. Sur une desserte, Alberto préleva verres et bouteille.

– Cognac pour tout le monde, je suppose...

– Ça s'impose... acquiescèrent les deux autres.

Ils burent, entourés d'un lourd silence. Le chef de la police le rompit le premier :

– Bien, parlons franc : quelle était la véritable raison de la présence de M. Lévy en Bolivie ? demanda-t-il à Tavernier.

François lança un long regard à Alberto ; l'échange n'échappa pas au policier.

– Comment le saurais-je, commandant ?

– Je vous en prie, monsieur Tavernier. Nous savons vous et moi que les activités professionnelles de votre ami lui servaient de couverture : on ne massacre pas une famille entière, on ne torture pas un homme à mort pour de simples rivalités commerciales ! D'ailleurs, l'inscription qu'il porte sur son plâtre nous éclaire assez à cet égard... Quant à vos propres agissements dans ce pays, ils ne sont pas non plus des plus clairs : vous n'ignorez pas que, si mon collègue Ruiz a été déchargé des dossiers vous concernant, c'est qu'ils pouvaient impliquer des proches du gouvernement, des hommes sans doute très puissants, tant sur le plan politique que sur le plan économique. Je n'ai pas approuvé cette mise à l'écart mais je l'ai comprise. D'autre part, il semblerait qu'avec le malheureux qui gît dans la pièce d'à côté vous vous soyez rendu dans le Triangle rouge...

– Le Triangle rouge ?

– Dans l'entourage du président Barrientos, c'est ainsi que l'on désigne la zone Camiri-Lagunillas-Monteagudo, là où se déroule la guérilla. Ce n'est sans doute pas ce que vous avez pu voir là-bas qui est cause de vos ennuis...

– « Ennuis »... comme vous y allez ! Que vous faut-il de plus ?

– Je ne sais pas, moi... Des indices... Des noms... Des preuves !

– Oh, je suppose que vous en savez déjà long là-dessus... Et puis, les noms, vous devez les connaître... Je me trompe ?

Le chef de la police cherchait comment éviter de répondre quand on frappa à la porte.

– Entrez ! lança-t-il, heureux de la diversion.

Le médecin chargé des premières constatations entra.

– Eh bien, docteur ?

– Mon commandant, cet homme a été battu et torturé plusieurs heures durant, avant de décéder. Ses tortionnaires ont utilisé l'eau et l'électricité...

« Les vieilles méthodes de l'avenue Henri-Martin [1]... » songea François.

– ... Ses assassins sont des professionnels et, avant de l'achever, ils ont dû chercher à lui faire dire quelque chose... compléta le légiste.

– Sont-ils parvenus à leurs fins, selon vous ? s'inquiéta Ruiz.

Le médecin le considéra, incrédule :

– Mon cher commissaire, la résistance humaine a ses limites : comment supporter pareil traitement sans craquer ?

– Non ! s'écria Tavernier. Non, pas lui ! Après ce qu'on a fait subir à sa famille, la haine, le désir de vengeance lui auront donné la force de se taire !

– Possible... concéda le médecin. Dans certains cas, un extrême ressentiment peut sans doute atténuer les douleurs physiques... Néanmoins, nous ne le saurons jamais. Sauf si...

---

1. Voir *101, avenue Henri-Martin*.

– Sauf s'il se produit d'autres événements similaires.

– Je crains que votre hypothèse ne soit la bonne, docteur. Et, en ce cas, nous le saurons très vite, prévint François.

– Comment cela ? s'alarma Aguilla.

– Ils vont tenter de nouvelles actions, à mon encontre ou à celle de Ruiz.

– Je suis aussi de cet avis, confirma Alberto.

– Et sur quoi reposent ces allégations ? voulut approfondir le chef de la police.

– Sur l'expérience, une certaine intuition... et sur les mots inscrits sur ce plâtre : ils nous mettent directement en cause, ne croyez-vous pas ?

Lorenzo Aguilla haussa les épaules. On frappa à nouveau à la porte du salon : un policier en uniforme fit son entrée.

– C'est pour vous, mon commandant, annonça-t-il en tendant un papier plié à son supérieur.

Aguilla remercia tout en décachetant le feuillet puis en parcourut le contenu.

– Car, pour avoir supplicié David, reprit François, massacré sa femme et ses gosses, il faut que... À propos, se préoccupa-t-il tout à coup, a-t-on vérifié si son domicile de Santa Cruz avait été fouillé ?

– Il l'a été, confirma Aguilla, agitant son bout de papier : je viens d'en recevoir confirmation.

Mâchoires crispées, François se mit à faire les cent pas. Il vint se planter devant le chef de la police :

– Deux choses, mon commandant : quand pourrai-je récupérer le corps de mon ami et lui donner des obsèques dignes de lui ?

– Sous quarante-huit heures, je pense... Quoi d'autre ?

– Laissez-moi rechercher les assassins.

– Comme vous y allez !

– Certes, mais David n'était pas n'importe qui : c'était un homme brave et un homme d'honneur !

– Hum, je comprends... Cependant, et quoi qu'il m'en coûte, je ne peux accéder à votre requête.

– Puis-je me permette d'insister, mon commandant ?

– Ruiz, vous êtes fou ! Oubliez-vous que vous avez été écarté de l'enquête concernant M. Tavernier ? Étant donné que, dans cette nouvelle affaire, il semble que nous soyons aux prises avec les mêmes, il ne m'est pas possible de vous donner mon accord.

– J'entends bien, mon commandant. Disons que cette requête n'est pas des plus officielles...

– Suffit, Ruiz ! Vous êtes mis à pied jusqu'à nouvel ordre.

– Merci, mon commandant.

– Si vous avez besoin de me parler, vous savez où me joindre, n'est-ce pas ?

– Oui, mon commandant.

– Si les choses s'envenimaient, comme il est à craindre, n'hésitez pas à vous éloigner. Partez pour La Paz, par exemple, et réfugiez-vous chez notre amie Mina...

– Mina ? l'interrompit François. La femme qui tient un restaurant suisse ?

– Vous... vous la connaissez ?

– J'ai dîné chez elle avec le consul helvétique.

– Vous le connaissez aussi ? Incroyable : c'est également un ami...

– Messieurs, dit le commandant Aguilla en se levant, soyez dans mon bureau demain matin, à onze heures, pour signer vos dépositions.

Ils sortirent du salon au moment où des brancardiers emportaient le corps de David.

– Arrêtez ! s'écria François.

Les hommes interrogèrent leur supérieur du regard : d'un geste, le commandant leur intima l'ordre d'obtempérer.

François souleva alors le linge qui recouvrait le visage de son ami.

– Au revoir, mon vieux...

Puis, après avoir observé un court instant de recueillement, François replaça le drap d'un geste tendre.

La demeure d'Alberto Ruiz se vida aussi vite qu'un moment plus tôt, elle avait été investie. Un silence accablant s'y abattit. Alberto posa sa main sur l'épaule de François :

– Je crois que je vais me saouler... Vous m'accompagnez ?

– Dans la vie, il n'y a parfois rien d'autre à faire...

À l'aube, ivres morts, ils sombrèrent dans un sommeil de plomb.

Des coups frappés à la porte les forcèrent à rouvrir les yeux.

– Mouais... maugréa Alberto d'une voix pâteuse.

– Albertino, voyons, Albertino, le commandant Aguilla vous attend, carillonna Josefa.

– Merde ! Quelle heure est-il ?

– Bientôt midi.

– Tavernier, Tavernier, réveillez-vous !

– Quoi ?

– Le chef de la police... Nous sommes en retard ! Josefa, du café, beaucoup de café !

– Il est prêt, dit-elle en désignant le plateau qu'elle venait de déposer sur la table basse.

– Vite, sers-nous !

Elle versa le café, en tendit une tasse à Alberto puis une autre à François.

– Merci, Josefa : vous êtes une mère pour nous !

– Que Lilo sorte la voiture, ordonna Alberto.

– Elle attend devant la porte.

– Dépêchons-nous, Tavernier : en route !

– Mais, vous ne pouvez pas sortir comme ça, mal rasés, les vêtements froissés ! Que va penser le commandant ? objecta l'Indienne.

– Que nous nous sommes saoulés, pardi ! Il comprendra, lui... Enfin, j'espère... ajouta-t-il en considérant son compagnon.

Yeux injectés de sang, barbe naissante, cheveux en broussaille, le costume aussi tire-bouchonné que celui d'un clochard, il est vrai que le Français ne faisait pas très bonne impression... « Hum, j'ai sans doute la même dégaine que lui... songea le Bolivien. Aïe, mon crâne ! »

En dépit de tout le café qu'ils avaient pu avaler à la hâte, c'est dans un état second qu'ils se présentèrent au commissariat central. À la vue d'une tenue aussi douteuse, les policiers de garde les accueillirent d'abord avec suspicion. Puis, reconnaissant le commissaire Ruiz, les hommes de permanence les laissèrent entrer.

– Tu crois que c'est à cause de sa mise à pied qu'il s'est saoulé la gueule ? s'interrogea l'un d'eux en aparté.

Après une brève attente, ils furent introduits dans le bureau du chef de la police ; le commandant leur fit signe de s'asseoir face à lui.

– On m'a prévenu que vous n'étiez pas très frais, mais ça dépasse tout ce à quoi je m'attendais ! Enfin... j'ai commandé du café. Êtes-vous vraiment en état de m'écouter ?

L'interrompant, un jeune policier se glissa dans la pièce, porteur de la salvatrice cafetière et de trois tasses.

– Merci, posez ça là. Servez-vous.

François s'arracha lourdement à son siège et, d'une main tremblante, versa le café dans les tasses. Pourtant, quand il tendit la sienne au commandant, sa main ne vacilla pas. Les trois hommes avalèrent une gorgée du brûlant liquide.

– Bien, ce que j'ai à vous dire à présent ne devra pas sortir de cette pièce, attaqua Aguilla. D'après les renseignements dont nous disposons aujourd'hui, ce seraient des hommes à la solde de mouvements nazis qui auraient enlevé votre camarade Lévy, l'auraient torturé et assassiné avant, en signe d'avertissement, de le jeter devant votre porte, commissaire. D'autre part, les mêmes se seraient rendus coupables du meurtre de sa femme et de ses deux fillettes ; les mêmes encore auraient tenté de vous éliminer, monsieur Tavernier. Vous êtes donc, tous deux, en très mauvaise posture et je ne pense plus que vous seriez davantage en sécurité à la Paz... Je crois que vous connaissez le colonel Quintanilla, M. Tavernier ?

– J'ai dû le croiser à une ou deux reprises...

– Sachez que vous l'intéressez beaucoup, persuadé qu'il est que votre présence en Bolivie a pour but d'y enlever un membre éminent de la mouvance nazie... Or, quand j'ai laissé entendre qu'il pouvait aussi s'agir d'une erreur de ses services de renseignements, il a tout simplement éclaté de rire avant de me déballer votre *curriculum vitæ* ; impressionnant d'ailleurs : guerre d'Espagne, Résistance française contre l'occupant, expédition en Argentine en liaison avec les réseaux de Vengeurs juifs, guerre d'Indochine etc. Tout cela semble effectivement lui donner raison... Qu'en dites-vous ?

– Pas grand-chose... Tout juste oublie-t-il que j'ai été élevé au rang d'ambassadeur de France par le président de la République française, le général de Gaulle.

– Oh, Quintanilla ne l'oublie pas et s'en trouve même fort embêté : le président Barrientos étant un grand admirateur de De Gaulle, il ne souhaite pas qu'il puisse arriver quoi que ce soit de fâcheux à son représentant...

– Quelle que soit la sollicitude du président, ce « représentant », comme vous dites, mon commandant, a bien failli y passer deux fois de suite...

– Il ne le sait que trop : Barrientos s'en est d'ailleurs inquiété et n'a pas hésité à manifester un vif mécontentement à ce sujet. Cependant, ne vous y trompez pas : vous n'êtes qu'en sursis. Car, comme s'il en était besoin, votre escapade à Vallegrande n'a pu qu'agacer un peu plus en haut lieu ; même si cela semble une peccadille comparé aux projets qu'on vous y prête... Enfin, soyez-en sûr : pour vous empêcher de mener à bien ce que l'on suppose être votre mission, *ils* sont capables de tout. Y compris de s'en prendre à votre famille...

– Vous avez des informations précises là-dessus ?

Le chef de la police sortit une feuille de papier de l'un des dossiers qui encombraient son bureau :

– Mon collègue de La Paz m'informe que votre femme ferait actuellement l'objet d'une surveillance permanente...

François pâlit.

– Puis-je appeler l'ambassade de France ? demanda-t-il aussitôt.

– Nous l'appellerons d'ici et je vais faire moi-même le numéro : inutile que l'on apprenne trop tôt qui vous a communiqué des renseignements tenus pour secrets d'État...

– Merci, commandant.

Aguilla composa le numéro de l'ambassade.

– Pouvez-vous me passer Son Excellence M. l'ambassadeur de France ? demanda-t-il... De la part du chef de la police de Santa Cruz... Merci...

— Allô... monsieur l'ambassadeur ? Ne quittez pas, je vous passe M. Tavernier.

— Allô, Ponchardier ?... Comment va Léa ?... Ah, elle est un peu souffrante... Rien de grave ?... Tant mieux... Veillez sur elle. Oui, oui, je rentre au plus vite... Certes, je comprends... Eh bien d'accord, je prends le prochain avion... Vous m'attendrez à l'aéroport ?... Merci, merci beaucoup. À ce soir... Des nouvelles d'Adrien ? Non.

François reposa le combiné :

— Mon commandant, puis-je me retirer ?

— Certainement : passez signer votre déposition au bureau des inspecteurs et filez. Mais, attention, ne prenez aucun risque, M. Tavernier : ces gens-là ne plaisantent pas. Et croyez-moi, je m'y connais...

— Je suis bien placé pour le savoir... En tout cas, merci de votre compréhension. Ruiz, puis-je utiliser votre voiture pour repasser prendre mes affaires ?

— Bien sûr. D'ailleurs, je vous accompagne... Merci, mon commandant.

— Rappelez-vous, commissaire, mon avertissement vaut aussi pour vous...

— Je ne l'oublie pas.

— Ah, encore une chose, mon commandant, reprit François, la main déjà sur la poignée de la porte. Quand pensez-vous que pourront avoir lieu les obsèques de David Lévy ?

— Je vous le ferai savoir... Parce qu'à cette occasion, vous comptez revenir à Santa Cruz ?

— Évidemment ! Ah, une chose encore : je voudrais aller au domicile de David. Pourriez-vous m'y conduire ? David m'avait confié des clés, au cas où...

– Certainement, mais nous ne pourrons pas y entrer : les scellés y ont été apposés.

– Qu'importe !

Le logement de l'ancien légionnaire se situait dans un quartier populaire de la ville, calme à cette heure de la journée. Tandis que Ruiz détournait le regard, François fit sauter les plombs puis déverrouilla la porte à l'aide de la clé remise par David. Les deux hommes entrèrent. Un désordre indescriptible régnait dans toutes les pièces de l'appartement. Au salon, François repéra tout de suite la commode que lui avait décrite son ami : tiroirs arrachés, dont le contenu avait été répandu sur le sol. Aidé de Ruiz, il tira le meuble puis s'accroupit pour palper dessous le plancher poussiéreux : une latte bougea au passage de sa main. De la pointe de son couteau, il la souleva tout à fait et découvrit une épaisse enveloppe, cachée au fond de la petite cavité qu'elle abritait. François s'en empara, remit la planchette en place puis aidé de Ruiz il repoussa le meuble contre le mur. Ils quittèrent les lieux sans s'être fait remarquer, montèrent en voiture et parcoururent une centaine de mètres. Là, François décacheta le pli : il contenait plusieurs dossiers, chacun portant inscrit dessus le nom d'un criminel de guerre :

– Josef Mengele... Martin Bormann... Klaus Barbie... lut François à haute voix.

Alors qu'il entrouvrait le premier, une photo pour laquelle le sinistre Dr Mengele avait posé entouré d'enfants nus, crâne rasé, yeux mornes et le corps couvert d'horribles plaies, s'en échappa. Horrifié, François la tendit à Alberto :

– Mon Dieu !

François consulta rapidement les autres chemises :

– Je comprends que les nazis soient prêts à tout pour les récupérer...

– Qu'allez-vous en faire ?

– Je l'ignore encore... Il faut que je réfléchisse : c'est de la dynamite ! À l'ambassade, je prendrai copie de tout ça et j'aviserai ensuite.

Ils roulèrent en silence jusqu'au domicile de Ruiz. Sans un mot de plus, François y rassembla ses effets.

– En vous dépêchant, vous pourrez sauter dans l'avion de seize heures, assura le commissaire.

Sur le tarmac, les deux hommes se serrèrent la main.

– Dites-moi, Ruiz, à votre avis, pourquoi le chef de la police nous a-t-il dit tout ça ?

– Je n'en ai qu'une très vague idée mais sans doute en saurai-je davantage quand nous nous reverrons...

– Merci pour tout. Et, je vous en prie, ne prenez pas non plus de risques inconsidérés !

Ruiz se contenta de sourire.

25.

Dominique Ponchardier conduisait lui-même la voiture de l'ambassade. Il trouva à son ami, qui n'avait pas eu le temps de se raser, une mine épouvantable. François le mit brièvement au courant des événements récents. L'ambassadeur eut ce bref commentaire :

– Mon vieux, vous êtes mal barré...

– Oh, ce n'est pas nouveau... Voyons plutôt : qu'est-ce que c'est que cette histoire de filature ?

Tout aussi succinctement, l'ambassadeur l'informa de ce qui était arrivé à Léa.

– Vous avez raison : les Tavernier sont mal barrés ! s'exclama François. Savez-vous au moins qui l'a prise en chasse ?

– Oui, il s'agit de deux tueurs bien connus. D'ailleurs, je m'étonne qu'on ait fait appel à eux pour effectuer une simple filature...

– Vous pensez qu'ils pourraient être chargés de l'enlever ? Voire de la...

– Je pencherais pour la première hypothèse... En tout cas, je les ai fait pister à mon tour ; ç'a été relativement facile : ils ne se méfient guère. D'ores et déjà, nous connaissons leurs domiciles, leurs lieux de rendez-vous et certains de leurs contacts. Comme vous l'imaginez, tous sont proches des milieux nazis...

– Léa est-elle au courant ?

– En partie seulement. D'autre part, Tounet se montre très inquiète pour sa santé et se dit certaine que votre épouse nous cache quelque chose. Le médecin de l'ambassade, qui l'a examinée lors de son récent malaise, s'est bien sûr refusé à tout commentaire, se retranchant derrière le secret professionnel. Quant à Léa elle-même, elle n'a répondu à nos appréhensions qu'en riant, affirmant qu'après ce bref coup de fatigue elle se portait de nouveau comme un charme...

– C'est peut-être le cas...

– Non, Tavernier, ne jouez pas les autruches. Je ne suis pas spécialiste mais je suis sûr que votre femme est malade. Voyez le médecin dès que possible : à vous, il fournira peut-être quelques éclaircissements... Non, croyez-moi, je sens qu'il y a urgence.

– Toujours rien en ce qui concerne Adrien ?

– Non plus. Avez-vous trouvé quelque chose à Santa Cruz ?

– Oui, une bombe à retardement !

– Mais encore ?

– Walter Berger avait constitué des dossiers sur un certain nombre de criminels de guerre réfugiés en Amérique latine.

– Nom de Dieu !

– Je n'ai pas encore pu les examiner tous : je compte sur vous pour le faire.

– Quoi ? Vous avez ces documents avec vous ?

– Évidemment.

– Vous êtes complètement fou ! Vous voulez nous faire tous assassiner !

– Tant que ces papiers restent entre nos mains, nous ne risquons pas grand-chose...

– Ce n'est pas mon avis !

Tandis que la berline traversait les banlieues désertes de La Paz, les deux hommes se turent.

– Les femmes nous attendent à la résidence, laissa tomber Ponchardier pour meubler le silence.

Entendant la voiture rouler sur le gravier de la cour, Tounet ouvrit la porte. Léa dévala les marches extérieures et se précipita au-devant de François. À peine était-il descendu de l'auto qu'elle se jeta dans ses bras.

– Tu m'as tellement manqué, tellement ! gémit-elle en se blottissant contre lui.

– Toi aussi, ma chérie...

Enlacés, ils entrèrent dans la demeure joliment éclairée.

– Tu as l'air d'un vrai guérillero, ironisa Léa.

– Je n'ai pas la barbe assez longue ! répliqua François, riant à son tour.

– Alors, raconte... C'est comment, la guérilla ?... Tu l'as vu ?

– Du calme, du calme. Avant tout, j'ai besoin de faire un brin de toilette... Ponchardier, puis-je user et abuser de votre salle de bains ?

– Venez, dit Tounet.

Léa les regarda s'éloigner, inquiète soudain : Tounet allait-elle se montrer indiscrète, qu'allait-elle bien pouvoir lui raconter ?

Le regard oblique de la jeune femme n'échappa pas à l'ambassadeur ; il lui prit le bras :

– Que diriez-vous d'un petit verre, belle amie ? Fêtons le retour de votre barbu !

Ils se dirigèrent vers le salon où une bouteille de champagne attendait dans un seau à glace. Ponchardier décapuchonna le goulot et en fit sauter le bouchon.

– On dirait que vous avez fait ça toute votre vie... s'amusa la jeune femme.

Léa se laissa tomber dans un canapé où elle se lova entre les coussins. « Hum... on dirait une chatte... Si

Tounet n'était pas là, si Tavernier n'était pas un ami... » songea l'ambassadeur en tendant son verre à Léa.

Le diplomate lui en servait un second lorsque François et Tounet les rejoignirent. « Ils ont l'air gai », se rassura Léa. Malgré tout, elle nota que, même rasé, François présentait un visage fatigué et des traits tirés. Il vida d'un trait la coupe que lui avait offerte Ponchardier.

Tous les quatre dînèrent joyeusement jusqu'au moment où Léa posa la question que François redoutait par-dessus tout :

— Comment va la jambe de David ? J'espère qu'il pourra bientôt marcher : il doit être impatient de pouvoir rejouer au ballon avec ses petites...

Le bris d'un verre suspendit sa phrase.

— Oh, excusez-moi, pesta François s'entourant la main d'une serviette de table.

Le linge se teinta tout de suite de rouge.

— Tu t'es blessé ? ! s'exclama Léa.

— Vite, la trousse de secours ! ordonna Tounet à la domestique qui servait.

L'Indienne contemplait, hagarde, le linge s'imprégner de sang.

— Allons, dépêchez-vous !

— Mais non, ce n'est rien... Excusez seulement ma maladresse.

Tounet arracha la trousse des mains de l'Indienne, examina la blessure, fronça les sourcils, désinfecta la plaie et lui confectionna enfin un solide pansement.

— Il faudra sans doute faire poser deux ou trois points de suture... dit-elle d'un ton détaché.

Les convives reprirent leur place autour de la table, que la domestique avait remise en état, mais personne n'avait plus à cœur de faire honneur aux plats.

312

– Il est arrivé quelque chose à David, n'est-ce pas ? reprit soudain Léa.

Dans le silence oppressant qui baignait à présent la pièce, le ton de sa voix leur parut déchirant.

– N'est-ce pas ? insista-t-elle.

– Oui, répondit François. Il est mort.

Un lourd silence s'abattit sur les convives.

– Dominique, puis-je avoir de cet excellent vin ? demanda Léa.

Un chauffeur de l'ambassade reconduisit les Tavernier à leur domicile.

– Je monte me coucher, dit Léa. Tu viens ?

– J'arrive, j'arrive, ma chérie, le temps de fumer un cigare... répondit François.

Il mit un disque d'Ella Fitzgerald et se laissa envelopper par la voix chaude.

– Léa... laissa-t-il échapper.

Il lui semblait qu'elle avait encore maigri. Peu à peu, l'inquiétude de Dominique et de Tounet le gagnait. Il fallait qu'il en eût le cœur net.

Seule une lampe de faible puissance éclairait la chambre. Léa était couchée. François s'approcha sur la pointe des pieds et se pencha sur elle : elle dormait. Comme souvent dans le sommeil, Léa semblait encore une enfant. Le cœur serré, il contempla la femme qu'il aimait, mesurant à quel point elle lui était précieuse.

Il se déshabilla en silence, handicapé par sa blessure, éteignit la lampe et se glissa à ses côtés. Sans se réveiller, Léa se blottit contre lui : son sexe se dressa. Il lutta contre son désir puis sombra d'un coup dans le sommeil.

Il rêvait... une bouche avait happé son sexe et le suçait doucement : il gémit.

– Léa...

La bouche se fit plus insistante ; il sentit qu'il ne pourrait pas longtemps lui résister : il ne résista pas.

Au matin, quand il entrouvrit les yeux, il aperçut Léa debout, nue, qui le regardait. Elle remarqua qu'il était éveillé.

– Bonjour, mon amour, dit-elle en s'asseyant sur le bord du lit.

– Bonjour, jolie dame, répondit-il en l'attirant à lui. Alors, comme ça, on profite du sommeil d'un pauvre homme bien fatigué pour abuser de lui ?

– Je n'ai pas pu m'en empêcher...

– Maintenant, c'est moi qui vais abuser de toi : moi non plus, je ne peux pas résister !

Il rejeta les couvertures et s'allongea sur elle.

26.

Le Che envoya deux hommes prendre contact avec San Luis puis, dans l'après-midi, la petite troupe rejoignit les grottes de Piraboy où, après avoir fait bombance de viande de vache et de maïs, les hommes s'endormirent. Le commandant s'entretint alors avec le Français et l'Argentin, leur exposant les trois options qui restaient envisageables, selon lui : poursuivre la guérilla ; partir seuls ; ou rejoindre le village de Gutiérrez et, à partir de là, tenter leur chance. Debray et Bustos optèrent pour la troisième solution.

Le lendemain, guérilleros et soldats continuèrent à jouer à cache-cache, cependant qu'une importante patrouille, commandée par le major Rubén Sánchez, pénétrait dans le campement, dont la localisation avait été indiquée par l'un des prisonniers. Le major mit la main sur des documents, des listes et des photos où l'on voyait le Che.

À leur tour, les officiers relâchés par les guérilleros furent interrogés à Camiri en présence de deux agents de la C.I.A. qui cherchaient à savoir si le Che était bien le chef des insurgés. On leur montra des photos, mais aucun des deux hommes ne reconnut le commandant Guevara. Ils furent d'abord transférés à Santa Cruz, puis à La Paz. Là, le général Alfredo Ovando, chef des forces armées, les interrogea en personne, flanqué d'un civil, conseiller en matière d'interrogatoire : Klaus Altman avait répondu à l'appel du président Barrientos. Un troisième homme assistait à l'interrogatoire : le major Ralph W. Shelton, surnommé « Papy », vétéran du Viêt Nam et expert en lutte antiguérilla, avait été dépêché à La Paz par les États-Unis. Rien ne filtra des renseignements obtenus.

Les radios continuaient de diffuser des informations plus ou moins fantaisistes sur la guérilla. Pourtant, près de deux mille soldats encerclaient maintenant les guérilleros dans un rayon de 120 kilomètres. L'aviation bombarda la zone au napalm ; sans trop d'effet, car la forêt, gorgée d'eau, éteignit d'elle-même les incendies. Au cours d'une escarmouche, le capitaine cubain Suárez Gayol, dit « el Rubio » (le Blond), fut abattu d'une balle dans la tête : *« Le premier sang versé a été cubain »*, nota le Che. Il ne lui fallut cependant que quelques heures pour venger la mort de son compagnon : presque au même endroit, les rebelles tendirent une nouvelle embuscade aux forces armées ; sept troupiers tombèrent, cinq autres furent blessés, vingt-deux faits prisonniers. Parmi eux, le commandant Rubén Sánchez lui-même. Au cours de l'offensive, l'officier s'était refusé à donner l'ordre de reddition comme il refusa ensuite de remettre son revolver ; on le lui laissa, vidé toutefois de son chargeur. Sûr d'être exécuté, le commandant se tenait très droit.

— Nous n'employons pas ce genre de méthode, lui signifia Inti Peredo qui, sur ordre du Che, se faisait passer pour le chef des guérilleros.

Tandis que l'on soignait les blessés, une discussion s'engagea autour d'un grand feu, et chacun y expliqua les raisons de son engagement, puis Inti fit lecture du communiqué sur les termes duquel Rubén Sánchez se montra d'accord en bien des points. Le jeune guérillero proposa alors à son prisonnier de rejoindre la guérilla. Le major refusa mais s'offrit pour diffuser le communiqué, s'engageant même à le soumettre aux autorités militaires. On lui en remit deux exemplaires. Il promit de faire parvenir le second à *La Prensa libre*, journal de Cochabamba. Il devait tenir parole.

Au moment de relâcher les prisonniers, le frère d'Inti, Coco Peredo, leur adressa un discours : « *Soldats, vous êtes nos frères. Nous vous laissons vos uniformes pour que vous n'ayez pas froid, mais nous allons garder vos bottes parce que nous en avons besoin. L'armée vous en donnera d'autres.* »

Le Che fit appeler Régis Debray.

– Je sais que tu es venu pour combattre. Cependant, je souhaite que tu rentres chez toi, après être passé par Cuba, pour organiser un réseau de soutien en France.

À Inti Peredo qui lui demandait pourquoi le Français ne devait pas rester avec eux, Guevara répondit :

– Compte tenu des circonstances, il est plus utile à la guérilla dehors que dedans.

Le 19 avril, les hommes de garde au campement arrêtèrent un certain George Andrew Roth qui s'était fait conduire sur les lieux par deux gamins de Lagunillas. Interrogé par Inti Peredo, l'homme, qui possédait la double nationalité anglo-chilienne et se disait journaliste, éveilla vite les soupçons. Debray suggéra que l'on demandât à l'Anglais, pour preuve de sa bonne foi, qu'il les aidât à échapper à la surveillance des militaires ; ce qu'il accepta de faire.

Le Che confia au doyen des guérilleros et chef de

l'arrière-garde, le commandant cubain Juan Vitalio Acuna, un paysan de la Sierra Maestra que tous connaissaient sous le nom de « Joaquín », l'évacuation de Régis Debray, de Ciro Roberto Bustos et du journaliste britannique, ainsi que celle de trois malades : Tania, Moisés Guevara et Alejandro. Le médecin péruvien el Negro les accompagnait. Neuf guérilleros valides formaient l'escorte. L'arrière-garde se retrouva donc, pendant quelque temps, privée de chef. Dans le premier véhicule du convoi prirent place Tania, Debray, Bustos et le journaliste anglais ; un chauffeur bolivien se mit au volant. Inti Peredo les escorterait jusqu'à l'endroit où on les abandonnerait. Durant tout le trajet, Tania ne cessa de reprocher sa conduite au chauffeur :

– Fais attention : tu vas nous jeter dans le ravin !

Ses traits masculins se tordaient sous l'effet de la colère :

– Et dire que c'est avec de pauvres types tel que vous qu'*il* doit combattre !

Au beau milieu de la nuit, Bustos, Roth et Debray descendirent sur la route, à cinq kilomètres du village de Muyupampa. Inti et Régis s'embrassèrent :

– Prends soin de toi, *compañero*, dit Inti.

– Toi aussi. Et veille sur le Che !

Le convoi se remit en route. À l'aube, une patrouille appréhenda les trois hommes transis de froid ; on leur demanda leurs papiers. Le sous-officier qui la commandait remarqua alors les longues touffes de poils blonds qui parsemaient le visage du Français : Debray avait tenté de se raser la barbe, signe manifeste d'appartenance à la guérilla. On fouilla son sac : un rasoir encore humide s'y trouvait. Ses compagnons et lui furent arrêtés sur-le-champ et conduits au commissariat le plus proche. Dans le patio du poste, on leur apporta du café et du pain, puis le curé du village vint leur serrer la main. Interrogés, ils déclarèrent être journalistes, venus pour rencontrer les guérilleros dont on parlait à la radio. Les policiers les prirent en photo. Dans la soirée, ils furent transférés à Camiri par un hélicoptère militaire. Là, ils furent interrogés séparément.

Au début de l'après-midi du même jour, le Che et quelques-uns de ses camarades se trouvaient chez Nemesio Caraballo, où ils avaient déjeuné, lorsqu'une camionnette équipée d'un drapeau blanc apparut. À bord se trouvaient le sous-préfet de la circonscription, le médecin et le curé allemand de Muyupampa. Inti Peredo alla parlementer : les trois hommes s'offraient comme intermédiaires de paix. Inti leur garantit la quiétude de leur village en échange de marchandises dont il produisit la liste. Les négociateurs ne purent promettre de les leur fournir, un détachement de l'armée étant déjà à la charge du bourg. En signe de bonne volonté, ils avaient apporté deux cartouches de cigarettes ainsi que la nouvelle de l'arrestation de trois prétendus journalistes. Deux d'entre eux étaient porteurs de faux papiers, mais ce n'était pas le cas d'un certain Régis Debray.

Le lendemain, la radio annonça la mort de trois mercenaires étrangers, français, argentin et anglais. Cette information ne cadrait pas avec les dires des habitants de Muyupampa : il fallait donc aller aux nouvelles. Avant, si l'information était avérée, d'en tirer les conclusions sous forme de représailles.

27.

À l'ambassade de France, la nouvelle fit l'effet d'une bombe : un Français aurait été tué dans la guérilla.

Dominique Ponchardier tournait autour de son bureau comme un fauve en cage : qui pouvait bien être cet énergumène, pour être parvenu à s'infiltrer en Bolivie et à s'y balader en toute clandestinité ? Le fils de Tavernier ? L'information était tombée à l'aube du dimanche 23 avril et, depuis lors, la chancellerie demeurait sur le pied de guerre.

– Calme-toi, s'agaçait Tounet : il n'est peut-être pas mort... Tu ne saurais protéger de ta seule aile tous les compatriotes qui se perdent à travers le monde.

– Tu n'y comprends rien : je m'en fiche bien, de ce Français ! Mais il va tout me foutre en l'air ! Nous étions en train de recouvrer une position diplomatique de tout premier plan en Amérique latine, singulièrement en Bolivie, et ce type vient nous casser la baraque ! Ah, Lioncourt, vous êtes là ! Envoyez un télégramme au Quai pour avertir qu'un ressortissant national non identifié a probablement trouvé la mort au sein de la guérilla.

– N'est-ce pas un peu prématuré, monsieur l'ambassadeur ?

– Ne discutez pas : faites ce que je vous dis !

Accablé, Ponchardier se laissa tomber sur une chaise. Il y demeura longuement, immobile, comme assommé.

– Tu rêves ? s'inquiéta Tounet.

Son mari sursauta, se ressaisit puis s'empara du téléphone.

– Un dimanche, il n'y aura personne nulle part... fit remarquer Tounet.

Lisant dans ses pensées, elle ajouta :

– Si tu appelles Aguilla, tu ne le trouveras pas.

– On verra bien...

Il composa le numéro de la ligne directe du ministre de l'Intérieur. Les dieux boliviens veillaient : un dimanche matin avant huit heures, Aguilla était néanmoins à son bureau !

– Excellence, pourrais-je vous rendre une visite de manière tout à fait impromptue ?

– J'allais vous le demander : j'étais sur le point de vous téléphoner pour vous prier de venir.

Ponchardier raccrocha, triomphant :

– Tu vois, il était là.

– Je m'en rends compte... Mais tu penses y aller habillé comme ça ?

Il jeta un coup d'œil à sa tenue : emmitouflé dans les épais vêtements destinés à affronter les rigueurs des sommets de la cordillère des Andes, il ressemblait à un cosmonaute.

– Merde ! J'avais oublié cette excursion sur le Titicaca... Tant pis, pas le temps de me changer !

Averti de l'arrivée imminente de l'ambassadeur de France, la sentinelle de garde n'interrogea pas le visiteur qui se présentait à la porte du ministère. Ponchardier monta directement jusqu'à l'étage du ministre. Entendant des pas dans l'antichambre de son bureau, ce dernier ouvrit sa porte avant même que l'huissier n'ait eu le temps de frapper.

– Bonjour, cher ami ! Asseyez-vous... C'est grave.

« Hum, pas question de finasser... » songea Ponchardier.

– Notre ressortissant a-t-il été tué ? De qui s'agit-il ?

Aguilla évita les regards de son interlocuteur :

– Je ne pourrais l'affirmer... C'est possible mais...

Un silence lourd de sous-entendus confirma l'embarras du ministre et Ponchardier se rassura quelque peu : peut-être avait-il eu tort de se montrer si pessimiste, l'attitude d'Aguilla laissant penser que le Français pouvait avoir survécu. À sa manière, le ministre de l'Intérieur avait tenu à le prévenir avant que l'irréparable ne se produise. Il fallait donc avancer par petites touches et ne pas chatouiller la susceptibilité du Bolivien. Visiblement, Aguilla cherchait à lui faire savoir ce qu'il en était sans trop se mouiller.

– Aurait-il été... neutralisé par les forces de l'ordre ? hasarda Ponchardier.

– Oh, vous savez, il s'agissait d'un simple contrôle militaire, comme il s'en pratique tous les jours dans les zones d'opération... Votre ami Tavernier a eu beaucoup de chance, il y a quelques jours.

– Notre compatriote était-il armé ? demanda Ponchardier, ignorant l'incident à propos de Tavernier.

Après une nouvelle hésitation et comme à regret, le ministre répondit à voix basse :

– Euh, non...

– Savez-vous comment ce Français a pu se retrouver impliqué dans les menées de la guérilla ?

– *No lo se...*

Fuyant toujours les yeux de son vis-à-vis, l'excellence se leva, tapotant ostensiblement de la main sur le couvercle entrouvert d'une mallette disposée sur un coin du bureau. Puis, fixant soudain des yeux l'ambassadeur, il ajouta :

– Je vous prie de bien vouloir m'excuser, une urgence... Je n'en ai que pour quelques instants...

Sans un mot de plus, il sortit. Ponchardier resta quelques secondes à observer le bagage de mauvaise qualité. S'enhardissant, il se leva de son siège, souleva le rabat pour y apercevoir de menus effets froissés, des papiers épars, deux ou trois livres et même quelques cartes de visite sur lesquelles le nom de « Régis Debray » se lisait. Alors, il ne s'agirait pas du fils de Tavernier... ? L'ambassadeur laissa retomber le couvercle, figé de surprise au spectacle de cette petite valise remplie de dynamite diplomatique.

Aguilla rentra tandis qu'à son grand agacement Ponchardier sursautait. Le ministre le contourna puis vint poser ses deux mains sur la mallette entrebâillée :

– Je ne peux quand même pas vous en dévoiler le contenu... s'amusa-t-il finement. Vous comprendrez que je ne puisse rien ajouter.

– Ça tombe sous le sens, Monsieur le ministre... Merci, merci, cher ami.

Ponchardier quitta le ministère, sonné : il n'était plus question de croisière sur le Titicaca !

Dès le lendemain, l'ambassadeur de France fut reçu par le ministre bolivien de la Guerre. Cordial, celui-ci tenta tout de suite de minimiser l'importance de l'affaire :

– *Domingo*, moi, ce que j'en dis, c'est pour toi : le sort d'un simple ressortissant, si peu négligeable soit-il, ne doit en aucun cas ternir l'excellence des rapports qu'entretiennent nos deux pays... Tu sais, nos jeunes officiers sont très remontés...

324

– Je ne l'ignore pas. Cependant, cet homme n'a pas été pris les armes à la main...

Envoyé aux nouvelles, l'attaché militaire français entendit le même son de cloche chez le général Ovando, commandant en chef des armées. On l'y informa néanmoins que son compatriote était bien traité. Plus tard cependant, Ponchardier devait apprendre par d'autres sources que le prisonnier français avait été passé à tabac : sa vie ne tenait qu'à un fil.

Ponchardier résolut donc de faire jouer discrètement les relations amicales qu'il avait su tisser parmi les responsables politiques du pays ; cela s'avéra efficace et le fil de vie du jeune Français ne fut pas rompu.

Assis l'un en face de l'autre dans son bureau, l'ambassadeur français discutait de l'« affaire » avec François Tavernier.

– Mais enfin, c'est pour motif politique qu'il a été arrêté ! lança Ponchardier, frappant la table du poing.

– S'il s'agissait de droit commun, cela reviendrait à une simple affaire consulaire. En tout cas, cela tombe mal pour nos militaires boliviens : ils sont en train de recevoir la raclée.

– Je ne comprends pas : vous me disiez les guérilleros fichus...

– Et je le maintiens : à terme, ils sont fichus. Pour le moment cependant, si invraisemblable que cela paraisse, les guérilleros ont le dessus. Cela rend bien sûr les militaires fous de rage et décuple leur animosité à l'encontre de notre Français. Il nous faut vite le tirer de ce mauvais pas.

– Ce dont je me contrefiche !

– On ne dirait pas ! Allez, avouez-le, vous le défendez certes sournoisement, mais vous le défendez bec

et ongles. Car c'est quelqu'un de chez nous, un *pays* !
En fait, nous réagissons comme les Boliviens...

Un ange passa.

— Vous parez au plus pressé, n'est-ce pas ? reprit
François.

— Bien sûr, car qu'importe mon opinion personnelle ? Le général de Gaulle fera ce qu'il veut. Ou
alors, qu'on me donne enfin l'ordre de le sortir de ce
guêpier ! fulmina Ponchardier.

— D'ordinaire, ce n'est pas le genre de consigne
qu'on adresse à un diplomate... ricana François.

— Il y a ce qu'on fait mais qu'on n'exprime pas. Et
inversement. À moi d'être malin : je dois sauver ce
Régis Debray. Même si ses convictions pèsent peu en
regard de l'action que j'ai à mener en Bolivie... J'ai
certes beaucoup d'amis dans la *Junta militar*[1] mais ce
sont plutôt les Jeunes-Turcs du mouvement que je
crains : ils ont la gâchette facile. Pour le moment, l'important est de s'assurer de la survie de leur prisonnier.
Je connais mes Boliviens pour les pratiquer depuis
longtemps : féroces sur le moment, mais peu enclins à
la vengeance froide. Dans cette histoire, un autre atout
nous aidera peut-être : je suis lié à la Nouvelle Ligue
des droits de l'homme ; j'en suis l'un des rénovateurs
depuis qu'Edmond Michelet s'est rendu chez moi à
Paris, rue de Rennes, peu après la guerre. « Dominique, me dit-il alors, ce n'est pas une organisation
politique et toutes les tendances y sont représentées.
Tu en as bavé, tu dois en être, voyons ! Pour la survie
de l'Homme, on trouvera aussi bien un communiste
qu'un royaliste, sois-en sûr... »

---

1. Junte militaire.

28.

Au début du mois de mai, Janine Alexandre-Debray, mère de Régis, débarqua à La Paz. Avec toute sa fougue d'avocate, elle se jeta aussitôt dans la bagarre. Elle fit tant et si bien que l'« affaire » prit vite une tournure internationale. Par compassion, Ponchardier lui cacha une partie des risques encourus par son fils, omettant notamment les on-dit qui concernaient la *ley de fuga*[1] et sa possible comparution devant un tribunal militaire d'exception, même assortie d'une hypothétique grâce présidentielle.

Aux yeux de Dominique Ponchardier, Janine Alexandre-Debray était une « tête de lard ». Blonde, fine, intelligente, vêtue avec recherche, il la disait « séduisante mais emmerdante ». Plusieurs fois par jour, elle passait à la chancellerie puis déjeunait ou dînait à la résidence, remuant ciel et terre dans le but de faire libérer son fils. L'ambassadeur éprouvait les plus grandes difficultés à la contenir lors des rencontres qu'elle avait avec la presse internationale, dont les représentants avaient envahi La Paz. Le pape lui-même avait envoyé un télégramme au président bolivien, lui demandant d'agir en chrétien respectueux de

---

1. La « loi de fuite ».

la vie humaine. De son côté, le général de Gaulle s'était adressé par lettre au général Barrientos. Son intervention en faveur de Régis Debray apporta un considérable appui à l'action de l'ambassadeur de France. Désormais, Ponchardier recevait quotidiennement des menaces de mort émanant de jeunes officiers qui jugeaient que sa présence physique en Bolivie constituait le seul obstacle à la liquidation du rebelle français. Jamais l'ambassade ne reçut autant de coups de téléphone anonymes. Inquiète, Tounet s'étonnait :

– Mais enfin, Dominique, pourquoi ces menaces ? Tu ne défends pas un assassin...

– En l'occurrence, je ne sais trop ce que je défends, ironisa-t-il. Car, personnellement, je m'oppose à ces idées de conquêtes révolutionnaires qu'on affuble de philosophie politique. Quand on y réfléchit, Debray l'a cherché, son martyre ! Alors moi, je peux bien aller raconter tout ce qu'on veut aux Boliviens mais, sous nos latitudes, un tel prévenu serait bel et bien taxé d'intelligence avec l'ennemi et poursuivi en justice. En temps d'opérations militaires, ce n'est jamais très bon... Et puis moi, je n'en ai rien à fiche, des théories de ce Castro : je ne suis ni pour ni contre ! Après tout, c'est peut-être des concepts valables à Cuba, mais pourquoi vouloir les transposer ici et enrégimenter les Boliviens de force ?

– Tu ne peux pourtant pas laisser tomber un compatriote, il en va de ton devoir, soupira Tounet. Ah, si Janine était un petit peu moins... *trépidante*, ajouta-t-elle à voix basse.

– Janine souhaite par-dessus tout sauver la vie de son fils ; ce que tout le monde peut comprendre. Mais elle cherche aussi à préserver sa notoriété internationale en matière de philosophie politique. On n'en sort plus ! Le poteau d'exécution s'éloigne puis se rapproche, avant de s'éloigner à nouveau.

Thérèse de Lioncourt frappa et entra :

– J'ai peut-être de bonnes nouvelles pour Debray : les guérilleros ont formé deux colonnes. L'une a passé le Río Grande, mais trois rebelles ont trouvé la mort sur l'affluent du Moroco. Je le regrette pour ces malheureux mais l'armée peut enfin faire état d'un succès. Ça calmera peut-être nos militaires...

Quelques jours plus tard, on apprenait qu'il s'agissait de la colonne d'arrière-garde commandée par Joaquín.

Un matin, alors que Dominique Ponchardier prenait son petit déjeuner, François Tavernier se fit annoncer à la résidence. Pour la première fois depuis bien des jours, l'ambassadeur se sentait détendu :

– Alors, François, comment allez-vous ce matin ?

– Vous n'êtes pas encore sorti ?

– Non. Y a-t-il un nouveau coup d'État ?

– Pas que je sache... Dès que vous aurez terminé, venez donc faire un tour en ville.

Intrigué, Ponchardier termina son café à la hâte puis ils sortirent.

Aux murs, sur les portes cochères, de grandes affiches blanches éclaboussées de sang s'étalaient : la liste des militaires tombés au combat y voisinait avec des appels à l'exécution de l'« assassin » Régis Debray.

– Éloquent, non ? fit François.

– Les faucons ont remis ça ! Faute de pouvoir le liquider d'ignominieuse manière. Quelle tactique vont-ils bien pouvoir adopter ?

Arrivé à l'ambassade, une secrétaire lui remit les messages arrivés en son absence. Au milieu des plis signés, figurait un nouvel avertissement anonyme. Cette fois, son correspondant lui conseillait de ne plus emprunter l'Avenida Arce pour rejoindre son bureau et même de faire vérifier sa nourriture avant de prendre ses repas. Ponchardier haussa les épaules : charmant !

Il faisait beau, l'air était doux. Il n'allait pas se laisser abattre par ces oiseaux de mauvais augure.

À la chancellerie néanmoins, hall, salons et bureaux étaient envahis de femmes impassibles, toutes vêtues de noir. Ponchardier et Tavernier se faufilèrent comme ils purent jusqu'au bureau de l'ambassadeur, où Thérèse de Lioncourt les attendait, accablée. Elle se leva gravement à leur entrée :

— Cette fois, c'est le gros embêtement.

— Et encore, vous êtes polie, Lioncourt !

— Vous avez vu les affiches, n'est-ce pas ?

— Il faudrait être aveugle pour ne pas les voir. Et ces femmes, que veulent-elles ?

— La manipulation est évidente : on les a « téléguidées » contre vous, monsieur l'ambassadeur.

— Eh bien, recevez-les.

— Mais c'est l'ambassadeur de France en personne qu'elles veulent voir...

— Pour ma part, je ne tiens nullement à officialiser cette démarche...

— Elles se disent toutes mères, épouses ou filles de militaires tués lors d'escarmouches avec les insurgés et vous accusent de protéger un « assassin ».

Ponchardier tardait à répondre.

— La plupart représentent des soldats du contingent... précisa-t-elle.

« Si je les renvoie, songea Ponchardier, nous allons au-devant d'un terrible scandale. »

– Je vais les recevoir chez vous, se résigna-t-il. Votre bureau est plus vaste que le mien.

Avant d'aller en ouvrir les portes, Thérèse de Lioncourt tint encore à l'avertir à voix basse qu'après être intervenu auprès des autorités boliviennes l'ambassadeur d'Italie avait reçu lui aussi des menaces de mort. À la présidence de la République, Barrientos lui-même en aurait été destinataire. En revanche, Thérèse se garda bien d'ajouter qu'elle aussi en avait eu son lot.

Outre les femmes, journalistes et photographes encombraient maintenant les couloirs et les escaliers.

– À présent, vous *devez* leur parler, le pressa Tavernier.

– Que voulez-vous que je leur dise ? Le principal reproche qu'ils me font, n'est-ce pas que les Français ne défendent pas le peuple ? Aussi, pourquoi irais-je soutenir ceux qui s'en prennent au peuple ?

Dominique Ponchardier prit enfin la parole, mais dans un espagnol hésitant. Ému par la douleur de ces femmes en noir comme on en rencontrait en Corse ou sur l'île de Sein, les mots lui manquaient : en effet, que dire à une femme en deuil d'un père, d'un mari ou d'un fils ?

Dans la petite foule, une vieille femme leva la main, menaçante. Très pâle, Ponchardier ne broncha pas. Tavernier s'avança :

– Ce que l'ambassadeur vient de dire, c'est que la France veut que la justice s'applique. Le procès doit être instruit en toute équité, ni à charge ni à décharge, et il n'est pas question pour nous de protéger Régis Debray contre la justice de ce pays. Ce que nous voulons, c'est que les lois boliviennes soient strictement respectées !

La foule gronda. Ponchardier fit face :

– En tant qu'ambassadeur de France, j'ai le devoir

de défendre les ressortissants français de ce pays, comme l'ambassadeur de Bolivie en France le ferait pour tout citoyen bolivien placé dans une situation analogue. Régis Debray a fait ce qu'il croyait devoir faire. À présent, la Bolivie doit lui appliquer sa loi, toute sa loi mais rien que la loi !

– Et avec vous, nous l'appliquerons, la loi ! renchérit Tavernier.

Des femmes approuvaient de la tête tandis que les photographes prenaient cliché sur cliché de cette manifestation « spontanée ».

– La loi ! Avec vous, l'application de la loi ! scandait Ponchardier.

De profonds soupirs montaient de la foule en deuil et quelques-unes des femmes pointaient l'ambassadeur du doigt.

– Il veut la loi... Oui, il veut la loi... se répétait-on.

Peu à peu gagnait la conviction qu'avec leur appui le diplomate français saurait faire appliquer la loi.

Épuisé, Ponchardier s'éclipsa vers son bureau, laissant Lioncourt et les secrétaires endiguer les dernières vagues d'émotion. Tavernier le rejoignit. Un peu hagards, ils s'entre-regardèrent un moment puis éclatèrent de rire.

– Nous voilà aussi dépenaillés que si nous avions dû livrer un combat de catch ! s'amusa Ponchardier. Tu parles comme je la veux, la loi : la peine de mort est inconstitutionnelle en Bolivie !

En définitive, la manœuvre se retourna contre ses initiateurs : dans toute la presse du lendemain, il n'était plus question que du strict attachement de la France aux lois boliviennes et du profond respect que son représentant leur avait publiquement témoigné.

Peu de temps après, les responsables des missions diplomatiques en poste à La Paz devaient être les invités du président Barrientos à une réception donnée chez lui. À ce titre, Dominique Ponchardier et François Tavernier y étaient conviés. À l'arrivée de l'ambassadeur de France, le chef de l'État bolivien, visage fermé, lui tendit la main. Ponchardier s'en saisit avec un respect appuyé, mais la pression qu'exercèrent les doigts du président se fit légèrement fuyante, marquant par là le désagrément que lui causait la présence de cet invité français. Le comprenant, Ponchardier se fondit rapidement dans la foule. Des regards empreints de commisération le suivaient : lui sachant un compatriote impliqué dans la guérilla, ministres boliviens et diplomates étrangers compatissaient à l'embarras que lui causait sa situation.

Un jeune aspirant bolivien le prit soudain à part :

— Votre Excellence, l'aide de camp de M. le président souhaiterait vous parler.

Ponchardier fit signe à Tavernier :

— Je reviens, dit-il.

L'aspirant le conduisit vers un bureau où ne parvenait de la réception qu'une rumeur assourdie. En attendant l'aide de camp, Ponchardier se perdit en conjectures. Mettant fin à ses supputations, un homme aux traits réguliers et avenants le prit par le bras : le président en personne !

— J'avais autorisé Aguilla, Hugo et Alberto à vous recevoir amicalement, chuchota-t-il. Mais je crois qu'on vous en a dit beaucoup plus qu'on aurait dû...

— Hé tiens ! Nous voici amis, monsieur le président ?

— Appelez-moi général : après tout, nous sommes en guerre ! Je vous appellerai colonel, répliqua-t-il avec emphase.

– Je suis aussi diplomate... lui opposa doucement Ponchardier.

– M'en fiche, *don Domingo* ! Vous avez été homme de guerre : à mes yeux, c'est ce qui compte.

Le ton était héroïque, le président aimait cela. Ponchardier serra les dents et le regarda dans les yeux, calme et respectueux, mais résolu à se montrer des plus clairs.

– Oui, je comprends... Vous avez eu une soixantaine de types au tapis, je crois ?

– Et que feriez-vous, colonel, si vous aviez soixante types « au tapis », comme vous dites ? gronda-t-il en lui secouant le bras.

– La même chose que vous, mon général, probablement...

Au fur et à mesure de la conversation, Ponchardier se convainquait qu'au fond de lui Barrientos ne souhaitait pas la mort de son prisonnier français. En la circonstance cependant, le chef de la junte au pouvoir devait tenir compte de l'opinion de ses Jeunes-Turcs : l'affaire se résumait au coup de pistolet que risquait Debray ! Car existait depuis longtemps en Bolivie ce qu'on appelait la *ley de fuga*, la loi de fuite : un prisonnier est supposé avoir voulu s'enfuir, puis on le retrouve avec deux balles dans le dos. Affaire classée.

– Soyons prudents, *don Domingo*... Et rappelez-vous que si je fais les gros yeux... c'est pour les jeunes qui se battent !

Ponchardier et Tavernier quittèrent la réception peu après puis regagnèrent la résidence, où Tounet et Léa les attendaient.

– Alors ? firent-elles en chœur.

– Il est en vie, les rassura Dominique, mais le général-président doit tenir compte de ses ultras... Pas de nouvelles du Quai ?

– Rien.

– Évidemment, entre de Gaulle, Couve de Murville et Barrientos, il y a toute la largeur et la profondeur de l'Atlantique ! Et pour ne rien arranger, voici que l'ex-président Estenssoro se met à lancer, depuis Lima, des appels à repousser aussi la guérilla : parce qu'elle est constituée d'étrangers ! Barrientos m'a d'autre part indiqué qu'on avait retrouvé des cartes d'état-major parmi les affaires de Debray, ainsi qu'une lettre de son propre beau-frère, Marcelo Galindo, l'autorisant à acquérir ces cartes. Or, ce genre d'acquisition est tout à fait interdit dans ce pays. Du coup, les faucons de l'armée demandent la démission du ministre de la Guerre... Je donne d'autant moins cher de la vie de Debray qu'une indiscrétion m'a appris qu'il serait jugé par un tribunal militaire d'exception, chargé de le condamner à mort... Mouais... Après tout, ça permettrait peut-être au président de le gracier...

Quelques jours plus tard, à la faveur d'une réception que donnait l'ambassade, un ami bolivien de la France demanda une audience confidentielle à l'ambassadeur :

– Bien entendu, tout ceci vous est confié sous le sceau du secret, commença-t-il. Ma démarche est strictement, rigoureusement personnelle. En aucun cas, elle ne saurait engager la décision finale de notre président et ami, le général Barrientos. Sachez simplement ce qui a été décidé ce matin, en Conseil privé : votre ressortissant sera finalement traduit en justice pour « acte de banditisme » et ce, devant un tribunal militaire régulier. Notez bien que cela exclut l'exception... Bien entendu, le général présente ce « banditisme » comme un affront supplémentaire fait à l'inculpé, précisa-t-il.

Après un court silence, il ajouta quelques mots en français :

– C'est pour les jeunes officiers : « On leur dore la pilule », comme vous dites à Paris !

Ponchardier tiqua :

– Il ne faudrait pas qu'une disposition nouvelle, réintroduisant la peine de mort à titre rétroactif par exemple, soit brusquement prise...

– On y a pensé : juridiquement, c'est impossible.

– Mais la juridiction ne pourrait-elle changer, elle aussi, sous l'effet de quelque référendum ou coup d'État... que sais-je encore ? grommela le Français.

L'autre poussa un profond soupir.

– En ce cas, les nouvelles mesures ne s'appliqueraient qu'aux citoyens boliviens que nous sommes, pas à un intellectuel français : le monde entier a les yeux fixés sur nous. Puisqu'il faut parfois « rendre du fil pour noyer le poisson », on reparlerait certainement d'éventuels effets rétroactifs. Mais on en reparlerait seulement...

29.

Deux jours après le départ de leurs « *visiteurs* »
– ainsi que les appelaient les guérilleros –, Vásquez
Viana, dit « el Loro », perdit le groupe au cours d'une
embuscade et chercha en vain à le rejoindre. Un paysan le dénonça aux soldats, qui tirèrent sur lui et le
blessèrent avant de le faire prisonnier. El Loro fut
transporté à Camiri, à l'hôpital des gisements pétroli-
fères, afin d'y être opéré. Par crainte de parler, il
refusa l'anesthésie. Après l'intervention, on le transféra à la caserne de Choreti, où un certain Dr González
alla lui rendre visite, se disant journaliste panaméen
envoyé par Fidel Castro, avec pour mission d'épauler
le Che dans sa lutte. Heureux et confiant, el Loro s'ouvrit à lui avec enthousiasme, évoqua son chef et leurs
combats sans se douter que le journaliste, agent de la
C.I.A., enregistrait ses propos.

– Ce n'est pas trop tôt que les Cubains pensent à
nous ! Quand va-t-on nous envoyer des renforts ?

– Très vite, maintenant. Fidel a voulu s'assurer que
tout se déroulait selon les plans du Che.

– Il n'a qu'à venir voir lui-même ! C'est la pagaille,
nous manquons de tout : d'armes et de nourriture. Sans
le courage et l'exemple du Che, il y a longtemps que
nous serions retournés chez nous. Toujours le premier

au combat. Tous les hommes l'aiment, malgré son fichu caractère.

– Combien êtes-vous ?

– Pas assez, c'est sûr, mais avec les camarades envoyés par Fidel, on va battre l'armée de Barrientos !

Venu à Camiri pour interroger Régis Debray, le colonel Quintanilla, accompagné de Klaus Altman, écouta l'enregistrement de l'homme de la C.I.A. :

– J'ai besoin de plus de précisions, dit-il au Dr González. Menez-moi dans sa cellule.

Très faible, el Loro se redressa à l'entrée de Quintanilla, accompagné de deux militaires.

– Vous avez reconnu que le Che était en Bolivie et dirigeait la guérilla. Vos propos ont été enregistrés et seront rendus publics si vous ne répondez pas à ma question : où se trouve exactement le Che ?

Vásquez Viana nia avec véhémence, disant qu'on ne lui ferait pas dire ce qu'il ne savait pas. Le colonel arracha le fusil des mains d'un des soldats et l'abattit de toutes ses forces sur le bras du blessé. Sous la douleur, el Loro hurla.

– Parle, ordonna Quintanilla, ou je te casse l'autre bras !

Pour toute réponse, Vásquez Viana lui cracha au visage. Le fusil s'écrasa sur le bras valide, qui se brisa. Le malheureux perdit connaissance. Klaus Altman s'approcha :

– Mon colonel, vous n'en obtiendrez plus rien. Il est au-delà de la souffrance et je crois qu'il a dit tout ce qu'il savait. Débarrassez-vous de lui.

On traîna le moribond jusqu'à un hélicoptère à bord duquel on le hissa. L'appareil décolla et survola la jungle. González, aidé d'un soldat, fit basculer le corps du guérillero dans le vide.

Il était 10 heures du matin quand Pombo, de garde à l'observatoire, vint avertir que trente soldats s'approchaient de la maison où le Che et ses compagnons s'étaient abrités pour la nuit. Peu après, Antonio, qui était resté en faction à l'observatoire, arriva à son tour, précisant que les assaillants étaient maintenant au nombre de soixante. Le Che ordonna de dresser une embuscade sur le chemin qui menait à la bâtisse. L'avant-garde ennemie était précédée par trois guides et leurs bergers allemands. Les animaux semblaient inquiets mais passèrent non loin des guérilleros sans les détecter et poursuivirent leur chemin. Le Che tira néanmoins sur l'un d'eux et le manqua. Miguel abattit le deuxième chien. Les militaires ripostèrent durement et le commandant finit par envoyer Urbano donner l'ordre de repli. Durant l'accrochage, Rolando fut blessé et ses compagnons durent le ramener, car il perdait du sang en abondance. Malgré tous leurs efforts, ils ne parvinrent pas à endiguer l'hémorragie. Le serrant contre lui, le Che lui murmura un vers de Pablo Neruda : « *Ton petit cadavre de capitaine courageux a étendu dans l'immensité sa forme métallique...* » Dans son carnet, il nota : « *La mort de Rolando est un coup dur car je pensais lui laisser le commandement d'un éventuel second front. L'isolement demeure total, les maladies ont miné la santé de certains camarades et nous ont obligés à diviser nos forces, ce qui nous a ôté beaucoup d'efficacité. Le reste a été une longue opération de retraite en emmenant le cadavre de Rolando. À 3 heures, nous avons enterré son cadavre sous une faible couche de terre. Plus tard, Benigno et Aniceto sont arrivés nous informer qu'ils étaient tombés dans une embuscade de l'armée et avaient perdu leurs sacs à dos. Le bilan des opérations est hautement négatif.* »

Pour subvenir aux besoins de Tania et des malades dont il avait la charge, Joaquín devait absolument dénicher des vivres. Avec ses neuf guérilleros, il tendit un guet-apens sur une route et s'empara d'un camion de ravitaillement. Il résolut ensuite de repartir à la recherche du Che, lequel, de son côté, cherchait également à rallier le chef de son arrière-garde. À pied, ils gagnèrent un premier campement : visiblement, les lieux avait été visités. Joaquín décida néanmoins qu'ils y resteraient, le temps que le Che les rejoignît. De plus, les malades pourraient y connaître un peu de répit. Ils attendirent là pendant dix jours avant de s'enfoncer plus avant dans la forêt. Grâce aux vivres volés et au repos qu'ils avaient pris, la fièvre avait baissé et les plus atteints se rétablissaient. Le petit groupe progressait, se terrant la nuit dans des abris de fortune pour tenter d'échapper au froid, espérant chaque jour retrouver le Che et ses camarades.

Les quatre Boliviens chassés de la guérilla, *« los resacas »*, comme les appelait le Che, que Joaquín avait gardés avec lui par crainte des bavardages, ralentissaient la marche. En cours de route, l'un d'eux parvint à leur fausser compagnie et courut se livrer à l'armée ; on le fusilla sur-le-champ. Deux éclaireurs envoyés à la recherche de ravitaillement furent tués par une patrouille. Enfin, deux autres *resacas* prirent à leur tour la fuite : ils se firent arrêter, peu de temps après, surpris alors qu'ils se débarbouillaient dans un cours d'eau. Interrogé sans ménagement, l'un d'eux, du nom de Chingolo, conduisit les soldats aux caches d'armes, de vivres et de médicaments.

Ce qui restait de la colonne « Joaquín » parvint à la maison de Honorato Rojas. Joaquín le pria de les guider jusqu'au gué qui permettait de franchir le Río Grande.

– Fais taire tes chiens : ils vont nous faire repérer.

Rojas traîna ses chiens dans une remise, puis s'en retourna vers l'habitation, le guérillero sur ses talons. En entrant, ce dernier remarqua tout de suite un homme couché sur un lit.

– C'est un de mes amis, expliqua Honorato, il a le palu. Mon fils et moi, on le soigne...

Un gamin d'une dizaine d'années se dissimulait derrière son père.

– N'aie pas peur, ce sont des défenseurs du peuple, le rassura-t-il.

Sachant la fatigue de ses compagnons, Joaquín les autorisa à monter le camp à cent cinquante mètres de la maison. Peu après, il les rejoignit ; ce faisant, il ne remarqua pas le gamin qui s'éloignait à toutes jambes en direction de la rivière : un soldat y pêchait. Mis au courant de la présence des guérilleros, celui-ci abandonna sa ligne et s'en fut avertir le détachement militaire auquel il appartenait, qui stationnait à treize kilomètres de là. Dès le lendemain, le capitaine Vargas, commandant le détachement, avait dressé une embuscade tout autour de la maison. Rojas s'y heurta alors qu'il tentait de s'enfuir en compagnie de sa famille. Par la menace, Vargas le contraignit à retourner chez lui avec pour consigne de conduire les guérilleros jusqu'au gué qui traversait le Río Grande à Puerto Mauricio :

– Tu mettras une chemise blanche pour qu'on ne te confonde pas avec eux... Et, si tout se passe bien, tu retrouveras ta famille saine et sauve.

Comme Rojas s'approchait de la maison, Joaquín surgit :

– Où étais-tu ? Je t'ai cherché partout.

– Euh... je suis allé voir si tout était calme aux alentours.

– Et ton fils ?

– Eh bien... il est à la pêche.

– Quand partons-nous ?

– Quand tu veux, le temps de me changer : j'ai l'impression que ma chemise sert d'abri à une colonie de puces !

Joaquín avertit les guérilleros de se tenir prêts :

– Rojas va nous conduire.

Celui-ci arriva au camp.

– Ma parole, tu vas à la noce ! le railla Joaquín.

– Je n'avais plus que celle-ci de propre...

– Bon, assez causé chiffons : en route ! Il se fait tard.

Il était cinq heures du soir.

Guidée par Rojas, la colonne se mit en marche et gagna la rive du Río Grande ; ils longèrent la rivière pendant quelque temps.

– C'est ici, indiqua le paysan.

Braulio s'engagea le premier dans l'eau. En file indienne, les autres lui emboîtèrent le pas, Tania occupant la place du milieu et Joaquín fermant la marche. Demeuré sur la berge, Rojas regardait sans les voir ces hommes et cette femme qu'il vouait à la mort. Bientôt, les marcheurs eurent de l'eau jusqu'à la taille : ils avançaient, portant armes et bagages à bout de bras au-dessus de leur tête. Des deux rives, les coups de feu partirent. Rapidement, le courant emporta les corps. Un *resaca* et le médecin en réchappèrent, mais leur sursis fut de courte durée : ils furent vite rattrapés. Peu après, le médecin mourait sous la torture.

30.

On frappait avec insistance :

— Madame ! madame ! monsieur !

— Mais qu'on nous foute la paix, nom de Dieu !
s'emporta François.

— Monsieur : c'est la police !

« La police ? Merde ! » François se jeta hors du lit :

— J'arrive !

Léa sortit la tête des draps, tout ébouriffée.

— Que se passe-t-il ?

— Rien. Rendors-toi.

François enfila un pantalon à la hâte et sortit torse
et pieds nus : dans le couloir, il tomba nez à nez avec
le commissaire Cantona ; l'officier était accompagné
d'un agent en uniforme.

— Monsieur Tavernier ?

— Euh, bonjour, commissaire...

— D'abord, allez vous habiller convenablement.

— Oh, pardon !

François rentra dans la chambre.

— Que se passe-t-il ? demanda à nouveau Léa en
sortant de la salle de bains.

— C'est le commissaire Cantona.

— Que veut-il ?

— Je n'en sais rien.

— Il est venu t'arrêter ?

— Non, ce n'est pas encore pour cette fois, rassure-toi.

Tout en parlant, François avait enfilé une chemise et un costume propre.

— Tu devrais te passer un coup de peigne...

Il fila dans la salle de bains, s'aspergea le visage et se brossa les dents. Sa main blessée se montra malhabile à recoiffer ses cheveux en bataille.

Il rejoignit enfin les policiers au salon.

— Une chose, monsieur l'ambassadeur : il serait désormais prudent pour votre famille et pour vous, de quitter rapidement la Bolivie.

— Mais, je viens à peine d'y être nommé !

— Je sais : « ambassadeur itinérant du général de Gaulle pour l'Amérique latine »... Cela étant, rien ne vous interdit de vous installer dans une autre capitale de ce continent, n'est-ce pas ? L'Amérique latine est vaste...

— En effet, rien ne me l'interdit...

— Alors, que décidez-vous ?

— Je reste, bien sûr.

Le commissaire soupira profondément :

— Je m'y attendais... Mais votre épouse, rien ne l'empêche de s'installer ailleurs...

— M'étonnerait qu'elle accepte de me quitter...

— Il y a différentes façons d'être séparés de ceux qui nous sont chers, savez-vous...

— Une menace, monsieur le commissaire ?

— Non, monsieur l'ambassadeur : un avertissement tout ce qu'il y a de plus amical... Votre femme court un grand danger, vous ne l'ignorez pas. Quant à moi, je ne dispose pas d'hommes assez sûrs pour assurer sa sécurité...

— Je le regrette, croyez-le bien.

344

– Soit, il ne me reste plus qu'à prendre congé. Saluez pour moi Mme Tavernier, s'il vous plaît. Une bien belle femme...

– Merci, commissaire.

– Oh, j'allais oublier : on a arrêté ce matin à la gare un jeune homme qui se prétend votre fils.

– Adrien ?

– C'est ainsi qu'il a dit se prénommer...

– Où est-il ?

– Au commissariat de la gare.

– J'y vais !

– Je vous accompagne.

– Je préviens ma femme.

– Qu'est-il arrivé à votre main ?

– Je me suis coupé avec un verre cassé.

Cantona lui jeta un œil soupçonneux mais n'émit aucun commentaire.

Dans le bureau du commissaire de la gare, Léa et François attendaient avec impatience. Enfin, la porte s'ouvrit.

– Papa !... Maman !...

Le commissaire Cantona regardait les trois Français s'étreindre avec un réel bonheur.

– Voici vos papiers, jeune homme. Vous avez la chance d'être le fils d'un diplomate. La prochaine fois, soyez plus prudent !

– Promis, monsieur le commissaire !

– Signez ici, monsieur Tavernier.

Léa et François marchaient, encadrant leur fils portant son léger bagage.

– Ils sont derrière nous... dit Léa.

– Je les avais remarqués... Poursuivons notre route comme si de rien n'était. Adrien, ne te retourne pas.

Aux alentours de l'église San Francisco, la foule se pressait, dense. Comme le font tous les touristes, ils flânèrent devant les éventaires d'amulettes et de feuilles de coca. Arrivés au croisement de la Calle Murillo et de la Calle de Santa Cruz, ils firent demi-tour pour se retrouver nez à nez avec leurs « suiveurs ».

– Bien le bonjour, messieurs ! leur lança Tavernier en soulevant le chapeau dont il s'était muni en prévision des averses.

Interloqués, les deux hommes firent également demi-tour et dévalèrent la rue en pente. François, Léa et Adrien reprirent leur promenade puis entrèrent dans l'église San Francisco. Les filochards, revenus sur leurs pas, s'y risquèrent aussi.

– Je mangerais bien quelque chose, déclara Léa en sortant.

– Moi aussi, je meurs de faim, dit Adrien.

– Allons à la Confitería La Paz : café et tarte au citron y sont excellents...

– ... et la clientèle de première classe ! ironisa Léa.

C'était l'heure du déjeuner et la salle était comble ; ils s'accoudèrent au zinc :

– Garçon, est-il possible d'avoir une table ? s'enquit François.

– Oh, monsieur, je regrette mais pas avant une bonne heure. Cependant, si vous voulez consommer au bar, il n'y a pas de problème...

– Volontiers.

– Eh bien, Adrien, tu dois avoir des milliers de choses à nous raconter, observa Léa.

– Vous ne m'en voulez pas trop d'avoir quitté Montillac comme ça ?

– On en reparlera plus tard, dans un endroit plus calme.

Dans le grand miroir qui leur faisait face, les trois Français purent apercevoir leurs « accompagnateurs » : à leur tour, ils faisaient leur entrée dans l'établissement, cherchant leurs proies des yeux. La cohue les empêcha de les repérer. L'un d'eux se dirigea alors vers le fond de la salle.

– Partons ! décréta François.

– Mais, nous n'avons pas encore eu nos consommations !

– Nous les boirons ailleurs... En route et baissez-vous !

Ils sortirent sans êtres vus.

La circulation était infernale. Pour parachever le tout, une pluie drue se mit à tomber. Ils s'abritèrent en hâte sous l'auvent d'une agence de voyages, entre deux matrones à chapeau melon encombrées de leurs larges jupons et de marmots braillards.

Ils passèrent devant la terrasse d'un restaurant. L'endroit leur parut avenant ; ils y entrèrent. À cette heure, la salle se vidait peu à peu. Ils trouvèrent aisément une table d'où ils pouvaient garder un œil sur les allées et venues de la rue. Ils commandèrent le plat du jour et de la bière. À peine terminaient-ils leur repas que l'un de leurs « suiveurs » se profila dans l'encadrement de la porte. L'homme se dirigea sur eux : immédiatement, François fut sur ses gardes, refermant la main gauche sur la crosse de son Beretta. L'homme perçut son geste et s'immobilisa, montrant ses paumes grandes ouvertes : François se détendit, mais demeura aux aguets. L'homme vint jusqu'à eux :

– C'est Tony l'Élégant... chuchota Léa.

– Monsieur Tavernier, j'ai un message pour vous... De la part de M. Altman.

– Je vous écoute...

— M. Altman aimerait vous rencontrer, mais dans un lieu discret...

— Qu'appelle-t-il « un lieu discret » ?

— Une église par exemple...

— Ou un musée, suggéra Léa.

— Ou un musée, répéta l'Élégant. Il vous laisse le choix.

— Je vais réfléchir.

— Ne réfléchissez pas trop longtemps, monsieur Tavernier...

— Demain, devant l'église San Francisco.

— Très bien, à demain.

Ils le regardèrent s'éloigner.

— Il ne manque pas de culot, jeta Léa. Tu vas accepter ce rendez-vous ?

— Oui.

— Au fait, François, as-tu pensé à faire examiner ta main ?

— Pas encore...

— Alors, je t'emmène chez le médecin, il n'exerce pas très loin.

Le ciel était lourd et gris. Des vapeurs d'essence et une lourde odeur de terre mouillée mêlée de poussière flottaient dans l'air.

— Je crois que je commence à aimer cette ville... roucoula Léa en posant la tête sur l'épaule d'Adrien.

— Ah oui ?... Je n'ai pourtant pas l'impression que notre vie soit de tout repos, ici.

Le médecin les reçut très vite :

— Bonjour, madame Tavernier. Je vois avec plaisir que mon traitement semble vous réussir...

— Ça m'en a tout l'air, docteur. Mais ce n'est pas pour moi que nous sommes venus vous consulter : je vous amène mon mari, qui s'est coupé hier.

– Bonjour, docteur.

– Bonjour, monsieur Tavernier. Allons, montrez-moi cette blessure...

François tendit sa main emmaillotée. Avec précaution, le médecin ôta la bande et grimaça à l'examen de la coupure :

– Hum, c'est assez profond : il va falloir poser des points de suture.

Avec des gestes précis, il nettoya la plaie.

– Ah, il y a aussi un début d'infection... Êtes-vous vacciné contre le tétanos ?

– On m'a fait une injection il y a un mois ou deux.

– Vous n'avez pas reçu la seconde dose ?

– Non.

Le médecin poussa un soupir.

– Tous les mêmes... bougonna-t-il.

Il fit la piqûre.

– Revenez après-demain : je poserai les points ; ce n'est pas possible aujourd'hui à cause de l'infection. En attendant, faites faire des injections de pénicilline deux fois par jour... Voici l'ordonnance. Et n'oubliez pas : c'est important sous ce climat... Voilà, vous avez un pansement propre.

– Merci, docteur. Je reviendrai dans deux jours.

Une fois qu'ils furent rentrés à leur domicile, Léa envoya un domestique chercher la pénicilline tandis que, épuisé, François s'asseyait au salon.

– Va t'allonger, lui conseilla Léa.

– Tu as raison : je vais aller me reposer quelques instants.

– Laissons ton père tranquille. Viens, je vais te conduire à ta chambre. Je suis si heureuse que tu sois là.

349

À la nuit tombée, François dormait encore. Léa le réveilla : l'infirmière attendait dans le couloir pour pratiquer l'injection. Après son départ, il sombra de nouveau dans le sommeil et n'en émergea que le lendemain matin. Une nouvelle infirmière se présenta, fit la piqûre de pénicilline et renouvela le pansement.

– Quelle heure est-il ?

– Dix heures et demie, répondit Léa.

– Nom de Dieu ! J'ai rendez-vous à 11 heures.

– Pas question.

– Vite, aide-moi à m'habiller ! C'est important.

– Quelle tête de mule ! Je t'accompagne.

– Ce n'est pas la peine : commande un taxi.

Les deux sbires étaient déjà au rendez-vous.

– Alors ? demanda d'emblée Tony l'Élégant.

– Dites à votre patron que je l'attendrai au Museo Tambo-Quirquincho.

– On connaît. À quelle heure ?

– La même qu'aujourd'hui.

– Très bien. Vous n'avez pas bonne mine, monsieur Tavernier, persifla en français Tony l'Élégant. Seriez-vous souffrant ?

– Ta gueule, crapule !

Sous l'insulte, l'ex-milicien pâlit :

– Faites attention, M. Tavernier. Vous ne savez pas à qui vous parlez.

– Je parle à un traître !

Tony l'Élégant avait sorti une lame effilée :

– Quand le *señor* Altman en aura fini avec toi, si tu es encore en vie, je te ferai la peau !

– Au moins, me voici prévenu...

François entra dans le premier bar venu et y commanda un cognac. Certes, le breuvage qu'on lui

350

servit n'avait de cognac que le nom mais, du moins, s'agissait-il d'alcool. François en prenait une seconde gorgée quand il vacilla soudain ; il se retint au comptoir. Le barman le soutint jusqu'à une banquette :

– Voulez-vous que j'appelle un médecin ?

– Non, merci. Appelez plutôt un taxi.

Quand il s'aperçut de l'état dans lequel se trouvait son passager, le chauffeur accéléra l'allure et gagna en toute hâte l'adresse indiquée. Dès l'arrêt du véhicule, il se jeta dehors puis se rua à l'intérieur de la demeure :

– Vite, vite : venez m'aidez !

Deux domestiques se précipitèrent pour aider François à gravir les marches du perron.

Ils l'allongèrent sur le lit de la chambre du rez-de-chaussée ; François claquait des dents. Quelques instants plus tard, Léa faisait irruption dans la pièce :

– Le médecin ! Vite, qu'on appelle le médecin !

– Ce... ce n'est rien... balbutiait François, ce n'est rien.

Sur ces mots, il sombra dans une sorte de coma.

Pendant plusieurs jours, Léa veilla à son chevet. Le médecin passait matin et soir l'examiner et, chaque jour, Dominique Ponchardier faisait prendre de ses nouvelles. De son côté, Tounet se rendit plusieurs fois chez les Tavernier afin d'y veiller à son tour le malade, permettant ainsi à Léa de prendre quelque repos.

Il y avait près d'une semaine que François n'avait pas repris conscience quand, un matin, il s'éveilla :

– Quelle heure est-il ?

– Onze heures, répondit Léa qui n'en croyait pas ses oreilles.

– Je suis en retard, s'inquiéta-t-il en entreprenant de se lever.

Trahi par ses forces, il retomba en arrière.

– Mais... qu'est-ce que j'ai ce matin ?

– Tu as été très malade, mon chéri... Calme-toi, le docteur ne va plus tarder.

Au même moment en effet, le médecin se présentait à leur porte pour procéder à sa visite matinale. Surpris de trouver son patient revenu à lui, il s'immobilisa sur le seuil de la pièce.

– Eh bien, docteur, vous en faites une tête !

– Il y a de quoi ! Il y a longtemps qu'il est comme ça ?

– Un quart d'heure, peut-être un peu moins... le renseigna Léa.

Le médecin ausculta son patient, lui prit le pouls, scruta le blanc de ses yeux, refit enfin son pansement puis se redressa avec un sourire de satisfaction.

– Vous voilà tiré d'affaire ! J'avoue que je n'y croyais plus. Une bonne nourriture, du repos et, d'ici à quelques jours – si vous ne commettez pas d'imprudences – vous serez redevenu vous-même ! Faites-lui préparer un repas léger...

– Mais, j'ai une faim de loup !

– Trop tôt pour la satisfaire ; on verra dans deux ou trois jours...

Un domestique revenait déjà, chargé d'un plateau ; l'homme de l'art en inspecta le contenu :

– Parfait... Sauf le vin !

– Oh, docteur...

– Non. Demain, peut-être...

Impitoyable, il retira le verre de vin du menu. Avec satisfaction, il regardait son malade se réalimenter : « Se rend-il seulement compte qu'il revient de loin ? » songea-t-il. Son repas avalé, François se rendormit.

– C'est bien, souffla le médecin à l'oreille de Léa. Normalement, il devrait dormir jusqu'à ce soir. S'il se réveille, donnez-lui seulement un peu d'eau sucrée.

L'état de François s'améliora rapidement. Bientôt, il ne lui resta plus, en souvenir de ces heures de fièvre, qu'une barbe fournie.

31.

Les guérilleros jetaient des coups d'œil inquiets sur leur chef, affalé contre le dos de sa mule. Depuis quelques jours, les crises d'asthme se succédaient à un rythme rapproché. Plus de médicaments : l'armée avait trouvé et vidé la grotte de Nancahuazu où ils étaient entreposés avec des vivres et des armes. Le Che ne dormait plus, ne mangeait plus. Il fumait des herbes censées, selon un des Boliviens, apaiser la toux : il n'en était rien. *« Je suis un déchet humain »*, écrivait-il dans son journal. Il n'était pas le seul : tous les hommes souffraient de diarrhées, de vomissements, de blessures aggravées par le manque de nourriture et d'eau. Couverts de vermine, ils ressemblaient à des spectres dont la vue et l'odeur effrayaient les pauvres habitants du coin, qui s'enfuyaient à leur approche.

Guevara s'obstinait à rechercher son arrière-garde, dont il était toujours sans nouvelle. Sans le savoir, le groupe de Joaquín et celui du Che étaient passés non loin l'un de l'autre. Un froid intense ajoutait un nouveau supplice à ces hommes mal nourris. Le Che envoya Benigno et Aniceto, les moins délabrés, à la recherche de Joaquín. Quelques jours plus tard, ils revinrent après avoir échappé à une embuscade de l'armée, perdant dans leur fuite leurs sacs à dos. Lolo, un faon ayant perdu sa mère, devint leur mascotte, mettant un peu de grâce dans la laideur des jours. Par la radio bolivienne, Guevara eut la confirmation de l'arrestation de Régis Debray et de ses deux compagnons, prisonniers à Camiri.

Ils fêtèrent le 1er Mai en débroussaillant un passage mais en avançant très peu. Ils écoutèrent la retransmission d'un discours prononcé à La Havane par le commandant Almeida, célébrant le courage des guérilleros et de leur chef. Le même jour paraissait à Cochabamba, publié dans *La Prensa libre*, le premier communiqué de la guérilla, celui que le major Rubén Sánchez avait emporté et qu'il s'était engagé à remettre à la presse. Les ouvriers, se rendant au traditionnel défilé, s'arrachèrent le journal, tandis que les militaires procédaient à l'arrestation du directeur. Dans les grandes villes de Bolivie, des manifestations en faveur de la guérilla s'organisaient. Mais cela, ces hommes affamés et épuisés ne le savaient pas : ils ne pensaient qu'à survivre. De sa fronde, Nato tua un oiseau, qui améliora leur ordinaire.

À la radio, on annonça que Régis Debray serait jugé par un tribunal militaire siégeant à Camiri, en tant que chef ou organisateur présumé de la guérilla et que sa mère venait d'arriver : on commençait à parler de l'« affaire Debray » dans le monde entier, qui apprenait en même temps que des guérilleros combattaient en Bolivie sous les ordres du célèbre commandant ; il y avait maintenant six mois que la guérilla avait commencé.

Ils capturèrent six soldats, à qui ils confisquèrent leur ravitaillement ; ils mangèrent trop et furent malades. À l'aube, ils les relâchèrent après leur avoir pris leurs chaussures. Le moral de tous était au plus bas. Dans son journal, le Che écrivit : *« Qu'importe*

où nous surprendra la mort ; qu'elle soit la bienvenue
pourvu que notre cri de guerre soit entendu, qu'une
autre main se tende pour empoigner nos armes et que
d'autres hommes se lèvent pour entonner les chants
funèbres dans le crépitement des mitrailleuses et de
nouveaux cris de guerre et de victoire. »

Placé à l'isolement à Camiri, Régis Debray marchait de long en large dans sa cellule. « De long en large », c'était beaucoup dire pour un local large de deux mètres et long de trois. Dès son arrestation, il avait été passé à tabac par les sous-officiers et soldats. Tous les jours, ils lui posaient la même question :

– Le Che est-il en Bolivie ?
– Je n'en sais rien, je ne l'ai pas vu.

Les coups pleuvaient, de pied, de bâton. On l'attacha à un poteau et on simula son exécution avec des balles à blanc. Puis on le remit inconscient dans sa cellule jusqu'au lendemain, où cela recommença.

Le major Rubén Sánchez, qui avait été fait prisonnier puis libéré par les guérilleros, intervint, lui sauvant momentanément la vie. Les interrogatoires se succédaient. Plus question de se faire passer pour un journaliste cherchant à interviewer le chef de la guérilla ; les déclarations de l'Argentin Bustos le montraient comme un combattant. Pour faire bonne mesure, Ciros Bustos, qui était dessinateur, avait fait le portrait des membres de la guérilla qu'il avait rencontrés : ces portraits permirent leur identification. Bustos s'était exécuté sous la menace de voir ses deux filles, vivant en Argentine, enlevées. Quant au journaliste anglo-chilien Andrew Roth, on pensait qu'il appartenait à la C.I.A. ; on le traitait en conséquence. Mais l'arrivée du colonel Frederico Arana, des Renseignements militaires, et du colonel Quintanilla, du ministère de l'Intérieur, changea le ton des interrogatoires. Debray continuait à nier avoir vu le Che : il ne connaissait qu'Inti, qui s'était présenté comme le chef de la guérilla. En dépit des coups, il n'en démordait pas.

Un homme de petite taille avait assisté, dissimulé, aux interrogatoires.

– Alors, *señor* Altman, que pensez-vous de nos méthodes, lui avait demandé Quintanilla ?

– Mon colonel, elles pourraient être améliorées...

– C'est bien ce qui me semblait. Je compte sur vous pour enseigner vos techniques à nos jeunes recrues. Elles sont pleines de bonne volonté mais manquent d'expérience...

– Elles apprendront vite, mon colonel. Dites au président Barrientos que je m'y engage !

– Il sera satisfait.

Les dires d'Andrew Roth, interrogé sans brutalité, durent sembler acceptables à ses geôliers, car ils devaient le relâcher quelques mois plus tard.

Vers la mi-mai, le colonel Quintanilla et le colonel Arana se rendirent à la caserne du régiment Manchego, à Santa Cruz, où l'on transféra Debray, Bustos et Roth, en vue de nouveaux interrogatoires. Ils étaient accompagnés du général Arnaldo Saucedo Parada et de celui qui avait interrogé el Loro, Félix Rodríguez, alias « Ramos », dit aussi « le docteur González ». À la suite de différents témoignages, ils furent convaincus que le Che était bien en Bolivie et à la tête de la guérilla.

Depuis l'arrestation de Debray, le Che avait changé son nom de guerre de « Ramón » en « Fernando ». Il était considérablement amaigri et son asthme ne lui

laissait aucun répit : « Je ressemble à saint Lazare »,
disait-il.

Chaque jour était plus noir que le précédent : la
radio bolivienne annonça l'arrestation de Loyola Guzmán, puis sa tentative de suicide en se jetant par la
fenêtre du palais du gouvernement ; le président bolivien promettait une récompense de cinquante mille
pesos à qui permettrait de capturer Guevara, mort ou
vif.

Dans la boue, le Che perdit ses bonnes chaussures,
mal lacées, achetées à Paris : un Bolivien lui fabriqua
des *abarcas*, sortes de semelles tenues par des herbes
tressées. Mais la pire nouvelle fut celle de l'anéantis-
sement de l'arrière-garde au gué de Vado de Yeso.
Triste, abattu, le Che se retira sous sa bâche de plastique et ouvrit *Les Fleurs du mal*, quand le transistor
cracha que des affrontements très violents, évoqués
par la radio argentine, avaient eu lieu dans la région
des mines au moment des fêtes de la Saint-Jean : la
décision des mineurs, soupçonnés de vouloir rejoindre
la guérilla, de donner une journée de leurs salaires et
des médicaments aux guérilleros, avait servi de prétexte à l'armée pour ouvrir le feu sur les hommes, les
femmes et les enfants, faisant quatre-vingt-sept morts
dans la mine de Siglo XX. Accablé, le Che ferma les
yeux. Ses compagnons qui avaient entendu la nouvelle
le dévisageaient, émus devant cet homme affaibli
qu'ils aimaient et pour qui ils ne pouvaient rien.
Benigno le regardait intensément : où était-il, le
combattant victorieux de Santa Clara, celui qui aimait
rire avec Camilo Cienfuegos, faire d'interminables
parties d'échecs avec Fidel ? Il n'y avait là qu'un
homme crasseux, aux cheveux en broussaille, aux
vêtements sales et déchirés, au souffle rauque et court,
qui ressemblait déjà à un cadavre. Benigno résistait à

l'envie d'aller vers lui, de lui dire que tout n'était pas perdu, que Cuba allait leur venir en aide, qu'il était prêt à donner sa vie pour lui, que la révolution triompherait... Il n'osait pas écarter ce bout de plastique qui le séparait de son chef, craignant une rebuffade ou, pis, un de ces sarcasmes dont le Che avait le secret et qui mettait son interlocuteur dans une position de ridicule. Benigno poussa un soupir et s'éloigna.

À la nuit, ils reprirent leur marche vers on ne savait où. Ils avançaient sans prendre de précautions particulières. Les habitants des pauvres villages qu'ils traversaient les regardaient passer, partagés entre la crainte et la curiosité. À Alto Seco, situé à mille neuf cents mètres d'altitude, ils pillèrent la boutique du maire, qui avait couru alerter l'armée, firent bombance et se rendirent de nouveau malades comme des chiens. Le lendemain, Inti et Coco Peredo réunirent les habitants dans l'une des classes de l'école et leur firent un discours auquel, manifestement, ils ne comprirent rien : les visages restaient inexpressifs. Le Che prit la parole à son tour :

– Demain des ingénieurs et des médecins viendront. Ils sauront que vous existez et comment vous vivez. Ils construiront une nouvelle école et un dispensaire, ils arrangeront la route qui mène à Vallegrande, ils feront fonctionner le téléphone et apporteront de l'eau.

Pas un muscle ne bougeait dans les visages comme sculptés dans la pierre ; on aurait dit que rien ne pouvait les atteindre, surtout pas les mots. Cependant, l'un d'eux, un tout jeune homme, demanda :

– Pourrais-je me joindre à vous ?

Un guérillero s'approcha de lui et lui chuchota :

– Ne fais pas l'idiot, nous sommes foutus... Nous ne savons pas comment sortir d'ici.

– Mais je peux vous aider, insista le garçon.

– Fous le camp, si tu ne veux pas mourir !

Ils repartirent, lamentable colonne devant laquelle les femmes faisaient le signe de croix. Ils arrivèrent à Abra del Picacho, « *le point le plus haut que nous ayons atteint* », écrivit le Che dans son carnet, deux mille deux cent quatre-vingts mètres.

Le hameau fêtait le printemps et offrit aux arrivants un verre de *chicha*. Ils redescendirent vers La Higuera, une bourgade perchée à mille cinq cents mètres, où ne restaient que les femmes ; les hommes, dont le maire, Anibal Quiroga, avaient fui à l'arrivée des guérilleros. Coco Peredo se rendit chez le télégraphiste qui, lui aussi, avait disparu. Sa femme, Ninfa Arteaga, lui dit que le maire de Vallegrande leur avait appris la présence des guérilleros dans la zone et qu'il fallait l'en informer s'ils se présentaient. Prise de pitié devant leur triste mine, elle leur donna à manger ; d'autres femmes firent de même.

– Merci, dit un des guérilleros. On ne vous oubliera jamais.

– C'est normal de s'entraider, dit Ninfa. On reconnaît tout de suite les gens. On sait s'ils sont bons ou mauvais !

Cette halte et ce repas leur firent du bien : l'avenir leur semblait moins sombre. Ils reprirent leur route.

Le Che fit partir cinq hommes de l'avant-garde par un sentier bien tracé. Juste à la sortie de La Higuera, ils tombèrent sur une embuscade : les coups de feu partaient de toutes parts. Benigno se baissa pour retirer un caillou de sa sandale. Miguel tomba, tué net. Puis les Boliviens Julio et Coco Peredo furent blessés. Benigno prit Coco sur son dos et s'enfuit, pliant sous le poids de son ami blessé. Un balle traversa le corps du Bolivien et atteignit Benigno près du cou, dans l'omoplate. Antonio Domínguez et Camba Jiménez profitèrent de la confusion pour tenter d'échapper à l'encerclement. Benigno parvint à rejoindre le Che, qui organisait la défense dans le village, suivi d'Aniceto et Francisco Huanca, blessé au pied. Mais ils durent décrocher rapidement en tirant derrière eux les deux mules. Inti Peredo avait perdu le contact avec l'avant-garde. Il décida d'attendre ses compagnons. Des coups de feu en provenance de la montagne le décidèrent à les attendre un peu plus loin. Benigno les rejoignit, portant toujours le corps de Coco, qu'il déposa aux pieds de son frère. Inti regardait le cadavre sans paraître comprendre. Il se pencha et lui ferma les yeux.

— Je ne l'ai pas vu mourir, murmura-t-il.

Il ne versa pas une larme. Question de caractère...

La fuite de Domínguez obligea le Che à prendre un autre chemin. À bout de forces, ils s'abritèrent dans une grotte. Le Che prit la parole :

— *Compañeros* boliviens, si vous le souhaitez, vous pouvez partir.

Aucun d'eux n'accepta.

Il s'adressa ensuite aux Cubains survivants :

— Nous sommes le fleuron de la révolution cubaine, nous la défendrons jusqu'au dernier homme, jusqu'à la dernière balle.

Fernando, l'oreille collée au transistor, entendit que les déserteurs avaient parlé et donné toutes les informations nécessaires à la capture des guérilleros. Pacho ouvrit une boîte de sardines : il lui sembla que cela faisait un bruit épouvantable. La soif était insupportable mais l'eau chargée en magnésie leur donnait des coliques ; Eustaquio pleurait, suppliant qu'on le laissât boire. Dans son carnet, le Che écrivit : « *Jour d'angoisse, au point que nous avons pensé que ce serait le dernier* ».

À la tombée de la nuit, ils reprirent leur marche dans le brouillard et le froid. Benigno, avec sa balle dans le dos, souffrait terriblement. Ils avançaient sans chaussures, trébuchant dans les *abarcas* qu'ils avaient fabriquées mais qui ne protégeaient pas leurs pieds des épines. « *La marche de nuit a été un enfer. Les épines se plantent dans les pieds, dans les jambes, sur les côtés, à côté de la tête. C'est terrible. Seule l'autorité de Fernando fait que les hommes avancent* », nota Pacho dans son journal.

La progression de ces hommes épuisés fut stoppée par une paroi à pic : obstacle jugé infranchissable. De découragement, ils se laissèrent tomber sur le sol. Le Che les regardait. Il haussa les épaules et s'élança à l'assaut de l'obstacle ; ils n'en croyaient pas leurs yeux : leur chef, malade, s'agrippait, glissait, remontait, se hissait et parvint au sommet du rocher. Debout, il les dominait, forçant leur admiration. À leur tour, ils gravirent la paroi. En haut, une nouvelle difficulté : une brèche d'un mètre cinquante au fond de laquelle brillait une eau glacée. Le Che ordonna deux heures de repos. Ils reprirent leur marche jusqu'à 5 h 15 et s'enfoncèrent dans un petit bois dont les arbres étaient tout juste assez grands pour les protéger des regards. Benigno et Pacho étaient partis à la recherche d'un puits près d'une maison abandonnée mais ne le trouvèrent pas. Ils virent arriver deux soldats et se cachèrent. Les deux compagnons rejoignirent le groupe, qui partit à la fin du jour. Par un chemin mauvais, ils marchèrent jusqu'à l'aube et atteignirent un petit bois d'où l'on entendait aboyer des chiens. Le Che nettoya la blessure dont Benigno s'était plaint toute la nuit. Au matin, ils puisèrent de l'eau dans un petit torrent, firent un peu de feu sous une large pierre plate et cuisinèrent la journée durant. Le Che n'était pas tranquille car l'endroit devait être habité ; il faisait à présent grand jour et ils restaient à découvert dans le creux. *« Comme le repas a traîné, nous avons décidé de partir au petit matin et d'aller jusqu'à un affluent proche de ce petit torrent et, de là, de faire une reconnaissance plus sérieuse des lieux pour décider de la direction que nous allions prendre »*, écrivit-il dans son carnet.

Avec l'aide de la quatrième division, cantonnée à Camiri, la huitième division de l'armée bolivienne avait encerclé les guérilleros, ne leur laissant aucune issue. À l'est et à l'ouest, gorges et canyons interdisaient tout passage. Au sud-ouest, c'était le Río Grande, et au nord, la ville de Vallegrande et ses milliers de soldats. De cette localité devait partir le second bataillon de commandos, entraîné par Papy Shelton, pour exterminer la guérilla. Pas question de laisser la moindre chance à ces combattants de l'extrême. Les rangers se déployèrent le long des hauteurs qui surplombaient les gorges, les acculant à s'y réfugier ou à monter sur un terrain dénudé.

À la lueur de la lune, un paysan avait aperçu cette troupe de fantômes, de l'autre côté de la rivière, pliés en deux sous de lourds sacs à dos. Il envoya son fils prévenir les militaires. Le capitaine Gary Prado Samon ne perdit pas de temps : il fit dresser une embuscade à l'entrée de la gorge du Churo, une autre à la sortie et installa son poste de commandement sur une hauteur.

Devant le Che courbé par ses crises d'asthme, un

guérillero proposa d'aller à Vallegrande chercher des médicaments et de laisser les blessés. Cette proposition parut totalement irréaliste à Benigno et fut repoussée par le Che.

Ils arrivèrent à la jonction de deux défilés : la Quebrada du Yuro et la Quebrada de San Antonio. Le Che décida de diviser le groupe en trois afin de chercher s'il existait une sortie. Benigno, Inti et Pacho se rendirent vite compte qu'il y avait des dizaines de soldats qui les guettaient du haut du défilé. On ne pouvait que reculer en espérant que l'armée n'avait pas bloqué l'arrière de la gorge ou attendre la tombée de la nuit sans faire le moindre mouvement.

– On est dans de sales draps, dit le Che à Benigno. Tu te sens assez bien pour partir en reconnaissance ?

– Bien sûr que je peux, Fernando, répondit-il malgré sa blessure infectée qui le faisait souffrir.

Le Che lui ordonna de monter sur le versant droit du ravin qui les abritait, de s'y poster pour observer les éventuels mouvements de l'armée ; ordre fut donné à Inti et à Dario de l'accompagner. À cet endroit poussait un arbre qui s'y était accroché de toutes ses racines et dont le tronc avait l'épaisseur d'un corps ; ce qui pouvait en faire un poste d'observation à une vingtaine de mètres de la position du Che et du reste du groupe. Après leur départ, le Che fit placer en silence les hommes restants en position défensive : ils étaient sept pris au piège, dont quatre blessés.

Des avions et un hélicoptère survolaient le site. Le Che envoya Aniceto et Nato remplacer Tamayo et Pombo qui se trouvaient à l'extrémité de la gorge. Aniceto longea le ravin pour les rejoindre et entendit clairement les soldats au-dessus de lui. Pourquoi se pencha-t-il ? Il reçut une balle dans la tête. Benigno et

Inti, qui avaient vu la scène, tirèrent et blessèrent un militaire. Benigno, soucieux de ne pas gaspiller ses munitions, synchronisait ses tirs avec ceux de l'ennemi. Les soldats ripostèrent et commencèrent à jeter des grenades dans la gorge.

32

Le *señor* Altman avait patienté une trentaine de minutes au Museo Tambo-Quirquincho. Tony l'Élégant, qui faisait le guet à l'entrée du musée, se dirigea vers lui :

— Il ne viendra pas, dit l'ancien milicien.

— Vous êtes sûr de ne pas vous être trompé d'endroit ?

— Non, *señor* : c'est lui-même qui l'a choisi.

— Quelque chose a dû se produire... Renseignez-vous. Si vous avez du nouveau, vous savez où me trouver.

— Bien, *señor* Altman.

« L'imbécile, pensa Barbie en quittant le musée. Je n'ai jamais pu souffrir les gens de la Milice. Mais il faut faire avec ce qu'on trouve. Triste époque... »

Mécontent, il marchait d'un pas rapide, suivi par cet abruti de garde du corps, que ses amis avaient cru bon de lui imposer. Que risquait-il ? N'était-il pas un honnête commerçant bolivien, exportateur d'écorce de quinquina, fondateur de la Transmarítima Boliviana, dont le gérant, Gastón Velasco, ancien maire de La Paz, lui était tout dévoué ? Bien sûr, il savait que le général de Gaulle voulait sa peau et avait envoyé pour cela ce François Tavernier dont le passé montrait qu'il n'était pas un tendre. Si ce dernier persistait dans sa traque, il lui arriverait la même chose qu'à son ami youpin. Tavernier avait la baraka : n'avait-il pas échappé à trois tentatives d'assassinat ? Mais il devait bien avoir son point faible : sa femme, belle, intelligente et dangereuse. Si besoin, on pourrait l'enlever et proposer à l'ambassadeur de De Gaulle un échange... Cette idée le fit sourire. Poursuivant son chemin de meilleure humeur, il imaginait sa propre épouse, Regina, en train de choisir sa robe pour le prochain dîner au palais présidentiel, où il savait retrouver la fine fleur de la colonie allemande de La Paz et ses amis les militaires dont le lieutenant-colonel Roberto Quintanilla. Une chose cependant l'assombrit : la santé de sa femme avait beaucoup décliné ces derniers mois ; il faudrait peut-être envisager de la faire soigner en Europe ou aux États-Unis. Avec son passeport diplomatique, cela ne devrait pas présenter de problèmes pour sortir de Bolivie et y revenir. Ses pas le menèrent à la Confitería La Paz, où il s'installa à sa place habituelle. On le salua avec déférence. Sans qu'il eût besoin de héler le garçon, celui-ci lui apporta son café et ses journaux.

Les salons du palais présidentiel bruissaient de la conversation des invités. Le gratin de la société bolivienne avait répondu, au grand complet, à l'invitation du président Barrientos. Même la très aristocratique Mme de la Sierna et son fils étaient présents. Ils avaient été accueillis par le président et son épouse avec toutes les marques de respect dues à leur rang et à leur fortune : on s'empressait autour d'eux. Tous les ambassadeurs en poste à La Paz étaient eux aussi de la fête, tout comme les hommes d'affaires allemands.

Il y eut un murmure dans la foule lorsque François et Léa Tavernier entrèrent, accompagnés de l'ambassadeur de France et de son épouse. Les deux femmes rivalisaient d'élégance. Le satin grenat faisait ressortir la carnation de Léa et moulait son corps d'une façon presque indécente, se dirent les dames boliviennes. Quant à l'ambassadrice, sa longue robe de soie bleue sentait son grand couturier. Leurs époux, tous deux très élégants dans leurs smokings sombres, mettaient en valeur la toilette de leurs compagnes. Le président Barrientos alla à leur rencontre, baisa les mains des dames et salua chaleureusement les représentants de la France. Ce n'était pas la première fois que Barrientos marquait sa sympathie pour le pays de Voltaire, sympathie dont se montraient parfois jaloux les autres diplomates.

— Mesdames, c'est un plaisir et un honneur de recevoir d'aussi belles personnes ! *Don Domingo*, vous avez de la chance. Il est vrai que dans votre métier, il faut avoir de la chance. Et il vous en faudra beaucoup, dans les jours à venir...

Allusion sans équivoque à l'affaire Debray ? Il allait falloir jouer serré. D'autant que Quintanilla, toutes décorations dehors, s'avançait vers eux avec un sourire de serpent.

— Mon cher colonel, fit le président, vous connaissez Son Excellence l'ambassadeur de France, mon ami Dominique Ponchardier, et sa ravissante épouse, ainsi que son collègue, M. Tavernier, que le général de Gaulle lui-même nous a envoyé ? Sans oublier sa non moins ravissante épouse...

Quintanilla s'inclina à la prussienne :

— Je connais Leurs Excellences.

Tavernier et Ponchardier saluèrent à leur tour. Mme de la Sierna s'approcha, suivie de son fils, et s'adressa à Léa :

— Chère madame, je n'ai pas le plaisir de vous

connaître, mais mon fils, Jorge, m'a parlé de vous. Je dois dire que je comprends son admiration.

— Mère !

— Mais, mon chéri, Mme Tavernier est cent fois plus belle que tu ne me l'avais dit ! Oh, ne prenez pas ombrage, cher monsieur, des propos d'une vieille femme... Car vous êtes bien M. Tavernier, n'est-ce pas ?

— Pour vous servir, madame, dit François en baisant la main tendue.

— Vous formez un très beau couple.

Puis, se tournant vers les Ponchardier, elle dit :

— Bonsoir, chers amis. Il y a bien longtemps que je n'ai eu le plaisir de vous voir. Il faudra venir un jour à la maison. Tounet, vous avez une mine splendide !

— Merci, madame. C'est un bonheur de vous voir, toujours aussi belle...

— Arrêtez ! Je suis une vieille dame et vous savez que je déteste la flatterie !

— Ce n'est pas de la flatterie, c'est sincère : je vous admire beaucoup.

— Cela suffit, chère amie, vous me gênez. Oh, c'est trop fort !

— Qu'y a-t-il, mère ?

— Comment le président ose-t-il nous inviter en même temps que ces gens-là ?

— Que veux-tu dire ? Ah, je comprends...

Barrientos accueillait Barbie et son épouse, et s'avançait vers eux.

— Permettez-moi, chers amis, de vous présenter le *señor* Altman et...

Mme de la Sierna leur tourna le dos et s'éloigna en agitant son éventail. « Elle ne manque pas de culot ! » pensa Ponchardier. Quant à Tavernier, il se dit : « Voilà une femme selon mon cœur. »

Les mâchoires serrées, l'ambassadeur de France se pencha sur la main de Mme Altman et serra celle de son époux avec une répugnance perceptible qui n'échappa pas au président bolivien, lequel ne put réprimer un sourire.

– Vous allez mieux, monsieur Tavernier ? demanda Barbie. On m'a dit que vous aviez été souffrant.

– Beaucoup mieux, monsieur Altman, je vous remercie. Je vous dois des excuses pour vous avoir posé un lapin.

– Ce n'est pas grave, ce n'est que partie remise, monsieur Tavernier...

– Je vois que vous vous connaissez, dit Barrientos. M. Altman nous aide de ses conseils, concernant les problèmes que nous rencontrons du côté de Santa Cruz.

– Avec un tel conseiller, je ne doute pas, monsieur le président, que vous veniez rapidement à bout de cette poignée de guérilleros qui met à mal vos soldats.

Le visage du président vira au rouge et se crispa de fureur :

– Ils n'en ont plus pour longtemps à nous narguer. Ils sont seuls et abandonnés de tous. Ce n'est pas Castro qui va leur venir en aide. Ça, ils ne doivent pas y compter ! Ils sont faits comme des rats, ce n'est qu'une question d'heures et il faudrait plus que tous ces intellectuels français, tout juste bons à discourir sur la liberté et les droits de l'homme, pour les tirer du piège dans lequel ils sont tombés !

« L'imbécile, pensait François, il me donne une furieuse envie de les rejoindre sur-le-champ ! »

Léa avait pâli en entendant les propos du général Barrientos et sentit son cœur s'emballer. Surtout, ne pas se trouver mal en présence de ce général arrogant et du tortionnaire de Jean Moulin. Elle parvint à surmonter son malaise et dit d'un ton ironique :

— Ne trouvez-vous pas curieux, monsieur le président, qu'une poignée de pauvres types donne tant de mal à une armée telle que la vôtre, remarquablement entraînée, aussi bien par les Américains que par les na... les Allemands ?

D'écarlate, le teint de Barrientos devint blême. Il bredouilla :

— Sachez, chère madame, que nos soldats et nos officiers sont d'excellents combattants...

— ... qui perdent souvent leurs chaussures et leurs pantalons, dit la rumeur ! asséna Léa d'un ton innocent.

Dominique Ponchardier crut qu'il allait avoir une attaque.

Léa était folle ! Se rendait-elle compte des conséquences de ses paroles pour la sécurité de Régis Debray ?

— Qui ose répandre de telles calomnies sur notre armée ?

— Mais les gens de la rue, monsieur le président. Comment une étrangère telle que moi pourrait-elle savoir cela ?

— Voyons, Léa, il ne faut pas prêter l'oreille à ce genre d'échos que s'empressent de répandre les ennemis de la République bolivienne... observa Ponchardier.

Barrientos lui lança un regard reconnaissant et s'inclina sèchement avant de s'éloigner.

— Bravo, vous me mettez dans de beaux draps ! s'emporta Ponchardier à voix basse. Oubliez-vous que la vie de Debray dépend de l'humeur de cet homme ?

— Je ne l'oublie pas mais je suis outrée qu'il nous ait forcés à saluer cet assassin !

– Venez, chère amie, dit Mme de la Sierna, quittons ce lieu. Vous venez, messieurs ?

Ponchardier et Tavernier allèrent prendre congé du président Barrientos, qui leur tourna ostensiblement le dos.

– Eh bien, on ne salue pas ses amis ? fit une voix à l'accent vaudois.

– Excusez-moi, Müller, je ne vous avais pas vu ! dit François. Comment allez-vous ?

– Très bien. Votre épouse, je suppose ? ajouta-t-il en désignant Léa de la tête.

– Pardonnez-moi : je manque à tous mes devoirs. Léa, je te présente mon ami le consul de Suisse, M. Müller. Müller, je vous présente Léa, ma femme.

– Je suis très heureuse de vous rencontrer, monsieur le consul.

– C'est un plaisir pour moi, madame, répondit-il en lui baisant la main.

– Cher ami, nous devons partir.

– Mme de la Sierna, c'est toujours une joie de vous revoir. Quel dommage que vous partiez si vite !

– Vous savez que ma maison vous est ouverte, venez quand vous voulez.

– Je n'y manquerai pas.

Elle sortit, suivie de son fils, des représentants de la France et de leurs épouses.

– Après cette pestilence, un peu d'air pur fait du bien, remarqua Mme de la Sierna. Venez donc prendre quelque chose à la maison.

– Avec plaisir, chère madame, fit Dominique Ponchardier en s'inclinant.

Ils montèrent dans les voitures avancées par les chauffeurs.

– Vous allez voir une demeure de rêve, dit Tounet.

Non loin du palais présidentiel, les véhicules s'engagèrent dans une allée bordée d'arbres centenaires. Les gardes, après leur passage, refermèrent les hautes grilles. Tenant des flambeaux, des domestiques attendaient en haut des marches du perron.

— Vous serez indulgents pour le service : il n'était pas prévu que je reçoive ce soir.

« Que serait-ce si nous étions attendus ! » se dit Léa en franchissant le seuil.

Tounet n'avait pas exagéré : on avait l'impression d'entrer dans un lieu féerique, dans une sorte de caverne d'Ali Baba, tant les ors rutilaient, mettant en valeur les sombres tableaux de maîtres espagnols, flamands ou italiens des XVIIe et XVIIIe siècles. Les yeux de Léa brillaient comme ceux d'un enfant devant un arbre de Noël ; elle tournait sur elle-même, bouche entrouverte.

— Cela vous plaît ? demanda Jorge de la Sierna.

— Je n'ai jamais vu autant de merveilles réunies sous un même toit !

— C'est le fruit des recherches de plusieurs générations de De la Sierna. Parmi mes ancêtres, il y a eu de grands mécènes et de grands collectionneurs.

— Et vous-même ?

— Non, répondit-il en riant. Il n'y a plus de place dans la maison et le marché de l'art est aux mains de requins. Ma mère et moi avons beaucoup de mal à repousser leurs offres tant ils se font pressants, pour ne pas dire menaçants... Un des amis de mon père a été tué à cause de l'une de ces merveilles.

— Le grand-père d'Alberto Ruiz ?

Jorge de la Sierna la regarda avec surprise :

— Comment savez-vous cela ? Vous connaissez Alberto ?

— Oui, nous l'avons rencontré à Santa Cruz : c'est lui qui menait l'enquête sur la tentative d'assassinat dont a été victime mon mari. C'est à lui qu'il a parlé de son aïeul.

– Qui « menait », dites-vous ? L'enquête serait-elle close ?

– Non. On la lui a retirée.

– Je vois, toujours la même chose...

– Jorge, tu accapares notre invitée. Chère enfant, venez vous asseoir près de moi et parlez-moi un peu de vous.

– De moi ?

– Hé oui ! Vous plaisez-vous à La Paz ?

– Pour être franche, je suis partagée : cette ville me fascine et me dérange à la fois. Je sens que je pourrais l'aimer mais il me faudrait auparavant l'apprivoiser.

– Ou qu'elle vous apprivoise...

– Ou qu'elle m'apprivoise !

Léa ne pouvait s'empêcher de dévisager cette femme au beau visage couronné de tresses noires où s'apercevaient quelques cheveux blancs. La figure de Jeanne Martel-Rodríguez se superposa à celle de son interlocutrice ; elle sentit ses yeux s'emplir de larmes.

– Qu'avez-vous, mon enfant ?

– Vous me rappelez une amie très chère qui est morte en Algérie ; elle aussi m'appelait « mon enfant ».

Mme de la Sierna posa sa main sur la sienne et dit d'une voix douce :

– Je sais bien que personne ne peut remplacer un être cher mais je serais heureuse de devenir votre amie.

Pour toute réponse, Léa posa sa joue sur son épaule.

La scène n'avait échappé ni à François ni à Jorge ; pas plus que les larmes de Léa. Dès qu'il avait vu Mme de la Sierna, François avait été frappé par la ressemblance existant entre la descendante des colons d'Algérie et celle des conquistadores espagnols ; il comprenait l'émotion de sa femme.

— Elles semblent bien s'entendre, dit Jorge comme se parlant à lui-même.

— Oui, et j'en suis ravi. Mais nous devons prendre congé : la santé de Léa m'inquiète, elle a besoin de repos.

— Oh, j'en suis désolé... Notre climat est si rude. Mère, M. et Mme Tavernier désirent se retirer.

— Déjà ! Nous venons à peine de faire connaissance ! Nous nous reverrons, j'espère ?

— Moi aussi, chère madame, je l'espère de tout cœur, répondit Léa en se levant.

Les deux femmes s'embrassèrent. Dominique Ponchardier s'approcha :

— Nous allons rester quelques instants encore. Prenez la voiture, dit-il à François, et demandez au chauffeur de revenir nous chercher.

Dans la voiture, Léa appuya sa tête sur la poitrine de son mari :

— Quelle femme charmante... Elle me fait penser...

— À Jeanne, je sais.

— Ah, toi aussi tu as remarqué ?... Que je suis fatiguée... Vivement notre lit !

Sitôt arrivée dans la chambre, elle se laissa tomber sur les draps.

— Déshabille-moi, mon amour... murmura-t-elle avant de s'assoupir.

Après le départ de François et Léa Tavernier, Mme de la Sierna insista pour que Dominique Ponchardier lui parlât de la jeune femme. Comme il hésitait, elle lui dit :

— Vous me connaissez assez, cher ami, pour savoir

que ma curiosité n'est liée qu'à l'intérêt que suscite en moi ce caractère que je devine à la fois fragile et fort. Elle semble avoir déjà beaucoup souffert. Je me trompe ?

— Non, vous ne vous trompez pas.

En quelques mots, Ponchardier brossa un portrait de Léa, sans trahir ce qu'il pouvait savoir de son intimité. Après une courte pause, il ajouta :

— François et elle forment un couple comme j'en ai rarement vu ; en dépit des vicissitudes de la vie, ils restent épris l'un de l'autre comme au début de leur rencontre. Malgré quelques accrocs au contrat de part et d'autre... Ce sont des êtres emplis d'idéal et de courage. Je les crois incapables d'une action vile. De plus, ils cherchent à se protéger mutuellement. Ainsi, Léa souffre d'une maladie cardiaque et fait tout pour que son mari l'ignore...

— Mais, c'est idiot ! s'exclama Jorge de la Sierna.

— Je suis de votre avis. Tounet et moi avons tout essayé pour la faire changer d'avis. « Ce n'est pas le moment », répond-elle. Quant à lui, il ne lui a pas dit que la famille d'un de ses amis, dont elle avait fait récemment la connaissance, avait été sauvagement assassinée par des bandits à la solde des nazis et que cet ami, Walter Berger, avait été torturé avant d'être à son tour assassiné.

— Walter Berger... murmura Mme de la Sierna en pâlissant.

— Vous le connaissiez ?

— Je ne sais pas s'il s'agit du même... J'avais été dépanné sur la route par un homme fort aimable, représentant en spiritueux et répondant à ce nom...

— Walter Berger ?

— Oui... Mon Dieu, c'est horrible ce que vous m'apprenez là ! La police a-t-elle mené une enquête ?

— Oui, le commissaire Ruiz, de Santa Cruz, en a été chargé.

— Alberto Ruiz ? Je le connais très bien : un homme remarquable et intègre. À quelles conclusions est-il arrivé ?

— Il connaît les assassins mais cette enquête, comme celle qui concerne les tentatives d'assassinat sur Tavernier, lui a été retirée sur ordre du colonel Quintanilla.

— Oh, celui-là, c'est le pire de tous !

— Tavernier est inquiet pour la vie de Ruiz : c'est devant son domicile qu'on a déposé le cadavre de Walter Berger et le paquet contenant les nattes de sa femme et de ses filles.

— Quelle horreur, murmura Mme de la Sierna en enfouissant son visage entre ses mains.

Chacun resta silencieux. Dominique Ponchardier rompit le silence :

— Je suis désolé, chère madame, de vous affliger avec ces cruelles nouvelles.

— Ne vous faites aucun reproche. Je préfère les avoir apprises de votre bouche que de celles des sbires de Quintanilla. Quand cela s'est-il produit ?

— Il y a près d'un mois.

— Les obsèques de ce malheureux ont-elles eu lieu ?

— Non. Quant à celles de la femme et des fillettes, Tavernier y assistait en compagnie de Ruiz. Celles de Walter Berger auront lieu quand le corps sera rendu à la famille.

— À la famille ?

— Façon de parler puisque sa famille a été anéantie... François Tavernier a l'intention d'y assister, dès que le commissaire Ruiz lui fera savoir que cela est possible.

— J'y assisterai aussi.

378

– Est-ce bien prudent, mère ?

– Dans un cas comme celui-ci, il n'est pas question de prudence mais de la dignité et de l'honneur de notre famille !

– Je comprends, mère.

– Chers amis, je suis lasse, retirez-vous... Veillez sur vos amis et... n'ayez pas une trop mauvaise opinion de notre pays : la grande majorité des Boliviens ne se comportent pas ainsi.

On se sépara tristement.

33.

Dans l'hélicoptère qui descendait sur Vallegrande, le lieutenant-colonel Roberto Quintanilla lança à son voisin :

– *Señor* Altman, je compte sur vous pour faire parler ce Français. Les Français, ça vous connaît, n'est-ce pas ?

– Certes, mon colonel, je les connais bien ! À Lyon, j'ai eu l'occasion d'en interroger des centaines...

– Avec succès, j'en suis sûr.

– Dans la plupart des cas, oui.

– Pas dans tous ?

– Hélas non ! Certains se révèlent plus coriaces, plus endurants...

– Comme ce chef de la Résistance, représentant le général de Gaulle, un certain... comment s'appelait-il déjà ?... Ah, aidez-moi !

Visage crispé, gorge serrée, Barbie articula péniblement :

– Jean Moulin.

– C'est ça, Jean Moulin. Un sacré type, celui-là ! Je doute que Debray lui arrive à la cheville.

– On ne sait jamais, mon colonel, on ne sait jamais... Mais je dois vous dire une chose...

– Je vous écoute.

– Je ne tiens pas à l'interroger moi-même.

– Et pourquoi cela ?

– Je crains qu'il ne me reconnaisse.

– Et après ? La belle affaire ! Il ne survivra pas assez longtemps pour aller proclamer partout : « C'est Klaus Barbie qui m'a torturé ! Vous savez, l'ancien nazi, le Boucher de Lyon... » C'est bien ainsi qu'on vous appelait ?

– Mon colonel !

– Ne jouez pas les effarouchées, Altman. Nous avons besoin de vous, de votre savoir-faire. Ensuite, vous pourrez aller en Europe faire soigner votre épouse.

– Comment savez-vous cela ?

– Je sais beaucoup de choses. Nos services de renseignements fonctionnent très bien. N'est-ce pas nous qui vous avons averti que ce Tavernier avait reçu mission de De Gaulle de vous éliminer si le gouvernement bolivien refusait de vous extrader ?

– Barrientos ne ferait jamais cela !

– Non. Alors, dans ce cas, Tavernier vous enlève et vous ramène en France ou vous tue. Que préférez-vous ?

Barbie ne répondit pas. L'hélicoptère se posait dans l'enceinte de la caserne.

– Nous allons partager le repas des officiers avant de rendre visite à Debray.

Dans sa cellule, le prisonnier essayait de lire à la lueur d'une mauvaise lampe. Un bruit de clés interrompit sa lecture. Le major Rubén Sánchez entra :

– Vous allez avoir la visite du colonel Quintanilla. Il est accompagné d'un spécialiste allemand des interrogatoires. Vous savez ce que cela signifie ?

– La torture !

— Ici, ce n'est pas comme à Camiri : je ne peux rien faire pour vous...

— Vous avez déjà fait beaucoup. Je vous en suis très reconnaissant. Avez-vous des nouvelles de la guérilla ?

— Elles ne sont pas très bonnes : ils sont pris au piège dans la gorge du Yuro. Ils n'ont aucune chance d'en sortir vivants.

Debray se prit la tête entre les mains : la mort annoncée du Che le laissait désemparé. Sánchez lui tapa sur l'épaule.

— Quand ils vous interrogeront, dites tout ce que vous savez : cela n'a plus aucune importance, à présent...

— Et si ce que vous m'annoncez était faux ? s'écria-t-il.

Rubén Sánchez le regarda tristement :

— Hélas, il n'en est rien ! Et vous le savez bien. C'est d'ailleurs ce qui vous rend injuste envers moi.

— Pardonnez-moi.

— Je dois vous laisser avant qu'on ne remarque mon absence. Adieu, mon ami.

On réveilla Debray dans la nuit et on le conduisit jusqu'à une pièce aux murs nus, sans autre ouverture que la porte et meublée d'une longue table de bois sombre et de quelques chaises. Au milieu se dressait une sorte de potence. Au plafond pendait une ampoule de faible intensité. Sur le sol se devinaient des traînées et des traces de doigts brunâtres. Il y stagnait un air lourd et empuanti. Sans ménagement, on poussa Debray dans un coin, derrière un empilement de caisses. On lui lia les mains derrière le dos, puis on le laissa seul. Combien de temps dura son attente, quelques minutes ? des heures ? Il avait dû s'assoupir, car l'ouverture de la porte le surprit. Des militaires entrèrent. Avec eux, un civil qui tentait de dissimuler son visage. Un soldat poussait devant lui un prisonnier, pieds et poignets enchaînés, et le projeta contre la table derrière laquelle s'étaient assis les officiers. L'un d'eux dit :

– Je suis le colonel Quintanilla. Estimez-vous heureux d'être toujours en vie ! Vous détenez certains renseignements qui peuvent nous être utiles. Si vous nous dites ce que vous savez, vous serez jugé équitablement. M'avez-vous bien compris ?

L'homme inclina la tête.

– Je n'ai rien entendu !

– Oui.

– Oui, *mon colonel*.

– Oui, mon colonel.

– C'est mieux. Reconnaissez-vous appartenir à la guérilla ?

– Oui, mon colonel.

– Dont le chef est le commandant Ernesto Guevara, dit le Che ?

– Oui, mon colonel.

– Savez-vous où il se trouve actuellement ?

– Non, mon colonel.

– De combien d'hommes dispose-t-il ?

– Je ne sais pas, mon colonel.

Quintanilla fit un signe. Un soldat s'approcha du prisonnier et, de la crosse de son fusil, lui asséna un coup violent dans les reins. Sous le choc, le malheureux tomba à genoux.

– Relevez-vous ! ordonna Quintanilla.

Péniblement, le prisonnier s'exécuta.

– Je répète ma question : de combien d'hommes dispose le Che ?

– Une centaine... bredouilla-t-il.

– Mensonge !

Une nouvelle fois, il fit un signe. Deux soldats se saisirent du détenu et le traînèrent jusqu'à la potence où ils le pendirent par les bras. Cela fait, l'un d'eux lui décocha une série de coups de poing à l'estomac puis au visage.

– Combien sont-ils ? répéta Quintanilla.

– Une... une centaine.

Les coups fusèrent de toutes parts. Régis Debray tenta d'apercevoir le supplicié qui avait perdu connaissance ; son visage tuméfié ne lui disait rien. Barbie s'approcha de Quintanilla.

– Mon colonel, laissez-le revenir à lui et attendez un peu avant de reprendre l'interrogatoire. Ce laps de temps, qui permet de récupérer, rend également plus sensible aux coups.

– Merci du conseil, monsieur Altman. Allons fumer dehors : cela nous détendra...

Quand ils revinrent, l'homme avait repris connaissance : un de ses yeux était fermé et ses lèvres avaient éclaté.

– Eh bien, nous vous avons laissé le temps de la réflexion. Combien d'hommes, m'avez-vous dit ?

– Une centaine.

– Allez-y.

Ils furent trois à s'acharner sur le corps nu qui se balançait au rythme des coups. De nouveau le prisonnier s'évanouit. Un seau d'eau lui rendit ses esprits.

– Allons, soyez raisonnable. Combien sont-ils ?

– Une trentaine, peut-être...

– Vous n'êtes pas loin de la vérité. En fait, ils sont un peu moins et dans quelques heures, il n'y en aura plus du tout ! Pourquoi ne pas m'avoir dit plus tôt ce que je savais déjà ? Qu'on le ramène dans son cachot !

Deux soldats le remirent debout et l'emmenèrent.

Quintanilla se tourna vers le coin où se tenait recroquevillé Debray.

— À votre tour, cher monsieur. Vous avez entendu les réponses de votre camarade ?

— Je ne le connais pas.

— C'est sans importance. Vous confirmez que le Che est bien le chef de la guérilla ?

— Puisque vous le dites...

— Amenez-le !

Un soldat aida Debray à se lever, le conduisit devant cette mascarade de tribunal et le força à s'asseoir sur une chaise. Quintanilla fit un geste. Le soldat bouscula la chaise, provoquant la chute du prisonnier, puis le frappa de ses souliers de marche à la tête, au ventre et aux reins : rapidement, son visage ne fut plus qu'une plaie. Bientôt, il ne réagit plus aux coups.

— Qu'il arrête ! jeta Barbie, resté dans un coin sombre de la pièce. C'est trop rapide, ça insensibilise. Vos soldats ont encore besoin d'être formés. Qu'on lui jette un seau d'eau et qu'on le laisse recouvrer ses esprits. Quand nous reprendrons, il sentira mieux les coups.

On fit comme le préconisait Barbie, mais Quintanilla menait l'interrogatoire sans conviction : il avait appris ce qu'il voulait savoir ; à quoi bon torturer davantage le Français ? Pour le plaisir ? Si encore cela avait été une jolie femme... Cependant, l'Allemand ne l'entendait pas de cette oreille.

— Je suis sûr qu'il en sait davantage, notamment en ce qui concerne les relations que l'ambassade de France entretient avec la guérilla.

— Que voulez-vous dire ?

— Que Ponchardier n'est pas un enfant de chœur ! Pas plus que ce Tavernier de malheur qui, dit-on, aurait rendu visite à Guevara dans la guérilla, il y a quelques semaines.

— Pensez-vous qu'il ait rencontré Debray ?

— C'est fort possible. Demandons-le lui.

Quintanilla se pencha sur Régis :

— Le Che a-t-il reçu la visite d'un Français ?

— Pas à ma connaissance...

— Un Français envoyé par le général de Gaulle ?

Debray eut une sorte de rire.

— Cela vous amuse ? Continuez !

Les soldats se déchaînèrent. Le prisonnier n'était plus qu'un corps mou.

— Ça suffit, qu'on le ramène dans son cachot !

— Mais, mon colonel, vous ne lui avez pas demandé si ce Tavernier avait reçu l'ordre de m'enlever ?

— La belle affaire ! Vous ne risquez rien : mes hommes assurent votre protection.

— Certes, mais je préférerais en avoir le cœur net et savoir ce que ce Tavernier a en tête...

— Vous le saurez bien assez tôt... Qu'on le ramène !

L'air de la cour de la caserne ranima quelque peu Debray, tiré comme un animal en laisse devant les soldats qui traînaient dans la cour et se moquaient de lui en riant.

— Il est mignon, le Français : je lui dirai bien deux mots, moi...

— Suffit ! Vous n'avez rien d'autre à foutre, bande de feignants ? cria Rubén Sánchez.

— Major, on voulait juste rigoler...

— Tu vois pas qu'il veut se le garder pour lui, son chéri ?

Le poing du major Sánchez s'abattit sur la bouche du soldat.

— Quinze jours de cachot au premier qui l'ouvre !

Penauds, les militaires se retirèrent, emmenant avec eux leur camarade amoché.

– Venez, dit le major à Debray. Eh bien, ils vous ont salement arrangé... Ouvrez-moi la porte et appelez le médecin, ordonna-t-il au soldat qui montait la garde devant la cellule.

Sánchez l'aida à s'allonger sur son grabat et déploya sur lui sa couverture.

– Merci, murmura-t-il en claquant des dents.

Très vite, le médecin arriva, soupira d'abord en découvrant les blessures du patient mais lui prodigua ses soins sans autres commentaires.

– Donnez-lui ça, dit-il en tendant un flacon de comprimés. Ça le fera dormir. Vont-ils l'interroger à nouveau ?

– Je n'en sais rien. Avec eux, tout est possible.

Haussant les épaules, le médecin remisa son matériel et sortit.

Rubén Sánchez glissa entre les dents de son prisonnier deux comprimés et lui soutint la tête pour qu'il puisse boire un peu d'eau et les avaler.

– Merci.

Peu à peu, le tremblement de Debray s'apaisa et il sombra dans un sommeil sans rêves.

L'interrogatoire reprit deux jours plus tard, portant cette fois sur des points de détail dont le prisonnier ignorait tout. Les coups reprirent, savamment dosés sur les conseils de Barbie.

– À mon avis, il a dit tout ce que l'on voulait savoir, fit-il remarquer à Quintanilla.

– C'est ce que je pense. Mais ces séances doivent bien lui faire comprendre que nous ne plaisantons pas.

– Ne l'amochez pas trop : il devra être présentable

si sa mère ou des journalistes viennent lui rendre visite.

— Vous avez raison. Pour l'instant, il s'en tire bien. Mais je n'ai pas dit mon dernier mot ! Merci de votre collaboration.

— Cela a été un plaisir de vous rendre service, mon colonel.

À La Paz, un coup de téléphone anonyme annonça à l'ambassade de France que Debray avait été torturé par Quintanilla mais que ses jours n'étaient pas en danger. Ponchardier envoya une protestation écrite au président Barrientos. En guise de réponse, celui-ci lui recommanda de se tenir tranquille s'il voulait que son compatriote reste en vie.

Les journalistes étrangers, nombreux à La Paz, faisaient le siège de la présidence pour obtenir l'autorisation de se rendre à Camiri visiter Debray. Cette autorisation était sans cesse remise à plus tard. Dans le même temps, la mère du Français se démenait également pour l'obtenir. La permission lui fut enfin accordée quelques jours plus tard.

On peut imaginer ce que furent leurs retrouvailles, leur émotion et la fierté de Janine Alexandre-Debray devant le courage de son fils.

Le commissaire Ruiz annonça à François Tavernier que les obsèques de Walter Berger pouvaient à présent avoir lieu, la police les ayant autorisées. Le commissaire prévint le curé du village de l'endroit où était enterrée sa famille afin qu'il se prépare à célébrer la cérémonie.

François et Léa partirent pour Santa Cruz à bord de l'avion privé de Mme de la Sierna, qui tenait à les accompagner ainsi que son fils. À l'aéroport, ils furent accueillis par Ruiz, qui les conduisit chez lui. Josefa et Angelina joignirent les mains quand elles découvrirent, parmi les nouveaux arrivants, celle qui venait si souvent en aide aux populations indiennes.

Le lendemain, ils partirent pour le village de Walter. Des policiers avaient déjà pris possession du hameau. Chef de la police, le commandant Lorenzo Aguilla était également sur place. Il ne parut pas surpris de voir Mme de la Sierna et son fils. Il s'inclina et baisa la main de la visiteuse.

– Nous nous retrouvons en de bien tristes circonstances, dit Mme de la Sierna.

– Oui, chère amie. Votre présence est un réconfort pour tous. J'ai tout arrangé avec don Miguel qui accepte que nous célébrions l'office juif dans son église.

Léa et François s'entre-regardèrent.

– Vous n'êtes pas au bout de vos surprises, leur souffla le commissaire Ruiz.

Ils entrèrent dans l'église, suivis par tous les habitants du village. Les femmes prirent place d'un côté de la nef, les hommes de l'autre. Un cercueil était au milieu du chœur ; le corps de David y reposait. Le commandant Aguilla posa une kippa sur sa tête. Les Indiens restèrent couverts, les autres hommes coiffèrent un chapeau ou, comme François et Alberto, placèrent un mouchoir sur leur crâne : la cérémonie pouvait commencer. Don Miguel bénit le corps et l'assistance puis se retira à l'écart. Aguilla s'avança devant le cercueil et récita le kaddish :

– *Uithgaddal weyitkkaddash Shemèd rabba beolmä si-verâ 'khire' outhé xegamli khmal khouthé be'hayye 'khôn ouveyome 'kkôn ouve 'heyyé dékkol beth Yisraël ba'agalâ ouvizman gariv weïmeron Amên... Ossé*

*schalom bimerôman hou ya'assé schalom 'alenou
xe'al kel Yisraël weïmeron Amên*[1].

Léa n'essayait pas de retenir ses larmes. Les mots
prononcés lui rappelaient ceux qu'avait eus Samuel
devant son frère assassiné[2]. Il lui sembla que ses amis
morts entouraient le défunt et l'accueillaient au para-
dis. Mme de la Sierna lui prit la main. Son beau visage
était comme illuminé de l'intérieur. François, Alberto
et deux Indiens soulevèrent le cercueil et, en cortège,
l'assemblée se dirigea vers le cimetière jusqu'à la
fosse ouverte où reposaient déjà la femme et les filles
du défunt. Le prêtre catholique et celui qui avait fait
office de rabbin donnèrent leur bénédiction. Chacun
des participants s'inclina et s'en retourna.

Don Miguel avait fait préparer une collation. Elle
fut la bienvenue car le froid et le vent étaient glacials.

Avant de repartir, Léa voulut retourner seule au
cimetière. Elle ramassa une pierre, qu'elle posa sur la
terre fraîchement remuée. Elle pria pour tous ceux
qu'elle avait ainsi accompagnés, presque tous disparus
de mort violente.

« Quand cela finira-t-il ? » pensait-elle.

Mme de la Sierna remit une somme d'argent à don
Miguel à l'intention de la petite communauté du village, puis on remonta dans les voitures pour rentrer à
Santa Cruz, où Josefa et Angelina avaient dressé la
table de la salle à manger, et chacun prit place. Au

---

1. « *Que le Nom du Très-Haut soit exalté et sanctifié dans le
monde qu'Il a créé selon Sa volonté ; que Son règne soit proclamé
de nos jours et du vivant de la Maison d'Israël et qu'il advienne
dans un temps prochain. Amen [...]. Que Celui Qui entretient
l'harmonie dans les sphères célestes la fasse régner parmi nous et
parmi tout Israël. Amen.* »
2. Voir *Noir Tango*.

début, le repas fut silencieux puis, peu à peu, on échangea quelques mots.

– J'ai remarqué votre étonnement et votre émotion, monsieur Tavernier, pendant que je récitais le kaddish.

– C'est exact : je revivais une cérémonie semblable... Au fait, j'ignorais que vous étiez juif, dit François.

– Je ne le suis pas mais je m'intéresse aux religions et je prends le meilleur de chacune d'elles. La religion juive m'a toujours paru la plus proche de l'homme et je m'y suis intéressé plus qu'aux autres.

– Je vous remercie pour mon ami David. Il n'était pas croyant mais je suis sûr que, s'il y a un au-delà où il se trouve, il vous est reconnaissant d'avoir prononcé ces quelques paroles.

– Alors, tout est bien.

Le repas touchait à sa fin.

– Monsieur Tavernier et vous, commissaire, vous aussi, mon cher Jorge, pourrais-je vous entretenir un instant en privé ?

– Suivez-moi, mon commandant, dit Alberto en les conduisant à la bibliothèque, où il leur offrit alcools et cigares.

– Merci, dit Aguilla en s'asseyant. Jorge, je vous ai demandé de venir car je connais vos sentiments patriotiques et votre sens de l'honneur et afin que vous soyez témoin de notre conversation. Écoutez-moi attentivement : j'ai de mauvais renseignements vous concernant tous les deux, précisa-t-il en se tournant vers Ruiz et Tavernier. Les autorités boliviennes et les éléments nazis vivant en Bolivie ont décidé votre élimination. Les nazis savent que M. Tavernier est sur les traces de l'un d'eux. Quant à vous, Alberto, ils vous reprochent de lui apporter votre aide en dépit des ordres reçus. Certains, parmi les militaires, fomentent un coup d'État pour se débarrasser de Barrientos qu'ils jugent trop mou. S'ils réussissent, c'en est fait de la paix dans ce pays. Et pour de nombreuses années. C'est pourquoi, monsieur Tavernier, il vous faut agir au plus vite, pendant qu'ils sont encore occupés à traquer le Che. Faites ce pour quoi vous êtes venu sans tarder : c'est une question de jours ! Mon cher Alberto, je vous conseillerais de vous faire oublier quelque temps : pourquoi ne pas voyager à l'étranger ?

– Ce n'est pas au moment où mon pays est menacé par un coup d'État militaire que je vais quitter mon poste !

– Je pensais bien que vous répondriez de la sorte. Je vous en félicite ! Cependant, vous avez affaire à forte partie : ils n'hésiteront pas à vous assassiner !

– Je sais.

– Faites comme bon vous semble. Quant à moi, je vous aiderai autant que je le pourrai. Ce ne sera guère facile, d'autant que la cérémonie d'aujourd'hui doit déjà les avoir mis sur leurs gardes. Ce sont des gens sans scrupules. De plus, monsieur Tavernier, vous devez placer votre femme en sécurité. Avant de vous tuer, ils s'en prendront à elle.

– Je comprends, mon commandant.

– Alors, à la grâce de Dieu !

– Ma mère et moi, nous pourrions les recevoir dans l'une de nos propriétés, proposa Jorge.

– J'y avais pensé. Mais votre présence à l'enterrement de notre ami vous met également en danger.

– Je le crois volontiers. Mais, sur nos terres, nous sommes en sécurité : jamais les Indiens ne laisseraient qui que ce soit entrer sur nos domaines.

– Sans doute, mais cela ne durera qu'un temps et je ne voudrais pas que votre mère ait à en souffrir.

– Ne vous inquiétez pas pour mère : c'est une

femme de caractère et il n'est pas né, celui qui lui dictera sa conduite.

Le commandant Aguilla eut un petit rire :

– Je ne l'ignore pas et c'est bien ce qui m'inquiète... Bon, ces dames doivent se demander ce que nous complotons : allons les rejoindre !

Les trois hommes quittèrent la bibliothèque et regagnèrent le salon.

– Vous nous avez abandonnées bien longtemps ! s'écria Mme de la Sierna en se levant et en s'approchant de son fils. Qu'aviez-vous de si important à vous dire que nos oreilles de faibles femmes ne puissent entendre ?

– Rien, mère. Je vous le dirai plus tard, lui murmura Jorge.

– Bien. Cher Alberto, je vais monter me coucher : je suis brisée de fatigue. Merci de votre hospitalité. C'est toujours un plaisir pour moi de revenir dans cette belle demeure.

– Qui sera la vôtre chaque fois qu'il vous plaira.

– Merci, Alberto. Bonne nuit à tous !

– Bonne nuit.

Chacun se retira dans ses appartements. Dans le leur, Léa demanda à François :

– Que voulait vous dire le commandant Aguilla ?

– Que nous ne sommes plus en sécurité en Bolivie et que tu dois partir.

– Nous l'avions remarqué, non ? Quoi qu'il en soit, je ne partirai pas d'ici sans toi !

François poussa un profond soupir et se déshabilla tandis que Léa restait debout, songeuse.

– Tu ne viens pas te coucher ? Il est tard... À quoi penses-tu ?

– À cette journée, à tous ces gens qui prennent tant de risques pour nous...

– N'y pense plus. Allez, au lit !

Lentement, Léa se déshabilla. « Elle a beaucoup maigri », nota François. Lui revinrent en mémoire les paroles des Ponchardier. Il se redressa sur un coude :

– Tu as l'air fatigué. Tu n'es pas malade ?

– Qu'est-ce qui te fait dire ça ?

– Dominique et Tounet pensent que tu me caches quelque chose sur ton état de ta santé...

Léa se força à rire :

– Ils s'inquiètent pour rien : un peu de fatigue... l'altitude... c'est tout.

– L'altitude ? Elle a bon dos ! Tu n'as plus que la peau sur les os, et par moments tu es toute pâle !

Elle s'allongea, nue, et se blottit contre lui.

– Mais tu es glacée !

Il la serra contre lui.

Après s'être rapidement assoupi, François se réveilla brusquement : une sourde angoisse lui étreignait le cœur. Il repensa à Léa, guettant malgré lui la régularité de son souffle. L'idée qu'elle fût gravement malade le torturait : il la savait capable de cacher son état pour ne pas l'inquiéter. Il se leva, alluma une cigarette et regarda par la fenêtre : la nuit était sombre et calme mais il pleuvait. Derrière lui, dans le lit, Léa se tournait et se retournait en gémissant. Il s'approcha : son front était couvert de sueur.

– Ma chérie... murmura-t-il en s'asseyant sur le bord du lit.

Elle rouvrit les yeux.

– Tu ne dors pas ?

– Non, je me faisais du souci pour toi.

– Ma foi, il n'y a aucune raison.

– En es-tu bien sûre ?

Aussitôt, Léa fut sur ses gardes : que savait-il ? Elle sentait les battements de son cœur malade s'accélérer.

Pourvu qu'elle n'ait pas de crise ! Elle tendit la main hors des couvertures et alluma la lampe de chevet. Son aspect frappa François : comme elle était pâle ! comme ses yeux étaient cernés ! Il la serra de nouveau contre lui.

— Dis-moi la vérité, mon amour.

Elle tenta de rire :

— Quelle vérité ?

— Tu es malade, cela se voit...

« Oh, mon Dieu ! gémit-elle intérieurement, comment continuer à lui mentir ? »

— Oui, fit-elle dans un souffle.

— Depuis longtemps ?

— Je ne sais pas... On l'a découvert ici.

— Qu'ont dit les médecins ?

— Que je devais rentrer en France pour me faire opérer.

— Et tu ne m'en as rien dit ?

— C'est le *soroche*.

— Le *soroche*, crois-tu ? Ton cœur est malade, n'est-ce pas ?

— Oui.

— Donc, tu prends le premier avion pour Paris !

— Je ne veux pas partir sans toi ! s'écria-t-elle.

Brusquement, cet homme fort éclata en sanglots.

— François !... François !...

Rien se semblait devoir calmer son chagrin.

— Je partirai bientôt, je te le promets.

Peu à peu, il s'apaisa.

— Excuse-moi... Voici que je pleure comme une femmelette, à présent !

— Rendors-toi, mon amour. On doit se lever de bonne heure demain.

Il réussit à s'assoupir mais ne put trouver qu'un

sommeil agité. Près de lui, Léa dormait aussi, apaisée d'avoir enfin parlé.

La matinée était fort avancée quand ils s'éveillèrent. Un coup léger frappé à la porte leur fit dresser l'oreille :

– Entrez !

Angelina entra, portant le plateau du petit déjeuner, qu'elle posa sur le lit avant d'aller ouvrir les doubles rideaux. Un rayon de soleil inonda la pièce.

– Aïe ! fit Léa en se cachant la tête sous l'oreiller.

– Quelle heure est-il ? demanda François.

– Bientôt midi, répondit la domestique.

François bondit hors du lit, manquant de renverser le plateau, oubliant qu'il était nu : Angelina s'enfuit, mains devant les yeux.

– Mon chéri, tu as vu dans quel état tu es ?

Son reflet dans un miroir lui fit comprendre la réaction de la jeune Indienne.

– Évidemment, jeta-t-il en regardant Léa d'un air goguenard.

Ils mangèrent de bon appétit, prirent un bain, s'habillèrent et descendirent rejoindre Alberto et ses invités.

– Excusez-nous, dit Léa en entrant : nous n'avons pas vu l'heure.

– Ce n'est pas grave, mon enfant, dit Mme de la Sierna. Vous êtes ravissante !

– Merci.

Dans l'après-midi, les Tavernier et les De La Sierna reprirent l'avion pour La Paz.

34.

Au-dessus de La Paz, le ciel était couvert. Ils atterrirent à la nuit tombée et se séparèrent à la sortie de l'aérogare, promettant de se revoir sans tarder. François trouva chez lui un message de Dominique Ponchardier le priant de passer de toute urgence à l'ambassade.

– Il doit avoir du nouveau concernant Régis Debray, dit François en quittant Léa.

À peine arrivé, l'ambassadeur l'entraîna dans son bureau :

– Il nous arrive une nouvelle tuile !

– Un autre révolutionnaire français débarque en Bolivie ! plaisanta François.

– Vous ne croyez pas si bien dire ! La police a arrêté à Vallegrande un jeune Français cherchant à rejoindre la guérilla.

– Merde !

– Comme vous dites. Et, tenez-vous bien, vous le connaissez...

Tavernier le dévisagea sans comprendre.

– Cherchez bien...

– Je ne sais pas.

– Non ?

– Charles ! s'écria-t-il.

– Hé oui ! Que dites-vous de cela ?

Son interlocuteur se laissa tomber sur une chaise.

– Vous en êtes certain ?

– Tenez... fit l'ambassadeur en lui tendant une photographie.

En effet, pas de doute : c'était bien Charles, entouré de policiers boliviens. Une jeune femme portant un bébé se tenait auprès de lui.

– Qui est la personne à ses côtés ?

– Sa femme.

– Sa femme ?

– Eh bien quoi ? Vous n'étiez pas au courant ?

– Non.

– Elle s'appelle Olivia Ortega de Castro. Elle est de très bonne famille. Son père est ministre de l'Industrie.

– Depuis quand sont-ils mariés ?

– Six mois.

– Que faire à présent ? Mais d'abord, depuis combien de temps sont-il là ?

– Attendez, ce n'est pas tout : la police a prévenu les parents de la jeune femme. Ils sont venus la chercher et, pendant ce temps-là, Charles s'est échappé.

– Échappé ?

– Oui, échappé. Rassurez-vous, on l'a retrouvé... et arrêté !

– Où ça ?

– Du côté de Vallegrande... Nous sommes dans de beaux draps ! Un, ce n'était déjà pas facile, mais avec deux, nous allons droit dans le mur ! Avec cette nouvelle affaire, nous donnons du grain à moudre à nos ennemis et je ne crois pas que, cette fois, Barrientos nous vienne en aide...

– Sait-on dans quelle prison il est détenu ?

– À Camiri, dans un cachot voisin de celui de Debray.

– Léa ne doit pas être mise au courant !

– Cela va être difficile, si les journaux en parlent...

– Vous ne connaissez personne à Camiri qui puisse nous aider ?

L'ambassadeur réfléchit quelques instants :

– Il y a bien ce militaire qui a plusieurs fois aidé Debray, le major Rubén Sánchez.

– Il faut entrer en contact avec lui.

– Comme vous y allez ! La zone est déclarée secteur militaire fermé et personne ne peut y entrer sans un laissez-passer des autorités.

– Obtenez-le. Il faut sortir cet imbécile de là !

– Et comment, s'il vous plaît ?

– Demandez à vos amis du ministère de l'Intérieur, au père de la jeune fille, au président lui-même... Que sais-je, moi !

– Vous rêvez ! Ils ne m'écouteront pas. Comme je vous l'ai dit : un, à la rigueur, ça pouvait aller, mais deux... c'est mission impossible !

François arpentait le bureau :

– Je connais bien un lieutenant à Vallegrande...

Ponchardier lui jeta un regard étonné.

– Celui que nous avions rencontré avec Walter et qui nous avait invités à dîner.

– Et vous croyez qu'il va vous aider ? Un militaire ! Ma parole, vous êtes fou, mon ami !

– Non. C'est un type bien : j'ai la conviction qu'il nous donnera un coup de main. Je vais retourner à Vallegrande et le lui demander.

– C'est bien ce que je disais : vous êtes fou !

– Avez-vous une autre solution ?

L'ambassadeur leva les bras en signe d'impuissance.

– Vous voyez bien. Je pars demain à la première heure. Le plus dur, ce sera Léa. Vous lui expliquerez je ne sais quoi, je vous fais confiance : vous trouverez !

— Il me fait confiance, il me fait confiance ! Dans quel guêpier me suis-je encore fourré ? Je crois entendre les cris d'orfraie des bureaucrates du Quai d'Orsay... Mais j'y pense, si vous en parliez personnellement à de Gaulle ?

— Je ne le ferai qu'en dernier recours. Puis-je encore vous demander un service ?

— Dites toujours...

— Prévenez le commissaire Ruiz et demandez-lui de me rejoindre là-bas.

— Je le ferai.

— Et pour le laissez-passer ?

— Je m'en occupe.

— Je vous en remercie. Et que votre secrétaire me réserve une place pour Vallegrande.

— Ce sera fait. Que vais-je dire à Léa ?

— Ma foi, c'est vous l'ambassadeur de France : faites preuve de diplomatie ! Avez-vous des nouvelles de nos amis ?

— Barbie et Quintanilla sont comme cul et chemise : ils ne se quittent plus. Ça n'annonce rien de bon, je le crains.

— Dominique, je vous remercie pour tout. Je vais rejoindre Léa. En mon absence prenez soin d'elle.

L'avion pour Vallegrande décollait à sept heures du matin ; il partit en fait avec trois heures de retard. Néanmoins, le commissaire Ruiz attendait Tavernier à son arrivée :

— Que se passe-t-il ?

— Mon fils adoptif, Charles d'Argilat, a été arrêté par la police militaire, qui prétend qu'il tentait de rejoindre la guérilla. Il est maintenant détenu à Camiri.

Ruiz resta songeur :

— J'ai bien un camarade de promotion qui est chef

de la police à Camiri... Mais c'est une tête brûlée. Cela dit, je l'ai beaucoup aidé lors des examens d'entrée dans la police. Je ne vois que lui pour nous épauler là-bas.

— Qu'attendons-nous pour partir ? J'ai un laissez-passer.

Après quelques instants, François demanda :

— Avez-vous pu prévenir Jorge de la Sierna ?

— Oui, son avion nous attendra demain et plus s'il le faut sur l'aérodrome de Vallegrande ; c'est lui qui sera aux commandes.

— Bien.

Ils arrivèrent à Camiri en fin d'après-midi sous une pluie battante. Les journalistes étrangers tuaient le temps dans les cafés, attendant d'hypothétiques nouvelles du procès Debray. Les deux nouveaux venus se réfugièrent en hâte dans l'un d'eux. Il y régnait une chaleur moite et étouffante. Ils s'approchèrent du bar et commandèrent deux bières. À une table voisine, trois militaires discutaient bruyamment. Un soldat dit :

— J'espère être choisi pour faire partie du peloton d'exécution qui enverra ce Français en enfer !

— Tu oublies que la peine de mort n'existe plus chez nous...

— Ils la rétabliront pour l'occasion !

— J'aimerais bien en être aussi. Mais, avec les politiques, il faut s'attendre à tout... répliqua l'un d'eux.

— Tu te trompes, dit un troisième, les jeunes officiers veulent sa peau.

— Pas ce Rubén Sánchez, en tout cas, affirma le premier.

— C'est un traître, à lui aussi, on lui fera la peau ! dit le deuxième.

— C'est pas tout ça, les gars, mais moi, je pars

demain à la première heure. Pour rien au monde, je ne voudrais manquer la capture du Che !

– Il va encore nous échapper, comme à chaque fois...

– Non, ce coup-ci, ils sont coincés dans les gorges du Yuro. Crois-moi, c'est la fin !

– Il nous aura donné du fil à retordre, ce fils de pute ! Mais faut reconnaître qu'il a des couilles.

– C'est vrai, c'est un homme.

Les trois militaires se levèrent, Tavernier et Ruiz s'installèrent à leur table. Un journaliste étranger s'approcha et leur dit avec un fort accent français :

– Excusez-moi, vous êtes du coin ?

– Non, répondit Ruiz, nous sommes de Santa Cruz.

– C'est une capitale, à côté de ce trou ! dit le journaliste en s'asseyant. Je suis Alain Moreau, de *France-Soir*. Et vous, vous êtes journalistes ?

– Non, nous sommes commerçants.

– Puis-je vous offrir quelque chose ?

– Volontiers, répondit François.

– Avec tous ces troufions, les affaires doivent être prospères en ce moment.

– Ça va, on n'a pas à se plaindre. A-t-on du nouveau, sur l'affaire ?

– Non, mais ça se complique. On aurait, paraît-il, arrêté un autre Français...

– Ah bon ? On l'ignorait... La presse n'en a pas parlé, en tout cas. Et qu'en ont-ils fait, de ce gars-là ?

– Il est à la prison du coin : on ne donne pas cher de ses jours, par ici, et les paris vont bon train !

– L'avez-vous vu ? demanda François.

– J'ai demandé à le voir, vous pensez bien : un compatriote ! Mais je n'ai rien obtenu. Enfin, je ne désespère pas : j'ai fait copain-copain avec l'un de ses gardiens : l'un des plus magnifiques poivrots que j'aie

jamais rencontrés ! Ça, par exemple, le voilà... Leo !
Leo ! viens donc par ici que je te présente des amis.

L'homme s'avança d'un pas incertain.

– Salut !

Il tira une chaise et s'assit.

– Vous êtes aussi journalistes ? s'enquit-il.

– Non, répondit Alain Moreau, ce sont des négo-
ciants.

– J'aime mieux ça : les journalistes, c'est comme
des mouches à merde, y en a partout !

– Que veux-tu boire ?

– Une bière... pour commencer !

– Comment va le Français ?

– Lequel ? Le nouveau ?

– Oui. Comment s'appelle-t-il déjà ?

– Charles quelque chose...

– Alors, quand pourrai-je le voir ?

– Bientôt... On l'interroge pour le moment. J'espère
qu'ils vont pas l'abîmer autant que l'autre...

– Debray ? demanda Tavernier.

– C'est ça. Pauvre type, l'ont mis dans un sale état !
Depuis qu'un Allemand est venu de La Paz les
conseiller pour les interrogatoires, ça y va fort. On les
entend hurler même en se bouchant les oreilles ! Cet
homme, c'est pas un être humain ! Je n'aimerais pas
lui tomber entre les pattes...

– Comment un Allemand peut-il participer aux
interrogatoires que mène l'armée ?

– N'en sais rien... Mais quand je l'aperçois, j'en ai
froid dans le dos ! Les camarades qui assistent à ses
séances, l'ont surnommé le Boucher. Moi, je dis que
des hommes comme ça, ça ne devrait pas exister...
Alors, ce gorgeon, ça vient ?

Une jeune Indienne déposa une bouteille sur la
table.

– Vous nous remettrez la même chose, dit François.

– Quand penses-tu pouvoir m'obtenir une autorisation ? demanda Moreau.

– Assez vite... Mais les autres gardiens sont gourmands, tu vois ce que je veux dire ?

– Très bien. Mais je te rappelle que t'as déjà palpé une sacrée pincée de billets verts !

L'autre lui lança un regard furieux.

– C'est pas des choses à dire devant des étrangers !

– Oh, excusez-moi, monsieur le gardien ! Allons, ce n'est pas grave : ce sont des amis.

– Des amis, des amis, c'est toi qui le dis...

– Ne vous inquiétez pas, confirma Ruiz, nous resterons muets comme des tombes. Par le fait, vous savez ce qui me ferait plaisir, moyennant finance évidemment ?

– Qu'est-ce que c'est ? demanda-t-il en vidant sa deuxième bouteille de bière.

– Ce serait d'accompagner notre ami Alain.

– Vous n'y pensez pas ? C'est impossible !

– Tant pis... Y avait pourtant un joli magot à ramasser...

L'homme lui jeta un regard avide :

– Combien ?

– Dites votre prix...

– C'est louche, ça ! D'abord, pourquoi voulez-vous le voir, ce Français ?

– Par curiosité...

– C'est une curiosité qui risque de vous coûter cher... Et à moi aussi !

– Oh, un homme comme vous, courageux et intelligent ? On voit que vous n'êtes pas n'importe qui... dit Ruiz avec un sourire complice.

Le gardien se rengorgea :

– Sûr que je suis pas n'importe qui. Vous savez

juger les hommes, vous. Revenez demain à la même heure : je vous dirai ce qu'il en est.

— D'accord. Prenez donc un autre verre avant de partir...

— Pas de refus. Une autre bière, s'il vous plaît !

L'Indienne apporta la boisson et Leo l'avala d'un trait :

— À demain, dit-il en se levant.

Il traversa la salle en titubant.

Ruiz et Tavernier restèrent un moment silencieux.

— Va falloir trouver une chambre, dit François.

— À mon avis, on n'a aucune chance, répondit Ruiz. Retournons plutôt à Vallegrande. Votre ami militaire pourra peut-être nous loger...

— Bonne idée. Je l'avais oublié, celui-là !

À la caserne de Vallegrande, ils eurent toutes les peines du monde à obtenir que l'on allât prévenir le lieutenant Raúl García que des amis de Santa Cruz demandaient à le voir. Quelques billets eurent raison de la mauvaise volonté du planton. Peu après, Raúl García arriva.

— Ami, c'est vous ? Je suis content de vous revoir. Entrez. Ma femme est couchée et les enfants dorment mais cela ne nous empêchera pas de boire un coup !

— On aimerait aussi trouver un endroit où dormir.

García se gratta la tête.

— Tout les hôtels sont pleins... Je ne vois que le dortoir.

— Le dortoir ?

— Oui, il est vide : les hommes sont du côté de La Higuera.

— Alors, va pour le dortoir.

— Mais il vous faudra lever le camp de bonne heure, demain.

Ils entrèrent à pas de loup dans l'habitation du lieutenant et s'installèrent autour de la table. García alla chercher des bières.

— À votre santé, camarades !

— À votre santé.

— Qu'êtes-vous revenus faire dans la région ?

— Nous voudrions voir le jeune Français arrêté ces jour-ci...

Le lieutenant regarda Tavernier d'un air stupide.

— Pour un officier tel que vous, cela ne doit pas être difficile, ajouta-t-il.

— Ne croyez pas ça : ce garçon est au secret.

— Je vous en prie, je saurai me montrer généreux...

García bondit sur ses pieds :

— Pour qui me prenez-vous, *señor* ? Je ne suis pas à vendre !

— Calmez-vous, je ne parlais pas de vous, mais d'éventuelles complicités...

— J'aime mieux ça, dit-il en se rasseyant. Comment va votre ami, celui qui vous accompagnait la dernière fois ?

— Il est mort.

— Mort ?

— Oui, assassiné.

— Sainte Vierge Marie !

— Avant, on avait déjà assassiné sa femme et ses deux fillettes.

— Les deux petites dont il était si fier ?... Seigneur !

— Elles-mêmes.

Le lieutenant semblait violemment ému.

— Pauvres petites... Pourquoi voulez-vous voir ce Français ?

François hésita, puis dit d'une voix tendue :

— C'est mon fils.

408

L'autre le dévisagea en silence puis, d'une voix rauque :

– Votre fils ? Je comprends... Je ferai tout ce qui sera possible pour que vous le voyiez, vous avez ma parole de soldat !

– Merci.

– Je vais vous montrer le dortoir. Suivez-moi.

L'immense pièce était glaciale, meublée seulement d'une cinquantaine de lits faits au carré.

– Prenez ceux que vous voulez. Je viendrai vous réveiller demain à l'aube. Bonne nuit.

– Merci. Bonne nuit.

Après le départ de l'officier, ils fumèrent une cigarette allongés sur des lits voisins.

– Il a l'air d'un brave type, ce García, dit Ruiz. Il avait presque les larmes aux yeux quand vous avez parlé de l'assassinat des petites.

– Oui, j'ai remarqué : il pensait aux siennes.

– L'histoire de votre fils l'a ému aussi.

– Pourvu que nous n'arrivions pas trop tard !

– Dormons : demain sera une rude journée.

Le jour n'était pas encore levé quand le lieutenant García vint les réveiller :

– Je vous ai apporté du café. Avez-vous bien dormi ?

– Les lits sont un peu durs, répondit Ruiz, mais cela ne nous a pas empêchés de dormir comme des loirs !

– Tant mieux. J'ai demandé une permission pour aller voir ma mère malade. Elle demeure à Camiri.

– Voilà une bonne nouvelle ! Oh, pardon, je ne parlais pas de votre mère... s'excusa Tavernier.

– J'avais bien compris. Rassurez-vous, ma mère se porte comme un charme...

Dans la cour de la caserne les attendait un véhicule militaire ; un jeune soldat était au volant.

– C'est mon neveu, précisa García.

Il ne pleuvait plus, mais le ciel restait couvert. À Camiri, ils s'arrêtèrent au café où ils avaient bu la veille. Le correspondant de *France-Soir* s'y trouvait aussi.

– Content de vous revoir.

– Avez-vous du nouveau ? lui demanda François.

– Non, et je n'aurai rien avant ce soir.

– Je vous laisse, dit García : je vais voir ma mère. Attendez-moi ici.

Tavernier et Ruiz commandèrent des cafés et bavardèrent avec le journaliste.

– Vous n'avez pas l'air d'un journaliste, dit François.

– Vous n'avez pas non plus la tête de commerçants du coin. Qui êtes-vous ?

Les deux amis hésitèrent. Ruiz se décida le premier :

– Je suis avocat, mentit-il.

– Et moi ambassadeur.

– Ambassadeur ! De quel pays ?

– Le vôtre, répondit-il en français.

Alain Moreau le dévisagea avec incrédulité :

– De France ?

– Oui.

– Je ne comprends pas... Que faites-vous ici ? L'avocat, je comprendrais mais amba...

– Pour le jeune Français.

– Qu'avez-vous à voir avec lui ?

– C'est mon fils...

– Nom de Dieu ! manqua de s'étrangler le journaliste. Je vous plains...

410

Ils restèrent silencieux jusqu'à l'arrivée de Raúl García :

– Qui c'est, celui-là ? s'inquiéta le lieutenant.

– Un compatriote, répondit François.

– Il sait ?

– Oui.

– C'est votre affaire... Ma mère accepte de vous recevoir.

– Voilà une excellente chose, dit Ruiz. Je vais aller rendre visite à mon collègue de la police. Je n'en ai pas pour longtemps.

– Je croyais que vous étiez avocat ? dit le journaliste.

– Oh, ici, vous savez, police et justice ont souvent partie liée...

Sous la pluie battante, le commissaire se rendit au poste de police.

– Je désirerais voir le chef, Roberto Martínez. Je suis Alberto Ruiz, commissaire à Santa Cruz.

Quelques minutes plus tard, un homme au visage rubicond, à l'uniforme froissé, parut.

– Alberto ! s'écria-t-il en allant au-devant de son ancien condisciple. En voilà une surprise ! Qu'est-ce qui t'amène ?

Ruiz l'entraîna à l'écart :

– J'ai besoin de toi, souffla-t-il.

– Tout ce que tu voudras.

– On ne pourrait pas se parler dans un endroit plus calme ?

– Viens dans mon bureau... Qu'on ne me dérange pas ! lança-t-il à la cantonade.

Le bureau sentait le cigare éteint et le café refroidi.

– Assieds-toi... Alors, que me veux-tu ?

– Le fils d'un ami est détenu ici. Son père voudrait le voir.

– Pas de problème. Qui est-ce ?

– Le jeune Français.

Le teint rougeaud de Martínez vira au cramoisi.

– Le jeune Français ? Tu es fou !

– Possible ou non ?

Le chef de la police se gratta la tête :

– Faut voir... Mais comment sais-tu qu'il est ici ? C'est « top secret ».

– Qu'importe ? Je le sais. Quand pouvons-nous y aller ?

– Tout doux ! Laisse-moi réfléchir... Voyons, qui est responsable des gardiens ces jours-ci ? Ah oui, sans doute Armando Alvarez. Un bon gars ma foi, mais qui n'a pas inventé la poudre... Si c'est lui, on doit pouvoir s'entendre. Surtout si tu lui glisses quelques billets...

– Pas impossible...

– Bien. Je téléphone à la prison... Euh, tu peux sortir un moment ?

Ruiz hésita. Son ancien camarade allait-il le dénoncer ? Martínez lut dans ses pensées :

– Te tourmente pas, je ne vais pas te trahir.

Alberto Ruiz sortit, inquiet malgré tout. Dans le commissariat régnait une grande animation : on avait arrêté un déserteur de la guérilla. Ironique, un des policiers dit :

– À ce rythme-là, le fameux Che va se retrouver tout seul !

Les autres rirent. La porte du bureau du chef de la police se rouvrit :

– Bande de feignants, qu'avez-vous à rigoler ?

– On en a arrêté un autre.

– Tant mieux, mais je ne vois pas ce qu'il y a de drôle. Entre, dit-il à Ruiz.

Il referma la porte sur eux.

412

– C'est bien Alvarez qui commande : il nous attend.

– Formidable ! On passe chercher le père du gamin.

Pendant ce temps, le café s'était rempli. Ruiz se fraya un passage jusqu'à Tavernier :

– Tout est en ordre, dit-il.

– Où allez-vous ? demanda Alain Moreau.

– Chez la mère de García, répondit Ruiz.

Les trois hommes sortirent. Dehors, les attendait le chef de la police au volant d'une voiture. Ils s'engouffrèrent à l'intérieur, où les présentations se firent. Ils roulèrent pendant une dizaine de minutes avant de s'arrêter devant l'établissement pénitentiaire. Le chef de la police demanda à voir le lieutenant Armando Alvarez. Les portes s'ouvrirent. À l'intérieur, Martínez gara son véhicule et se dirigea vers un petit bâtiment.

– Attendez-moi là, ordonna-t-il.

Il revint quelques instants plus tard et dit, laconique :

– Il nous attend.

Dans le bureau du lieutenant planait la même odeur âcre que dans le bureau du chef de la police. Le jeune officier leur proposa un café, qu'ils acceptèrent. Après avoir bu le sien, il se tourna vers Tavernier :

– C'est vous, le père ?

– Oui.

– Il est courageux, votre fils... Si c'est pas un malheur de l'avoir mis dans cet état-là !

– Il est très amoché ? demanda Ruiz.

– Assez... Il a passé la nuit à l'infirmerie. Il y est encore à l'heure qu'il est. Bon, allons-y.

Ils traversèrent la cour et entrèrent dans un bâtiment situé à l'arrière de la prison. Alvarez entra le premier, suivi par Martínez, Ruiz et Tavernier. Le lieutenant échangea quelques mots avec un infirmier. Martínez fit signe à Ruiz, qui comprit qu'il fallait donner de l'argent. Il sortit une liasse de billets.

– C'est trop ! chuchota le lieutenant. Gardez-en pour moi.

Ruiz tendit les billets à l'infirmier, qui leur dit :

– Venez. Ah, je vous préviens, il n'est pas très beau à voir...

Ils entrèrent dans une pièce aux murs blanchis à la chaux, occupée par plusieurs lits vides ; un seul était occupé. François s'avança. Un homme au visage déformé par les coups y gisait, inconscient. François se pencha.

– Charles ? murmura-t-il. Charles...

Le blessé ouvrit péniblement les yeux.

– Charles... C'est moi... François.

– François ?

– Oui. Je suis venu te tirer de là.

– Léa... Adrien... ? A-t-on retrouvé Adrien ?

– Oui, rassure-toi, il va bien.

– Peut-il marcher ? demanda François à l'infirmier.

– Ça m'étonnerait... Et pour aller où ?

– Je vous donnerai tout l'argent que vous voudrez mais il faut le sortir de là.

– Impossible !

– Rien n'est impossible : dites votre prix.

L'autre réfléchit et dit :

– On verra plus tard... Derrière l'infirmerie, il y a une réserve qui donne sur une petite rue déserte. Soyez-là à 5 heures ce soir. Je vous amènerai le blessé. Mais n'oubliez pas ma petite compensation...

– Merci, dit Tavernier.

– Je n'approuve pas leurs méthodes et j'ai moi aussi un fils. Pas en âge de rejoindre la guérilla, heureusement ! N'oubliez pas : 5 heures précises.

414

– Merci. Charles, tu m'entends ?

Le jeune homme cligna des yeux.

– Ce soir, nous allons tenter de te faire évader. Mange tout ce que tu pourras pour reprendre des forces. Compris ?

– Oui, dirent les yeux du blessé.

– À ce soir.

35.

À l'heure dite, une voiture fournie par le chef de la police de Camiri attendait dans la ruelle jouxtant la prison. La porte de la remise s'ouvrit. Alvarez avait tenu parole : Charles était avec lui.

– Faites vite, dit le gardien, avant qu'on remarque son absence.

– Merci, dit François en lui tendant la main et en lui glissant une liasse de billets.

On aida Charles à monter dans le véhicule et on le recouvrit d'une couverture. La voiture démarra. Les rues de Camiri étaient animées. Ils passèrent devant le café où devait être Alain Moreau. Ils roulaient doucement. Bientôt, ils furent en rase campagne, où ils croisèrent de nombreux camions militaires.

– Cela sent l'hallali, dit Ruiz.

– Oui, répondit Tavernier, la fin est pour bientôt.

Charles gémit, son front le brûlait. Ils arrivèrent en vue de Vallegrande.

– Laissez-moi là, dit Raúl García. Inutile qu'on nous voie ensemble.

– Merci pour tout, mon vieux.

– Prenez soin de votre fils. Adieu.

La voiture repartit, laissant le lieutenant sur le bord de la route.

– Un chic type, dit Ruiz.

– Oui, répliqua Tavernier, un homme de parole.

– Le vieil aéroport n'est plus très loin, indiqua Roberto Martínez. Le terrain d'atterrissage n'est pas en bon état, mais l'endroit est désert.

En effet, moins d'une dizaine de minutes plus tard, ils s'arrêtèrent à peu de distance de la piste. Le chef de la police descendit le premier.

– Je vais voir si des collègues ne rôdent pas dans le coin.

Il revint quelques minutes plus tard :

– Tout va bien. J'ai vu votre ami, je lui ai dit que vous arriviez : il fait tourner l'hélice.

– Comment l'avez-vous reconnu ? dit Tavernier soudain soupçonneux.

– Tout le monde en Bolivie connaît la famille de la Sierna. Avez-vous besoin d'un coup de main pour le garçon ?

– Non, merci pour tout, M. Martínez.

– Je te revaudrai ça, lui dit Ruiz en lui donnant l'accolade.

– J'y compte bien !

Soutenant Charles, ils se dirigèrent vers l'appareil. Près de la passerelle, attendait Jorge de la Sierna.

– Montez vite !

Ils étaient tous à bord quand ils virent débouler un véhicule rempli de soldats. L'appareil roulait de plus en plus vite, suivi par le camion militaire.

– On s'arrache ! cria le pilote.

L'avion s'éleva dans le ciel. En bas, les soldats tirèrent quelques coups de feu sans l'atteindre.

– Où allons-nous ? demanda François.

– Chez ma mère. Elle nous attend avec notre médecin.

Quelques heures plus tard, Charles était couché dans un vaste lit ; le médecin de la famille procédait à l'examen de ses blessures. Dans le salon, Mme de la Sierna offrit des rafraîchissements à ses hôtes.

– Je crois, mère, que nos amis préféreraient du whisky...

– Où avais-je la tête ? rit-elle. Voulez-vous téléphoner à votre femme ?

– Merci, chère madame. Je n'osais vous le demander.

François eut très vite la communication, mais ce ne fut pas Léa qui répondit.

– Tavernier, écoutez-moi, ici le commissaire Cantona. Votre femme a été enlevée. Revenez au plus vite !

– Quoi ?

– Vous m'avez bien entendu. L'ambassadeur de France est en ce moment même avec le président Barrientos, auquel il fait part de cet enlèvement.

– C'est arrivé quand ?

– Peu après votre départ. Dépêchez-vous !

– Et Adrien ?

Il y eut un long silence à l'autre bout du fil.

– Et Adrien ? répéta François.

– Nous ne l'avons pas vu.

Le corps couvert d'une sueur froide, François raccrocha et rejoignit ses amis.

– Qu'avez-vous ? s'écria Mme de la Sierna. Vous êtes blanc comme un linge !

– Ils ont enlevé Léa.

Alberto Ruiz lui tendit son verre, qu'il vida d'un coup.

– Il n'y a pas une minute à perdre : partez maintenant, je m'occupe du blessé, dit Mme de la Sierna.

– Mère a raison. Il reste assez de carburant dans

l'avion : dans moins d'une heure, nous serons à La Paz. Maman, prévenez Cantona que nous arrivons. Ne vous inquiétez pas, ici, on s'occupera de tout.

Ils atterrirent sans encombre sur l'aérodrome de La Paz. De là, ils prirent une voiture qui les attendait, dans laquelle se trouvait le commissaire Cantona.

– Je suis désolé, monsieur Tavernier, j'aurais dû faire surveiller votre demeure...

– Où allons-nous ?

– À l'ambassade de France, où nous attend M. Ponchardier.

À la chancellerie, tout paraissait calme. Dans le bureau de l'ambassadeur, Tounet et Thérèse de Lioncourt avaient les yeux rougis. Quant à Dominique Ponchardier, ses traits étaient tirés, son front couvert de sueur.

– Avez-vous vu Barrientos ? jeta Tavernier en entrant.

– Oui. Il se dit désolé de ce qui vous arrive. Je le crois sincère. Il m'a promis de tout mettre en œuvre pour retrouver Léa et ceux qui l'ont enlevée.

– Comment cela est-il arrivé ?

Cantona prit la parole :

– Selon les domestiques, des policiers en civil se seraient présentés, demandant à vous voir. On leur a répondu que vous étiez absent. Ils ont alors demandé Mme Tavernier. Elle est descendue. Les prétendus policiers se sont saisis d'elle en menaçant le personnel de leurs armes et l'ont jetée dans une voiture. La femme de chambre nous a appelés aussitôt. Nous sommes arrivés sur les lieux rapidement. Voilà tout ce que l'on sait à l'heure où je vous parle.

420

– Il n'y a pas eu de demande de rançon ? risqua Jorge de la Sierna.

– Non, et c'est étrange.

François se maudissait d'avoir laissé Léa seule, maudissait Charles et surtout le Che, qu'il jugeait responsable de tout.

Le téléphone sonna dans le bureau de Thérèse de Lioncourt.

– Qu'attendez-vous pour aller répondre ? aboya Ponchardier.

– Mais, à cette heure, cet appel n'est pas normal...

– Justement, observa l'ambassadeur en se dirigeant vers le bureau voisin, d'où il décrocha le combiné.

– Allô, ici l'ambassade de France.

– Monsieur l'ambassadeur ?

– Lui-même.

– Nous avons la personne qui vous intéresse.

Le commissaire Cantona prit l'écouteur.

– Où est-elle ?

– Là n'est pas la question. Si vous voulez la revoir vivante, dites à M. Tavernier de rentrer en France.

– Qui êtes-vous ?

– Cela n'a pas d'importance. Avez-vous bien compris ?

– Je veux parler à Mme Tavernier.

– Rien de plus facile...

– Allô, Léa ?

François arracha le combiné des mains de Ponchardier :

– Léa, mon amour, comment vas-tu ?

– François ! Euh... bien...

– Vous êtes convaincu, maintenant, monsieur Tavernier ? Quand partez-vous ?

– Allez vous faire foutre, bande d'assassins !

– Pas encore, monsieur Tavernier, pas encore. Je

vous rappellerai demain pour avoir votre réponse. Ah, j'oubliais : votre femme est malade, très malade, elle ne pourra pas survivre longtemps à nos... « excellents » traitements. Ce serait dommage, une femme aussi belle...

L'inconnu raccrocha. Tounet et Thérèse pleuraient. François raccrocha à son tour.

– La personne qui s'exprimait avait un fort accent germanique, remarqua le commissaire Cantona. Avezvous une idée, monsieur Tavernier, de son identité ?

– C'est Klaus Barbie, j'en jurerais !

– C'est bien ce que je pensais. À la première heure, nous allons appréhender le sieur Altman à son domicile.

– Pour quel motif ?

– Il a quelques ennuis avec le fisc.

Tounet et Thérèse apportèrent des verres d'alcool, qui furent bus d'un trait.

– Avez-vous vu Charles ? demanda Ponchardier.

– Oui. Nous avons réussi à le soustraire à ses geôliers. Il a été torturé. Et devinez par qui ?

– Barbie ?

– Il est partout, votre Barbie, remarqua le commissaire Cantona.

– Oui, Barbie en personne. Heureusement, il ne savait pas que c'était mon fils adoptif.

– Où est-il en ce moment ?

– En lieu sûr, répondit Jorge de la Sierna, auprès de ma mère.

– Là, il ne risque rien, affirma le commissaire. Jamais personne n'osera s'approcher de chez vous.

– En effet, la maison est bien gardée, dit Jorge.

Durant quelques instants, chacun s'absorba dans ses pensées.

– Après l'arrestation de Klaus Altman, je demanderai audience à Quintanilla et lui mettrai un marché en main, dit le commissaire.

– Lequel ? demanda Tavernier.

– Sa libération contre celle de votre femme.

– Il n'acceptera jamais !

– Je crois que si, car Altman sera d'accord : son épouse est gravement malade, un cancer. Il veut la ramener en France ou l'emmener aux États-Unis, espérant la faire soigner.

– Et alors ?

– Alors, il n'obtiendra de visa de sortie qu'en échange des otages.

– Ça peut marcher, approuva Ponchardier. Maintenant, allons tous prendre un peu de repos. La journée de demain s'annonce rude. Bien entendu, vous restez dormir ici tous les deux. Ce ne sera pas très confortable mais à la guerre comme à la guerre, n'est-ce pas François ?

– Oui, Dominique, merci. Et Adrien, avez-vous des nouvelles d'Adrien ?

L'ambassadeur et le commissaire échangèrent un regard. Cantona se résigna à répondre :

– Non. D'après les domestiques, il serait parti la veille de l'enlèvement de sa mère en emportant un sac rempli d'affaires. On met tout en œuvre pour le retrouver.

– Pourquoi faites-vous tout cela pour nous ? demanda François.

– Je n'ai jamais aimé les nazis.

Le commissaire Cantona prit congé. Chacun regagna sa chambre.

Contre toute attente, François dormit d'un sommeil sans rêves. Il fut le premier debout. Après une douche froide, il remit ses vêtements froissés de la veille et descendit ; la table du petit déjeuner était dressée dans la salle à manger de la chancellerie. Dominique Ponchardier le rejoignit très vite. À son air, on voyait qu'il n'avait pas fermé l'œil de la nuit. Un domestique servit du café. Ils mangèrent en silence.

– Vers quelle heure Cantona doit-il appeler ? demanda Tavernier.

– Dès 9 heures. Il est 8 h 30.

François se beurra une tartine :

– Je suis au courant, pour Léa.

Surpris, Ponchardier reposa sa tasse de café et regarda son ami.

– Elle m'a tout dit sur son état de santé...

– J'en suis soulagé. Elle refusait de vous mettre au courant. Tounet et moi avons insisté, elle ne voulait rien savoir. Si elle ne vous en avait pas parlé, je l'aurais fait. J'espère qu'ils ne vont pas la maltraiter...

L'angoisse envahissait François :

– Vous pensez que cela risquerait d'aggraver son état ?

Ponchardier ne répondit pas.

– Si c'était le cas, jamais je ne me le pardonnerais !

Alors qu'il disait cela, les larmes se mirent à couler le long de ses joues.

– François !

– Ne faites pas attention : un moment de faiblesse...

– Bien compréhensible, mon vieux. Mais, malgré son cœur fatigué, Léa est forte. Je la sais pleine de ressources et de courage.

Le téléphone sonna. L'ambassadeur alla décrocher.

– L'oiseau est en cage. Nous l'interrogeons. Venez dans deux heures.

Ponchardier raccrocha.

– C'était Cantona : ils ont arrêté Barbie.

– Enfin, une bonne nouvelle !

– Il nous attend dans deux heures.

– Bien. Puis-je appeler Mme de la Sierna ?

– Faites.

François chercha dans ses poches le numéro qu'il avait noté la veille.

– C'est le 15.874, fit Jorge en entrant.

– Merci.

L'opératrice lui passa très vite la communication.

– Allô, madame de la Sierna ?

– Oui. Bonjour, monsieur Tavernier. Avez-vous des nouvelles de votre femme ?

– Hier, elle était en vie.

– Soyez sans inquiétude, elle le restera.

– Le ciel vous entende !

– On m'a prédit que tout cela allait bien se terminer.

– Je ne crois pas à ces sornettes !

– Monsieur Tavernier, ne parlez pas de ce que vous ne connaissez pas : les Indiens d'ici savent des choses que nous ne connaissons pas.

– Comment se porte Charles, ce matin ?

– Un peu mieux : il a pris un copieux petit déjeuner. C'est un garçon de forte constitution.

– Prenez soin de lui. S'il lui arrivait quelque chose, Léa en mourrait.

– Au moins, il ne mourra pas de ses blessures...

Pourquoi François éprouva-t-il, à ce moment, une si grande angoisse qu'il en vacilla ?

– Qu'avez-vous ? s'inquiéta Ponchardier.

– Rien, un étourdissement. Euh, merci, madame. Je rappellerai ce soir, si vous le permettez.

– À ce soir, monsieur Tavernier.

Elle raccrocha. François reposa le récepteur d'un air songeur.

– Mère vous a rassuré sur l'état de son protégé ? demanda Jorge.

– Oui, et cependant...

– Cependant ? Ses propos vous ont paru sibyllins ?

– Un peu, je vous le confesse.

– En plus de distribuer sa fortune aux pauvres, elle les soigne. C'est une guérisseuse qui a déjà sauvé beaucoup de vies. À commencer par la mienne...

– Comment cela ?

– Enfant, j'ai été piétiné par un cheval. Grièvement blessé, les médecins ne me donnaient que peu de chances de survie. Ma mère s'est enfermée dans ma chambre avec ma nourrice, une vieille Indienne. Ensemble, elles m'ont soigné avec des remèdes locaux tout en faisant appel aux dieux.

– Aux dieux ?

– Oui, cela peut paraître fou à un esprit européen, mais c'est la vérité. Quelques jours plus tard, j'étais debout. Le médecin n'en revenait pas ! Depuis, il demande souvent conseil à ma mère et ses malades s'en trouvent fort bien.

– Et vous pensez qu'elle fait la même chose pour Charles ?

– Oui, et grâce à ses soins, il s'en sortira.

– C'est ce que j'ai cru comprendre. Mais pourquoi a-t-elle dit « il ne mourra pas de ses blessures » ?

– Elle a dit ça ?

– Ce sont ses mots exacts... Pourquoi pâlissez-vous ?

– Je ne pâlis pas, vous rêvez !

– Je ne rêve pas, vous êtes tout pâle. N'est-ce pas, Dominique ?

– En effet...

– Qu'a voulu dire votre mère ? insista François.

– Ce qu'elle a dit.

426

– Mais encore ?

– Qu'il ne mourrait pas de ses blessures.

– Mais qu'il mourra néanmoins, c'est ça ?

– C'est ça... euh, comme nous mourrons tous.

– Qui parle de mourir, ici ? s'exclama Tounet en entrant.

– La mère de Jorge m'a dit que Charles ne mourrait pas de ses blessures.

– Mais, c'est une bonne nouvelle... Oh, mon Dieu !

– Qu'avez-vous, Tounet ?

Avant de répondre, elle but une tasse de café.

– Mme de la Sierna est une guérisseuse réputée dans toute la Bolivie mais, de plus, elle lit l'avenir.

– Voyons, Tounet, c'est idiot. Vous voulez dire qu'elle voit ce qui va advenir ?

– Oui, répondit-elle d'une voix sourde.

– Tavernier a raison, ma chérie, c'est absurde de croire à ce genre de bêtises.

– Ce ne sont pas des bêtises, hélas, monsieur l'ambassadeur, répliqua Jorge de la Sierna. Ce sont des vérités que nous ne pouvons pas comprendre, puisque nous n'avons pas été initiés.

– Initiés, initiés, on dirait une franc-maçonnerie ! s'indigna Ponchardier.

– Vous ne croyez pas si bien dire. Ma mère a été initiée dans le culte de Pachamama à des rituels secrets qu'elle ne doit en aucun cas révéler, sous peine de mort.

Tounet sursauta : elle avait cru entendre un ricanement.

– Les esprits sont là, murmura-t-elle, pâlissant à son tour.

– En voilà assez ! s'écria l'ambassadeur avec colère. Il n'y a pas plus d'esprits que de sorcières. Tavernier, il est temps que nous rejoignions le commissaire Cantona.

Lui, au moins, ne croit pas en ces balivernes : c'est un homme raisonnable.

L'ambassadeur ne remarqua pas le sourire de Jorge de la Sierna, qui n'échappa pas à Tounet. Dès qu'ils furent sortis, la jeune femme demanda :

– C'est un initié, lui aussi ?

– Ça, ma chère, je ne saurais vous le dire. Mais ce dont je suis certain, c'est qu'il ne prend pas ces « *balivernes* », comme dit votre époux, à la légère. Il est bolivien, lui... Permettez-moi de prendre congé : je dois rejoindre ma mère.

Au commissariat central, le commissaire Cantona les reçut dès leur arrivée.

– Asseyez-vous, messieurs. Notre homme, comme je vous l'ai dit, est sous les verrous. Pour combien de temps ? Je n'en sais rien. J'ai vu le colonel Quintanilla, bien embêté. Comme je m'y attendais, il m'a demandé de relâcher M. Altman. Je lui ai répondu qu'il n'en était pas question. Il est entré dans une grande colère. J'ai attendu qu'il se calme et lui ai expliqué la situation. « Je vois », m'a-t-il répondu. Puis, il a ajouté : « J'ai besoin de lui sur les lieux de la guérilla. » À mon air étonné, il a précisé : « J'ai besoin de lui pour mener certains interrogatoires. » J'ai dû avoir une mine dégoûtée, car il s'est écrié : « Comment croyez-vous qu'on obtienne des renseignements pour coincer ces salauds ? En leur faisant la causette ? Vous rêvez ! Je suis pour l'efficacité, moi, commissaire. Pas pour les ronds de jambe ou les parlotes. Avec Altman, croyez-moi, ils parlent ! C'est un professionnel, ce type-là. D'ailleurs, il a fait ses preuves en France. C'est pour ça que le général de Gaulle veut sa peau et qu'il a envoyé Tavernier pour s'emparer de lui et le ramener là-bas ! »

François se taisait.

– Un salaud comme ça ne mérite pas douze balles dans la peau, mais la corde. Vous le verrez tout à l'heure. Auparavant, je dois vous donner des nouvelles de votre femme : elle va bien. Pour être tout à fait franc avec vous, ce qui m'inquiète, c'est la présence auprès d'elle d'un autre Français...

– Tony l'Élégant ! s'écrièrent ensemble Ponchardier et Tavernier.

– Je vois que vous connaissez l'oiseau. Il est capable de tout. C'est pour cela que nous devons réfléchir avant de donner l'assaut.

– Ne faites pas ça, gronda Tavernier. Il la tuerait.

– Pas s'il reçoit un ordre écrit de son patron...

– Comment obtenir de Barbie qu'il s'exécute ?

– Nous tenons sa femme.

– Vous l'avez également appréhendée ?

– Oui, elle est à l'infirmerie, à la suite d'un malaise. Nous conduisons Barbie à l'endroit où elle se trouve et lui mettons le marché en main.

– Ça peut marcher, dit Ponchardier.

Le commissaire consulta sa montre :

– En ce moment, il doit déjà être auprès d'elle. D'ici à quelques minutes, je m'y rendrai à mon tour et lui ferai ma proposition : on lui rend sa femme en échange d'un mot écrit, après, bien sûr, avoir récupéré les otages. Je vous quitte, messieurs. À tout à l'heure.

Restés seuls, Ponchardier et Tavernier réfléchissaient à ce qu'ils venaient d'entendre.

– Tout va bien se passer, dit l'ambassadeur, je le sens.

– Le ciel vous entende ! Une chose, Dominique : vous n'êtes pas étonné que des gens aussi raisonnables et cultivés que les De La Sierna croient à ces sorcelleries ?

– Au moins autant que vous... Mais je suis dans ce pays depuis quelque temps déjà et plus rien ne m'étonne en ce domaine. Il faut se faire une raison : nous ignorons beaucoup de choses, nous autres Occidentaux. À moins que nous ne les ayons oubliées... J'ai assisté, depuis que je suis ici, à bien des choses incompréhensibles. Je suis obligé de reconnaître que dans le domaine médical, ces Indiens incultes en remontrent aux plus savants praticiens.

– Comment expliquez-vous cela ?

– Je ne l'explique pas, je constate.

Le commissaire Cantona entra.

– J'ai le mot, messieurs. Nous pouvons y aller.

– Vous savez où est détenue Léa ?

– Nous le savons depuis hier soir.

– Pourquoi n'avez-vous rien fait, alors ? demanda Tavernier.

– Barbie était sur les lieux. Il pouvait à n'importe quel moment donner l'ordre de la tuer. Allons-y. Mais, avant tout, pas de provocation. Tony l'Élégant est très susceptible.

Ils sortirent.

Dans un quartier excentré et populaire de la capitale, ils allèrent à l'adresse indiquée ; le lieu avait tout d'un coupe-gorge.

– L'endroit est sinistre. La voiture où se trouve Mme Altman est juste derrière nous et mes hommes ne sont pas loin, dit le commissaire en poussant la grille d'une maison délabrée.

Des ombres bougèrent derrière les arbustes.

– Nous sommes attendus, remarqua Cantona.

Arrivés devant la porte, celle-ci s'ouvrit sur Tony l'Élégant.

– Où est Mme Altman ? demanda-t-il.

– Dehors, dans une voiture.

– Vous avez la lettre du *señor* Altman ?

– Voici, répondit le commissaire en la lui tendant.

Tony l'Élégant rentra à l'intérieur de la maison pour la lire à la lueur de la lampe du vestibule.

– C'est bien. Je vais chercher l'otage et vous amenez Mme Altman. Attention, au moindre geste suspect, je l'abats !

– Soyez sans crainte.

Le truand referma la porte et revint quelques instants plus tard en compagnie de Léa, qui avait les mains liées derrière le dos ; elle était très pâle et avait l'air épuisé. De leur côté, des policiers conduisaient Mme Altman. Les deux femmes se dévisagèrent.

– Je suis désolée, madame, dit l'épouse de Barbie.

Léa resta silencieuse. À ce moment-là, elle aperçut François et eut un élan vers lui.

– Vous avez une bien belle femme, dit Tony l'Élégant.

Léa était dans les bras de François et sanglotait.

– Emmène-moi vite, je t'en prie.

François la souleva et la déposa doucement dans la voiture, puis s'installa à ses côtés. Le commissaire Cantona prit le volant.

36.

À son arrivée dans la propriété familiale, Jorge trouva la maisonnée en émoi. Non sans angoisse, il gagna les appartements de sa mère ; il l'y trouva en larmes :

– Que se passe-t-il, maman ?

– Charles s'est enfui !

– Enfui ? Dans son état ?

– Il allait beaucoup mieux...

– Monsieur, dit un vieux domestique, il est parti au volant de votre voiture !

– Avec la voiture ?

– Oui, monsieur. Comme je voulais l'en empêcher, il m'a dit : « Dites à Mme de la Sierna que je pars rejoindre le Che et que je la remercie pour ses soins. »

– Le fou !

– De plus, trois fusils ont disparu.

– Tu dois repartir à sa recherche, dit Mme de la Sierna. Emmène des hommes avec toi.

– Tu as raison. Auparavant, je dois prévenir Tavernier.

– Évidemment. A-t-il retrouvé sa femme saine et sauve ?

– Oui.

– Merci, mon Dieu ! Sergio, prévenez les hommes, qu'ils se tiennent prêts.

– Oui, madame. Puis-je me joindre à eux ?

– Va, mon ami.

Dans son bureau, Jorge de la Sierna téléphona à Tavernier :

– Allô ? Ici, Jorge.

– Allô, vous êtes bien arrivé ? Comment va Charles ?... Allô !... Allô !... Vous m'entendez ?

– Oui. Il va mieux...

– Bonne nouvelle, je vais pouvoir annoncer son rétablissement à Léa.

– Il s'est enfui.

– Quoi ? Enfui ?... Comment cela ?

– Il a emprunté une des voitures.

– Pour aller où ? hurla François.

– Vous ne le devinez pas ?... Allô !... Vous êtes toujours là ?

– Oui... Je ne sais plus quoi faire !

– Je pars avec quelques-uns de mes paysans. Ce sont des hommes sûrs et courageux : nous allons le retrouver.

– Je vous rejoins !

– N'en faites rien : Léa a besoin de vous. Allô !... Allô !

– Oui... Vous avez raison. Merci pour tout. Merci.

Les deux hommes raccrochèrent. Jorge revint auprès de sa mère, qui finissait d'enfiler de hautes bottes.

– Que faites-vous, mère ?

– Tu le vois, je m'habille pour être plus à l'aise.

– Tu veux m'accompagner ?... Tu n'y penses pas !

– Depuis ce départ, je ne pense qu'à ça.

– C'est hors de question ! dit-il avec colère.

– Vous allez avoir besoin de moi. Les hommes me font confiance et je saurai parlementer avec les militaires.

– C'est de la folie, ils te tueront !

– Non, pas si je leur dis que c'est Pachamama qui m'envoie.

Jorge la regarda avec stupéfaction puis la prit dans ses bras :

– Là, je crois que ça peut marcher.

– Je le crois aussi. En route !

Jorge, sa mère, Sergio et deux hommes partirent en avion. Les autres arriveraient quelques heures plus tard par la route.

– Il a combien d'avance sur nous ?

– Cinq ou six heures.

Ils ne rattrapèrent pas le fugitif. L'avion fut immobilisé à Vallegrande, réquisitionné par l'armée. Ni les menaces ni la crainte de déplaire à Pachamama n'eurent raison de la détermination de l'officier. La mort dans l'âme, ils rentrèrent chez eux, escortés par les militaires.

Ne roulant que la nuit, Charles arriva à Pucara le 7 octobre et pénétra dans la *tienda*. À cette heure de la matinée, il n'y avait personne. Il commanda un café et un verre d'alcool. Une vieille Indienne le servit. Un jeune garçon entra et dévisagea l'étranger :

– Vous venez pour la guérilla ? demanda-t-il.

À son tour sur ses gardes, Charles le dévisagea :

– Comment t'appelles-tu ?

– Marcos.

– Que sais-tu de la guérilla ?

– Ils sont coincés au fond des gorges et les soldats les encerclent.

– Comment es-tu au courant ?

– Je suis leur ami. J'y ai déjà conduit des étrangers.

Charles sortit son portefeuille de sa poche, en tira une photographie, qu'il tendit au garçon :

— Celui-ci était-il parmi eux ? demanda-t-il en désignant François.

Marcos regarda attentivement la photo et répondit :

— Oui.

— C'est mon père... dit simplement Charles.

L'autre l'observa plus attentivement :

— Tu as de la chance, c'est un homme bon.

— Oui, reconnut Charles. Il m'a dit avoir rencontré le Che quand il est venu. Peux-tu me conduire jusqu'à lui ?

Marcos le regarda, incrédule :

— Mais, je viens de vous dire qu'ils étaient encerclés !

— Il doit bien y avoir un moyen de parvenir jusqu'à eux ?

Le garçon réfléchit, puis :

— Oui, mais c'est très risqué... Avez-vous des fusils ?

— Oui, j'en ai trois dans la voiture.

— Venez. Mais... Vous êtes blessé ?

— Ce n'est rien, dit-il en s'effondrant sur lui-même.

Aidé par l'Indienne, le garçon l'allongea sur le sol. La vieille lui fit respirer le contenu d'une fiole qu'elle sortit de sa poche : il revint très vite à lui. Elle dit quelques mots au garçon dans une langue inconnue.

— Elle demande par qui tu as été soigné ?

— Par Mme de la Sierna.

Elle joignit les mains :

— Pachamama ! murmura-t-elle.

— Pachamama ! répéta le garçon. Alors, tu ne risques rien...

Ils achetèrent quelques provisions, qu'ils placèrent dans la voiture.

436

Ils n'étaient plus que dix-sept.

Dix-sept hommes arrivés à la limite de leurs forces. « *Je confonds les jours entre eux*, écrivit Pacho dans son journal, *nous marchons à n'importe quelle heure, principalement la nuit, le jour nous nous relayons pour les gardes et nous tendons des embuscades, je ne sais plus quand les jours finissent ni quand ils commencent.* »

Dans le sien, le Che écrivait le 7 octobre : « *Ce onzième mois depuis le début de la guérilla s'est terminé sans complication, de manière bucolique jusqu'à 12 h 30, heure à laquelle une vieille femme est venue faire paître ses chèvres dans la gorge où nous campions et nous avons dû la faire prisonnière. La femme ne nous a fourni aucune indication digne de foi concernant les soldats, elle a simplement répondu qu'elle ne savait pas. Elle nous a donné des renseignements sur les chemins ; d'après ce qu'elle dit, il apparaît que nous sommes à peu près à une lieue de Higueras, à une lieue de Jagüey et à environ deux lieues de Pucara. Nous sommes partis à 17 heures avec un faible clair de lune et la marche a été très pénible, laissant beaucoup de traces dans le canyon où nous étions. Il n'y a pas de maisons proches, mais il y a des champs de pommes de terre irrigués par ces canaux venant d'un torrent. À 2 heures, nous nous sommes arrêtés pour nous reposer, car ça ne valait plus la peine de continuer à avancer.* »

Contre toute attente, la voiture dans laquelle se trouvaient Charles et Marcos ne rencontra aucune patrouille ni le moindre paysan. Tout semblait désert.

– Nous ne sommes plus très loin des gorges du Yuro, dit le Bolivien. Il faudrait dissimuler le véhicule sous des branchages et marcher.

Ce qu'ils firent. Charles tendit un fusil et des munitions à Marcos. Il suspendit les deux autres armes à son épaule. Ils marchèrent en silence pendant une vingtaine de minutes, longeant une longue crevasse.

– Ils doivent être au-dessous, chuchota Marcos.

À ce moment-là, des tirs sporadiques se firent entendre.

Dans la gorge, le Che décida de diviser ses hommes en deux groupes : les blessés et les plus faibles d'un côté, de l'autre, lui et deux hommes qui couvraient leur retraite. Une rafale arracha le fusil M-1 des mains du Che, le rendant inutilisable ; une autre le blessa au mollet. Simon Cuba, dit Willi, l'aida à marcher puis à se hisser le long d'un étroit passage. Aniceto Reynaga, un Bolivien, les suivait à distance. Trois soldats de la patrouille du capitaine Prado virent paraître un guérillero, fusil en bandoulière, traînant un de ses compagnons plié en deux et blessé à la jambe. Lui aussi portait un fusil à son épaule. Les soldats les mirent en joue. Les belligérants avancèrent et se trouvèrent nez à nez. Le blessé fit le geste de prendre son arme.

– Jetez vos armes, et haut les mains ! cria un des soldats.

– Pas un geste ou vous êtes mort ! ordonna un autre.

– Mon capitaine, hurla le premier, nous avons capturé deux hommes !

Toujours tenu en joue par les militaires, le Che jeta son fusil. Willi, soutenant son chef, s'écria en jetant à son tour son fusil :

– Bordel, c'est le commandant Guevara : il mérite plus de respect !

– Mon capitaine, hurla l'un d'eux, nous avons capturé deux hommes. L'un serait le Che !

438

– J'arrive ! répondit le capitaine Prado en dévalant le versant de la colline.

Arrivé devant les prisonniers, il arracha le sac que portait le Che et vérifia son contenu.

– Qui êtes-vous ? demanda-t-il au Bolivien.

– Willi, répondit Simon Cuba.

– Et vous ?

– Je suis Che Guevara !

Le capitaine sortit une copie des dessins de Bustos et dévisagea les deux hommes. Il saisit la main gauche du Che : c'était bien lui, une cicatrice en apportait la preuve.

Avec sa radio, il annonça la capture.

– *Tengo Papa y Willi*, cracha-t-il.

Papa était le nom de code du Che pour les militaires.

– Papa est légèrement blessé. Les combats continuent, poursuivit-il.

Le capitaine Prado offrit une cigarette à l'Argentin ; c'était une cigarette de tabac blond ; il la refusa. Un des soldats lui tendit son paquet d'Astoria, des brunes ; le Che accepta. Après qu'il eut fumé, on lui lia les mains. La nuit tombait, il devait être 7 heures du soir.

Prado rappela son quartier général pour confirmer la capture, tandis que des avions survolaient le site.

À pas lents, ils firent les deux kilomètres qui les séparaient de La Higuera, croisant des paysans alertés par les fusillades. Le Che suivait en boitant. Ils arrivèrent dans le village. De chaque côté de la rue principale se tenaient les habitants, qui les regardaient sans un mot. Le colonel Selich et le major des rangers les attendaient sur la petite place. On enferma les prisonniers dans les deux classes de la petite école séparées par une mauvaise cloison en bois. Là, on délia les

439

mains de Guevara et on lui donna de l'aspirine pour soulager la douleur de sa jambe. Peu après, on lui apporta à manger.

Pendant ce temps-là, le colonel Selich faisait l'inventaire du sac à dos du chef guérillero : un transistor, douze rouleaux de photos, des cartes corrigées au crayon de couleur, deux livres de clés servant à déchiffrer les messages codés, deux carnets de messages reçus ou envoyés, un cahier vert avec des poèmes et deux cahiers pleins de notes de la main du Che, un livre en français, deux agendas, 1966 et 1967, de l'argent bolivien et des dollars. Le soldat chargé du relevé du contenu du sac ajouta : « Un fusil M-1 abîmé et un pistolet 9 mm avec son chargeur vide. »

Vers 9 heures, le colonel Selich demanda des instructions à l'état-major de la 8e division : on lui répondit que les prisonniers de guerre devaient être gardés vivants jusqu'à réception des ordres du commandement supérieur.

Vers 10 heures, un message arriva de Vallegrande : « *Garder Fernando vivant jusqu'à mon arrivée en hélicoptère demain matin à la première heure.* » C'était signé *« Colonel Zenteno »*.

Cachés derrière un tronc d'arbre, Charles et Marcos avaient assisté, impuissants, à la capture du Che. Marcos avait épaulé son fusil, mais Charles l'avait empêché de tirer.

— Pourquoi ? avait chuchoté le jeune homme.

— Ça ne sert à rien : ils sont trop nombreux. Tu veux être fait prisonnier comme eux ? Nous devons rester libres pour les aider et essayer de retrouver leurs compagnons.

— Tu as raison.

Après le départ des soldats, ils se glissèrent dans la gorge. Au bout de quelques pas, ils rencontrèrent un guérillero qui cria :

– Halte-là !

Ils obéirent. L'homme s'avança et reconnut Marcos :

– Que fais-tu là, gamin ?

– Ils ont capturé le Che !

– Le Che est pris ?

– Oui. Nous voulons vous aider à le délivrer, dit Charles.

– Qui êtes-vous ?

– Je suis le fils du Français venu voir le Che il y a quelque temps.

– Je m'en souviens.

– Benigno, où sont les autres ? demanda Marcos.

– Morts ou blessés.

– Tous ?

– Non. Il reste Inti, el Chino, Pacho, Dario, Pombo, Urbano, Aniceto et moi.

– Nous sommes assez nombreux pour délivrer le Che ! affirma Charles.

– En tout cas, répondit Benigno, on va essayer. En route !

Ils se mirent en marche et arrivèrent non loin de La Higuera. Ils se dissimulèrent dans les broussailles. Des feux éclairaient le village. Des sentinelles montaient la garde tout autour. De temps en temps, un chien aboyait.

– Comment savoir dans quelle maison il est détenu ? murmura Inti.

– Je vais aller jusqu'à la première et verrai si on peut me renseigner, dit Marcos.

– Va, petit, dit Benigno. Fais attention à toi !

En rampant, Marcos se dirigea vers la maison. La porte était ouverte. À l'intérieur, des femmes priaient. Elles sursautèrent en voyant le jeune homme. Il mit un doigt devant sa bouche.

– Savez-vous où ils ont enfermé le Che ?

– Dans l'école, répondit l'une d'elles.

– Merci, murmura-t-il.

Puis il ressortit.

L'école était située au milieu de la rue du village. Pour s'y rendre sans se faire remarquer, il fallait contourner les maisons : ce qu'il fit. Devant l'école, des soldats fumaient en discutant. L'un d'eux fouillait dans le sac à dos du Che, posé sur un banc contre le mur de l'école. Il jeta violemment un livre, qui atterrit aux pieds de Marcos, lequel le ramassa. À la lueur des feux, il reconnut celui qu'il avait lui-même remis au Che : le livre de poèmes offert par le père de Charles. Il le glissa dans la poche de son pantalon. Silencieusement, il rejoignit les guérilleros.

– Alors ? interrogea Inti.

– Il est dans l'école, répondit Marcos.

– Tu en es certain ? demanda Pacho.

– Aussi certain que du nombre de soldats patrouillant dans le village.

– Combien ? interrogea Inti.

– Ils sont trop nombreux : plus de cent massés devant l'école. Ils ont allumé de grands feux dont la lumière rend impossible l'approche de l'école.

– Essayons de dormir, nous sommes à bout de forces, dit Inti.

Peu d'entre eux trouvèrent le sommeil cette nuit-là.

Dans le village de La Higuera, il y eut du remue-ménage. Bientôt, il ferait jour. On entendit le ronflement d'un hélicoptère qui atterrit sur la place. Trois hommes en descendirent venant de Vallegrande : le commandant Nino de Guzmán le pilotait, le colonel Joaquín Zanteno, chef de la 8e division et Félix Rodríguez, alias le docteur González, l'homme de la C.I.A. chargé d'interroger le prisonnier. Ils se dirigèrent vers la maison du télégraphiste, où avaient été déposés le sac du Che et les papiers saisis sur lui.

Pendant ce temps-là, les rangers continuaient à ratisser la gorge à la recherche de survivants.

Félix Rodríguez sortit une table, sur laquelle il disposa les carnets saisis et commença à les photographier, page après page.

Le colonel Zenteno lui demanda de l'accompagner interroger le Che. Celui-ci rangea les documents dans le sac, qu'il remit à la femme du télégraphiste, puis emboîta le pas du colonel. Ils entrèrent dans la pièce où le Che se trouvait seul. Rodríguez lui adressa la parole.

– Commandant Guevara ?

Le Che leva la tête, le regard durci :

– Si tu m'appelles par mon grade, c'est que tu es cubain.

– C'est exact, répliqua-t-il.

– Je ne parle pas avec les traîtres !

Et il lui cracha au visage.

Fou de rage, le renégat pointa son arme sur lui ; son compagnon s'interposa.

Les deux hommes quittèrent l'école. Rodríguez retourna photographier les documents restants.

De son côté, le colonel Zenteno télégraphia à Vallegrande pour savoir quelle décision avait prise le gouvernement concernant les prisonniers.

– Rien encore, mon colonel.

Vers onze heures, la sentence arriva par radio en langage codé : « Pas de prisonniers ! » Cela signifiait l'exécution immédiate de tous ceux qui avaient été pris. Il semblait que Barrientos, après celui de Régis Debray, voulait éviter à tout prix un second procès, qui aurait fait encore plus de bruit de par le monde que celui de l'intellectuel français. Mais cela posait un problème aux autorités boliviennes : la peine de mort n'était plus en vigueur en Bolivie. Pas question non plus de livrer le Che aux Américains ; cela aurait confirmé la main-mise des États-Unis sur le gouvernement Barrientos que ne cessait de dénoncer le Parti communiste bolivien.

Le colonel Zenteno désigna un peloton d'exécution et donna l'ordre de faire sortir le Che et de le photographier, puis on le fit rentrer. Zenteno demanda un volontaire. Un sous-officier s'avança : Mario Terán, bonhomme insignifiant d'un mètre soixante ; il semblait ivre, ainsi que Bernardino Huanca, lui aussi volontaire.

– Vérifiez vos armes. Exécution ! ordonna le colonel.

Terán pénétra dans la pièce où se tenait le Che, un M-2 à la main. Il s'arrêta sur le seuil, surpris par l'aspect du prisonnier, assis sur un banc, le dos appuyé contre le mur, les mains liées devant lui. Ainsi, c'était là le fameux commandant Guevara, l'ami de Fidel Castro, ce bonhomme en haillons, aux cheveux ébouriffés, aux joues creuses que ne dissimulait pas une barbe clairsemée, aux sourcils froncés, au regard sombre ? Il se sentit gêné à la vue de ce pitoyable condamné.

– Pourquoi être mal à l'aise ? lui dit le Che. Tu viens me tuer.

Terán fit mine de ressortir.

– Si on parlait musique ? suggéra le prisonnier d'un ton ironique.

444

L'autre le regarda d'un air stupide ; ses mains se mirent à trembler.

– Calme-toi : tu vas tuer un homme !

Dans la pièce voisine, on tira une rafale de mitraillette : le mineur communiste Simon Cuba, dit Willi, en qui le Che n'avait guère confiance, venait de mourir. Guevara ferma les yeux. Est-ce ce geste qui donna à Mario Terán le courage d'appuyer sur la détente ? Il tira une première rafale, blessant le Che. Les jambes déchiquetées, le détenu tomba sur le sol. Une deuxième rafale l'atteignit au bras, à l'épaule et au cœur.

Il était 1 h 10 de l'après-midi, ce dimanche 9 octobre 1967. Dehors, une femme hurlait. Il faisait beau.

Toujours dissimulés dans les broussailles, les guérilleros entendirent les tirs. Pas un ne pensa qu'on venait d'assassiner leur chef. D'un commun accord, ils décidèrent d'aller se poster plus loin et d'attendre la nuit pour tenter de libérer Guevara.

Dans leur nouvelle cache, Benigno sortit le transistor offert par Coco Peredo. Après quelques crachotements, ils captèrent une radio où l'on donnait le signalement du Che, décrivant la manière dont il était vêtu, les deux montres qu'il portait, la sienne et celle de Tuma, son fidèle compagnon.

Radio-Altiplano, Radio-Balmaseda, Radio-Santa Cruz, toutes donnaient la même nouvelle : le chef guérillero Ramón, le légendaire commandant Ernesto Che Guevara, était tombé au combat dans le ravin du Yuro !

Des larmes coulèrent le long des joues de Benigno. Ces hommes épuisés se regardèrent : tous pleuraient. Ils l'avaient donc tué !

Tout avait volé en éclats comme dans une gigantesque explosion. Fini la fatigue, la soif, la faim, le sommeil, plus rien. Eux qui avaient toujours des terribles envies de fumer, d'un coup, l'envie leur en passa, à la minute précise où ils auraient donné n'importe quoi pour griller une cigarette !

La journée leur parut interminable.

Le lendemain, après avoir marché toute la nuit, Charles et Marcos quittèrent ces gens désespérés : ils n'avaient pas mangé depuis trois jours.

Échappant par miracle aux soldats, arrivés à Pucara, les deux jeunes hommes se saoulèrent et ne reprirent leurs esprits que le surlendemain. Charles décida de rentrer au domaine des De La Sierna.

Marcos tira de sa poche un livre, qu'il tendit à son compagnon :

– C'est celui que ton père m'avait donné pour le Che, dit-il.

– Tu ne le lui as pas remis ?

– Si.

– Alors, comment se trouve-t-il entre tes mains ?

– Il était dans le sac du Che. Un des soldats, qui le fouillait, l'a jeté presque à mes pieds. Je l'ai ramassé. Rends-le à ton père.

Ému, Charles prit *Les Fleurs du mal* et rangea l'ouvrage dans son sac.

– Adieu, dit-il. Deviens un Homme nouveau !

– Je le deviendrai... En souvenir de lui ! répondit le jeune Bolivien. Adieu.

Charles roula toute la nuit, se trompant de route, faisant demi-tour, évitant avec une chance inouïe les patrouilles de soldats. Il arriva brûlant de fièvre. Au bruit de la voiture, Sergio sortit puis rentra :

446

– Madame ! Madame ! Le garçon est revenu. Il n'est pas seul.

Mme de la Sierna parut sur le seuil, s'avança et se pencha sur Charles :

– Vite, qu'on le conduise dans sa chambre ! Prévenez Jorge.

Porté par deux hommes, Charles fut couché dans le lit qu'il avait abandonné. On le déshabilla, le lava, on pansa ses blessures qui s'étaient rouvertes. Mme de la Sierna lui fit boire une potion. Presque aussitôt sous les traces des coups ses traits se détendirent.

Peu de temps après, Jorge de la Sierna entra dans la pièce :

– Dieu soit loué, dit-il, il est vivant ! Je vais prévenir Tavernier.

Au téléphone, il annonça la bonne nouvelle à François :

– Je me faisais tant de reproches...

– Vous n'auriez rien pu faire.

– Je le sais bien.

– Comment va Léa ?

– Aussi bien que possible. Elle s'occupe de la femme de Charles et de leur fils. Quand pourrons-nous venir le chercher ?

– Bientôt, je pense. Il est très fatigué.

37.

À La Paz, Léa berçait le petit Lorenzo, le fils de Charles. Sa mère, Olivia, à la demande de son époux et malgré l'opposition de son père, avait rejoint la demeure des Tavernier. Il faisait beau, Léa sortit dans le jardin avec le bébé. Une voiture s'arrêta devant la maison ; François en descendit et regarda d'un air attendri le tableau formé par sa femme et l'enfant.

— On dirait une madone, dit-il en l'embrassant. J'ai une bonne nouvelle...

— Dis vite !

— Charles est revenu auprès de Mme de la Sierna, il va bien.

Des larmes coulèrent sur les joues pâlies de Léa.

— Ne pleure pas, ma chérie. Nous irons bientôt le chercher avec Olivia.

— Tu as l'air préoccupé ?

— Oui, j'ai une triste nouvelle à t'apprendre : le Che est mort !

Léa chancela. François lui prit l'enfant des bras. En titubant, elle se laissa tomber sur un banc. Contre toute vraisemblance, elle dit, comme se parlant à elle-même :

— Je l'avais entendu à la radio, mais je me disais que c'était une fausse information...

Le cœur serré, elle regardait devant elle. Aucune

larme ne coulait sur ses joues. Tandis qu'un grand vide s'installait...

Quelques jours plus tard, les Tavernier partirent avec Olivia et son fils à bord d'une voiture confortable. Ils arrivèrent le lendemain à l'heure du déjeuner. Jorge et sa mère les attendaient sur le seuil de leur demeure :

– Soyez les bienvenus ! dirent-ils aux arrivants.

– Comment va mon mari ? demanda Olivia.

– Mieux, beaucoup mieux. Allons le voir.

Quand ils entrèrent dans la chambre, Charles était assis en train de déjeuner. La joie éclata sur son visage tuméfié quand il découvrit sa femme et son enfant.

– Mon amour ! murmura-t-il.

Mme de la Sierna enleva le plateau. Olivia se pencha et mit le petit dans les bras de son père. Tous les regardaient d'un air attendri.

– Nous allons laisser notre malade se reposer et déjeuner à notre tour, dit Mme de la Sierna.

– Oh, s'il vous plaît, je n'ai pas faim, dit Olivia. Je préfère rester avec Charles.

– Comme vous voudrez, mes enfants.

– François, appela Charles, j'ai quelque chose pour toi.

Sur la table de chevet, il prit un livre qu'il lui tendit. François le regarda, incrédule. Machinalement, il le feuilleta :

– Comment est-il entré en ta possession ?

Charles lui raconta dans quelles circonstances Marcos le lui avait remis.

– Merci, dit sobrement François.

– Reste un moment, demanda Charles à Léa. Ma chérie, peux-tu nous laisser quelques instants ?

Avec une moue boudeuse, Olivia acquiesça. Quand

ils furent seuls, Charles prit la main de celle qui l'avait élevé :

– Je te demande pardon pour tous les tracas que je t'ai causés.

Léa fit un geste de dénégation.

– Je sais bien que si. Pardonne-moi de ne t'avoir rien dit concernant Olivia. Nous nous sommes connus à la fac. J'ai été aussitôt séduit par sa beauté et sa douceur. Très vite, nous nous sommes aimés. Quand elle m'a dit qu'elle était enceinte, j'ai été fou de joie. Elle a écrit à sa mère pour demander sa bénédiction. Sitôt qu'elle l'a reçue, nous nous sommes mariés. Lorsque le bébé est né, j'ai voulu t'en faire part, mais je n'ai jamais trouvé le bon moment. C'est alors que j'ai appris que le Che était bien en Bolivie. Avec l'accord d'Olivia, j'ai décidé de le rejoindre. Elle a voulu retourner chez ses parents pour attendre mon retour. Tu connais le reste de l'histoire.

Essoufflé, Charles laissa retomber sa tête sur l'oreiller. L'espace de quelques instants, ils restèrent silencieux. Charles reprit le premier :

– Tu ne m'en veux pas trop ?

– Non. Cependant, je ne comprends pas comment, ayant un enfant, tu as voulu rejoindre le Che !

– Je lui avais donné ma parole.

– Comment cela ?

– Peu avant de prendre la décision de le rejoindre, j'avais reçu une lettre de lui me disant qu'il serait heureux de me savoir à ses côtés pour combattre ; je lui ai répondu qu'il pouvait compter sur moi. Voilà.

– « *Voilà* » ? Tu es aussi insensé que lui ! Tu as vu où cela l'a mené ? À la mort ! C'est ce que tu recherchais ?

– Bien sûr que non. Je voulais l'aider à préparer la

révolution en Argentine. Car c'est là qu'il voulait aller. Maintenant, laisse-moi, s'il te plaît : je suis fatigué.

Après l'avoir embrassé, Léa le quitta et rejoignit les autres dans la salle à manger.

Pendant le déjeuner, François raconta l'histoire du recueil des *Fleurs du mal* qui avait survécu à tant de combats.

— Que cette histoire est émouvante, observa Mme de la Sierna. La poésie a peut-être aidé cet homme à mourir...

Les convives restèrent quelques instants silencieux.

Après le repas, François et Jorge allèrent dans la bibliothèque fumer des cigares et boire un vieux cognac, tandis que Léa et Mme de la Sierna buvaient leur café sur la terrasse. Bientôt l'hôtesse quitta son invitée pour aller se reposer.

Léa savourait l'instant, la beauté de l'endroit. Elle se leva pour faire quelques pas dans le parc. Elle marchait doucement, quand elle vit une robe claire qu'elle reconnut : c'était celle que portait Olivia. Elle avança dans sa direction. Machinalement, elle se retourna : à l'une des fenêtres, Charles lui faisait signe ; elle y répondit joyeusement. Elle continua d'avancer. Soudain, elle aperçut des hommes en armes : face à eux se trouvaient Olivia et Lorenzo. Une terrible douleur envahit Léa, l'immobilisant quelques instants. Là-bas, les hommes se rapprochaient. Au prix d'un grand effort, elle repartit, hurlant :

— Camille !

Elle courut en direction d'Olivia : des coups de feu claquèrent. La silhouette claire vacilla.

— Olivia ! criait Léa. Olivia !

Une balle l'atteignit à l'épaule, elle tomba. En rampant, elle se dirigea vers la tache claire qui, elle aussi, rampait vers une autre tache claire, à quelques pas d'elle. Le corps de la jeune mère s'abattit sur son enfant. Derrière elle, Léa entendit le bruit d'une course : la maisonnée alertée venait à leur secours. Malgré sa blessure, elle se rapprochait d'Olivia. Un coup de feu atteignit à la tête la jeune mère, qui s'effondra sur Lorenzo au moment où Léa arrivait près d'elle.

– Prenez soin de mon fils... et de Charles... murmura Olivia avant de retomber, inerte.

– Non ! hurla Léa. Non ! Camille...

Elle s'affala sur les deux corps.

Une main la tirait : c'était François.

– Ils l'ont tuée ! bredouillait-elle.

Jorge passa en courant, un fusil à la main, suivi des gens du domaine, armés eux aussi. Les assaillants prirent la fuite en laissant morts et blessés.

On transporta Léa et Lorenzo dans la maison. On recouvrit le corps d'Olivia d'un linceul. Quand Charles, qui avait assisté impuissant à la fusillade, vit sa femme morte, il tomba inanimé.

Le médecin examina le bébé, qui n'avait aucune égratignure : le corps de sa mère l'avait protégé. La blessure de Léa n'était pas grave. L'état de Charles était plus préoccupant : enfermé avec la dépouille de sa femme, il refusait d'ouvrir.

– Laissez-le, dit François.

Bientôt la police envahit la propriété. Elle arrêta les truands blessés. Parmi eux, se trouvait Tony l'Élégant, une large plaie au ventre. De l'avis du médecin, il n'avait que peu de temps à vivre.

– Puis-je lui parler ? demanda François à l'officier de police.

– Allez-y, répondit-il.

François se pencha sur le moribond :

– Pourquoi ? demanda-t-il.

– Le patron n'a pas aimé la façon dont vous vous en étiez tiré...

– Tu parles de Barbie ?

– De qui voulez-vous que je parle ?

– Le salaud !

Tony gémit. François le souleva par sa chemise ensanglantée :

– Tu vas mourir et, lui, il te suivra bientôt.

– Peut-être... Si vous lui échappez, allez rue de Belleville, au 93 : c'est là que demeure ma mère. Dites-lui que son fils a pensé à elle avant de crever et qu'elle me pardonne le chagrin que je lui ai causé...

Ému malgré lui, François reposa doucement le corps du mourant, tout en se reprochant son émotion :

– Je le ferai.

– Merci...

– Il est mort, constata le médecin. Qu'on l'emporte !

Les jours qui suivirent furent d'une grande tristesse. Apprenant le drame, Alberto Ruiz et Lorenzo Aguilla vinrent retrouver leurs amis. Léa fut heureuse de les revoir. Auprès d'eux, elle se sentait en sécurité. Leur présence mit un peu de baume au cœur des habitants. Devant les supplications de Léa, Charles avait enfin accepté de quitter la dépouille de sa femme. Depuis, il restait plongé dans un profond mutisme, refusant de voir son fils.

Un jour, Léa, le bras en écharpe, s'assit à ses côtés :

– Je comprends ta souffrance. Mais rien ne ressuscitera Olivia : tu dois vivre pour Lorenzo, à qui tu as donné le prénom de ton père. Pense à lui, à sa douleur quand je lui ai appris la mort de Camille.

– Je sais tout cela, Léa. Je te remercie pour ton courage et je suis conscient de ce que tu as revécu à ce moment-là. Ne pleure pas... Tu vas devoir t'occuper à nouveau d'un orphelin.

— Il n'est pas orphelin puisque tu es vivant !

— Pour combien de temps ?

— Tais-toi ! Tu n'as pas le droit de dire des choses pareilles, c'est lâche ! Il a besoin de son père.

On frappa à la porte ; c'était la femme de chambre de Mme de la Sierna :

— Venez vite, ma maîtresse se meurt !

Léa se leva d'un bond et la suivit. Dans la chambre, Jorge tenait la main de sa mère. Dans un coin de la pièce, Alberto parlait à voix basse avec le médecin :

— Elle était malade depuis longtemps : un cancer. Elle m'avait interdit d'en parler à son fils. Elle n'en a plus pour longtemps. Avec elle va disparaître ce qu'il y avait de meilleur en Bolivie. Les habitants des alentours, prévenus je ne sais comment, arrivent en nombre pour lui rendre un dernier hommage. Pauvre amie, elle a toujours pensé aux autres avant de s'occuper d'elle-même.

Léa s'approcha et eut un mouvement de recul : comme cette femme avait changé en l'espace de quelques jours !

— Léa, c'est vous ?... Je suis heureuse que vous soyez là, mon enfant... Prenez soin de vous... Vous allez devoir élever Lorenzo...

— Il a son père.

— Plus pour longtemps.

— Que voulez-vous dire ?

— Pachamama ne le protège plus... Moi non plus, du reste... Tant qu'il me restait un peu de vie, je pouvais combattre les forces mauvaises...

— Madame, taisez-vous ! ordonna le médecin. Vous allez vous épuiser.

– Là où je vais, docteur, m'attend le grand repos...
Vous savez ce que vous devez faire ?

– Oui, madame.

– M'enterrer auprès de mon époux. Puis vous enter-
rerez ce garçon auprès de sa femme.

– Non ! hurla Léa.

Elle sortit de la pièce et se précipita dans la chambre
de Charles : le jeune homme gisait, un doux sourire
aux lèvres. Léa s'approcha et posa sa main sur son
front : il était presque froid.

– Oh, Charles ! s'exclama-t-elle en tombant à
genoux.

Pourquoi la mort le lui avait-elle pris ? Ne l'avait-
elle pas assez protégé ? N'avait-elle pas été une mère
pour lui ?

– Charles, mon petit...

François entra à son tour. Il resta pétrifié puis se
ressaisit, releva Léa et la serra contre lui :

– Calme-toi, mon amour. Il a retrouvé Olivia et sa
mère et son père.

– Tu en es sûr ? balbutia-t-elle.

– Oui, mentit-il. Regarde, il a laissé une lettre à ton
nom.

Comme une automate, Léa prit la missive, ouvrit
l'enveloppe et lut à haute voix :

« *Bien chère Léa,*

« *Pardonne-moi le chagrin que je vais te faire, mais
je n'ai plus la force de vivre. Je te confie mon fils
comme ma mère autrefois m'avait confié à toi. Élève-
le avec amour et parle-lui parfois de son père. Prends
soin de toi, n'oublie pas que tu es la raison de vivre
de François, Adrien, Camille et Claire. Retourne à
Montillac ; là, auprès d'eux, tu retrouveras ta force.*

Dis à François qu'il est l'homme que je respecte et aime le plus au monde. Remercie nos amis de la Sierna de leurs bontés et salue pour moi Ruiz et Cantona. Je te laisse car le poison commence à faire son effet. Je t'aime, Léa, je t'aime.

Ton fils, Charles. »

Submergée de douleur, Léa s'assit sur le lit et prit la main de Charles, qu'elle couvrit de baisers. François la regardait, bouleversé :

— Viens, dit-il doucement. Mme de la Sierna veut te parler une dernière fois.

— Oh, François ! Pourquoi tant de morts ?

Un prêtre avait remplacé le médecin : il donnait l'absolution à la mourante.

— Merci, mon père, dit celle-ci dans un souffle.

— Allez en paix, ma fille.

Léa s'agenouilla aux côtés de Jorge qui sanglotait. Ses yeux se levèrent sur la jeune femme :

— Merci d'être là, dit-il en se relevant. Maman veut vous parler.

— Mon enfant, vous avez vu Charles ?

— Oui.

— Il n'a pas souffert, je puis vous l'assurer.

Un grand froid envahit Léa : voulait-elle dire que c'était elle ?

— Je lui ai donné la paix.

Elle avait l'impression de devenir folle ! Ne lui disait-elle pas qu'elle l'avait tué ?

— Mais pourquoi ?

— Pour qu'il cesse de souffrir.

« Vous n'aviez pas le droit ! » hurla-t-elle en silence.

– Dieu m'a pardonné comme il vous donnera la force de vivre pour élever l'enfant.

Pourquoi ? Pourquoi ? Croyait-on qu'elle aurait la force de supporter cette charge ? « Oui », lui disait une petite voix. Elle se souvint du visage de François, lui répétant qu'elle arriverait à sauver Camille et son enfant. Il n'avait jamais douté d'elle. Elle releva les yeux et croisa son regard : c'était le même qu'autrefois. Elle se redressa en souriant à travers ses larmes, alla vers lui et se blottit contre sa poitrine. Ses bras l'enlacèrent. « Près de lui, je ne risque rien », pensait-elle. Ils quittèrent la pièce au moment où Mme de la Sierna rendait le dernier soupir.

Le président Barrientos avait tenu à assister en personne aux obsèques de Mme de la Sierna. Le discours qu'il prononça alors fut empreint de respect et d'émotion. Autour de lui se pressaient ministres, représentants des vieilles familles boliviennes, diplomates mais, surtout, le petit peuple d'ouvriers et de paysans de la région. Pour ces derniers, c'était un peu un membre de leur famille qui disparaissait : leurs larmes étaient sincères. Dominique et Tounet Ponchardier avaient tenu, eux aussi, à accompagner cette grande dame jusqu'à sa dernière demeure. Le lendemain, on enterrait Charles et Olivia dans la plus stricte intimité.

Après le départ des Ponchardier, Léa et François, à la demande de Jorge restèrent quelques jours au domaine. Un soir, Jorge dit à Léa :

– Peu avant de mourir, ma mère m'avait demandé de vous remettre ceci.

Il lui tendit un écrin. Son hôte l'ouvrit et poussa un cri d'admiration :

– Cette bague est magnifique ! Je l'avais remarquée à son doigt...

– Elle ne la quittait jamais. Elle lui venait de mon père, elle y tenait beaucoup. Elle m'a remis également ceci. C'était important pour elle que vous portiez ce talisman. Je sais que vous ne croyez pas en ces choses-là mais elle, elle y croyait. Il y a un mot d'elle avec...

Léa lut :

« Chère Léa,

« Portez ceci sur vous en mémoire de moi. Cela vous protégera tout le temps que vous resterez en Bolivie. J'ai été très heureuse de vous connaître, vous êtes une femme exceptionnelle. Prenez soin de vous. Dieu et Pachamama vous viennent en aide.

Amelia de la Sierna. »

Léa tournait entre ses doigts le petit sachet censé la protéger. Avec dévotion, elle y posa ses lèvres :
– Je ferai comme elle me le demande.

Léa et François regagnèrent La Paz, emmenant Lorenzo. Ils furent accueillis par Dominique et Tounet Ponchardier. Tounet avait retenu une nourrice pour le bébé. La jeune femme était là, belle et robuste. Quand elle vit l'enfant, elle le prit doucement et, le serrant contre elle, lui donna le sein avec un air de joie qui éclairait son visage plat.

38.

À leur retour à La Paz, François et Léa eurent la joie de revoir Adrien, qui refusa obstinément de leur dire où il avait été durant tout ce temps.

Quand ses parents lui annoncèrent la mort de Charles, il resta muet et regarda sans le voir le petit Lorenzo que lui présentait Léa. Il savait que, désormais, plus rien ne serait pareil dans sa vie. La disparition du Che l'avait assommé, celle de Charles tuait l'enfant qui vivait encore en lui.

Pendant plusieurs jours, un silence pesant régna dans la maison. Un matin, pendant le petit déjeuner, Léa demanda à Adrien :

– As-tu revu la jeune fille que tu fréquentes ?

Le jeune homme devint écarlate :

– Tu étais au courant ? bredouilla-t-il.

Un léger sourire éclaira le visage de Léa. François et Adrien la regardèrent d'un air surpris.

– Qu'avez-vous ? dit-elle en remarquant leur stupeur.

– Rien, ma chérie, répondit François. C'est la joie de te voir sourire de nouveau !

– Ah, ce n'est que ça... En attendant, tu n'as pas répondu à ma question, Adrien. As-tu revu cette jeune fille ? Comptes-tu l'épouser ?

– Allez, Adrien, du courage : réponds à ta mère !

– Je l'ai revue.

– Et... ?

– Nous avons décidé d'attendre un peu... De réfléchir encore avant de nous engager.

– C'est fort raisonnable, mon garçon, constata François.

– Qu'en disent ses parents ?

– Que nous sommes trop jeunes.

– Et elle, qu'en pense-t-elle ? Au fait, comment se prénomme-t-elle ?

– Alicia.

– Alicia ? C'est joli... Tu devrais nous la présenter.

– C'est vrai ? Vous voulez bien ?

– Évidemment, gros bêta ! Invite-la à dîner un jour prochain.

– Elle va en être très heureuse, elle qui pensait que vous ne voudriez pas la recevoir.

– Quelle drôle d'idée ! Pourquoi ?

Adrien hésita avant de répondre.

– Pourquoi ? répéta Léa.

– Son père est un ami de Klaus Barbie...

– Quoi ?

– Tu as bien entendu. Par-dessus le marché, il est très proche des milieux nazis de La Paz. Je le savais par Ponchardier... précisa François.

– Pourquoi ne m'en as-tu rien dit ? s'exclama Léa.

– Je trouvais que cela faisait beaucoup pour toi... Cependant, elle n'est pas responsable des relations de ses parents.

Adrien lança un regard reconnaissant à son père.

– Tu as raison, mais quand même...

– Quoi qu'il en soit, invite cette jeune personne à dîner.

– Merci, Papa, je m'en occupe.

462

Il quitta la table après les avoir embrassés.

— Voilà qui est réglé. Ce soir, je t'emmène chez Mina.

— Chez Mina ?

— Oui, la jeune femme suisse dont je t'ai parlé. Tu te souviens ?

— Oui. Avec plaisir ! Manger des röstis me changera de la cuisine de Maria...

— Tu verras, elle a des vins blancs admirables.

— Si tu invitais aussi le consul ?

— Très bonne idée : je l'appelle et retiens une table.

Le dîner à La Maison suisse fut, comme les vins, admirable et, l'alcool aidant, presque gai. Léa et Mina sympathisèrent d'emblée et bavardèrent entre elles tout le long du repas. Quant à Eddy Müller, au grand amusement de François, il dévorait Léa des yeux. On se quitta avec bonne humeur en se promettant de se revoir très vite.

De retour chez eux, Léa se laissa tomber sur un canapé :

— J'ai passé une agréable soirée... dit-elle.

— ... et fait honneur aux vins suisses !

— C'est vrai, répondit-elle : je me sens un peu ivre.

— Un peu ?

— Beaucoup, si tu préfères.

— Tu avais l'air détendue, heureuse.

— Heureuse ? s'écria-t-elle avec colère en se redressant. Comment pourrais-je avoir l'air heureuse alors que Charles...

Elle éclata en sanglots.

— Ma chérie, cela ne sert à rien de pleurer. Il est en paix maintenant.

— Lui peut-être, mais pas moi !

– Égoïste !

– Et alors ? N'ai-je pas le droit d'être égoïste ? Aïe !

– Qu'as-tu ?

– Rien, une douleur...

– Léa, cela ne peut plus durer : il faut partir.

– D'accord, mais pas sans toi.

– Je dois au préalable ramener Barbie.

– Il ne nous a pas fait assez de mal, peut-être ? C'est à cause de lui qu'Olivia et Charles sont morts.

– Raison de plus !

– Et une fois que tu l'auras capturé, tu le ramèneras en France, où il sera jugé comme n'importe quel petit criminel de droit commun ?

– Pas comme n'importe quel criminel : on lui fera un procès exemplaire.

– Exemplaire ? Est-ce que cela rendra la vie à tous ceux qu'il a tués ?

– Non, mais sa condamnation témoignera que la justice existe.

– La justice ! Tu y crois encore, toi, en la justice ?

– Oui. Si je n'y croyais plus, je serais indigne de la confiance du général de Gaulle et de l'idée que je me fais de la démocratie.

– C'est servir la démocratie que d'enlever quelqu'un ?

– Non, mais je n'ai pas le choix, puisque le gouvernement bolivien refuse de l'extrader.

– Ce serait pourtant la seule manière licite.

– C'est vrai, mais on ne me laisse pas le choix.

– Assez, tu m'ennuies. Si j'ai bien compris, on est démocrate au gré des circonstances, quand cela arrange. J'en ai marre de toutes tes bonnes raisons ! Une fois que nous serons en France, quelle nouvelle mission te confiera ton grand homme, auquel tu n'oseras pas dire non ?

– Il n'y aura pas d'autre mission.

– J'ai déjà entendu ça. Tu te mens à toi-même, pauvre type !

– « Pauvre type », tu as bien dit « pauvre type » ? Je vais te faire voir si je suis un pauvre type !

Il la souleva dans ses bras – « Dieu, qu'elle était légère ! » – et la porta jusqu'à leur chambre. Avec précaution, il la déposa sur le lit et entreprit de la dévêtir.

Les yeux fermés, un léger sourire aux lèvres, elle se laissait faire. Bientôt, elle fut nue. À son tour, il se déshabilla et se coucha sur elle.

– Tu es lourd, mon amour, soupira-t-elle en l'étreignant.

Longtemps, ils restèrent immobiles, le souffle court. L'esprit en paix, le corps assouvi, il sentit le sommeil l'envahir peu à peu. Un gémissement l'arracha à son bien-être, il se tourna vers Léa ; son visage était tordu de souffrance, elle haletait, les mains crispées sur sa poitrine. D'un bond, il se redressa et se précipita sur le téléphone : vite, trouver les coordonnées du médecin ! Une ordonnance traînait sur le secrétaire. Il composa le numéro. Une voix ensommeillée répondit.

– Vite, docteur ! c'est François Tavernier. Ma femme est au plus mal !

– J'accours !

Un quart d'heure plus tard, le médecin était au chevet de Léa :

– Sortez, ordonna-t-il à François.

Réveillé, Adrien descendit à toute allure de sa chambre :

– Que se passe-t-il ? demanda-t-il à son père.

– Léa a un malaise : le médecin est auprès d'elle.

— Papa ! s'écria-t-il en se jetant dans ses bras.

François le reçut contre lui, réprimant son émotion. Il se dégagea et alla vers la table où se trouvaient les bouteilles d'alcool. À tâtons, il chercha celle de whisky. Où était-elle ? Il ne la voyait pas : les larmes lui brouillaient la vue. Ce fut Adrien qui servit deux verres. Ils burent en silence. Ils se levèrent à l'entrée du médecin. Son visage tendu les alerta.

— Alors, docteur ?

— Je prendrais bien un verre aussi, s'il vous plaît.

Adrien le lui servit. Le médecin avala d'un trait, puis se décida à parler :

— Monsieur Tavernier, je serai franc : si vous ne quittez pas immédiatement ce pays, votre femme est perdue. Les émotions, l'altitude lui sont fatales. Maintenant, son état est trop grave : je ne puis rien faire. Seule une opération rapide peut la sauver.

François et Adrien se regardaient sans paraître comprendre. Adrien se ressaisit le premier :

— Docteur, si nous partons, a-t-elle une chance de s'en sortir ?

Le médecin réfléchit avant de répondre :

— Peut-être... J'ai remarqué qu'elle portait une protection.

— Une protection ? s'exclamèrent d'une même voix le père et le fils.

— Oui, elle porte la marque de Pachamama.

— C'est donc ça, ce truc qu'elle ne veut pas quitter ?

— Oui. Je sais que cela est incompréhensible mais, au cours de ma longue carrière, j'ai déjà rencontré cette marque : elle s'est toujours révélée efficace pour celui ou celle qui la portait.

— Alors, vous aussi, vous croyez en ces gris-gris ?

Le médecin haussa les épaules.

– Retournez auprès de votre femme, je lui ai fait une piqûre. Cependant, souvenez-vous que sa vie ne tient qu'à un fil : elle doit retourner en France et se faire opérer de toute urgence. Adieu, monsieur Tavernier.

Restés seuls, ils burent un nouveau verre.

– Papa, tu devrais remonter auprès de maman.

– Tu as raison.

Quand il pénétra dans la chambre, Léa dormait. Son visage avait repris des couleurs et son souffle était régulier. François se glissa à son côté, posa sa tête sur son épaule et pleura.

Durant les jours qui suivirent son malaise, Léa s'occupa de Lorenzo en chantonnant. Lorsque les souvenirs de Charles, d'Ernesto, d'Olivia se faisaient trop pressants, elle mettait un disque des chansons de Charles Trenet ou de musique cubaine. Oubliant sa fatigue, Léa tint absolument à retourner au *Mercado de Hechicería*, où elle croisa de nouveau la *yatiri* qui avait lu son avenir dans les feuilles de coca. L'Indienne n'était pas loin de considérer l'étrangère comme l'envoyée de Pachamama, en tout cas comme la protégée de la déesse-mère, ce dont elle fut convaincue quand elle l'entendit mentionner le nom de Mme de la Sierna. Elle se signa, imitée par les marchandes de sortilèges les plus proches.

Sur le parvis de l'église San Francisco, Tounet et Léa virent la mère d'Olivia en grand deuil qui sortait du lieu saint. Après un court moment d'hésitation, Léa alla vers elle. Les deux femmes se regardèrent intensément puis, d'un même mouvement, se jetèrent dans les bras l'une de l'autre en sanglotant. Léa se reprit la première :

– Venez boire quelque chose, dit-elle.

Elles entrèrent dans le premier établissement venu, presque vide à cette heure. Elles prirent place et Tounet commanda des cafés. Une question brûlait les lèvres de Léa : pourquoi n'était-elle pas venue embrasser une dernière fois sa fille ? Elle la lui posa.

– Je sais ce que vous pensez, dit la mère éplorée, et je porte cela comme un remords... Je n'ai pas osé désobéir à mon mari : il m'avait interdit d'assister à l'enterrement.

– Pourquoi ?

– Je ne sais... pour des raisons politiques, peut-être.

– Des raisons politiques ? Qu'est-ce que cela a à voir avec la mort d'un enfant ? s'exclama Léa avec colère.

La femme sanglotait, le visage enfoui entre ses mains. Tounet eut pitié de son chagrin et dit doucement :

– N'ayez pas de remords. Votre présence n'aurait, hélas, rien changé.

– Je le sais, mais j'ai honte d'avoir une nouvelle fois manqué de courage.

Chacune se réfugia dans ses pensées.

– Comment va mon petit-fils ?

Léa la regarda avec étonnement : elle avait oublié que cette femme en pleurs était, elle aussi, la grand-mère de Lorenzo.

– Bien, très bien.

– Pourrai-je venir le voir ?

Après un bref instant d'hésitation, Léa répondit :

– Naturellement... Oh non, pas lui ! s'écria-t-elle.

– Qu'avez-vous ? demanda Tounet en suivant le regard de son amie. Mon Dieu, je vois !

Très pâle, Tounet se leva, se reprochant de n'avoir pas remarqué qu'elles étaient entrées à la Confitería

La Paz. Elle s'avança, toisant Barbie qui, la reconnaissant, fit demi-tour.

La mère d'Olivia avait suivi la scène et compris l'émotion qui s'était emparée de ses compagnes. Quand Tounet se fut rassise, elle dit d'une voix sourde et cependant distincte :

– C'est l'assassin de votre enfant et du mien.

Après un court silence, elle ajouta :

– Je le sais.

Tounet et Léa se taisaient. Machinalement, elles burent leur café : il était froid.

Très calmement, la mère d'Olivia appela le serveur et demanda à régler les consommations. Après avoir payé, elle se tourna résolument vers Léa :

– Vous direz à votre mari que je suis prête à l'aider dans sa mission... Ne répondez rien ! Je sais beaucoup de choses car mon époux ne s'est jamais soucié de ce que je pouvais entendre, me jugeant trop sotte, ne m'estimant pas plus qu'un meuble ! Il me terrifiait par ses éclats de voix et ses brutalités ! Cela est terminé. Jamais je n'ai approuvé ses relations avec des personnes comme celle qui vient de sortir d'ici. J'avais peur de lui, d'elles, mais cela est fini. Je veux me venger et j'en ai les moyens. Dites à M. Tavernier que je vais chaque jour à l'office du matin de l'église San Francisco. Qu'il m'indique sur un papier qu'il glissera derrière la statue de Santa Anna qui est proche de l'entrée, le lieu où je pourrai le rencontrer. Je m'y rendrai en voiture ; mon nom est Irina Cortez.

– Nous le savons, fit Léa, étonnée.

Celle qui parlait n'avait plus rien à voir avec l'insignifiante femme en deuil rencontrée sur le parvis ; elle affichait une détermination que rien ne pourrait ébranler.

Léa et Irina se mesurèrent du regard.

– Vous lui direz cela, n'est-ce pas ?

Sans attendre la réponse, Irina Cortez quitta l'établissement d'un pas ferme.

Peu après, sans avoir échangé un mot, Tounet et Léa sortaient à leur tour.

39.

En quittant le Palacio Quemado à l'issue de l'audience que lui avait accordée le président Barrientos, François Tavernier avait du mal à cacher sa déception, se reprochant d'avoir eu la naïveté de croire que le président bolivien accepterait d'extrader Klaus Barbie, non seulement à la suite des derniers événements mais de la demande exprimée par le général de Gaulle par l'intermédiaire de son ambassadeur itinérant. Avec colère, il se remémorait l'entretien :

– Monsieur l'ambassadeur, c'est avec regret que je me vois dans l'obligation de refuser ce que me demande le président de la République française, pour lequel j'éprouve, vous le savez, le plus grand respect. Je ne conteste pas les crimes de ce Barbie. Cependant, je vous rappelle qu'ils ont été commis quand la guerre sévissait entre la France et l'Allemagne. Cette dernière a perdu la guerre, et la paix a été signée entre les deux belligérants. De nombreux criminels de guerre ont été jugés et condamnés, d'autres se sont dispersés à travers le monde où ils ont exercé et continuent d'exercer diverses activités, certaines pour le compte des Alliés : ce qui fut le cas pour Barbie. Ici, en Bolivie, il a mis ses qualités professionnelles au service de notre pays, ce qui lui a valu d'être naturalisé bolivien. C'est donc un citoyen bolivien que vous me demandez d'extrader dans le but de le faire juger et condamner. Je vous le dis tout net, monsieur l'ambassadeur, j'eusse accédé à la demande du gouvernement français, si celui-ci avait aboli la peine de mort, ce qui n'est pas le cas. Alors, vous comprendrez aisément que je ne puisse envoyer à la mort un citoyen bolivien, si coupable soit-il. Si j'accédais à la demande du général de Gaulle, j'irais à l'encontre de notre Constitution et trahirais la confiance du peuple bolivien. Pour être agréable au président de Gaulle, je suis intervenu en faveur de Régis Debray : il sera jugé par un tribunal militaire régulier pour assassinat et complicité d'assassinat ; et ce, malgré les pressions et interventions de certains membres de l'état-major...

– Je vous remercie pour lui, monsieur le président, mais vous ne pouvez pas comparer les agissements supposés de Debray avec ceux d'un homme coupable de crimes contre l'humanité !

– Il suffit, monsieur l'ambassadeur : c'était la guerre ! avait conclu Barrientos en se levant.

Les deux hommes s'étaient salués avec froideur.

Dès son arrivée à la chancellerie, Tavernier avait envoyé à l'Élysée un message codé informant le président de la République de l'échec de sa démarche.

– Qu'allez-vous faire maintenant ? lui demanda Dominique Ponchardier.

– Enclencher ce qui était prévu en cas de refus du gouvernement bolivien.

– Cela ne va pas être une mince affaire. Comment comptez-vous vous y prendre ?

– Je n'en sais rien encore, cher Dominique, et quand je le saurai, je ne vous en informerai pas. Il est important que vous restiez en dehors de tout cela. N'oubliez pas qu'il y va de l'avenir des relations entre

472

la France et la Bolivie. En outre, vous devez employer toute votre énergie à éviter que le procès Debray ne tourne à la catastrophe.

— Ah, il m'en fait voir, celui-là ! À cause de lui, j'avale couleuvre sur couleuvre...

— Sans doute, mais il est toujours vivant.

— J'ai hâte que tout cela soit terminé. J'ai l'impression d'être assis sur un baril d'explosifs. Enfin, qui vivra verra ! Léa a annoncé à Tounet son prochain départ. Je m'en réjouis. Je ne vous cache pas que nous étions très inquiets de son état de santé. Quand ce départ aura-t-il lieu ?

— Un paquebot français doit quitter le port chilien d'Arica la semaine prochaine : j'y ai réservé une cabine pour Léa, le petit Lorenzo, sa nourrice et moi-même.

— Adrien sera-t-il du voyage ?

— Non. Il m'a dit vouloir retourner à Cuba.

— Est-ce bien nécessaire ?

— Selon lui, ça l'est.

— Évidemment...

— Je dois prendre congé pour mettre sur pied le projet que vous savez.

Les deux hommes se quittèrent, chacun pensant par-devers soi que la capture de l'ancien nazi risquait de faire couler encore beaucoup de sang. Ce que François ne disait pas à Ponchardier, c'est que le général de Gaulle lui avait demandé, selon son expression, de « mettre la pédale douce » concernant Barbie, afin de ne pas risquer la vie de Debray.

D'un pas rapide, François se dirigea vers la demeure que possédait Jorge de la Sierna à La Paz. Comme celle de Santa Cruz, elle regorgeait de richesses. Un

Indien de haute taille le conduisit jusqu'au bureau de son maître.

– Merci. Qu'on ne nous dérange pas. Asseyez-vous, François. Voulez-vous boire quelque chose ?

– Non, merci.

– Vous deviez rencontrer Irina Cortez : l'avez-vous vue ?

– Oui. C'est une femme courageuse et intelligente. Jeudi prochain, à la demande de son mari, elle recevra malgré leur deuil Klaus Barbie et son épouse à dîner. À 22 heures précises, le courant sera coupé dans tout le quartier. Pendant que les domestiques chercheront lampes et bougies, vos hommes neutraliseront les gardes du corps et les domestiques, tandis que Irina Cortez aura auparavant entraîné Barbie dans un salon donnant sur le jardin. Barbie sera aussitôt endormi à l'aide de chloroforme et transporté dans la voiture pré-vue à cet effet et dont vous avez demandé à être le chauffeur. Je vous suivrai à bord d'un autre véhicule et nous prendrons la direction de l'aéroport du club aéronautique de La Paz. De là, nous décollerons en direction de Humaita, au Brésil, où un avion de l'ar-mée française prendra livraison de Barbie et s'envo-lera pour la Guyane. De notre côté, une fois le colis embarqué, nous rentrerons à La Paz.

Dans le salon, devant la porte-fenêtre ouverte, Irina Cortez fumait en compagnie de Klaus Altman.

– Quelle soirée magnifique ! Ne trouvez-vous pas, *señor* Altman ?

– Magnifique puisqu'elle me donne l'occasion de bavarder avec vous ! Je crois bien que c'est la pre-mière fois que cela nous arrive...

– Vous croyez ?

474

– J'en suis certain. J'ai toujours eu l'impression que vous me fuyiez...

– Vous vous trompez, *señor* Altman : les amis de mon mari sont bien évidemment les miens !

– Alors, chère madame, buvons à notre amitié !

À peine avaient-ils levé leur verre que l'électricité fut coupée.

– Encore une panne ! s'écria Irina. Qu'on apporte des lampes et des bougies !

Une silhouette se découpa devant la porte-fenêtre : François se saisit de Barbie et lui appliqua sur le visage une compresse imbibée de chloroforme. Très vite, Barbie cessa de se débattre.

– N'oubliez pas de m'attacher ! Avez-vous assommé mon mari ? demanda Irina.

François ne put retenir un sourire.

– Ne vous inquiétez pas : il va rester tranquille un bon moment !

Aidé par un domestique de Jorge de la Sierna, il transporta Barbie jusqu'à une voiture au volant de laquelle se tenait Jorge.

Et Barbie se réveilla en territoire français.

Quand il comprit qu'il était aux mains des autorités françaises, il eut un moment de panique et déclara que son arrestation était illégale, que le président Barrientos allait violemment réagir à l'enlèvement d'un citoyen bolivien.

– À moins qu'il ne se félicite que nous lui ayons facilité la tâche d'une façon qui lui sauve la face... répliqua Tavernier.

Klaus Barbie pâlit. Son interlocuteur enfonça le clou :

– Nous avons fait parvenir à la presse tant bolivienne que sud-américaine des documents irréfutables prouvant votre implication dans des crimes contre l'humanité. Devant ces révélations, Barrientos ne pourra plus ignorer l'opinion internationale, qui réclame que justice soit faite. Il lui sera dès lors impossible de continuer à protéger un criminel de guerre sans s'attirer la réprobation des gouvernements européens et américains, tout comme celle de sa propre opinion publique.

— Mais cet enlèvement va à l'encontre de toutes les lois !

— Et alors ? Croyez-vous que Barrientos va se mettre à dos un pays comme la France pour un individu tel que vous ? Il a d'autres chats à fouetter !

— Qu'avez-vous fait de ma femme ?

— En ce moment, elle dort.

— Elle dort ?

— Nous avons dû lui administrer un léger soporifique. Plus tard, elle sera reconduite à son domicile.

— J'en appellerai aux instances internationales !

— Faites ce que vous voulez, j'ai accompli ma mission. Après-demain, vous serez en France où vous serez jugé pour vos crimes. Cependant, s'il ne tenait qu'à moi, je ne vous ferais pas l'honneur d'un procès mais vous abattrais comme on le fait d'un animal dangereux. Adieu, *señor* Altman !

Le lendemain, François Tavernier était de retour à La Paz, où il trouva l'ambassade de France en émoi :

— Barrientos est furieux, dit Ponchardier. La femme de Barbie lui a annoncé que son mari avait disparu ; il est persuadé que vous l'avez enlevé et menace de vous faire expulser de Bolivie. Je lui ai fait remarquer que cela ne serait pas bon pour les relations entre la France et la Bolivie. Ce à quoi il m'a répondu qu'il s'en fichait et qu'il en avait assez de ces Français qui se

476

mêlent d'affaires qui ne regardent que le gouvernement bolivien.

On frappa à la porte.

— Entrez ! cria Ponchardier.

Thérèse de Lioncourt entra.

— J'avais demandé de n'être pas dérangé !

— Je sais, monsieur l'ambassadeur, excusez-moi mais c'est urgent : on attend M. Tavernier au palais gouvernemental, dans l'heure.

— J'y vais, dit François d'un ton flegmatique.

— Je ne voudrais pas être à votre place, remarqua Ponchardier.

— Vous n'y êtes pas. Tout est donc pour le mieux...

De mémoire de fonctionnaire bolivien, jamais les murs du Palacio Quemado n'avaient retenti de tels accents de colère.

Le visage cramoisi, au bord de l'apoplexie, le président bolivien n'avait pas de mots assez durs pour qualifier l'attitude de l'ambassadeur de France itinérant du général de Gaulle.

— Comment avez-vous osé ? Enlever un citoyen bolivien !

— Un criminel de guerre, monsieur le président.

— C'est vous qui le dites !

— Pas seulement moi, monsieur le président, mais toute la presse bolivienne.

— J'ai vu les journaux.

— C'est édifiant, non ?

— Ne vous foutez pas de moi, monsieur l'ambassadeur ! Vous avez manipulé la presse.

— Cela n'a pas été nécessaire, monsieur le président. Les documents remis étaient assez parlants.

— Sortez ! Quittez au plus vite ce pays !

François Tavernier se leva, s'inclina et sortit.

Devant le palais, une horde de journalistes et de photographes se bousculaient :

— Monsieur l'ambassadeur, qu'avez-vous à dire ?

— Est-il vrai que vous avez enlevé un ressortissant bolivien ?

— Que vous a dit le président Barrientos ?

— Avez-vous agi sur ordre du général de Gaulle ?

— Où avez-vous conduit le *señor* Altman ?

— Craignez-vous des représailles de la part de la communauté allemande ?

Protégé par des policiers, Tavernier parvint à rejoindre la voiture de l'ambassade de France qui l'attendait.

Arrivé à la chancellerie, il fit en quelques mots le compte rendu de l'entrevue.

— Je m'attendais à pis, dit Ponchardier en conclusion. De mon côté, j'ai eu la visite de la mère de Régis, très remontée : elle craint que votre action ne fasse du tort à son fils et qu'on ne s'en prenne à lui en représailles.

— J'y ai pensé. Mais, si c'était le cas, cela serait du plus mauvais effet sur le plan international. N'est-ce pas votre avis ?

— Il n'empêche que certaines personnalités proches de Barrientos risquent de ne pas en tenir compte et en profitent pour abattre Debray sous un prétexte ou un autre.

— Vous pensez à la *ley de fuga* ?

— Oui. Je pense aussi à Quintanilla, qui se trouve à Camiri et doit être furieux d'être privé de son professeur ès tortures.

Les deux hommes restèrent un moment silencieux. Dominique Ponchardier alluma une cigarette :

– N'oubliez pas que vous dînez ce soir à la maison en compagnie de Jorge de la Sierna, de Mina et Müller.

– Je n'oublie pas, cher Dominique. Ce sera ici notre dernier repas ensemble. Ç'aura été un plaisir de travailler avec vous comme au bon vieux temps de la France libre... De votre côté, n'oubliez pas que Tounet et vous êtes attendus à Montillac aux prochaines vendanges.

– N'ayez crainte : j'ai hâte de goûter à ce vin dont Léa ne cesse de vanter les qualités.

– Vous aurez intérêt à le trouver remarquable, si vous ne voulez pas vous attirer les foudres de la propriétaire ! Je rentre me changer. À tout à l'heure.

Quand François arriva chez lui, il trouva Léa échevelée, assise, l'air découragé, devant les valises béantes ; différents objets de l'artisanat local gisaient sur le sol.

– Jamais je n'arriverai à tout emballer, soupira-t-elle.

– Je ne comprends pas, tu n'avais que deux valises en arrivant et j'en vois maintenant cinq ou six.

– C'est pour les cadeaux.

– Les cadeaux ?

– Ben oui : pour Camille, pour Claire, pour Marie-Françoise, pour...

– Tu es complètement folle ! En quoi toute cette pacotille peut-elle les intéresser ?

– Mais...

– Voyons, ma chérie, tu vois Marie-Françoise avec ce bonnet bariolé ? Et les filles s'extasier sur ces affreuses statuettes ? Quant à ce fœtus de lama...

– C'est un porte-bonheur.

Léa avait dit cela d'un ton si piteux que François éclata de rire.

– Je voudrais voir ta tête si on t'offrait ce bazar.

À son tour, elle éclata de rire en considérant ses « cadeaux » éparpillés autour d'elle.

– Tu as raison : je ne suis pas sûre que cela me ferait plaisir. Pourquoi as-tu toujours raison ?

Il l'attira à lui, ému :

– Parce que je connais la vie. Le plus beau cadeau que tu puisses leur faire, c'est de rentrer saine et sauve au bercail... Mais nous bavardons et nous ne sommes pas prêts.

Quand ils arrivèrent à la résidence, ils furent accueillis par les rires de Mina, de Tounet et de Thérèse, toutes trois très en beauté.

– Jorge nous décrivait la tête de Barbie quand il a compris qu'il était entre les mains des Français. J'aurais donné cher pour être présente ! déclara Thérèse dans un éclat de rire.

Le reste de la soirée se déroula gaiement, chacun évitant les sujets douloureux. Après le repas, on passa au salon pour le café. Tandis que les fumeurs allumaient leurs cigares, un des militaires de garde s'approcha de Ponchardier et lui chuchota quelque chose à l'oreille.

– Maintenant ? demanda-t-il à voix basse.

– Maintenant, monsieur l'ambassadeur.

– Très bien, prévenez le chauffeur.

– Bien, monsieur l'ambassadeur.

– Que se passe-t-il ? s'inquiéta Tounet.

– Barrientos veut nous voir immédiatement, Tavernier et moi.

– Cela ne me plaît pas, maugréa François en se levant.

– Je vous accompagne, déclara Jorge en se levant à son tour.

– Non, cher ami, vous en avez assez fait. Je préfère que vous restiez ici jusqu'à notre retour.

Ils roulèrent en silence jusqu'au palais présidentiel, où ils furent aussitôt introduits auprès du président bolivien, entouré de plusieurs ministres et généraux : cela sentait le conseil de guerre.

– Messieurs, asseyez-vous, dit le président. Depuis notre entrevue, monsieur l'ambassadeur, un élément nouveau est intervenu. Nos jeunes officiers sont extrêmement remontés contre la France et exigent du gouvernement bolivien un geste significatif en réponse à l'enlèvement du *señor* Altman. Le chef des armées, ici présent, le général Ovando, et le colonel Quintanilla, venu spécialement de Camiri, ont eu toutes les peines du monde à empêcher qu'ils ne s'en prennent à Régis Debray. Le général Ovando a dû leur affirmer que le *señor* Altman serait libéré...

– Mais ?

– Laissez-moi finir, monsieur Tavernier. Tout cela est votre faute. Je n'ai eu que trop d'indulgence envers vous par égard pour le général de Gaulle. Vous ne vous êtes pas étonné d'avoir pu aussi facilement faire évader votre fils de Camiri ?... À votre air, je vois bien que non. Pensez-vous que les soldats boliviens soient si faciles à corrompre ? Vous vous êtes trompé. Sans l'enlèvement du *señor* Altman, vous n'auriez rien su, mais vous avez été trop loin et avez abusé de ma confiance.

– J'aurais dû m'en douter, c'était trop simple... grommela François entre ses dents.

– *Señor Domingo*, vous que j'ai toujours traité en ami, comment avez-vous pu trahir mon amitié ? N'ai-

481

je pas, dans l'affaire Debray, fait preuve de compréhension, ce qui n'a pas toujours été du goût de quelques officiers, ici présents, qui souhaitaient un châtiment exemplaire ? Pour contenir certains éléments et arrêter la campagne de dénigrement envers la France, vous devez faire un geste... Vous semblez ne pas comprendre, messieurs les ambassadeurs. Je vais être plus précis : vous nous rendez le *señor* Altman et Régis Debray ira à son procès sur ses deux pieds.

— Mais, c'est du chantage, monsieur le président ! s'exclama Ponchardier.

— Appelez ça comme vous voudrez : Barbie contre la vie de Debray.

— À l'heure qu'il est, il doit être en route pour la France, fit remarquer Tavernier.

— Non, l'avion n'a pas décollé, déclara le général Ovando. Il suffit que vous vous mettiez en rapport avec l'officier français chargé du bon déroulement de l'opération, que vous lui disiez que tout est annulé...

— Mais ?

— ... et que le prisonnier doit être reconduit à la frontière entre la Guyane et le Brésil, où les forces armées brésiliennes ont ordre de prendre livraison de l'otage et de le ramener en Bolivie. Le gouvernement brésilien a été très choqué que la France ait violé son territoire et il a décidé de se montrer très coopératif avec nous.

— Si nous n'obtempérons pas, Régis Debray sera assassiné, c'est bien cela ? demanda Dominique Ponchardier.

— Assassiné ? Assassiné ? Qui parle d'assassinat ? Le prisonnier aura tenté de s'enfuir, c'est tout et, comme c'est leur devoir, ses gardiens auront ouvert le feu...

— Oui, la *ley de fuga*...

– Vous avez compris.

Un silence lourd de menaces plana sur le bureau présidentiel. Ponchardier le rompit :

– Nous n'avons pas le choix, François.

– Vous avez raison mais, au préalable, je veux voir Régis Debray.

Le président Barrientos lança, en direction du colonel Quintanilla, un regard auquel celui-ci répondit par un signe d'acquiescement.

– Très bien. Quintanilla vous accompagnera.

– Je vous remercie, monsieur le président.

– Dès que vous aurez vu le prisonnier, vous donnerez l'ordre de ramener le *señor* Altman en Bolivie.

– Vous avez ma parole, monsieur le président.

Barrientos s'approcha de Tavernier et l'attira à l'écart :

– Une chose encore, monsieur l'ambassadeur : n'espérez pas me jouer, une fois encore, un tour à votre façon. Vous n'avez plus personne pour vous venir en aide, cette fois-ci.

– Que voulez-vous dire, monsieur le président ?

– Votre ami Ruiz a été limogé. Quant à M. de la Sierna, il lui a été « conseillé » de voyager à l'étranger pendant quelque temps...

Malgré lui, François laissa échapper un soupir de soulagement : ainsi, ses deux amis ne l'avaient pas trahi !

Barrientos le dévisagea avec méfiance :

– Ce que je vous dis a l'air de vous faire plaisir...

– D'une certaine façon, oui, monsieur le président.

– Vous êtes étonnants, vous autres Français ! fit-il en lui tournant le dos.

Ponchardier et Tavernier prirent congé.

Le retour vers la résidence se fit en silence. En descendant de voiture, Dominique Ponchardier lâcha d'un ton las :

– Un coup pour rien...

40.

François Tavernier partit le lendemain dans un hélicoptère de l'armée bolivienne. À bord avaient pris place le colonel Quintanilla, son aide de camp et deux soldats. Ils survolèrent la région où s'était déroulée la guérilla.

– Comment vouliez-vous qu'ils aient la moindre chance de réussir ? dit l'officier en montrant la forêt au-dessous d'eux.

Gagné par la lassitude, François ne répondit pas ; il était du même avis que ce répugnant personnage qui avait exigé que les mains et la tête du Che soient coupées et exhibées comme preuves de sa mort. Devant l'indignation des officiers boliviens présents, opposés à la décapitation du cadavre, on avait seulement prélevé les mains, qui avaient été conservées dans du formol.

Durant tout le vol, une question le tourmenta : Ruiz était-il complice de cette parodie d'enlèvement ? Si ce n'était lui, était-ce le lieutenant García ? Le chef de la police de Camiri ? Tous avaient pu être de mèche...

L'hélicoptère atterrit dans la cour de la prison de Camiri.

François demanda à être conduit sur-le-champ auprès de Régis Debray : autant en finir au plus vite. On le guida jusqu'au bureau du commandant, où le

485

détenu arriva une vingtaine de minutes plus tard, pieds et mains enchaînés, vêtu d'une sorte de combinaison verdâtre. Pâle et très amaigri, il semblait sur le point de défaillir.

— Faites-le asseoir, ordonna François.

Quintanilla fit signe à un des soldats d'obéir. On avança une chaise, sur laquelle on força le prisonnier à s'installer.

— Je me nomme François Tavernier, déclara-t-il en français, je suis ambassadeur de France...

— Dominique Ponchardier n'est plus en poste ? s'étonna Debray.

— Parlez en espagnol ! cria Quintanilla.

Sans tenir compte de l'ordre du colonel, François répondit :

— Bien sûr que si : j'ai été nommé par le général de Gaulle ambassadeur itinérant avec pour mission de faire extrader Klaus Barbie...

— Si vous continuez à vous exprimer en français, j'interromps l'entretien ! hurla le colonel, le visage cramoisi.

— Vous tenez à récupérer Barbie ? demanda François.

Quintanilla tira son arme et la brandit en direction de Debray :

— Vous tenez à ce qu'il reste vivant ?

Considérant que les cartes étaient entre les mains du Bolivien, François continua en espagnol :

— Devant le refus du gouvernement bolivien, j'ai dû recourir à l'enlèvement...

— Vous avez enlevé Barbie ?

— Oui, mais pas pour longtemps, hélas ! On m'a mis le marché en main : votre vie contre la restitution de Barbie.

— Et vous avez accepté ?

– Avais-je le choix ?

Songeur, Debray ne répondit pas.

– L'entrevue est terminée ! annonça Quintanilla. Vous avez pu constater qu'il se porte bien. Vous pouvez maintenant nous rendre notre compatriote.

– Vous avez tenu parole, je tiendrai la mienne.

François tendit la main au jeune homme. Celui-ci baissa la tête puis, brusquement, déclara en espagnol devant l'assistance méduséе :

– Je vous promets qu'un jour, nous le ramènerons en France.

– Qu'on reconduise le prisonnier dans sa cellule ! ordonna Quintanilla.

La nuit était tombée quand l'hélicoptère se posa à La Paz. François Tavernier se rendit à la chancellerie, d'où il envoya un Télex en Guyane, à la préfecture.

Klaus Barbie était déjà installé dans l'avion qui devait le ramener dans l'Hexagone quand le Télex de l'ambassade de France annonça un changement de vol : l'ancien nazi devait être remis aux autorités brésiliennes, en présence de François Tavernier, dans la matinée du lendemain.

Dominique Ponchardier avait retenu François à dîner en compagnie de la mère de Régis Debray, qui le pressa de questions durant tout le repas. François y répondit de son mieux, l'esprit visiblement ailleurs. Mme Debray s'en aperçut :

– On dirait que cela ne vous fait pas plaisir, d'avoir pu constater que mon fils était encore en vie...

– Pardonnez-moi, madame, de ne pas manifester plus de joie de l'avoir vu vivant : le prix à payer a été très élevé !

– Que voulez-vous dire ? Je ne comprends pas...

– Quand vous le reverrez, votre fils vous donnera

487

quelques éclaircissements... Excusez-moi, je suis fatigué et je dois faire un rapport au général de Gaulle. Tounet, permettez-moi de prendre congé.

– Je vous en prie, François. Embrassez Léa pour moi.

– Je vous raccompagne, dit Ponchardier en se levant.

Dans le vestibule, Dominique prit le bras de son ami :

– Vous n'avez pas été des plus aimables envers notre invitée...

– Je n'y peux rien, c'était plus fort que moi. Rien qu'à l'idée de remettre demain Barbie aux autorités boliviennes, je me sens des envies de meurtre. Par deux fois, il nous aura échappé : c'est trop con !

– Je comprends ce que vous ressentez mais ce n'est que partie remise...

– Peut-être... mais la partie se jouera sans moi !

– Avez-vous une voiture ?

– Non, je vais rentrer à pied : ça me calmera.

– Est-ce bien prudent ?

– Je ne risque rien : le moment serait mal choisi de me descendre ! répondit-il avec un rire sans joie.

– Vous avez raison. Je vous souhaite bon courage pour demain.

François ne répondit pas et s'éloigna ; sans se retourner, il fit un geste de la main. L'air frais de la nuit lui fit du bien.

Quand il arriva chez lui, le gardien le salua d'un air ensommeillé puis referma le portail.

Un filet de lumière passait sous la porte de la chambre. François l'entrouvrit doucement : Léa dormait un livre à la main. Un moment, il la contempla avant d'éteindre. Puis il descendit au salon, se versa un verre d'alcool et alluma un cigare. Allongé sur le canapé, il se remémora les heures de la journée, mécontent de lui, de la tournure qu'avaient pris les événements, contre lesquels il se sentait impuissant. Il laissa son cigare s'éteindre et s'assoupit.

Le voyage en hélicoptère se déroula en silence. Quand l'appareil se posa sur le sol brésilien, il fut aussitôt entouré par des soldats en armes. Un colonel s'approcha des arrivants et les salua :

– Messieurs, l'avion en provenance de Guyane a été annoncé : nous l'attendons d'une minute à l'autre.

François alluma une cigarette et fit les cent pas sur la piste du petit aérodrome. Le colonel Quintanilla s'entretenait avec son homologue brésilien. Les militaires boliviens qui l'avaient accompagné se tenaient à distance. On entendit le ronflement d'un appareil.

– Les voici ! fit l'officier brésilien.

Quelques instants plus tard, l'avion militaire français se posait puis roulait sur la piste. Bientôt en descendit un homme voûté, Klaus Barbie, accompagné du commandant de la base de Cayenne. Après les saluts d'usage, le commandant s'approcha de Tavernier.

– Monsieur l'ambassadeur, c'est avec peine que j'ai obtempéré aux ordres du gouvernement français.

– Croyez-vous que ce soit de gaieté de cœur pour moi aussi ?

– J'imagine, monsieur l'ambassadeur.

Le teint gris mais l'air réjoui, Barbie serrait les mains du colonel brésilien et de Quintanilla :

– Je savais que je pouvais compter sur vous !

Comme à l'aller, le retour se fit en silence.

« S'il dit un mot, je l'étrangle », pensait François qui vivait cette équipée ratée avec un sentiment d'échec, s'en remémorant les différentes étapes et les propos désabusés du général de Gaulle avec lequel il s'était entretenu, par téléphone, peu avant son départ de La Paz : « Vous avez fait tout ce que vous pouviez, Tavernier. Trop d'éléments inattendus se sont mis en travers de votre mission. Je ne verrai sans doute pas le procès de ce criminel mais j'espère qu'un de mes successeurs saura le faire traduire devant un tribunal. Rentrez, vous n'avez plus rien à faire là-bas ! »

À la lassitude de la voix du Général, François mesurait sa propre déception. Une nouvelle fois, le vieux soldat n'avait pas hésité à se mettre hors la loi pour ce qu'il considérait comme devant être accompli pour l'honneur de la France.

Tavernier quitta le premier l'hélicoptère et s'éloigna sans un mot vers la voiture de l'ambassade de France qui l'attendait sur le tarmac. À l'arrière du véhicule se tenait Dominique Ponchardier. Les deux hommes se serrèrent la main en silence.

— Je n'aurais jamais cru éprouver une pareille humiliation... murmura François comme se parlant à lui-même.

Ponchardier lui posa une main sur l'épaule :

— Moi non plus ! dit-il à son tour.

Pensant que François avait besoin de se changer les idées, Léa avait invité à dîner, outre les Ponchardier, Thérèse de Lioncourt, Jorge de la Sierna, Mina et Eddy Müller. Adrien était des leurs. Pendant tout le dîner, le jeune homme sembla absent et ne prit pas part à la conversation. Le repas à peine terminé, il demanda la permission de se retirer. Quand tout le monde fut parti, François prit sa femme dans ses bras :

— Je te remercie : grâce à nos hôtes, j'ai un peu oublié ma déconvenue. Qu'avait Adrien ce soir ? Il n'a pratiquement pas desserré les dents...

— Il a appris une mauvaise nouvelle.

François la regarda d'un air interrogatif.

— Les parents de sa fiancée l'ont envoyée dans un couvent en Espagne : Adrien n'a pu la revoir avant son départ.

— Cela explique son attitude de ce soir. Est-ce à cause de l'enlèvement de Barbie que les parents ont pris cette décision ?

— En partie seulement. Ils avaient décidé de se marier clandestinement et de s'enfuir ensuite. Alicia en avait parlé à sa mère, qui a cru bon d'avertir son père.

— Pauvre garçon ! Il était très épris, crois-tu ?

— Oui... Ce qui m'ennuie le plus dans cette histoire, c'est que cela ne fait que renforcer son désir de partir pour Cuba. Je comptais sur cet amour pour l'en détourner.

— Tu avais peut-être raison...

— Tu ne veux pas lui parler ?

— Pour lui dire quoi ?

— Qu'aller à Cuba est de la folie, qu'il n'a rien à faire dans ce pays !

— Crois-tu qu'il ne le sache pas ? Je pense, au contraire, que c'est une bonne chose. Là-bas, il sera en contact avec des réalités qui lui remettront les pieds sur terre.

— Mais s'il partait faire la guérilla dans un autre pays ?

— Non. Tout cela est terminé. La révolution cubaine va se stabiliser et Castro aura d'autres préoccupations que de l'exporter. Ce temps-là est bien fini : la mort du Che en a sonné le glas !

— Alors, tout cela n'aura servi à rien ?

— Sur le plan politique, à rien ! Mais, pour ce qui est du rêve en un homme nouveau, en un monde meilleur, peut-être !

– Ce n'est pas cela qu'il aurait voulu... soupira Léa.

– Non... Avec lui disparaît un peu plus l'utopie de vouloir changer le monde.

– Et tout redeviendra comme avant : les pauvres seront plus pauvres, les riches plus riches. C'est ce qu'on appelle un combat inutile !

– On le dira. Plus tard, d'autres se lèveront pour reprendre le flambeau...

– J'aimerais que ce ne soit pas Adrien.

– Ce sera peut-être Claire.

– Claire ?

– Oui. Dans peu de temps, elle sera à même de comprendre beaucoup de choses. Alors, elle se posera des questions auxquelles il faudra répondre.

Blessée, Léa se leva et se servit un verre de whisky.

– Non, pas d'alcool pour toi ! Donne-moi ça.

– Oh, excuse-moi, j'oubliais...

Elle lui tendit son verre. Songeuse, le front barré d'une ride, elle marchait de long en large. François se leva et s'approcha d'elle :

– Ce n'est pas encore le moment d'y penser. Nous aurons tout le temps en France, dit-il d'un ton désinvolte. As-tu fini tes valises ?

– Presque. Mais tu avais raison : je ne peux pas tout emporter.

– Tu m'étonnes ! Dans trois jours, nous serons à bord du paquebot. Là, durant la traversée, tu pourras te reposer et ne plus penser à rien...

La veille de leur départ, l'ambassadeur de France donna un dîner à la résidence. Le commissaire Ruiz et le chef de la police, Lorenzo Aguilla, étaient venus de Santa Cruz. Le commissaire Cantona, le consul de Suisse, Mina et Jorge de la Sierna étaient également conviés. Tounet avait supervisé le dîner et le chef avait mis tout son talent à préparer une cuisine française des plus raffinées. Quant aux vins, ils étaient tout simplement exceptionnels.

François prit le bras d'Alberto Ruiz :

— Je vous dois des excuses, mon ami.

Alberto le regarda étonné :

— Que voulez-vous dire ? Je ne comprends pas...

— J'avais cru que c'était vous qui aviez informé les autorités de notre expédition à Camiri.

— J'avoue que j'ai pensé le faire mais cela vous aurait envoyé devant le peloton d'exécution ! Pour rien au monde, je n'aurais voulu être responsable de votre mort : Léa ne me l'aurait pas pardonné !

— Cela vous a coûté votre carrière...

— Oui, mais ce n'est pas un mal : trop de choses me déplaisent dans ce pays...

— Que complotez-vous, tous les deux ? dit Léa en s'approchant.

— Rien. Juste une petite mise au point... dit Ruiz en souriant.

— Venez, on passe à table.

Un peu morose au début, le repas s'acheva dans la plus chaleureuse amitié.

Jorge de la Sierna offrit à Léa une peinture du XVIIe siècle représentant une Vierge à l'enfant qui ornait la chambre de sa mère. Lorenzo Aguilla fit don à François d'une bible illustrée par un peintre indien.

— Mon cadeau va vous sembler bien misérable... dit Mina en tendant un paquet à Léa.

C'était une couverture de vigogne d'une douceur et d'une légèreté incomparables.

— Quelle merveille ! s'exclama Léa en embrassant Mina.

— Moi, c'est de la part de la *yatiri* que vous connaissez, qui est aussi la mienne, que je vous offre ceci... dit Tounet en lui donnant un joli coffret de bois sombre. Léa l'ouvrit.

— Oh !

Sur un lit de feuilles de coca reposait une étrange statuette représentant une femme.

— Pachamama... murmura Léa.

— Oui. Elle est très ancienne et la *yatiri* m'a assuré qu'elle vous protégera aussi longtemps que vous vivrez. Dominique n'était pas d'accord pour que je vous l'offre mais, quand je l'ai vue, j'ai ressenti une grande paix.

— Merci, Tounet. Merci à vous et remerciez pour moi la *yatiri*.

Ponchardier et Tavernier échangèrent un regard qui n'échappa pas aux deux amies.

— Ne soyez pas si sceptiques, tous les deux, s'écria Tounet : je suis sûre que Mme de la Sierna approuverait ce cadeau !

— Certainement, dit Jorge en prenant la statuette des mains de Léa.

— C'est un bel objet, affirma Alberto en s'en emparant à son tour. C'est un très beau travail.

— Merci à tous, mes amis. Je suis heureuse de rentrer en France, mais vous allez nous manquer. J'espère bien que vous viendrez nous voir.

— Et déguster le montillac !

— Ne raillez pas, Dominique : vous m'en direz des nouvelles !

On se sépara avec une pointe de tristesse.

Deux jours plus tard, François, Léa, le petit Lorenzo et sa nourrice montèrent à bord de l'avion de Jorge de la Sierna, qui avait tenu à les accompagner jusqu'au port chilien. Durant le court vol, François s'inquiéta du visage fatigué de sa femme.

494

– Ça va ? demanda-t-il.

– Oui. Je suis triste de laisser Charles derrière moi...

– Je comprends, ma chérie. Mais tu dois maintenant ne penser qu'à toi et à élever son fils.

– Je sais, tu as raison. Sa grand-mère, Irina, m'a dit la même chose.

Ils atterrirent à Atica en début d'après-midi. Une voiture les attendait pour les conduire au port. D'un commun accord, les adieux furent abrégés et, dès la nuit tombée, les passagers étaient installés dans leur cabine.

La mer était calme. Allongée sur un transat, jambes protégées par sa couverture de vigogne, Léa somnolait. Il y avait peu de monde sur le pont. Soudain, il lui sembla entendre des rires d'enfant. Elle se redressa.

À l'autre bout du pont, François se dirigeait vers elle, portant Lorenzo qui riait aux éclats ; une vague de bonheur la submergea. Subitement, cette douleur qu'elle connaissait bien lui déchira la poitrine : elle retint un cri. Ses yeux se brouillèrent. Peu à peu, elle sentit ses forces l'abandonner, son corps devenir léger, si léger. Là-bas, François s'avançait vers elle, souriant, la regardant avec amour.

Comme à son retour d'Allemagne, en 1945, il était là, fort et rassurant : tout allait recommencer comme avant... Mais pourquoi, au lieu de se rapprocher, s'éloignait-il dans ce brouillard... ? François... !

Paris, 28 octobre 2004 – 30 janvier 2007.

F I N

REMERCIEMENTS

Loïc Abrassart, Dariel Alarcon, dit « Benigno », Alfredo Guevara, Michel Bar-Zohar, Michel Benasayag, Tom Bower, Fidel Castro, Jean Cau, Patrice Chairoff, Ernesto Che Guevara, Camilo Cienfuegos, Jean Cormier, Erhard Dabringhaus, Charles de Gaulle, Ladislas de Hoyos, Régis Debray, F. Diez de Medina, Cynthia Fain, William Galvez, Philippe Harzer, Roland Jacquard, *Almanach* Hachette, *Journal de l'année* Larousse, Pierre Kalfon, Beate Klarsfeld, Imré Kovacks, *L'Amérique du Sud* collection « Odé », *L'Express*, Jean Lartéguy, *Le Monde*, *Le Nouvel-Observateur*, Collections « Life », Michael Lowy, Jean Manzon Miguel Asturias, Huber Matos, François Mauriac, Jean Mauriac, Jean Nainchrik, *Paris-Match*, Dominique Ponchardier, Jean Raspail, Pauline Revenaz, Mariano Rodríguez, Manuela Semidei, Jorge Serguera, dit « Papito », Paco Ignacio Taibo II, Rubén Vázquez Díaz, Harry Villegas, dit « Pombo », Alban Vistel, Joseph Wechsberg, Pierre Wiazemsky, Léa Wiazemsky, Simon Wiesenthal.

La Bicyclette bleue
au Livre de Poche

4. *Noir Tango*   n° 9697

Novembre 1945 : dans l'Allemagne vaincue, le tribunal de Nuremberg juge les criminels nazis. Léa Delmas, envoyée par la Croix-Rouge, y retrouve François Tavernier. Sarah Mulstein lui raconte le cauchemar de Ravensbrück et convainc François de rejoindre le réseau de « Vengeurs » qu'elle a constitué pour traquer et exécuter les anciens nazis partout où ils se trouvent. Une chasse qui les conduira en Argentine.

5. *Rue de la Soie*   n° 14017

1947 : l'Indochine marche vers l'indépendance. Mais entre Hô Chi Minh et le gouvernement français, tout espoir n'est pas évanoui d'une négociation de paix. Telle est la mission officieuse dont est chargé François Tavernier au lendemain de son mariage avec Léa Delmas. Traquée par d'anciens nazis, celle-ci décide de le rejoindre. De multiples aventures l'attendent entre Saigon et Hanoi.

6. *La Dernière Colline*   n° 14624

Rentrés d'Indochine en 1949, Léa et François Tavernier n'aspirent qu'à mener une vie paisible. Pourtant, le général de Lattre fait appel à François et lui confie une mission secrète à conduire auprès du Viet-minh, dans l'espoir de conjurer le désastre militaire qui s'annonce. De Saigon à Hanoi, le désordre des passions le disputera partout à la violence des combats. Et, dans la jungle, la mort guette à chaque pas. Léa et François sauvegarderont-ils leur amour ?

7. *Cuba libre !*   n° 15001

Pour oublier le désastre indochinois dans lequel ils ont été si tragiquement plongés, Léa et François s'embarquent pour Cuba, où règne encore Batista, le dictateur soutenu par la mafia américaine. Très vite, Léa doit partir à la recherche de Charles, son fils adoptif, traqué dans la Sierra Maestra avec les révolutionnaires qu'il a rejoints ; là, elle retrouve le Che qui l'avait aimée en Argentine. De son côté, François, envoyé en observateur par le général de Gaulle à Alger, assiste aux événements du 13 mai 1958 et y voit grandir, avec inquiétude, la menace extrémiste.

8. *Alger, ville blanche* n° 15457

Quinze ans après la fin de la Seconde Guerre mondiale, Léa est de retour en France. La guerre qui fait rage en Algérie agite tout le pays. Le général de Gaulle charge François Tavernier de sonder, outre-Méditerranée, une population inquiète et une armée tentée par le putsch. À Paris, Léa et Charles s'engagent, aux côtés des « porteurs de valises », dans de dangereuses opérations de soutien aux militants algériens.

9. *Les Généraux du crépuscule* n° 30279

Léa et François Tavernier n'en finissent pas de se retrouver mêlés à des combats qui ne sont pas les leurs mais pour lesquels ils se mobilisent au nom de la liberté. Leur engagement met en péril leur amour, les porte à douter d'eux-mêmes et les expose à la mort. Dans les dernières années de la guerre d'Algérie, les voici confrontés aux malheurs du peuple algérien, au désarroi des pieds-noirs et aux tueurs de l'OAS...

Du même auteur :

Aux Éditions Albin Michel :

Pour l'amour de Marie Salat, roman épistolaire, 1986.

Marquoirs, modèles de broderie, en collaboration avec Geneviève Dormann, 1987.

Alphabets, modèles de broderie, en collaboration avec Geneviève Dormann, 1987 (épuisé).

Fleurs et Fruits, modèles de broderie, en collaboration avec Geneviève Dormann, 1987 (épuisé).

Rues de Paris, modèles de broderie, en collaboration avec Geneviève Dormann, 1988 (épuisé).

Partir, modèles de broderie, en collaboration avec Geneviève Dormann, 1988 (épuisé).

Messages, modèles de broderie, en collaboration avec Geneviève Dormann, 1988 (épuisé).

Fleurs et Oiseaux, modèles de broderie, en collaboration avec Geneviève Dormann, 1988 (épuisé).

De toutes les couleurs, modèles de broderie, en collaboration avec Geneviève Dormann, 1988 (épuisé).

Une belle histoire, modèles de broderie, en collaboration avec Geneviève Dormann, 1988 (épuisé).

Pôle Nord, modèles de broderie, en collaboration avec Geneviève Dormann, 1988 (épuisé).

Lettrines, modèles de broderie, en collaboration avec Geneviève Dormann, 1988 (épuisé).

Géométrie, modèles de broderie, en collaboration avec Geneviève Dormann, 1988 (épuisé).

Campagne, modèles de broderie, en collaboration avec Geneviève Dormann, 1988 (épuisé).

Les Poètes et les Putains, anthologie composée en collaboration avec Claudine Brécourt-Villars, octobre 2004.

Le Collier de perles, 2004.

Aux Éditions Albin Michel/Régine Deforges :

Le Livre du point de croix, en collaboration avec Geneviève Dormann, 1987 (épuisé).

Aux Éditions Blanche :

L'Orage, roman érotique, 1996.

Aux Éditions Calligram :

Les Chiffons de Lucie, livre pour enfants illustré par Janet Bolton, 1993.

L'Arche de Noé de grand-mère, livre pour enfants illustré par Janet Bolton, 1995.

Aux Éditions Calmann-Lévy :

Casanova était une femme, correspondance échangée par Régine Deforges et Sonia Rykiel, illustrée par Claire Bretécher, 2006.

Au Cherche-Midi Éditeur :

Les Cent Plus Beaux Cris de femmes, anthologie, 1981 (épuisé).

Poèmes de femmes, anthologie, 1993.

Chez Editorial Arte y Literatura (La Havane, Cuba) :

Narrativa francesa contemporánea, recueil de quinze nouvelles écrites en partenariat avec quatorze autres auteurs sur une idée originale d'Alain Sicard, 2001.

Aux Éditions Fayard :

Blanche et Lucie, roman, 1976.

Le Cahier volé, roman, 1978 (épuisé).

Contes pervers, nouvelles, 1980.

La Bicyclette bleue, roman, 1981.

La Révolte des nonnes, roman, 1981.

Les Enfants de Blanche, roman, 1982.

Lola et quelques autres, nouvelles, 1983.

101, avenue Henri-Martin (*La Bicyclette bleue*, tome II), roman, 1983.

Le diable en rit encore (*La Bicyclette bleue*, tome III), roman, 1985.

Sous le ciel de Novgorod, roman, 1989.

Noir Tango (*La Bicyclette bleue*, tome IV), roman, 1991.

Rue de la Soie (*La Bicyclette bleue*, tome V), roman, 1994.

La Dernière Colline (*La Bicyclette bleue*, tome VI), roman, 1996.

Pêle-mêle, Chroniques de « L'Humanité », tome I, 1998.

Cuba Libre ! (*La Bicyclette bleue*, tome VII), 1999.

Pêle-mêle, Chroniques de « L'Humanité », tome II, 1999.

Roman ferroviaire, nouvelles érotiques, 1999.

Camilo, portrait du révolutionnaire cubain Camilo Cienfuegos, 1999.

Pêle-mêle, Chroniques de « L'Humanité », tome III, 2000.

Alger, ville blanche (*La Bicyclette bleue*, tome VIII), roman, 2001.

Pêle-mêle, Chroniques de « L'Humanité », tome IV, 2002.

Les Généraux du crépuscule (*La Bicyclette bleue*, tome IX), roman, 2003.
La Hire, ou la Colère de Jehanne, roman, 2005.
Deborah, la femme adultère, 2008.
À Paris, au printemps, ça sent la merde et le lilas, 2008.

Aux Éditions Fayard/Spengler :
Roger Stéphane ou la Passion d'admirer, carnet I, 1995.

Aux Éditions Hugo & Cie :
Toutes les femmes s'appellent Marie, 2012.

Aux Éditions de l'Imprimerie nationale :
Juliette Gréco, photographies d'Irmeli Jung, 1990 (épuisé).

Aux Éditions l'Inédite :
La Collection de point de croix de Régine Deforges, album réalisé en collaboration avec Isabelle Faidy et Julien Clapot, 2006.
Recettes brodées, 2008.

Aux Éditions Jean-Jacques Pauvert :
O m'a dit, entretiens avec l'auteur d'*Histoire d'O*, Pauline Réage, 1975 (épuisé) ; nouvelle édition avec une préface inédite, 1995.

Aux Éditions La Différence :
La Bergère d'Ivry, 2014.

Aux Éditions Lionel-Hoëbeke :
Toutes belles, photographies de Willy Ronis, 1992.

Aux Éditions Mango-Images :

La Chanson d'amour, petite anthologie, en collaboration avec Pierre Desson, 1999.

Aux Éditions Mango-Pratique :

L'Agenda 1998, la Mer au point de croix, 1997 (épuisé).

L'Agenda 1999, les Fleurs au point de croix, 1998 (épuisé).

L'Agenda 2000, les Îles au point de croix, 1999.

L'Agenda 2001, le Rouge, 2000 (épuisé).

L'Agenda 2002, les Arbres, 2001.

L'Agenda 2003, le Bleu, 2002.

L'Agenda du point de croix 2004, les Animaux, 2003.

L'Agenda 2005, 2004.

Aux Éditions Nathan :

Léa au pays des dragons, conte et dessins pour enfants, 1991 (épuisé).

Aux Éditions Plon :

Le Pain de mes amours, abécédaire sentimental, 2011.

Aux Éditions Plume :

Rendez-vous à Paris, illustré par Hippolyte Romain, 1992 (épuisé).

L'Agenda 1993 du point de croix, 1992 (épuisé).

L'Agenda 1994 du point de croix, 1993 (épuisé).

L'Agenda 1995 du point de croix, 1994 (épuisé).

Aux Éditions Ramsay :

L'Apocalypse de saint Jean, racontée et illustrée pour les enfants, 1985 (épuisé).

Ma cuisine, livre de recettes, 1989 (épuisé).

Aux Éditions Robert Laffont :
Entre femmes, entretiens avec Jeanne Bourin, 1999.
L'Enfant du 15 août, mémoires, 2013.

Aux Éditions le Serpent à plumes :
Chemin faisant, recueil de douze nouvelles écrites en partenariat avec onze autres auteurs dans le cadre de la « Semaine du transport public », 2001.

Aux Éditions du Seuil :
Le Couvent de sœur Isabelle, conte et dessins pour enfants, 1991 (épuisé).
Léa chez les diables, conte et dessins pour enfants, 1991 (épuisé).
Léa et les fantômes, conte et dessins pour enfants, 1992 (épuisé).
Ce siècle avait trois ans, journal de l'année 2003, février 2004.

Aux Éditions Spengler :
Paris chansons, photographies de Patrick Bard, 1993 (épuisé) ; nouvelle édition aux Éditions Mango-Images, 1998 (épuisé).
Troubles de femmes, en collaboration avec treize autres femmes écrivains, auteurs de nouvelles érotiques, 1994 (épuisé) ; nouvelle édition aux Éditions Pocket, 1996.

Aux Éditions Stock :
Les Poupées de grand-mère, en collaboration avec Nicole Botton, 1994.
Le Tarot du point de croix, en collaboration avec Éliane Doré, 1995.
Ma cuisine, anciennes et nouvelles recettes de Régine Deforges, album illustré, 1996.
Les Non-Dits de Régine Deforges, entretiens de Régine Deforges avec Lucie Wisperheim, 1997.

Ces sublimes objets du désir, en collaboration avec Claudine Brécourt-Villars, 1998.

Aux Éditions Wagram/Last Call :
Eroticas, album (CD) de onze chansons interprétées par Régine Deforges et Ángel Parra, 1999.

Le Livre de Poche s'engage pour
l'environnement en réduisant
l'empreinte carbone de ses livres.
Celle de cet exemplaire est de :
800 g éq. CO_2
Rendez-vous sur
www.livredepoche-durable.fr

PAPIER À BASE DE
FIBRES CERTIFIÉES

Composition réalisée par Nord Compo

Achevé d'imprimer en France par
CPI BUSSIÈRE (18200 Saint-Amand-Montrond)
en octobre 2019
N° d'impression : 2046840
Dépôt légal 1re publication : juin 2008
Édition 07 - octobre 2019
LIBRAIRIE GÉNÉRALE FRANÇAISE
21, rue du Montparnasse – 75298 Paris Cedex 06

Composition réalisée par Nord Compo